Miłość dobrej kobiety

ALICE MUNRO

W serii ukazały się:

Don Kichot i Sancho Pansa

Gabriela Adameşteanu *Stracony poranek*
David Albahari *Ludwig · Mamidło*
Samuel Beckett *Sen o kobietach pięknych i takich sobie*
Thomas Bernhard *Wymazywanie*
Italo Calvino *Jeśli zimową nocą podróżny*
Javier Cercas *Prędkość światła · Żołnierze spod Salaminy*
Eileen Chang *Miłość jak pole bitwy*
Erri De Luca *Montedidio · W imię matki*
Jurij Drużnikow *Pierwszy dzień reszty życia*
Jenny Erpenbeck *Klucz do ogrodu*
Michel Faber *Ewangelia ognia · Jabłko · Pod skórą · Szkarłatny płatek i biały*
Jonathan Safran Foer *Strasznie głośno, niesamowicie blisko · Wszystko jest
    iluminacją*
Laurent Gaudé *Huragan*
Christopher Hope *Kochankowie mojej matki*
Michel Houellebecq *Cząstki elementarne · Mapa i terytorium · Możliwość
    wyspy · Platforma · Poszerzenie pola walki*
Petra Hůlová *Stacja Tajga*
Hiromi Kawakami *Pan Nakano i kobiety · Sensei i miłość*
Imre Kertész *Los utracony*
László Krasznahorkai *Melancholia sprzeciwu · Wojna i wojna*
Jean-Marie Gustave Le Clézio *Mondo i inne historie · Powracający głód ·
    Rewolucje · Wojna*
Doris Lessing *Lato przed zmierzchem · Przed zstąpieniem do piekieł · Znów
    ta miłość*
Tom McCarthy *Resztki*
Harry Mulisch *Odkrycie nieba · Procedura*
Alice Munro *Za kogo ty się uważasz?*
Cees Nooteboom *Utracony raj*
Georges Perec *O sztuce oraz sposobach usidlenia kierownika działu w celu
    upomnienia się o podwyżkę*
Per Petterson *Kradnąc konie · Na Syberię · Przeklinam rzekę czasu*
Wiktor Pielewin *Empire V · Generation ‚P' · Kryształowy świat ·
    Mały palec Buddy · Święta księga wilkołaka · T · Życie owadów*
Evelio Rosero *Między frontami*
W.G. Sebald *Austerlitz · Czuję. Zawrót głowy · Pierścienie Saturna ·
    Wyjechali*
Zeruya Shalev *Co nam zostało · Mąż i żona · Po rozstaniu · Życie miłosne*
Władimir Sorokin *Cukrowy Kreml · Dzień opricznika*
György Spiró *Iksowie*
Jón Kalman Stefánsson *Niebo i piekło*
Jáchym Topol *Strefa cyrkowa*
Mo Yan *Kraina wódki · Obfite piersi, pełne biodra*
Oksana Zabużko *Muzeum porzuconych sekretów*
Juli Zeh *Ciemna materia · Corpus delicti · Instynkt gry · Orły i anioły*
Tomáš Zmeškal *List miłosny pismem klinowym*

Miłość dobrej kobiety

ALICE MUNRO

Przełożyła
Agnieszka Pokojska

Wydano z pomocą finansową

Canada Council   Conseil des arts
for the Arts   du Canada

Ann Close, nieocenionej redaktorce i wiernej przyjaciółce

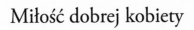

Miłość dobrej kobiety

Od kilkudziesięciu lat istnieje w Walley muzeum, którego misją jest zachowanie dla potomnych zdjęć, maselnic, końskich chomąt, starego fotela dentystycznego, nieporęcznej obieraczki do jabłek i takich kuriozów, jak małe, ładne porcelanowo-szklane izolatory, które umieszczano na słupach telegraficznych.

W zbiorach muzeum znajduje się też czerwona skrzynka z napisem D.M. WILLENS, OPTYK, przy której leży karteczka: „Ta skrzynka narzędzi do badania wzroku, mimo iż nie liczy wielu lat, jest eksponatem dużej wagi, ponieważ należała do mieszkańca tych okolic, pana D.M. Willensa, który utonął w rzece Peregrine w 1951 r. Skrzynka ocalała z katastrofy i została znaleziona przypuszczalnie przez osobę, która później anonimowo przekazała ją do kolekcji naszego muzeum".

Oftalmoskop może kojarzyć się z bałwanem. To znaczy jego górna część, ta, która jest przymocowana do rączki. Duże koło, a na nim mniejsze. W dużym kole otwór, przez który się patrzy; wkłada się do niego szkła o różnej mocy. Rączka jest ciężka, bo w środku wciąż są baterie. Gdyby je wyjąć i zastąpić prętem należącym do kompletu, z kółkiem na obu krańcach, można by podłączyć urządzenie do prądu. Ale czasem pewnie zachodziła potrzeba używania instrumentu w miejscach, gdzie nie było elektryczności.

Retinoskop wygląda na bardziej skomplikowany. Pod opaską na czoło znajduje się coś przypominającego głowę krasnala o okrągłej, płaskiej twarzy i w spiczastej metalowej czapce. To coś jest nachylone pod kątem czterdziestu pięciu stopni do cienkiego pręta, a na czubku tego pręta powinna świecić się lampka. Ta płaska twarz jest ze szkła i przypomina ciemne lustro.

Wszystko jest czarne, ale to tylko farba. W niektórych miejscach, pewnie tam, gdzie ręka optyka dotykała instrumentów najczęściej, farba się starła i widać błyszczący srebrzysty metal.

I

Jutland

To miejsce nazywało się Jutland. Znajdowały się tu kiedyś młyn i mała osada, ale znikły jeszcze przed końcem ubiegłego wieku, a samo miejsce nigdy nie miało wielkiego znaczenia. Wielu ludzi uważało, że nazwano je tak na cześć słynnej bitwy morskiej, stoczonej podczas pierwszej wojny światowej, ale wszystko popadło tutaj w ruinę, zanim jeszcze bitwa się odbyła.

Trzej chłopcy, którzy przyszli tu w sobotni ranek wczesną wiosną 1951 roku, uważali, jak większość dzieci, że nazwa zawierająca słowo *jut*, wystawać, pochodzi od starych drewnianych desek, które wystawały z ziemi na brzegu, i grubych prostych bali, które sterczały w pobliżu z wody, tworząc nierówną palisadę. (W rzeczywistości były to pozostałości tamy, zbudowanej w czasach przed nastaniem betonu.) Te deski, sterta kamieni pozostałych po fundamentach, krzew bzu i kilka ogromnych jabłoni, zniekształconych przez chorobliwe czarne narośle, oraz płytki rów młynówki, który co lato zarastał pokrzywami, jako jedyne wskazywały na to, co było tu wcześniej.

Dochodziła tu droga czy raczej ścieżka, odnoga drogi prowadzącej z miasteczka, ale nigdy nie była nawet żwirowana, a na mapach widniała tylko jako wykropkowana linia, droga warunkowo dostępna dla ruchu kołowego. Latem często korzystali z niej ludzie, którzy przyjeżdżali popływać w rzece, a w nocy pary szukające dogodnego miejsca do zaparkowania. Zanim dojechało się do rowu, było dość miejsca, żeby zawrócić, ale cały obszar był tak zarośnięty pokrzywami i barszczem, a w deszczowe lata szalejem, że samochody czasem pokonywały cały odcinek z powrotem do porządnej drogi na wstecznym biegu.

Tego wiosennego ranka ślady samochodowych kół prowadzące nad samą wodę były wyraźnie widoczne, ale chłopcy nie zwrócili na nie uwagi, bo myśleli tylko o pływaniu. W każdym razie o tym, co będą nazywali pływaniem; wrócą do miasteczka i będą się chwalić, że pływali w Jutland, zanim jeszcze stopniał śnieg.

Tutaj, w górze rzeki, okazało się chłodniej niż na równinnych brzegach bliżej miasteczka. Drzewa przy brzegu były jeszcze nagie – zieleniły się tylko spłachetki ziemi, z której wystawały liście porów i kaczeńce, świeże jak liście szpinaku, rozsiane nad strumyczkami spływającymi do rzeki. A na drugim brzegu, pod cedrami, chłopcy zobaczyli coś, czego tak bacznie wypatrywali: niską, podłużną, uporczywie nietopniejącą zaspę, szarą jak kamień.

„Jeszcze nie stopniał".

Wskoczyli więc do wody i poczuli lodowate zimno, kłujące jak ostrza sztyletów. Lodowate ostrza wnikały im też do głów i dźgały od środka czaszki. Parę razy rozgarnęli rękami i nogami wodę i wygramolili się na brzeg, trzęsąc się i szczękając zębami; na siłę powciskali zmartwiałe kończyny w ubrania i czuli, jak zaskoczona krew boleśnie z powrotem bierze ciało we władanie; czuli też ulgę, że chwaląc się, będą mówić prawdę.

Ślady kół należących do pojazdu, którego wciąż nie widzieli, przecinały rów; teraz nic w nim nie rosło, tylko z zeszłego roku została płaska, martwa trawa koloru słomy. Prowadziły prosto do rzeki; nie było widać, żeby samochód próbował zawracać. Chłopcy przeszli po nich nieuważnie. Ale teraz znaleźli się na tyle blisko wody, że ich uwagę przyciągnęło coś bardziej niezwykłego niż ślady kół.

Woda mieniła się jasnym błękitem, który nie był odbiciem nieba. W młyńskim stawie, cały zanurzony ukośnie, tkwił samochód. Przednie koła i maska ugrzęzły w mule na dnie, a bagażnik prawie wynurzał się na powierzchnię. Jasny błękit był w tamtych czasach rzadko spotykanym kolorem karoserii, podobnie jak pękaty kształt nadwozia. Chłopcy natychmiast poznali ten samochód. Małe angielskie autko, austin, chyba jedyne w całym okręgu. Należało do pana Willensa, optyka. Kiedy je prowadził, wyglądał jak postać z komiksu, bo był niski, krępy i szeroki w barach, i miał dużą głowę. Zawsze wydawało się, że ledwo wbił się do środka, jakby auto było ubraniem pękającym w szwach.

W dachu znajdowało się okno, które pan Willens otwierał w ciepłe dni. Teraz szyba była odsunięta. Wnętrza nie dało się zobaczyć zbyt dobrze. Dzięki błękitowi kształt samochodu odznaczał się wyraźnie, ale woda nie była zbyt przejrzysta i nie można było dojrzeć w niej niczego, co miało mniej wyrazisty kolor niż karoseria. Chłopcy ukucnęli na brzegu, potem położyli się na brzuchach i wyciągali głowy jak żółwie, próbując coś zobaczyć. Z dziury w dachu wystawało coś ciemnego i futrzastego, jak gruby ogon jakiegoś zwierzęcia, i leniwie poruszało się w wodzie. Okazało się, że to ręka, ukryta w rękawie ciemnej marynarki z grubego, włochatego materiału. Wyglądało na to, że w samochodzie ciało mężczyzny – ciało pana Willensa, bo kogo by innego – przybrało dziwną pozycję. Siła wody – bo o tej porze roku nawet w młyńskim stawie woda miała sporą siłę – widocznie uniosła go z fotela i rzucała nim po całym wnętrzu, tak że jedno ramię znalazło się blisko szyberdachu i ręka wydostała się przez otwór. Głowę chyba miał przyciśniętą do drzwi i szyby od strony kierowcy. Jedno przednie koło ugrzęzło w mule głębiej niż drugie, więc samochód był zanurzony pod kątem także gdyby patrzeć z boku, nie tylko z przodu. Właściwie żeby ciało ułożyło się w ten sposób, okno od strony kierowcy musiało być otwarte, a głowa wystawiona na zewnątrz. Ale tego nie mogli zobaczyć. Wyobrażali sobie twarz pana Willensa, taką, jaką znali – dużą i kwadratową, często przybierającą wyraz nieco teatralnej groźby, ale niebudzącą prawdziwego strachu. Jego cienkie, łamliwe włosy były rudawe czy miedziane na czubku głowy i sczesane stamtąd po przekątnej na czoło. Brwi miał ciemniejsze od włosów, grube i włochate, jak gąsienice przyklejone nad oczami. Ta twarz była dla nich tak czy siak groteskowa, jak wiele twarzy dorosłych, i nie bali się zobaczyć jej po utonięciu. Ale zobaczyli tylko rękę i bladą dłoń. Kiedy przyzwyczaili się do patrzenia przez wodę, widzieli tę dłoń całkiem wyraźnie. Poruszała się drżąco i niepewnie, jak piórko, choć wyglądała na ciężką jak surowe ciasto na placek. I na tak samo zwyczajną, kiedy już się przywykło do tego, że w ogóle tam jest. Paznokcie przypominały miniaturowe twarze; przez to, że inteligentnie pozorowały codzienne powitanie, rozsądnie zaprzeczały sytuacji, w której się znalazły.

Jasny gwint, powtarzali chłopcy. Z rosnącą energią i tonem coraz głębszego szacunku, a nawet wdzięczności. Jasny gwint.

To był ich pierwszy wypad w tym roku. Przeszli przez most nad rzeką Peregrine, wąski, dwukierunkowy, znany w okolicy jako Wrota Piekieł albo Śmiertelna Pułapka – chociaż niebezpieczeństwo czyhało raczej na ostrym zakręcie drogi u południowego krańca mostu niż na nim samym.

Dla pieszych przeznaczona była osobna kładka, ale chłopcy z niej nie korzystali. Nie pamiętali, żeby kiedykolwiek przeszli po kładce. Może wiele lat temu, kiedy byli tacy mali, że musieli trzymać kogoś za rękę. Ale ten czas w ich świadomości zniknął bez śladu; zaprzeczali, że w ogóle istniał, nawet kiedy pokazywano im dowody w postaci zdjęć czy zmuszano do wysłuchiwania opowieści o nim podczas rodzinnych rozmów.

Szli po żelaznym występie, który biegł wzdłuż mostu po przeciwnej stronie niż kładka. Miał szerokość mniej więcej ośmiu cali i wznosił się mniej więcej stopę nad jezdnią. Rzeka niosła zimowy ładunek lodu i śniegu, teraz stopniałego, do jeziora Huron. Dopiero co wróciła do koryta po corocznej powodzi, która zmieniała równinę w jezioro, wyrywała młode drzewka i zmiatała każdą łódź czy szopę na swojej drodze. W bladych promieniach słońca, zmącona błotem z pól, wyglądała jak gotujący się budyń o smaku karmelowym. Ale gdyby ktoś do niej wpadł, zamroziłaby mu krew w żyłach i poniosła do jeziora albo wcześniej roztrzaskała czaszkę o przyporę.

Trąbiły na nich samochody – ostrzegawczo bądź napominająco – ale nie zwracali na to uwagi. Szli gęsiego, pewnym krokiem, jak lunatycy. Na północnym krańcu mostu zeskoczyli na równinę i zaczęli szukać ścieżek, które pamiętali z zeszłego roku. Powódź przeszła tak niedawno, że nawet ścieżkami trudno się szło. Trzeba było kopniakami odsuwać połamane gałęzie i skakać z jednej wysepki posklejanej błotem trawy na drugą. Czasami skakali nieuważnie i lądowali w błocie albo w kałużach pozostałych po powodzi, a kiedy już mieli mokre stopy, przestało ich obchodzić, gdzie postawią następny krok. Z kląskaniem brnęli przez łąkę i rozbryzgiwali wodę w kałużach, tak że wlewała im się do kaloszy od góry. Wiał ciepły wiatr, rozdzielał chmury na odrębne włókna jak ze starej wełny, a mewy i wrony awanturowały się i pikowały nad rzeką. Nad nimi krążyły myszołowy, na wysokości, z której na wszystko miały oko; rudziki dopiero co wróciły po zimie, a kosy śmigały parami, zaskakując wzrok żywym kontrastem czerni z czerwienią na skrzydłach, jakby umoczyły je w farbie.

„Mogłem wziąć dwudziestkę dwójkę".

„Mogłem wziąć dwunastkę".

Byli za duzi na to, żeby strzelać z patyków, wydając przy tym stosowne dźwięki. Wypowiadali te słowa ze spokojnym żalem, tak jakby naprawdę mieli dostęp do broni.

Wspięli się po północnym brzegu i dotarli do piaszczystego kawałka ziemi, na którym nic nie rosło. Podobno żółwie składały w tym piasku jaja. Pora była jeszcze na to za wczesna, zresztą opowieść o żółwich jajach pochodziła z dawnych czasów – żaden z chłopców nigdy tu jaj nie widział. Ale poryli piasek butami, na wszelki wypadek. Potem zaczęli rozglądać się za miejscem, gdzie rok wcześniej jeden z nich w towarzystwie innego chłopca znalazł krowią kość biodrową, przyniesioną przez powódź z jakiejś rzeźni. Na rzekę można było liczyć – co roku przynosiła i wyrzucała, zawsze gdzie indziej, całkiem sporo zaskakujących, kłopotliwych, dziwacznych albo zwyczajnych przedmiotów. Zwoje drutu, całe schody w idealnym stanie, zgięty szpadel, garnek do prażenia kukurydzy. Ta kość biodrowa wisiała na gałęzi sumaku – co nawet pasowało, bo gładkie gałęzie, niektóre uwieńczone rdzawymi szyszkami, przypominały krowie rogi czy poroże jelenia.

Przez jakiś czas buszowali koło drzewa – Cece Ferns pokazał im, która to dokładnie była gałąź – ale niczego nie znaleźli.

Właśnie Cece Ferns i Ralph Diller dokonali tego znaleziska. Zapytany, gdzie kość jest teraz, Cece Ferns powiedział:

– Ralph ją zabrał.

Dwaj chłopcy, którzy byli z nim teraz – Jimmy Box i Bud Salter – wiedzieli, dlaczego tak musiało być. Cece nigdy nie mógł zabrać niczego do domu, chyba że było na tyle małe, że łatwo dałoby się ukryć przed jego ojcem.

Rozmawiali o innych pożytecznych rzeczach, jakie można by znaleźć albo jakie znajdowało się tutaj w minionych latach. Ze sztachet można by zbić tratwę, kawałki drewna można by było zbierać na budowę planowanego baraku czy łodzi. Ale prawdziwe szczęście mieliby wtedy, gdyby udało im się trafić na kilka pułapek na piżmaki. Wtedy mogliby zarabiać pieniądze. Znalazłoby się dostatecznie dużo drewna na deski do naciągania skórek i ukradło noże do zdejmowania skóry. Rozważali zajęcie znanej im nieużywanej szopy w ślepej uliczce za niegdysiejszą stajnią. Na drzwiach wisiała kłódka, ale pewnie dałoby się dostać do środka przez okno: w nocy zdejmowałoby się deski, którymi było zabite, a o świcie przybijało je z powrotem. Wzięłoby się latarkę i pracowało przy jej świetle. Nie – latarnię. Zdzierałoby się skórę z piżmaków, rozciągało ją i suszyło, i sprzedawało za duże pieniądze.

Ten pomysł nabrał dla nich tak realnych kształtów, że zaczęli się martwić o to, że będą zostawiać cenne skórki w szopie na całe dnie. Trudno, jeden z nich musi stać na straży, kiedy dwaj pozostali będą robili obchód pułapek. Żaden nie wspomniał o szkole.

Tak właśnie rozmawiali, kiedy wychodzili za miasto. Rozmawiali, jakby byli wolni – albo prawie wolni – jakby nie chodzili do szkoły, nie mieszkali ze swoimi rodzinami, nie znosili tych wszystkich upokorzeń, którymi częstowano ich z powodu ich wieku. A także jakby pola, lasy i domostwa innych ludzi miały dostarczyć im wszystkiego, co było potrzebne do ich planów i przygód, przy minimalnym ryzyku i wysiłku z ich strony.

Inna zmiana, która ujawniała się w prowadzonych tutaj rozmowach, polegała na tym, że właściwie nie posługiwali się imionami. Zresztą normalnie też nie używali swoich prawdziwych imion ani nawet rodzinnych przezwisk, takich jak Bud. Ale w szkole prawie każdy miał inne imię, czy to związane z wyglądem albo sposobem mówienia – takie jak Wytrzeszcz czy Jąkała – czy, jak Obolały Tyłek albo Kurojeb, utworzone na podstawie wydarzeń, prawdziwych lub zmyślonych, z życia osób obdarzonych przydomkiem lub – takie przydomki przekazywało się w rodzinie przez długie lata – z życia ich braci, ojców czy wujów. Tych właśnie imion chłopcy przestawali używać, kiedy wypuszczali się do lasu czy nad rzekę. Jeśli chcieli zwrócić uwagę któregoś z kolegów, mówili po prostu „Ej". Nawet posługiwanie się imionami, które mogły oburzać, były nieprzyzwoite i których dorośli ponoć nigdy nie słyszeli, zepsułoby poczucie towarzyszące im podczas tych wypraw, poczucie całkowitej wzajemnej akceptacji wyglądu, nawyków, rodziny i historii życia.

A mimo to właściwie nie uważali się za przyjaciół. Nigdy nie wskazaliby kogoś jako swojego najlepszego przyjaciela czy drugiego w kolejności ani nie przesuwaliby ciągle ludzi z jednego miejsca na inne, jak robiły to dziewczyny. Każdy z co najmniej kilkunastu chłopaków mógł zająć miejsce każdego z tej trójki i zostałby przez pozostałych zaakceptowany dokładnie tak samo. Mieli od dziewięciu do dwunastu lat – nie byli już tacy mali, żeby w zabawie ograniczać się do podwórka czy najbliższej okolicy, ale za mali, żeby pracować – choćby zamiatać chodnik przed sklepem czy rozwozić rowerem zakupy. Większość z nich mieszkała w północnej części miasteczka, co znaczyło, że będzie się od nich oczekiwało podjęcia tego rodzaju pracy, kiedy tylko osiągną odpowiedni wiek, i że żaden nie wyjedzie do Appleby College czy Upper Canada College. Ale też żaden z nich nie mieszkał w baraku ani nie miał krewnego w więzieniu. Mimo to istniały wyraźne różnice między tym, jak żyli w domach, a czego oczekiwano po nich w życiu. Ale wszystko to opadało z nich, gdy tylko tracili z pola widzenia więzienie okręgowe, silos i wieże kościelne i nie słyszeli już kuranta zegara na gmachu sądu.

Drogę powrotną pokonywali szybkim krokiem. Czasami puszczali się truchtem, ale nie biegli. Na podskoki, ociąganie się i taplanie nie było czasu; ani na dźwięki, które wydawali z siebie wcześniej, wycia i pohukiwania. Skarby przyniesione przez powódź zauważali, lecz przechodzili mimo nich. Właściwie szli tak jak dorośli, w miarę szybkim tempem i najrozsądniejszą trasą, czując ciężar tego, dokąd muszą iść i co zrobić. Przed oczyma stał im obraz, który oddzielał ich od świata, podobnie, jak im się wydawało, jak było to w wypadku większości dorosłych. Staw, auto, ręka, dłoń. Mieli niejasne poczucie, że kiedy dotrą do pewnego punktu, zaczną krzyczeć. Wejdą do miasteczka z krzykiem, będą głosić swoją nowinę, gestami podkreślając dramatyzm, a wszyscy staną jak wryci, próbując przyjąć ją do wiadomości.

Przez most przeszli tak samo jak zwykle, po występie. Ale bez poczucia ryzyka, odwagi czy nonszalancji. Równie dobrze mogliby przejść po kładce dla pieszych.

Zamiast iść dalej drogą, która kawałek dalej ostro zakręcała i prowadziła do portu i na rynek, wspięli się na brzeg ścieżką, która prowadziła na nasyp koło baraków kolejowych. Kurant na sądowym zegarze wydzwonił kwadrans. Kwadrans po dwunastej.

Była to pora, kiedy ludzie kierowali się do domów na obiad. Urzędnicy mieli tego dnia wolne popołudnie. Ale pracownicy sklepów dostawali tylko godzinę wolnego, jak zwykle – w sobotę sklepy były czynne do dziesiątej albo jedenastej wieczorem.

Większość ludzi szła do domu na gorący, sycący posiłek. Na gulasz wieprzowy, smażoną kiełbasę, gotowaną wołowinę czy zapiekankę z mięsem. Do tego ziemniaki, rzecz jasna, tłuczone albo z patelni; przechowane przez zimę warzywa korzeniowe albo kapusta, albo rozpływająca się w ustach cebula. (Kilka gospodyń, co bogatszych czy bardziej rozrzutnych, otworzy może puszkę groszku czy białej fasoli.) Chleb, babeczki, konfitury, ciasto. Nawet ci, którzy nie mieli domu, do którego mogliby wrócić, albo z jakiegoś powodu nie chcieli tam iść, zasiadali do bardzo podobnego posiłku w pubie Duke of Cumberland czy w hotelu Merchant's, czy, w wypadku mniej zamożnych, za zaparowanymi szybami baru mlecznego Shervill's. Na obiad wracali przeważnie mężczyźni. Kobiety już były w domu; stale były w domu. Ale niektóre kobiety w średnim wieku, które pracowały w sklepach czy biurach z niezależnego od siebie powodu – ich mężowie nie żyli, byli chorzy albo w ogóle nigdy ich nie było – to były znajome matek chłopców i teraz witały się z nimi, wołając nawet z przeciwnej strony ulicy (najgorzej miał Bud, na którego mówiły „Buddy") w charakterystyczny, wesoły czy dziarski sposób, który kojarzył się chłopcom ze wszystkim, co wiedzieli o sprawach rodzinnych, i z niepamiętnymi czasami dzieciństwa.

Mężczyźni nie zawracali sobie głowy tym, żeby witać się z chłopcami po imieniu, nawet jeśli dobrze ich znali. Mówili do nich „chłopaki", „koledzy" lub – to najrzadziej – „panowie".

„Dzień dobry, panowie".

„Wracacie do domu, chłopaki?"

„Coście zdążyli nabroić do południa, co, koledzy?"

Wszystkie te powitania były żartobliwe, ale istniały pewne różnice. Ci mężczyźni, którzy mówili „koledzy", byli nastawieni przyjaźniej – albo takie chcieli sprawiać wrażenie – niż ci, którzy mówili „chłopaki". Słowo „chłopaki" mogło być sygnałem, że po nim nastąpi reprymenda za jakieś mniej lub bardziej konkretne wykroczenia. Słowem „koledzy" ten, kto je wypowiadał, dawał do zrozumienia, że też kiedyś był młody. Zwrot „panowie" był otwarcie szyderczy i dyskredytujący, ale nie zapowiadał nagany, bo osobie, która zwracała się do nich w ten sposób, nie chciało się zajmować takimi bzdurami.

Odpowiadając, chłopcy kierowali na dorosłych wzrok tak, żeby mówiąc do kobiety, mieć oczy najwyżej na wysokości torebki, a do mężczyzny – na wysokości jabłka Adama. Mówili: „Dzień dobry", wyraźnie, bo inaczej mogliby sobie narobić kłopotów, a w odpowiedzi na pytania – grzecznym tonem: „Tak", „Nie" i „Nie bardzo". Nawet w taki dzień zwracający się do nich dorośli budzili zaniepokojenie i pomieszanie, odpowiadali im więc ze zwykłą powściągliwością.

Na jednym z rogów musieli się pożegnać. Cece Ferns, zawsze najbardziej zdenerwowany powrotem do domu, pierwszy odłączył się od kolegów.

– To na razie. Widzimy się po obiedzie – powiedział.

– Yhm. I wtedy pójdziemy do miasta – odparł Bud Salter.

To znaczyło, jak wszyscy zrozumieli, „pójdziemy na komisariat". Wyglądało na to, że nie musząc niczego uzgadniać, ustalili nowy plan działania, spokojniejszy sposób podzielenia się nowiną. Ale nie zastrzegli wyraźnie, że nie powiedzą o niczym w domu. Właściwie nie było powodu, dla którego Bud Salter czy Jimmy Box nie mogliby opowiedzieć, co widzieli. Cece Ferns nigdy nie mówił nic w domu.

Cece Ferns był jedynakiem. Jego rodzice byli starsi niż rodzice większości jego rówieśników, a może tylko na takich wyglądali przez przygnębiające życie, które wspólnie wiedli. Pożegnawszy się z kolegami, Cece puścił się kłusem, jak zwykle na ostatnim odcinku drogi do domu. Nie dlatego, że mu się tam spieszyło ani dlatego, że myślał, że szybkim przybyciem zmieni cokolwiek na lepsze. Może dlatego, żeby szybciej minął ten czas, bo przez ostatni kawałek drogi chłopak zawsze był pełen obaw.

Matkę zastał w kuchni. Dobrze. Miała na sobie szlafrok, ale już wstała z łóżka. Ojca nie było – to też dobrze. Pracował w silosie i sobotnie popołudnia miał wolne, a skoro do tej pory nie pojawił się w domu, to pewnie poszedł prosto do Duke of Cumberland. To znaczyło, że będą z nim mieli do czynienia dopiero pod koniec dnia.

Jego ojciec także nazywał się Cece Ferns. Było to w Walley znane i zazwyczaj lubiane nazwisko i jeśli ktoś opowiadał jakąś historyjkę sprzed trzydziestu czy czterdziestu lat, zakładał, że wszyscy się orientują, że mówi o ojcu, a nie o synu. A jeśli ktoś mieszkający w miasteczku od stosunkowo niedawna mówił: „Cece? To mi do niego nie pasuje", uświadamiano go, że przecież nie chodzi o t e g o Cece'a.

„Nie mówimy o nim, tylko o jego starym".

Opowiadało się o tym, jak Cece Ferns poszedł do szpitala – czy został tam przewieziony – z zapaleniem płuc czy inną ciężką chorobą i pielęgniarki zawinęły go w mokre ręczniki albo prześcieradła, żeby zbić gorączkę. Kiedy wypocił z siebie tę gorączkę, okazało się, że wszystkie ręczniki i prześcieradła zafarbowały na brązowo. Tyle miał w organizmie nikotyny. Pielęgniarki w życiu czegoś takiego nie widziały. Cece był zachwycony. Twierdził, że pije i pali od dziesiątego roku życia.

I o tym, jak wybrał się do kościoła. Trudno sobie wyobrazić, dlaczego wybrał się do kościoła, ale to był kościół baptystów, do którego chodziła jego żona, więc może po to, żeby sprawić jej przyjemność, chociaż to akurat jeszcze trudniej sobie wyobrazić. Tej niedzieli, której poszedł do kościoła, dawali komunię, a u baptystów chleb to chleb, ale wino to sok winogronowy. „Co to ma być, do cholery? – zawołał Cece Ferns. – Jak to jest krew Baranka, to chyba miał anemię".

W kuchni Fernsów zaczęły się przygotowania do obiadu. Na stole leżał bochenek chleba krojonego i stała puszka buraków w zalewie. Kilka plasterków mortadeli – usmażonych przed jajkami, choć kolejność powinna być odwrotna – leżało na kuchence, żeby nie ostygnąć. Matka Cece'a pochylała się nad kuchenką z jajkiem w ręce; drugą przyciskała do brzucha, tuląc ból.

Cece wyjął jej z ręki jajko i zmniejszył temperaturę, bo była zdecydowanie za wysoka. Musiał podnieść patelnię, żeby palnik elektryczny się ochłodził, tak żeby białka nie ścięły się za mocno ani nie przypaliły na brzegach. Nie przyszedł na tyle wcześnie, żeby zdążyć zetrzeć z patelni stary tłuszcz i wrzucić kawałek świeżego smalcu. Jego matka nigdy nie ścierała starego tłuszczu, zostawiała go po prostu na patelni między jednym posiłkiem a drugim, tylko dodawała smalcu, kiedy było trzeba.

Kiedy temperatura bardziej mu odpowiadała, postawił patelnię z powrotem i delikatnie uformował koronkowe brzegi jajek w równe koła. Znalazł czystą łyżkę i polał żółtka gorącym tłuszczem, żeby się ścięły. Jego matka i on lubili jajka usmażone w taki sposób, ale jej często nie udawało się uzyskać dokładnie takiej postaci. Ojciec lubił jajka sadzone przewrócone na drugą stronę i spłaszczone jak naleśniki, wysmażone na podeszwę i czarne od pieprzu. Cece umiał też usmażyć jajka według gustu ojca.

Żaden z jego kolegów nie wiedział, jaką ma wprawę w gotowaniu – i żaden nie wiedział o kryjówce, jaką urządził sobie przy domu, w załomie muru pod oknem jadalni, za berberysem.

Kiedy on kończył przyrządzać jajka, jego matka siedziała na krześle przy oknie. Wyglądała na ulicę. Wciąż istniała możliwość, że ojciec wpadnie do domu coś zjeść. Może jeszcze nie będzie pijany. Ale jego zachowanie nie zawsze zależało od tego, jak bardzo był pijany. Gdyby w tej chwili wszedł do kuchni, mógłby zażądać, żeby Cece jemu też usmażył parę jajek. Potem mógłby go zapytać, gdzie ma fartuszek, i powiedzieć, że kiedyś będzie z niego w dechę żona. Tak by się zachował, gdyby był w dobrym nastroju. W innym razie mógłby na początek popatrzeć na syna w charakterystyczny sposób – z przesadnie, absurdalnie groźną miną – i kazać mu uważać.

„Sprytny gówniarz jesteś, co? To ja ci mówię, lepiej uważaj".

Wtedy, gdyby Cece na niego popatrzył, a może gdyby nie popatrzył, gdyby upuścił jajko albo za głośno odłożył je na blat – albo nawet gdyby bezgłośnie poruszał się po kuchni, wyjątkowo się starając, żeby niczego nie upuścić i nie hałasować – ojciec obnażyłby zęby i zaczął warczeć jak pies. Byłoby to śmieszne, bo właściwie było śmieszne, gdyby nie to, że on nie żartował. Minutę później jedzenie i naczynia mogły wylądować na podłodze, krzesła czy stół leżeć do góry nogami, a on goniłby chłopca po kuchni i wrzeszczał, że tym razem go dopadnie i przyfajczy mu gębę na gorącym palniku, bo aż się o to prosi. Można by pomyśleć, że wpadł w szał. Ale gdyby w takiej chwili ktoś zapukał do drzwi – na przykład gdyby przyszedł po niego kolega – rysy jego twarzy natychmiast ułożyłyby się w normalny wyraz, otworzyłby drzwi i przywitał kolegę donośnym, żartobliwym głosem: „Zaczekaj, zaraz będę gotów. Zaprosiłbym cię do środka, ale stara znowu rzuca talerzami".

Nie mówił tego po to, żeby mu wierzono, tylko po to, żeby to, co działo się w jego domu, obrócić w żart.

Matka zapytała Cece'a, czy się ocieplilo i gdzie był rano.

– No – odpowiedział. I: – Na równinie nad rzeką.

Powiedziała, że chyba czuje od niego zapach wiatru. Po chwili dodała:

– Wiesz, co zrobię, jak zjemy? Wezmę termofor i położę się jeszcze, może wrócą mi siły i zachce mi się coś robić.

Prawie zawsze mówiła to samo, ale zawsze oznajmiała to takim tonem, jakby właśnie wpadła na ten pomysł, powzięła tę pełną nadziei decyzję.

Bud Salter miał dwie starsze siostry, które nigdy nie robiły nic pożytecznego, jeśli matka im wyraźnie nie kazała. I nigdy nie ograniczały się do swoich pokoi czy łazienki z czesaniem włosów, malowaniem paznokci, czyszczeniem butów, nakładaniem makijażu, a nawet ubieraniem się. Rozrzucały grzebienie, wałki, puder i buteleczki lakieru do paznokci po całym domu. Poza tym na oparciu każdego krzesła rozwieszały świeżo uprasowane sukienki i bluzki, a na ręcznikach na każdej wolnej płaskiej powierzchni rozkładały swetry po praniu. (A potem się wydzierały, kiedy człowiek koło nich przechodził.) Przeglądały się we wszystkich możliwych lustrach – w lustrze koło wieszaka w przedpokoju, w lustrze w kredensie w jadalni i w lusterku koło drzwi do kuchni, pod którym znajdowała się półka wiecznie zarzucona agrafkami, szpilkami, drobnymi monetami, guzikami i ogryzkami ołówków. Jedna i druga potrafiła stać przed lustrem dwadzieścia minut i dłużej, oglądać się z różnych stron, otwierać usta, żeby dokładnie obejrzeć sobie zęby, zebrać włosy w kitkę, po czym potrząsaniem głowy rozpuścić je i sczesać palcami na policzki. Potem odchodziła, można by pomyśleć, że zadowolona – ale rytuał był skończony tylko do przejścia do kolejnego pomieszczenia, do kolejnego lustra, przed którym zaczynała wszystko od początku, tak jakby ktoś jej sprezentował nową głowę.

Teraz starsza z sióstr, ta, co podobno jest ładna, wyjmowała szpilki z włosów przed lustrem w kuchni. Głowę miała całą w oślizłych lokach, które wyglądały jak ślimaki. Druga na polecenie matki robiła purée z ziemniaków. Jego pięcioletni brat siedział przy stole i walił sztućcami w blat, wołając:

– Obsługa! Obsługa!

Nauczył się tego od ojca, który robił tak czasem dla żartu.

Bud przeszedł za krzesłem brata i powiedział szeptem:

– Patrz. Ona znowu wkłada grudki do purée.

Wmówił bratu, że grudki się dodaje, tak jak rodzynki do zapiekanki z ryżu, ze słoika w kredensie.

Mały przestał skandować i zaczął buczeć.

– Nie będę jadł, jak powkłada grudki. Mama, nie będę jadł, jak powkłada grudki.

– Oj, nie bądź głuptasem – fuknęła matka. Smażyła plasterki jabłek i pierścienie cebuli z kawałkami wieprzowiny. – Nie marudź jak małe dziecko.

– To Bud go podpuścił – wtrąciła się najstarsza siostra. – Powiedział, że wkłada grudki. Bud zawsze mu to powtarza, a on mu wierzy.

– Bud powinien dostać w gębę – rzuciła Doris, siostra, która robiła purée. Nie zawsze kończyło się na gadaniu, kiedyś zostawiła na policzku Buda bliznę po drapnięciu pazurem.

Bud podszedł do kredensu, na którym studziło się ciasto z rabarbarem. Wziął widelec i ostrożnie, tak żeby nikt nie widział, ponakłuwał powierzchnię, wypuszczając spod warstwy ciasta smakowitą parę i delikatny zapach cynamonu. Teraz próbował powiększyć jeden z otworków, żeby spróbować nadzienia. Brat widział, co robi, ale za bardzo się bał, żeby coś powiedzieć. Przez rodziców był rozpieszczany, a siostry zawsze stawały w jego obronie – Bud był jedyną osobą w domu, którą szanował.

– Obsługa – powtórzył, tym razem dyskretnym półgłosem.

Doris podeszła do kredensu po miskę na purée. Bud wykonał nieostrożny ruch i duży kawał wierzchniej warstwy ciasta opadł.

– A teraz niszczy ciasto – powiedziała Doris. – Mamo, Bud niszczy twoje ciasto.

– Zamknij japę, do cholery – odszczeknął się Bud.

– Zostaw ciasto – nakazała matka z wyćwiczoną, niemal spokojną surowością. – Ty przestań kląć. Ty przestań skarżyć. Zachowujcie się jak ludzie.

Jimmy Box zasiadł do obiadu przy zatłoczonym stole. Razem z rodzicami i dwiema siostrami, cztero- i sześcioletnią, mieszkał u babci – wraz z babcią, jej siostrą, ciocią Mary, i wujkiem, który był starym kawalerem. Ojciec Jimmy'ego prowadził warsztat rowerowy w szopie na tyłach domu, a matka pracowała w domu towarowym Honeker's.

Ojciec był inwalidą, od kiedy w wieku dwudziestu dwóch lat przeszedł atak polio. Chodził o lasce, pochylony do przodu od pasa w górę. W warsztacie to się zbytnio nie rzucało w oczy, bo przy takiej pracy człowiek tak czy inaczej często musi się schylać. Kiedy szedł ulicą, wyglądał bardzo dziwnie, ale nikt go nie przezywał ani nie małpował. Kiedyś był znanym hokeistą, grał też w reprezentacji miasteczka w baseball i wciąż miał w sobie coś z dawnego wdzięku i poloru, co pozwalało postrzegać jego obecny stan w pewnej perspektywie, zaledwie jako fazę (choć, to fakt, ostateczną). Sam dopomagał takiemu widzeniu siebie, opowiadając głupie kawały i przyjmując optymistyczny ton, nie przyznając się do bólu, który był widoczny w zapadłych oczach i który często nie dawał mu w nocy spać. I, w odróżnieniu od ojca Cece'a Fernsa, nie zmieniał śpiewki, kiedy znajdował się we własnych czterech ścianach.

Z tym że, oczywiście, nie były to jego własne cztery ściany. Ożenił się już jako kaleka, choć zaręczony był wcześniej. Wydawało się naturalne, że po ślubie zamieszkają u matki żony, żeby ona opiekowała się dziećmi, kiedy się pojawią, a żona mogła dalej pracować. Matce żony też wydawało się naturalne, żeby przyjąć pod swój dach kolejną rodzinę – tak jak uważała za naturalne to, że jej siostra Mary powinna wprowadzić się do nich, kiedy straciła wzrok, i że jej syn Fred, mężczyzna niezwykle nieśmiały, ma mieszkać w domu rodzinnym, jeżeli nie znajdzie sobie miejsca, które spodoba mu się bardziej. Była to rodzina, która ciężarami tego czy innego rodzaju przejmowała się jeszcze mniej niż pogodą. W istocie nikt w tym domu nie nazwałby inwalidztwa ojca Jimmy'ego czy zgasłego wzroku cioci Mary ciężarem czy problemem, tak jak i zresztą nieśmiałości Freda. Na ciemne strony życia i przeciwności losu należało nie zwracać uwagi, nie odróżniać ich od tego, co jest ich odwrotnością.

W rodzinie utrzymywał się pogląd, że babcia Jimmy'ego znakomicie gotuje, i chociaż kiedyś może była to prawda, to w ostatnich latach nastąpiło pogorszenie. W kuchni stosowano oszczędności idące dalej, niż było to teraz konieczne. Matka Jimmy'ego i jego wuj zarabiali przyzwoicie, ciotka dostawała emeryturę, a i w warsztacie był całkiem spory ruch, niemniej używało się jednego jajka zamiast przewidzianych trzech, a do pasztetu dodawało się dodatkową szklankę płatków owsianych. Próbowało się to równoważyć, nadmiernie przyprawiając potrawy sosem worcestershire czy dodając do słodkiego kremu za dużo gałki muszkatołowej. Ale nikt nie narzekał. Wszyscy chwalili. Narzekania czy skargi były w tym domu taką samą rzadkością jak piorun kulisty. I wszyscy mówili „przepraszam" – nawet kilkuletnie siostry Jimmy'ego, kiedy na siebie wpadały, mówiły „przepraszam". Przy stole wszyscy prosili, podawali i dziękowali, tak jakby codziennie podejmowało się tu gości. W ten sposób radzili sobie z tym, że żyli w takim ścisku, że ubrania wisiały na każdym haczyku, a wieszaki na poręczy schodów, w jadalni na stałe były rozłożone leżanki dla Jimmy'ego i wujka Freda, a kredens ginął pod stertą ubrań do prasowania czy naprawy. Nikt nie tupał na schodach, nie trzaskał drzwiami, nie słuchał głośno radia ani nie mówił niczego niemiłego.

Czy to tłumaczyło, dlaczego Jimmy nic nie powiedział przy obiedzie? Wszyscy przemilczeli swoje odkrycie, wszyscy trzej. W wypadku Cece'a łatwo było to zrozumieć. Jego ojciec nie przyjąłby do wiadomości tego, że Cece rości sobie prawo do tak ważnego odkrycia. Oczywiście wyzwałby go od kłamców. A matka, która oceniała wszystko pod kątem tego, jak wpłynie to na jej męża, rozumiałaby – słusznie – że nawet zgłoszenie się z tą opowieścią na komisariat spowodowałoby w domu zamęt, poprosiłaby więc syna, żeby nic nie mówił. Ale dwaj pozostali chłopcy mieszkali w dość normalnych domach i nie musieli milczeć. W domu Jimmy'ego reakcją na jego słowa byłaby konsternacja i pewna dezaprobata, ale rodzina szybko doszłaby do wniosku, że Jimmy nie jest tu niczemu winien. Siostry Buda zapytałyby, czy mu odbiło. Może nawet odwróciłyby kota ogonem, insynuując, że tylko taki okropny chłopak jak on mógł trafić na nieboszczyka. Ale ojciec Buda był człowiekiem rozsądnym i cierpliwym, przyzwyczajonym, jako spedytor na stacji kolejowej, do wysłuchiwania najróżniejszych niestworzonych opowieści. Kazałby siostrom Buda zamknąć buzie, a po poważnej wymianie zdań, wskutek której upewniłby się, że Bud nie przesadza, tylko mówi prawdę, zadzwoniłby na komisariat.

To dlatego, że w ich domach i bez tego za dużo się działo – także w wypadku Cece'a, bo nawet kiedy nie było jego ojca, dom stale wypełniała groźba i pamięć jego obecności.

– Powiedziałeś?

– A ty?

– Ja też nie.

Szli do miasta, nie myśląc o tym, którędy. Skręcili w Shipka Street i nagle zorientowali się, że zaraz miną otynkowany dom państwa Willensów. Poznali go dopiero, kiedy znaleźli się dokładnie na jego wysokości. Po obu stronach drzwi widniały małe okna wykuszowe, a najwyższy stopień schodów prowadzących do wejścia był na tyle szeroki, że mieściły się na nim dwa krzesła, które teraz nie stały na zewnątrz; pan Willens i jego żona siadywali na nich w letnie wieczory. Z boku domu znajdowała się przybudówka z płaskim dachem i własnymi drzwiami od ulicy; prowadziła do niej oddzielna ścieżka. Tabliczka przy drzwiach głosiła: D.M. WILLENS, OPTYK. Żaden z chłopców nie był w tym gabinecie, ale ciocia Jimmy'ego regularnie chodziła tu po krople do oczu, a jego babcia obstalowała okulary. Tak jak i matka Buda Saltera.

Tynk był koloru brudnoróżowego, a drzwi i framugi okien pomalowano na brązowo. Nie zdjęto jeszcze okiennic sztormowych, tak samo zresztą jak w większości domów w miasteczku. Sam dom nie wyróżniał się niczym szczególnym, za to ogród słynął z kwiatów. Pani Willens była cenioną ogrodniczką, u której kwiaty nie rosły w długich rzędach przy grządkach warzywnika, jak u babci Jimmy'ego i matki Buda. Sadziła je w całym ogrodzie tak, że tworzyły barwne koła i półksiężyce, i pierścienie wokół pni drzew. Za kilka tygodni cały trawnik miał zakwitnąć żonkilami. Ale na razie jedyną kwitnącą rośliną był krzew forsycji przy narożniku domu. Sięgał prawie po dach i rozpryskiwał w powietrze żółcień tak jak fontanna tryska wodą.

Krzew się zatrząsł i wyszła spod niego schylona brązowa postać. Była to pani Willens w starym ubraniu roboczym, okrągła niska kobieta w workowatych spodniach, porwanej kurtce i spiczastej czapce, która mogła należeć do jej męża – była na niej za duża i opadała jej na oczy. W ręku pani Willens trzymała sekator.

Chłopcy zwolnili kroku – mieli do wyboru albo to, albo puszczenie się biegiem. Może myśleli, że pani Willens ich nie zauważy, że każdy zamieni się w słup. Ale ona już wcześniej ich zauważyła – dlatego wyszła spod krzewu.

– Widzę, że zagapiliście się na moją forsycję – powiedziała. – Chcielibyście wziąć po bukiecie do domu?

Zagapili się nie na forsycję, tylko na całą tę scenę – na dom, który wyglądał tak samo jak zwykle: przy drzwiach gabinetu wisiała tabliczka, firanki wpuszczały światło. Nie było niczego głuchego ani złowieszczego, nic, co by głosiło, że pana Willensa nie ma wewnątrz, a jego samochód nie stoi w garażu na tyłach gabinetu, tylko znajduje się pod wodą w stawie w Jutland. A pani Willens pracuje w ogrodzie, do którego, jak wszyscy się spodziewali – mówiło tak całe miasteczko – wyjdzie w tej samej minucie, co stopnieje śnieg. A teraz woła ich znajomym, szorstkim od tytoniu głosem, obcesowym i wyzywającym, ale nie nieprzyjemnym – głosem rozpoznawalnym z drugiego końca ulicy czy z przeciwnej strony sklepu.

– Zaczekajcie. Zaczekajcie, to dam wam trochę.

Precyzyjnie i nieprzypadkowo zaczęła ścinać gałązki obsypane jasnożółtymi kwiatami, a kiedy skończyła, podeszła do chłopców, schowana za całym ich naręczem.

– Proszę – powiedziała. – Zanieście je swoim matkom. Zawsze miło jest zobaczyć forsycję, to pierwsze, co kwitnie na wiosnę. – Rozdzielała między nich gałązki. – Jak Galia – dodała. – „Cała Galia dzieli się na trzy części". Na pewno to znacie, jeśli uczycie się łaciny.

– Nie chodzimy jeszcze do szkoły średniej – powiedział Jimmy, którego życie domowe przygotowało, lepiej niż pozostałych, do rozmawiania z kobietami.

– Nie? – zdziwiła się pani Willens. – No cóż, to mnóstwo ciekawych rzeczy przed wami. Powiedzcie matkom, żeby wstawiły gałązki do letniej wody. Ale na pewno same to wiedzą. Dałam wam takie jeszcze nierozwinięte, powinny się długo trzymać.

Podziękowali – Jimmy pierwszy, a pozostali w ślad za nim. Poszli dalej z forsycją w objęciach. Nie mieli zamiaru wracać i zanosić jej do domu; liczyli na to, że pani Willens nie wie, gdzie dokładnie mieszkają. Przeszedłszy kawałek, odwrócili się dyskretnie, żeby sprawdzić, czy patrzy w ich stronę.

Nie patrzyła. Zresztą tak czy owak zasłaniał ich teraz duży dom stojący prawie przy samym chodniku.

Dzięki forsycji mieli o czym myśleć – o wstydzie, jaki się wiązał z niesieniem kwiatów, o tym, jak by tu się ich pozbyć. Inaczej musieliby myśleć o panu Willensie i pani Willens. O tym, że ona krząta się w ogródku, a on tkwi w samochodzie pod wodą, nieżywy. Czy ona wie, gdzie on jest, czy nie? Wydawało się niemożliwe, żeby wiedziała. Czy wiedziała chociaż, że go nie ma? Zachowywała się tak, jakby wszystko było w porządku, w jak najlepszym porządku, i przez ten czas, kiedy przed nią stali, wydawało się, że to prawda. To, co wiedzieli, co zobaczyli rano, wydawało się zepchnięte gdzieś daleko, pokonane przez to, że ona o tym nie wiedziała.

Zza rogu wyjechały na rowerach dwie dziewczyny. Jedną z nich była siostra Buda, Doris. Natychmiast zaczęły naśmiewać się z chłopców.

– Patrzcie, ludzie, ale kwiaty – zawołały. – A gdzie ślub? Patrzcie, jakie śliczne druhny.

Bud odgryzł się jej najzłośliwiej, jak umiał:

– Masz tyłek cały we krwi.

Oczywiście to nie była prawda, ale kiedyś rzeczywiście tak się zdarzyło – przyszła ze szkoły w zakrwawionej spódnicy. Wszyscy to widzieli i mieli już zawsze pamiętać.

Był pewien, że siostra naskarży na niego w domu, ale nic nie powiedziała. Tak bardzo wstydziła się tamtego razu, że nie mogła się zdobyć na wspomnienie o nim na głos, nawet żeby jemu narobić kłopotów.

Chłopcy zrozumieli, że muszą natychmiast pozbyć się gałązek, i po prostu wrzucili je pod zaparkowany samochód. Wchodząc na rynek, strzepywali z ubrań zabłąkane płatki. Wówczas sobota była jeszcze ważnym dniem – ściągała do miasteczka ludzi ze wsi. Boki rynku i dochodzące do niego ulice były zastawione samochodami. Wyrośnięta młodzież ze wsi i drobniejsza miejscowa dzieciarnia szły do kina na poranek.

Musieli przejść koło domu towarowego Honeker's. A tam, na widoku, w jednym z okien wystawowych, Jimmy zobaczył swoją matkę. Zdążyła już wrócić do pracy, prostowała kapelusz na głowie manekina, układała woalkę, a potem poprawiała mu sukienkę na ramionach. Była niska, więc żeby to wszystko zrobić jak należy, musiała wspinać się na palce. Zanim weszła na wykładzinę na wystawie, zdjęła buty. Przez pończochy prześwitywały różowe, krągłe poduszki jej pięt, a kiedy wyciągała się w górę, przez rozcięcie spódnicy było widać tył jej kolana. Wyżej szeroką, ale kształtną pupę i linię majtek czy pasa do pończoch. Jimmy słyszał w wyobraźni jej ciche postękiwania; czuł też zapach pończoch, które czasami zdejmowała zaraz po przyjściu do domu, żeby przypadkiem nie poszło oczko. Pończochy i kobieca bielizna, nawet zaraz po praniu, miały charakterystyczny osobisty zapach, zarazem pociągający i odstręczający.

Pragnął, żeby spełniły się jego dwa życzenia. Żeby koledzy jej nie zauważyli (zauważyli, ale idea matki, która codziennie starannie się ubiera i wychodzi w świat, była dla nich czymś tak obcym, że mogli tylko pominąć to milczeniem) i żeby ona, błagam, błagam, nie odwróciła się i nie zauważyła jego. Kiedy go widziała przez okno z pracy, potrafiła pukać w szybę i do niego machać. W pracy zarzucała tłumioną dyskrecję i wysiloną uprzejmość, które obowiązywały w domu. Jej uprzejmość zmieniała postać z łagodnej w zadziorną. Kiedyś zachwycał się tą drugą twarzą matki, jej figlarnością, tak jak i samym domem towarowym z długimi ladami ze szkła i lakierowanego drewna, dużymi lustrami na szczycie schodów, w których widział się, jak wchodzi na piętro, gdzie mieścił się dział odzieży damskiej.

„Mój mały szelma" – witała go matka i czasami wsuwała mu w dłoń dziesięciocentówkę. Nie wolno mu było odwiedzać jej na dłużej niż minutę – pan albo pani Honeker mogli patrzeć.

Mały szelma.

Słowa kiedyś równie przyjemne dla ucha jak dźwięczenie dziesięcio- i pięciocentówek niepostrzeżenie stały się żenujące.

Minęli ją bezpiecznie.

Na następnym odcinku musieli przejść koło Duke of Cumberland's, ale Cece się tym nie przejmował. Skoro ojciec nie pojawił się na obiad, to nie będzie go jeszcze wiele godzin. Niemniej słowo „Cumberland" zawsze go przygnębiało. Nawet kiedy nie wiedział jeszcze, co ono znaczy, kojarzył je z uczuciem smutnego ciążenia w dół. Jakby odważnik wpadał do ciemnej wody, głęboko.

Między pubem a ratuszem, na którego tyłach mieścił się komisariat, biegła niebrukowana ścieżka. Chłopcy weszli na nią i wkrótce usłyszeli, jak do hałasu rynku dołączają nowe odgłosy. Nie dochodziły z Duke of Cumberland – tamtejszy hałas był wytłumiony, bo w ścianie piwiarni znajdowały się tylko wąskie i wysokie okienka jak w szalecie. Odgłosy dochodziły z komisariatu. Drzwi do niego były otwarte ze względu na ciepło i nawet tu, na ścieżce, dało się wyczuć tytoń i papierosy. W środku siedzieli nie tylko policjanci, szczególnie w sobotnie popołudnia, kiedy w zimie paliło się w piecu, a latem chodził wentylator, w dni zaś między zimą a latem, takie jak dzisiejszy, otwierało się drzwi, żeby wpuścić przyjemne rześkie powietrze. Na pewno siedział tam pułkownik Box – zresztą już słyszeli jego rzężenie, długo utrzymujący się skutek astmatycznego śmiechu. Był krewnym Jimmy'ego, ale nie utrzymywał kontaktu z jego rodziną, ponieważ nie pochwalał małżeństwa jego ojca. Kiedy spotykał Jimmy'ego i go poznawał, zwracał się do niego tonem zdziwionym i ironicznym. „Jeśli kiedyś będzie chciał ci dać ćwierć dolara czy coś, masz powiedzieć, że nie potrzebujesz", przykazała Jimmy'emu matka. Ale pułkownik Box nigdy czegoś takiego nie zaproponował.

Na pewno był tam też pan Pollock, emerytowany aptekarz, i Fergus Solley, który nie był przygłupem, ale tak wyglądał po ataku gazowym w pierwszej wojnie światowej. Ci mężczyźni i im podobni całymi dniami grali w karty, palili, opowiadali sobie anegdoty i pili kawę na koszt miasta (jak mawiał ojciec Buda). Każdy, kto chciałby złożyć zażalenie czy doniesienie, musiał to zrobić na ich oczach, zapewne także w zasięgu ich słuchu.

Nie lada wyzwanie.

Przed otwartymi drzwiami prawie się zatrzymali. Nikt nie zwrócił na nich uwagi. „Ale jeszcze nie leżę w trumnie", powiedział pułkownik Box, powtarzając puentę jakiejś anegdoty. Chłopcy ruszyli dalej, powoli, ze spuszczonymi głowami, kopiąc żwir. Za rogiem budynku przyspieszyli kroku. Na ścianie przy wejściu do męskiego szaletu widać było smugę świeżych grudkowatych wymiocin, a na ziemi leżało kilka pustych butelek. Musieli tylko przejść między śmietnikami i pod wysokimi, czujnymi oknami biura urzędnika miejskiego i już byli z powrotem na rynku.

– Mam pieniądze – powiedział Cece.

To rzeczowe stwierdzenie przyniosło im wszystkim ulgę. Cece zabrzęczał monetami w kieszeni. Pieniądze dała mu matka, kiedy pozmywał naczynia po obiedzie i poszedł do sypialni powiedzieć jej, że wychodzi. „Weź sobie z kredensu pięćdziesiąt centów", powiedziała. Czasami miała trochę pieniędzy, choć on nigdy nie widział, żeby dostawała coś od ojca. A zawsze kiedy mówiła „weź sobie" czy dawała mu kilka monet, Cece rozumiał, że matka wstydzi się ich życia, wstydzi się i za siebie, i w jego imieniu, i wtedy nie mógł nawet na nią patrzeć (ale z pieniędzy się cieszył). Szczególnie kiedy mówiła, że jest dobrym chłopcem i ma sobie nie myśleć, że ona nie jest mu za wszystko wdzięczna.

Weszli w ulicę prowadzącą do portu. Przy stacji benzynowej Paquette's Service Station stała budka, w której pani Paquette sprzedawała hot dogi, lody, słodycze i papierosy. Nie zgodziła się sprzedać im papierosów, nawet kiedy Jimmy powiedział, że to dla jego wujka Freda. Ale nie miała im za złe, że podjęli próbę. Była pulchną, ładną kobietą z francuskojęzycznej części Kanady.

Kupili sobie długie węże z lukrecji, czarne i czerwone. Planowali kupić jeszcze lody, ale dopiero później, kiedy nie będą już tacy najedzeni po obiedzie. Poszli kawałek dalej, gdzie przy ogrodzeniu stały dwa fotele samochodowe, pod drzewem, które latem dawało cień. Podzielili się wężami.

W jednym z foteli siedział kapitan Tervitt.

Był prawdziwym kapitanem, i to wiele lat, pływał na statkach po jeziorze. Teraz pełnił funkcję policjanta drogowego. Zatrzymywał samochody, żeby przed szkołą dzieci mogły bezpiecznie przejść przez ulicę, a zimą pilnował, żeby nie zjeżdżały na sankach po stromej bocznej uliczce. Gwizdał w gwizdek i podnosił rękę, a jego duża dłoń w białej rękawiczce wyglądała jak dłoń klauna. Wciąż był wyprostowany i barczysty, chociaż stary i siwy. Samochody go słuchały, dzieci też.

Nocą chodził po miasteczku i sprawdzał, czy drzwi sklepów są porządnie pozamykane i czy w środku przypadkiem nie grasują włamywacze. Za dnia często przysypiał w miejscach publicznych. Przy brzydkiej pogodzie spał w bibliotece, a kiedy było ładnie, znajdował sobie jakieś miejsce na świeżym powietrzu. Nie spędzał dużo czasu w komisariacie, prawdopodobnie dlatego, że był za głuchy, żeby rozumieć rozmowę bez zakładania aparatu słuchowego, a jak wielu przygłuchych, aparatu słuchowego szczerze nie cierpiał. Zresztą pewnie nawykł do samotności, do patrzenia w dal, przed dziób statku.

Oczy miał zamknięte i głowę odchyloną, żeby słońce grzało mu twarz. Kiedy podeszli, żeby z nim porozmawiać (a podjęli tę decyzję, nie porozumiewając się ze sobą, jeśli nie liczyć jednego zrezygnowanego i wątpiącego spojrzenia), chyba przerwali mu drzemkę. Po jego twarzy było widać, że potrzebował chwili na to, żeby się zorientować – kto, gdzie, kiedy. Potem wyjął z kieszeni duży staroświecki zegarek, tak jakby sądził, że dzieci zawsze chcą zapytać, która jest godzina. Ale chłopcy nadal do niego mówili, z podekscytowanymi i lekko zawstydzonymi minami. Mówili: „Pan Willens jest w stawie w Jutland", „Widzieliśmy auto" i „Utonął". Musiał podnieść rękę i uciszać ich psykaniem; drugą ręką gmerał w tym czasie w kieszeni spodni, szukając aparatu słuchowego. Kiwał głową, poważnie i zachęcająco, mocując urządzenie w uchu, tak jakby chciał powiedzieć: cierpliwości, cierpliwości. Później uniósł obie ręce – cisza, cisza – sprawdzając, czy dobrze działa. Wreszcie jeszcze raz skinął głową, tym razem bardziej energicznie, i surowym głosem – ale w pewnym stopniu żartując z własnej surowości – powiedział:

– Proszę, teraz można.

Cece, najspokojniejszy z całej trójki – tak jak Jimmy był najbardziej układny, a Bud najbardziej wyszczekany – całkowicie odwrócił bieg sprawy.

– Ma pan rozpięty rozporek – powiedział.

Wszyscy trzej wybuchnęli śmiechem i uciekli.

*

Euforia nie przeszła im natychmiast. Ale nie można było w niej trwać ani o niej rozmawiać – musieli się pożegnać.

Cece poszedł do domu popracować nad swoją kryjówką. Kartonowa podłoga, przez zimę zamarznięta, teraz rozmokła i trzeba było ją wymienić. Jimmy wszedł na strych nad warsztatem, gdzie niedawno odkrył pudło kolorowych pism należących kiedyś do wujka Freda. Bud wrócił do domu i zastał tylko matkę, która pastowała podłogę w jadalni. Mniej więcej godzinę oglądał komiksy, a potem jej powiedział. Był przekonany, że jego matka nie ma poza domem żadnego doświadczenia ani władzy i że nie będzie wiedziała, co zrobić, dopóki nie zadzwoni do ojca. Ku jego zdziwieniu od razu zadzwoniła na policję. Potem zadzwoniła do męża. A ktoś poszedł po Cece'a i Jimmy'ego.

Do stawu w Jutland wysłano z miasteczka wóz policyjny i wszystko się potwierdziło. Policjant i pastor anglikański udali się do pani Willens.

„Nie chciałam zawracać panom głowy – powiedziała podobno pani Willens. – Chciałam mu dać czas do zmroku".

Zeznała, że pan Willens wyjechał za miasto poprzedniego dnia po południu, miał zawieźć krople pewnemu niewidomemu. Czasem zdarzało się, że coś go zatrzymywało, powiedziała. Jechał do kogoś w odwiedziny albo samochód się psuł.

– Był przybity, miał gorszy nastrój? – zapytał policjant.

– Ale skąd – zaprotestował pastor. – Był opoką chóru.

– Słowo „przybity" nie istniało w jego słowniku – powiedziała pani Willens.

To, że chłopcy zjedli w domu obiad i ani słowem nie powiedzieli o swoim odkryciu, wzbudziło niejaki podziw. I że potem poszli kupić sobie lukrecję. Wymyślono nowy przydomek – Truposz – i nadano go wszystkim trzem. Jimmy i Bud nosili go, dopóki nie wyjechali z miasteczka, a Cece, który ożenił się młodo i poszedł do pracy w silosie, doczekał tego, że przeszedł na jego dwóch synów. Ale wtedy już dawno nikt się nie zastanawiał, do czego się odnosi.

Obraza kapitana Tervitta pozostała tajemnicą.

Każdy z chłopców spodziewał się jakiegoś nawiązania do tego, co zaszło, jakiegoś wyniosłego spojrzenia świadczącego o poczuciu krzywdy czy ocenie, kiedy następnym razem będą przechodzić przez ulicę pod jego ręką uniesioną w górę, idąc do szkoły. Ale kapitan trzymał w górze dłoń, szlachetną i błazeńską białą dłoń, z typowym dla siebie dobrotliwym spokojem. Dawał przyzwolenie.

Proszę, teraz można.

II
Niewydolność serca

„Kłębuszkowe zapalenie nerek", zapisała Enid w swoim notatniku. Nigdy wcześniej nie zetknęła się z takim przypadkiem. Nerki pani Quinn stawały się niewydolne i nic nie dało się z tym zrobić. Kurczyły się i zmieniały w twarde, bezużyteczne, ziarniste twory. Jej mocz był teraz skąpy i wyglądał jak przydymiony, a zapach towarzyszący jej oddechowi i przedostający się przez skórę – kwaśny i niepokojący. Wydzielała też inny, słabszy zapach, podobny do zapachu psujących się owoców, związany, zdaniem Enid, z lawendowobrązowymi plamami na ciele. Nogi podrygiwały jej w skurczach nagłego bólu, a skóra była podatna na silny świąd, który Enid musiała koić lodem.

Owijała bryłki lodu w ręczniki i przykładała je do zmian skórnych powodujących udrękę.

– Miałam zapytać, skąd się bierze ta choroba – powiedziała szwagierka pani Quinn. Miała na nazwisko Green. Olive Green. Mieszkała na farmie położonej kilka mil dalej i przyjeżdżała co kilka dni, żeby zabrać do prania pościel, ręczniki i koszule nocne. Prała też ubranka dzieci i przywoziła wszystko wyprasowane i poskładane. Prasowała nawet wstążki przy dekoltach koszul nocnych. Enid była jej wdzięczna – zdarzało jej się opiekować pacjentami, których musiała opierać sama czy, co gorsza, zrzucać ten obowiązek na swoją matkę, która płaciła za tę usługę pralni w mieście. Nie chcąc urazić pytającej, ale domyślając się, jaką odpowiedź chciałaby usłyszeć, odparła:

– Trudno powiedzieć.

– Bo, wie pani, człowiek słyszy to i owo – ciągnęła pani Green. – Podobno czasem kobiety biorą takie pigułki. Jeżeli je biorą, jak spóźnia im się okres i dokładnie tak, jak kazał lekarz, i w słusznym celu, to w porządku, ale jak biorą za dużo i w złym celu, to niszczą sobie nerki. To prawda?

– Nigdy nie zetknęłam się z takim przypadkiem – powiedziała Enid.

Pani Green była wysoką, potężną kobietą. Tak jak jej brat Rupert, mąż pani Quinn, miała zadarty nos i okrągłą twarz z sympatycznymi zmarszczkami – z tych, które matka Enid nazywała „irlandzkimi kartoflami". Ale u Ruperta pogodny wyraz twarzy skrywał ostrożność i zdystansowanie. A u pani Green pragnienie. Czego, tego Enid nie wiedziała. Nawet w najzwyklejszej rozmowie wyczuwało się z jej strony olbrzymie wymagania. Może było to po prostu pragnienie nowin. Jakiejś wiadomości wielkiej wagi. Jakiegoś wydarzenia.

Na horyzoncie rysowało się, rzecz jasna, wydarzenie wielkiej wagi, przynajmniej w skali rodziny. Pani Quinn miała umrzeć – w wieku dwudziestu siedmiu lat. (Przynajmniej taki wiek podała; Enid dałaby jej kilka lat więcej, ale przy chorobie w tak zaawansowanym stadium trudno było to orzec.) Kiedy nerki zupełnie przestaną działać, serce nie wytrzyma i nastąpi zgon. Doktor powiedział Enid: „Będziesz tu miała zajęcie do lata, ale prawdopodobnie zanim upały się skończą, będziesz mogła zrobić sobie wakacje".

– Rupert poznał ją, jak pojechał na północ – opowiadała pani Green. – Pojechał sam, pracował tam w lasach. Ona miała jakąś robotę w hotelu. Nie wiem dokładnie jaką. Pokojówki czy coś. Ale nie wychowała się tam. Mówi, że wychowała się w sierocińcu w Montrealu. No cóż, nie jej wina. Człowiek by się spodziewał, że zna francuski, ale nawet jak zna, to się nie przyznaje.

– Ciekawe życie – skomentowała Enid.

– I tyle? Niechże pani powie coś jeszcze.

– Coś jeszcze – powiedziała Enid.

Czasami nic nie mogła na to poradzić – próbowała żartować, choć prawie nie miała nadziei, że żart padnie na podatny grunt. Uniosła brwi zachęcająco i pani Green się uśmiechnęła.

Ale czy nie poczuła się urażona? W taki sam sposób uśmiechał się Rupert w szkole średniej, odpierając potencjalne szyderstwa.

– Wcześniej nigdy nawet nie chodził z dziewczyną – powiedziała pani Green.

Enid chodziła z Rupertem do klasy, ale nie wspomniała o tym pani Green. Poczuła się teraz lekko zawstydzona, bo był jednym z chłopców – w istocie jedynym chłopcem – którego razem z koleżankami wyśmiewała i dręczyła. Jak same to określały, czepiały się go. Znęcały się nad nim, idąc za nim główną ulicą i wołając „Cześć, Rupert. Cze-eeeść, Rupert", i obserwowały, jak od przeżywanych katuszy robi się czerwony na szyi. „Rupert ma szkarlatynę" – wołały wtedy. „Rupert, powinieneś być w izolatce". Udawały też, że jedna z nich – Enid, Joan McAuliffe, Marian Denny – coś do niego ma. „Ona chce z tobą pogadać, Rupert. Weź się z nią umów. Albo przynajmniej do niej zadzwoń. Tak strasznie by chciała z tobą pogadać".

Nie oczekiwały tak naprawdę, że zareaguje na te oszukańcze zaloty. Ale gdyby zareagował, co by to była za frajda. Z miejsca zostałby odrzucony, a historia rozniosłaby się po całej szkole. Dlaczego? Dlaczego traktowały go w ten sposób, dlaczego go upokarzały? Po prostu dlatego, że mogły.

Niemożliwe, żeby o tym zapomniał. Ale traktował Enid, jakby była nowo poznaną osobą, pielęgniarką jego żony, przybyłą do jego domu nie wiadomo skąd. A Enid dostosowała do tego swoje zachowanie.

Wszystko było tutaj nadzwyczaj dobrze urządzone, tak by oszczędzić jej dodatkowej pracy. Rupert sypiał u pani Green, tam też jadał posiłki. Jego dwie kilkuletnie córki też mogłyby u niej zamieszkać, ale wymagałoby to przeniesienia ich do innej szkoły – a do wakacji został niecały miesiąc.

Rupert przychodził do domu wieczorami i rozmawiał z dziećmi.

– Byłyście grzeczne? – pytał.

A Enid mówiła:

– Pokażcie tacie, co zbudowałyście z klocków. Pokażcie tacie, jak ładnie pokolorowałyście rysunki.

Klocki, kredki i kolorowanki dziewczynki dostały od Enid, która zadzwoniła do matki i poprosiła, żeby poszukała czegoś w starych skrzyniach. Matka spełniła jej prośbę, a poza tym przyniosła stary zeszyt wycinanek, który od kogoś dostała – z księżniczką Elżbietą, księżniczką Małgorzatą i ich licznymi strojami. Enid nie udało się skłonić dziewczynek do tego, żeby podziękowały, dopóki nie odłożyła wszystkiego na niedostępną dla nich półkę i nie zapowiedziała, że podarunki będą tam leżeć, dopóki one nie powiedzą „dziękuję". Lois i Sylvie miały siedem i sześć lat, ale były dzikie jak kocięta.

Rupert nie pytał, skąd się wzięły zabawki. Mówił córkom, żeby były grzeczne, i pytał Enid, czy nie potrzebuje czegoś z miasteczka. Raz powiedziała mu, że wymieniła żarówkę w korytarzu w piwnicy i że mógłby kupić żarówki na zapas.

– Mogłem sam wymienić tę żarówkę – powiedział.

– Dla mnie to żaden kłopot – odparła Enid. – Tak jak i wymiana bezpieczników czy wbijanie gwoździ. Już od bardzo dawna radzimy sobie z matką w domu bez mężczyzny.

Chciała się trochę z nim poprzekomarzać, zaprzyjaźnić się, ale się nie udało.

Na koniec Rupert pytał o żonę i Enid mówiła wtedy, że trochę obniżyło jej się ciśnienie czy że zjadła na kolację kawałek omleta i go nie zwróciła, czy że okłady z lodu przynoszą ulgę swędzącej skórze i dzięki temu chora lepiej śpi. A Rupert uznawał, że skoro śpi, to nie będzie jej przeszkadzał.

Enid mówiła na to: „Nonsens". I że wizyta męża lepiej jej zrobi niż krótka drzemka. Szła wtedy kłaść dziewczynki do łóżek, żeby małżonkowie mieli czas tylko dla siebie. Ale Rupert nigdy nie zostawał u żony dłużej niż kilka minut. A kiedy Enid schodziła na dół i wchodziła do salonu, teraz pokoju chorej, by przygotować ją na noc, pani Quinn leżała na plecach i wyglądała na wzburzoną, ale nie niezadowoloną.

– Nie poświęca mi za dużo czasu ten mój mąż, co? – pytała pani Quinn. – Śmiać mi się chce. Ha, ha, ha, jak się czujesz? Ha, ha, ha, już muszę iść. A może by ją tak wziąć za chabety i rzucić na stertę gnojówki? Może by ją wyrzucić na śmietnik, jak zdechłego kota. Tak sobie myśli. Prawda?

– Wątpię – odparła Enid, przynosząc miskę i ręczniki, alkohol do nacierania i zasypkę dla niemowląt.

– Wątpię – powtórzyła nienawistnie pani Quinn, ale dość chętnie dała sobie zdjąć koszulę nocną, zaczesać włosy do tyłu, podłożyć ręcznik pod biodra.

Enid przywykła do tego, że ludzie krępują się nagości, nawet bardzo starzy i bardzo chorzy. Czasami musiała się z nimi przekomarzać albo wiercić im dziurę w brzuchu, żeby zdobyli się na zdrowy rozsądek. „Co pan myśli, że nie widziałam wcześniej dolnych części ciała?" – mówiła na przykład. „Dolne części, górne części, po jakimś czasie to się robi nudne. Wie pani, jesteśmy stworzeni tylko na dwa sposoby". Ale pani Quinn nie czuła wstydu, rozwierała uda i unosiła biodra, żeby ułatwić Enid pracę. Była niską kobietą, drobnej budowy, o sylwetce teraz dziwacznej przez opuchnięty brzuch i kończyny, a piersi o sutkach jak rodzynki miała skurczone do rozmiaru małych sakiewek.

– Rozdęłam się jak świnia – powiedziała pani Quinn. – Z wyjątkiem cycków, ale one zawsze były w sumie do niczego. Nigdy nie miałam porządnego cyca jak ty. Pewnie chce ci się rzygać na mój widok. Ucieszysz się, jak umrę, co?

– Gdyby takie były moje odczucia, toby mnie tu nie było – odparła Enid.

– Dobrze, że zdechł ten diabli pomiot – powiedziała pani Quinn. – Tak wszyscy będziecie mówić. Dobrze, że zdechł ten diabli pomiot. W końcu jestem mu do niczego niezdatna. Jestem dla faceta do niczego. Wychodzi co wieczór i idzie na baby, co?

– O ile wiem, idzie do swojej siostry.

– O ile wiesz. Ale co ty tam wiesz.

Enid pomyślała, że wie, co to znaczy, ta pogarda i jad, energia zachowana na złorzeczenie. Pani Quinn na oślep szukała wroga. Chorzy ludzie z czasem zaczynają odczuwać nienawiść do zdrowych, nawet mężowie do żon i matki do dzieci. W wypadku pani Quinn i do męża, i do dzieci. W sobotę rano Enid zawołała Lois i Sylvie, które bawiły się pod werandą, żeby przyszły zobaczyć, jak mama ładnie wygląda. Pani Quinn była świeżo po porannym myciu, ubrana w czystą koszulę nocną, jej cienkie, rzadkie, jasne włosy były zaczesane do tyłu i przewiązane niebieską wstążką. (Enid brała ze sobą zapas takich wstążek, kiedy miała opiekować się kobietą – a także flakonik wody kolońskiej i kawałek pachnącego mydła.) Rzeczywiście wyglądała ładnie – a przynajmniej było widać, że kiedyś była ładna, z tym szerokim czołem i kośćmi policzkowymi (teraz prawie przebijały się przez skórę, jak porcelanowe gałki do drzwi), dużymi zielonymi oczami, dziecinnymi, przezroczystymi zębami i małym, wysuniętym w uporze podbródkiem.

Dzieci weszły do pokoju chorej posłusznie, lecz bez entuzjazmu.

– Niech nie siadają na łóżku, są brudne – nakazała pani Quinn.

– Chcą tylko panią zobaczyć – powiedziała Enid.

– No, to już zobaczyły. Mogą sobie iść.

To zachowanie ani nie zdziwiło, ani nie rozczarowało dzieci. Spojrzały na Enid, a ona powiedziała:

– Dobrze, idźcie, mama powinna odpocząć.

Dziewczynki wybiegły i trzasnęły drzwiami do kuchni.

– Nie możesz im powiedzieć, żeby tak nie robiły? – zapytała pani Quinn. – Za każdym razem jakbym dostawała cegłówką w pierś.

Można by pomyśleć, że jej córki to sieroty, obce obdartusy przysłane na wizytę, której nie widać końca. Ale tacy właśnie byli niektórzy ludzie, zanim pogodzili się z umieraniem, a czasami aż do chwili śmierci. Ludzie łagodniejszej, zdawałoby się, natury niż pani Quinn mówili na przykład, że wiedzą, jak strasznie ich bracia, siostry, mężowie, żony i dzieci zawsze ich nienawidzili, jaki zawód sprawiali innym, a inni im, i jak wszyscy nie mogą się doczekać, żeby wreszcie umarli. Zdarzało się, że takie słowa padały pod koniec spokojnego, dobrego życia w kochających się rodzinach; dla tych ataków nie było żadnego wytłumaczenia. I takie ataki zwykle przechodziły. Ale często też w ostatnich tygodniach, a nawet dniach życia dochodziło do rozgrzebywania starych kłótni i wypominania zniewag czy wyrzekania na jakąś niesprawiedliwą karę poniesioną siedemdziesiąt lat wcześniej. Kiedyś pacjentka poprosiła Enid o przyniesienie z kredensu ozdobnego talerza we wzór w gałązki wierzby. Enid pomyślała, że kobieta chce się pocieszyć oglądaniem tego pięknego przedmiotu po raz ostatni. Ale okazało się, że chciała przeznaczyć ostatki swojej siły, zaskakująco dużej, na roztrzaskanie go o ramę łóżka.

„Teraz wiem, że nie dostanie się w łapska mojej siostry" – powiedziała potem.

Często umierający mawiali też, że bliscy odwiedzają ich tylko po to, żeby triumfować, a całe ich cierpienie to wina lekarza. Nienawidzili również Enid – za jej siłę niepotrzebującą snu, za jej cierpliwe dłonie i za to, że soki życia płynęły w niej w idealnej równowadze. Enid była do tego przyzwyczajona i rozumiała, jaki odczuwają ciężar – ciężar śmierci, ale i własnego życia, czasami większy niż ten pierwszy.

W stosunku do pani Quinn była jednak bezradna.

Nie działo się tak tylko dlatego, że nie potrafiła przynieść jej ulgi. Sęk tkwił w tym, że nie chciała. Nie umiała pokonać antypatii do tej umierającej, nieszczęśliwej młodej kobiety. Nie lubiła tego ciała, które musiała myć, posypywać talkiem, koić okładami z lodu i nacierać alkoholem. Rozumiała teraz, co ludzie mają na myśli, mówiąc, że nienawidzą choroby i chorych ciał; rozumiała kobiety, od których często słyszała „Nie wiem, jak pani może się tym zajmować, ja bym nigdy nie mogła być pielęgniarką, to jedyna praca, do której zupełnie się nie nadaję". Nie lubiła tego konkretnego ciała, charakterystycznych objawów jego choroby. Jego zapachu i przebarwień, odstręczających sutków i żałosnych zębów, drobnych jak u fretki. Widziała w tym wszystkim oznaki świadomego zepsucia. Węsząc rażącą nieczystość, była równie okropna jak pani Green. Mimo że była pielęgniarką, a zatem nie powinna łączyć choroby z cnotą, i mimo że w jej pracy – a i w jej naturze chyba też – jedną z najważniejszych cech było współczucie. Nie wiedziała, dlaczego tak się dzieje. Pani Quinn przypominała jej trochę dziewczęta, z którymi chodziła do szkoły – tanio ubrane, o niezdrowym wyglądzie i ponurej przeszłości, obnoszące się mimo to z twardym zadowoleniem z siebie. Trwało to rok, góra dwa lata – potem zachodziły w ciążę, większość wychodziła za mąż. W ostatnich latach Enid opiekowała się kilkoma z nich podczas porodów w domu i odkryła, że po ich pewności siebie nie został nawet ślad, a skłonność do brawury zmieniła się w potulność czy wręcz bojaźliwość. Było jej ich żal, nawet kiedy sobie przypominała, z jaką determinacją walczyły o to, co z czasem zdobyły.

Pani Quinn była trudniejszym przypadkiem. Enid wiele razy próbowała ją rozgryźć, ale nie znajdowała nic prócz zawziętego szelmostwa, nic prócz zgnilizny.

Jeszcze gorsze od tego, że Enid czuła odrazę, było to, że chora o tym wiedziała. Enid nie umiała tego przed nią ukryć, choć zdobywała się na największą cierpliwość, delikatność i pogodę ducha, na jaką było ją stać. A posiadanie tej wiedzy było dla pani Quinn powodem do triumfu.

„Dobrze, że zdechł ten diabli pomiot".

Kiedy Enid miała dwadzieścia lat i kończyła szkołę pielęgniarską, w szpitalu w Walley umierał jej ojciec. Powiedział wtedy:

– Nie wiem, czy mi się podoba zawód, jaki wybrałaś. Nie chcę, żebyś pracowała w takim miejscu jak to.

Enid nachyliła się nad nim i zapytała, w jakim miejscu, jego zdaniem, się znajduje.

– To tylko szpital w Walley – powiedziała.

– Wiem – odparł jej ojciec głosem spokojnym i rozsądnym jak zawsze (był agentem ubezpieczeniowym i pośrednikiem w handlu nieruchomościami). – Wiem, co mówię. Obiecaj mi.

– Co ci mam obiecać? – zapytała Enid.

– Że nie podejmiesz tego rodzaju pracy – odpowiedział ojciec.

Nie mogła wydobyć z niego ani słowa wyjaśnienia. Zacisnął usta, jakby brzydził się tym, że córka wypytuje go o powody. Powtarzał tylko: „Obiecaj".

– O co mu chodzi? – zapytała Enid matkę i usłyszała w odpowiedzi:

– Oj, zrób, co ci mówi. Zrób, co ci mówi, obiecaj. Czy to coś zmieni?

Enid odebrała jej słowa jako szokujące, ale ich nie skomentowała. Były spójne z poglądami matki na wiele rzeczy.

– Nie obiecam niczego, czego nie rozumiem – oznajmiła.

– Prawdopodobnie tak czy inaczej niczego nie obiecam. Ale jeśli wiesz, o co mu chodzi, to powiedz.

– Po prostu ma teraz takie myśli – zaczęła matka – że kobieta, która wykonuje zawód pielęgniarki, z czasem staje się ordynarna.

– Ordynarna – powtórzyła Enid.

Matka wyjaśniła, że sprzeciw ojca budziło obznajomienie pielęgniarek z ciałem mężczyzn. Myślał – doszedł do wniosku – że coś takiego wpływa na młodą kobietę, a ponadto na sposób, w jaki postrzegają ją mężczyźni. Przekreśla szanse na coś dobrego, za to nastręcza wiele niedobrych możliwości. Niektórzy mężczyźni przez coś takiego nie będą się dziewczyną interesować, a inni zainteresują się w niewłaściwy sposób.

– Podejrzewam, że to się wiąże z pragnieniem wydania cię za mąż – dodała.

– Tym gorzej – skwitowała krótko Enid.

Ale ostatecznie złożyła obietnicę. Jej matka powiedziała wtedy: „No cóż, mam nadzieję, że teraz jesteś zadowolona". Nie „ojciec jest zadowolony". Ty jesteś zadowolona. Zrozumiała chyba wcześniej niż sama Enid, jak kuszące będzie złożenie tej obietnicy. Obietnica dana na łożu śmierci, zaparcie się siebie, całkowite poświęcenie. Im bardziej absurdalne, tym lepiej. Dlatego ustąpiła. I wcale nie (jak dawała do zrozumienia jej matka) z miłości do ojca, ale dlatego, że to było emocjonujące. Z czystej wynaturzonej szlachetności.

– Gdyby poprosił cię o zrezygnowanie z czegoś, na czym by ci specjalnie nie zależało, pewnie byś powiedziała, że nic z tego – powiedziała matka. – Gdyby na przykład poprosił, żebyś nie malowała ust. Nadal byś malowała usta.

Enid słuchała tego z cierpliwym wyrazem twarzy.

– Prosiłaś o radę w modlitwie? – zapytała ostro matka.

Enid przyznała, że tak.

Rzuciła szkołę pielęgniarską; w domu wynajdowała sobie tyle obowiązków, że była stale zajęta. Pieniędzy było dosyć, nie musiała iść do pracy. Matka właściwie od początku była przeciwna temu, żeby Enid została pielęgniarką; twierdziła, że to zawód dla biednych dziewcząt, szansa dla tych, których rodziców nie stać na to, żeby je utrzymywać albo wysłać do college'u. Enid nie wypomniała matce tej niekonsekwencji. Pomalowała ogrodzenie, podwiązała krzewy róż przed zimą. Nauczyła się piec i grać w brydża; zajęła miejsce ojca w cotygodniowych partiach matki z sąsiadami, państwem Willensami. Błyskawicznie stała się – jak mawiał pan Willens – skandalicznie dobrą brydżystką. Zaczął przynosić czekoladki albo pojedyncze różowe róże, żeby wynagrodzić Enid to, że jest dla niej takim nieudolnym partnerem.

W zimowe wieczory jeździła na łyżwach. Grała w badmintona.

Nigdy nie narzekała na brak przyjaciół, teraz też. Jej koledzy i koleżanki z ostatniej klasy szkoły średniej przeważnie kończyli teraz college albo pracowali gdzieś z dala od rodzinnych stron jako nauczyciele, pielęgniarki i księgowi. Ale zaprzyjaźniła się z innymi rówieśnikami, którzy zakończyli edukację przed ostatnią klasą i poszli do pracy w bankach, sklepach czy biurach, zostali hydraulikami czy modystkami. Dziewczęta z tej grupy padały jak muchy, jak mówiły o sobie nawzajem –

padały w stan małżeński. Enid organizowała wieczory panieńskie i pomagała przy herbatkach, na których omawiało się wyprawy ślubne. Za kilka lat miały się zacząć chrzty i mogła się spodziewać, że będzie często proszona na chrzestną. Niespokrewnione z nią dzieci będą ją nazywały ciocią. Już była swego rodzaju honorową córką dla kobiet w wieku jej matki i starszych, jedyną młodą kobietą, która miała czas na Klub Książki i Towarzystwo Ogrodnicze. Tak oto, szybko i łatwo, już w młodości osuwała się w rolę ważną i centralną, lecz wyizolowaną.

W gruncie rzeczy jednak zawsze odgrywała taką rolę. W szkole średniej zawsze była gospodynią klasy albo skarbniczką. Była lubiana, wesoła, dobrze ubrana i ładna, ale zawsze nieco na uboczu. W gronie przyjaciół miała również chłopaków, ale nigdy nie miała chłopaka. Nie sprawiała wrażenia, jakby to był jej świadomy wybór, ale też się tym nie przejmowała, pochłonięta swoją ambicją: na pewnym żenującym etapie pragnieniem, żeby zostać misjonarką, a później – pielęgniarką. Nigdy nie myślała o pielęgniarstwie jako czymś, czym będzie się zajmowała, dopóki nie wyjdzie za mąż. Chciała być dobra i czynić dobro, niekoniecznie w zwyczajny, powszechnie przyjęty, żoniny sposób.

*

W Nowy Rok wybrała się do ratusza na tańce. Mężczyzna, który tańczył z nią najczęściej i odprowadził ją do domu, i uścisnął jej dłoń na dobranoc, był kierownikiem mleczarni – panem po czterdziestce, starym kawalerem, znakomitym tan cerzem, wujaszkowatym przyjacielem dziewcząt, które nie miały większych szans na znalezienie partnera. Żadna kobieta nie traktowała go poważnie.

– Może powinnaś się zapisać na kurs biznesu – powiedziała matka Enid. – Albo do college'u, bo dlaczego nie?

Gdzieś, gdzie znajdą się mężczyźni w lepszym guście, myślała zapewne.

– Jestem za stara – odparła Enid.

Matka się roześmiała.

– Te słowa dowodzą tylko, jaka jesteś młoda – powiedziała.

Ulżyło jej chyba, że córka wykazuje odrobinę naturalnej w jej wieku głupoty, myśląc, że dwudziestojednolatkę dzieli od osiemnastolatków nie wiadomo jaka przepaść.

– Nie zamierzam studiować z dzieciarnią prosto po szkole – oświadczyła Enid. – Mówię poważnie. Zresztą czemu mnie wyganiasz z domu? Dobrze mi tutaj.

To nadąsanie czy nieprzejednanie też jakby sprawiło jej matce satysfakcję. Po chwili jednak westchnęła i powiedziała:

– Zobaczysz, zdziwisz się, jak szybko lata lecą.

W sierpniu tego roku w okolicy zdarzyło się dużo przypadków odry i jednocześnie kilka przypadków polio. Lekarz, pod którego opieką pozostawał ojciec Enid, zauważył, że dziewczyna świetnie radzi sobie w szpitalu, i zapytał ją, czy nie zechciałaby przez jakiś czas pomagać, opiekować się chorymi w domach. Odpowiedziała, że się zastanowi.

„Znaczy, pomodlisz się?" – zapytała matka, a na twarzy Enid pojawił się wyraz skrytości i uporu, który u innej dziewczyny mógłby się wiązać ze spotkaniem z chłopakiem.

– Co do tamtej obietnicy... – zagadnęła matkę nazajutrz. – Dotyczyła pracy w szpitalu, prawda? Matka odpowiedziała, że owszem, tak to zrozumiała.

– I skończenia szkoły, zostania dyplomowaną pielęgniarką? Tak, tak.

Czyli jeśli są ludzie, którzy wymagają opieki w domu, którzy albo nie chcą iść do szpitala, albo ich na niego nie stać, i jeśli Enid będzie się nimi opiekowała w ich domach nie jako dyplomowana pielęgniarka, tylko tak zwana pielęgniarka zwyczajna, to nie złamie obietnicy, prawda? A ponieważ pacjenci wymagający jej opieki to będą w większości dzieci albo rodzące kobiety, albo umierający starzy ludzie, ordynarność na skutek kontaktu z nimi nie będzie stanowiła zbytniego zagrożenia, prawda?

– Jeśli jedynymi mężczyznami, z jakimi będziesz miała styczność, będą tacy, którzy już nigdy nie wstaną z łóżka, to masz rację – powiedziała matka.

Ale nie mogła się powstrzymać, żeby nie dodać, że wszystko to oznacza, że Enid postanowiła pożegnać się z szansą na porządną pracę w szpitalu na rzecz nędznej harówki w biednych domach prawie za darmo. Że będzie czerpać wodę z zanieczyszczonych studni, zimą rozbijać lód skuwający miski do mycia, a latem walczyć z muchami. I korzystać z wychodka. Z tar do prania i lamp węglowych zamiast pralek i elektryczności. Opiekować się chorymi w takich warunkach, a do tego radzić sobie ze sprzątaniem i zabiedzonymi dziećmi.

– Ale skoro o to ci chodzi w życiu... – powiedziała. – Widzę, że im gorsze rzeczy ci opowiadam, tym bardziej jesteś zdecydowana podjąć się tej pracy. Dobrze, ale w takim razie ja też poproszę, żebyś mi coś obiecała. Obiecaj, że będziesz piła tylko przegotowaną wodę. I że nie wyjdziesz za farmera.

– Skąd ci przyszedł do głowy akurat taki szalony pomysł? – zdziwiła się Enid.

Ta rozmowa miała miejsce szesnaście lat temu. Przez pierwszych kilka z tych lat ludzie coraz bardziej biednieli. Coraz więcej było takich, którzy nie mogli sobie pozwolić na leczenie w szpitalu, a domy, w których Enid pracowała, często popadały prawie w taki stan, jaki odmalowała jej matka. Pościel i pieluchy trzeba było prać ręcznie w domach, w których pralka się zepsuła i nie nadawała się do naprawy, albo którym odłączono prąd, albo do których w ogóle nie doprowadzono elektryczności. Enid pobierała wynagrodzenie za swoją pracę, ponieważ inne rozwiązanie byłoby niesprawiedliwe wobec kobiet wykonujących tę samą pracę, a niemających takiego bytowego komfortu jak ona. Ale większość zarobionych pieniędzy oddawała w postaci butów dla dzieci, kurtek zimowych, wizyt u dentysty i zabawek na Boże Narodzenie.

Jej matka chodziła po znajomych i przeprowadzała zbiórki starych dziecięcych ubranek, wysokich krzesełek do karmienia, koców i starych prześcieradeł, które później sama darła na pasy i obrębiała, żeby służyły za pieluchy. Wszyscy jej powtarzali, że na pewno jest dumna z Enid, a ona mówiła, że tak, oczywiście, że tak.

„Ale czasami to diabelnie ciężka praca – mówiła – być matką świętej".

Potem nadeszła wojna, a wraz z nią wielki niedobór lekarzy i pielęgniarek, Enid była więc potrzebna bardziej niż kiedykolwiek. Podobnie przez pewien czas po zakończeniu wojny, kiedy rodziło się tak dużo dzieci. Dopiero jakiś czas później, po rozbudowie szpitali i poprawie sytuacji finansowej wielu farm, zaczęło wyglądać na to, że jej obowiązki mogą się skurczyć do opieki nad osobami cierpiącymi na przypadłości nietypowe i nierokujące poprawy albo tak nieuleczalnie zrzędliwymi, że nikt nie będzie chciał trzymać ich w szpitalu.

Tego lata co kilka dni przeciągały ulewne deszcze, po czym wychodziło słońce i mocno grzało, a jego blask odbijał się od mokrych liści i traw. Wczesne ranki były mgliste – rzeka płynęła bardzo blisko – a nawet kiedy mgła się podnosiła, w którą stronę by się odwrócić, nie za wiele dawało się zobaczyć ze względu na letnią bujność i gęstwinę. Drzewa ciężkie od owoców, krzewy oplecione dzikim winem, pola wysokiego żyta, jęczmienia i pszenicy, bujna trawa na łąkach. Ludzie mówili, że wszystko dojrzało przedwcześnie. Trawa była gotowa do koszenia już w czerwcu i Rupert musiał się spieszyć, żeby zwieźć wszystko do stodoły, zanim zamoknie i się zmarnuje.

Wieczorami przychodził do domu coraz później, bo pracował, dopóki było widno. Pewnego razu, kiedy przyszedł, zastał dom pogrążony w ciemności; tylko na stole w kuchni paliła się świeca.

Enid podbiegła do drzwi z moskitierą i zdjęła haczyk.

– Awaria prądu? – zapytał Rupert.

– Ćśśśś – odpowiedziała Enid.

Szeptem wyjaśniła, że pozwoliła dzieciom spać na dole, bo w pokojach na piętrze było bardzo gorąco. Zestawiła fotele i zrobiła dziewczynkom posłania z kołder i poduszek. Oczywiście musiała zgasić światło, żeby mogły zasnąć. W jednej z szuflad znalazła świecę i to jej wystarczyło, widziała na tyle dobrze, że mogła pisać w notatniku.

– Na zawsze zapamiętają to, że tu spały – powiedziała. – Zawsze pamięta się te razy, kiedy było się dzieckiem i spało się gdzie indziej niż zwykle.

Rupert postawił na podłodze karton z wentylatorem podsufitowym do pokoju chorej. Pojechał po niego do Walley. Kupił też gazetę, którą podał teraz Enid.

– Pomyślałem, że będzie pani chciała wiedzieć, co słychać na świecie – powiedział.

Rozłożyła gazetę na stole, koło notatnika. Na którejś stronie znalazła zdjęcie psów chlapiących się w fontannie.

– Piszą, że jest fala upałów – powiedziała. – Jak miło dowiedzieć się czegoś nowego.

Rupert ostrożnie wyjmował wentylator z pudełka.

– Bardzo się przyda – pochwaliła Enid. – Teraz w pokoju jest trochę chłodniej, ale jutro przyniesie jej wielką ulgę.

– Przyjdę wcześnie rano i go zamontuję – obiecał Rupert. Potem zapytał, jak jego żona się czuje.

Enid odparła, że zelżał ból w nogach, a dzięki nowym tabletkom, które przepisał lekarz, chyba zaznała odrobiny wytchnienia.

– Kłopot tylko w tym, że tak wcześnie zasypia – powiedziała. – Przez to trudno panu się z nią widywać.

– Odpoczynek jest dla niej najważniejszy – uznał Rupert.

Ta prowadzona szeptem wymiana zdań przypomniała Enid rozmowy w szkole średniej, kiedy oboje byli w ostatniej klasie i wcześniejsze drażnienie czy okrutny flirt, czy co to było, dawno zostało zarzucone. Przez cały ostatni rok szkolny Rupert siedział za nią i często zamieniali kilka słów, zawsze w jakimś konkretnym celu. Masz gumkę do mazania? Jak się pisze „zhańbiony"? Gdzie leży Morze Tyrreńskie? Zwykle to Enid inicjowała rozmowy, półobracając się na krześle i czując tylko bliskość Ruperta, ale nie widząc go. Rzeczywiście chciała pożyczyć gumkę, rzeczywiście były jej potrzebne informacje, o które się zwracała, ale też chciała być towarzyska. I chciała uczynić mu zadość – wstyd jej było za to, jak kiedyś traktowały go z koleżankami. Przeprosiny na nic by się nie zdały, tylko jeszcze raz postawiłaby go w upokarzającej sytuacji. Rupert czuł się swobodnie tylko wtedy, kiedy siedział za nią i wiedział, że ona nie może spojrzeć mu w oczy. Kiedy spotykali się na ulicy, do ostatniej chwili uciekał wzrokiem, po czym cicho wypowiadał niewyraźne powitanie, ona zaś dźwięcznie odpowiadała: „Cześć, Rupert" i słyszała w swoim głosie echo dawnych dręczycielskich tonów, których chciała na zawsze się pozbyć.

Ale kiedy dotykał palcem jej ramienia, stukając lekko, żeby zwrócić jej uwagę, kiedy nachylał się do przodu, prawie dotykając lub może naprawdę dotykając – nie była tego pewna – jej gęstych włosów, które nawet obcięte na pazia sterczały na wszystkie strony, czuła, jakby uzyskała przebaczenie. W pewnym sensie odbierała to jako zaszczyt. Jakby zostały jej przywrócone powaga i szacunek.

Gdzie, gdzie dokładnie leży Morze Tyrreńskie?

Zastanawiała się, czy on cokolwiek z tego pamięta.

Oddzieliła część informacyjną gazety od reszty. Margaret Truman przebywała z wizytą w Wielkiej Brytanii i złożyła ukłon przed rodziną królewską. Lekarze króla próbowali wyleczyć go z choroby Bürgera za pomocą witaminy E.

Podała część informacyjną Rupertowi.

– Ja się wezmę do krzyżówki – powiedziała. – Lubię rozwiązywać krzyżówki, odpręża mnie to po dniu pracy.

Rupert usiadł i zaczął czytać. Zapytała, czy napiłby się herbaty. Oczywiście odpowiedział, żeby nie robiła sobie kłopotu, a ona mimo to nastawiła wodę, domyślając się, że w języku wsi jego odpowiedź może równie dobrze znaczyć „tak".

– „Tematyka południowoamerykańska" – przeczytała, patrząc na krzyżówkę. – Latynoamerykańska. Jeden poziomo to „dzielnica Rio de Janeiro, gdzie nawet bogaci chodzą skąpo ubrani". Dużo liter. A, już wiem, już wiem. Ale mam dziś szczęście! Copacabana!

– Widzi pan, jakie to głupoty – dodała i wstała, żeby zrobić jemu i sobie herbaty.

Jeśli pamiętał, czy miał jej to za złe? Może niefrasobliwa koleżeńskość w ostatniej klasie była dla niego równie niemiła, równie protekcjonalna jak wcześniejsze szydzenie?

Kiedy zobaczyła go po raz pierwszy w tym domu, pomyślała, że niewiele się zmienił. W szkole był wysokim, dobrze zbudowanym pucołowatym chłopakiem, a teraz wysokim, dobrze zbudowanym pucołowatym mężczyzną. Włosy zawsze miał tak krótko obcięte, że w jego wyglądzie prawie nic nie zmieniło to, że stały się rzadsze i siwo-brązowe zamiast jasno-brązowych. Częste niegdyś rumieńce zastąpiła trwała opalenizna. A to, co go trapiło i uwidoczniało się na jego twarzy, to bodaj ten sam problem co zawsze: problem zajmowania przestrzeni w świecie i noszenie imienia, którym ludzie mogą go nazywać, bycie kimś, kogo, jak im się wydaje, mogą poznać.

Przypomniała sobie ostatnią klasę. Nieliczną jak na tamte czasy – podczas pięciu lat nauki udało się wyplenić uczniów mało pilnych, niezainteresowanych i niedbałych, zostały tylko wyrośnięte, poważne i posłuszne dzieci, które uczyły się trygonometrii i łaciny. Do jakiego życia się, swoim zdaniem, przygotowywały? Jak myślały, na jakich ludzi wyrosną?

Dokładnie pamiętała ciemnozieloną, wyświechtaną okładkę podręcznika pod tytułem *Historia renesansu i reformacji*, książki z drugiej czy dziesiątej ręki – nikt wtedy nie kupował nowych podręczników. Wewnątrz były wypisane nazwiska poprzednich właścicieli, z których część była teraz paniami domu w średnim wieku czy kupcami w miasteczku. Nie sposób wręcz sobie wyobrazić, że uczyli się tego materiału czy podkreślali słowa „edykt nantejski" i stawiali przy nich wykrzyknik na marginesie.

„Edykt nantejski."

Niepraktyczność i egzotyka zawartości tych podręczników i głów uczniów, w tym Ruperta i jej własnej w czasach szkolnych, wzbudziła w niej czułość i refleksję. Chodziło nie o to, że chcieli zostać kimś, kim ostatecznie nie zostali. Nic podobnego. Rupert na pewno nie wyobrażał sobie niczego innego niż gospodarowanie na tej farmie. Była to porządna farma, a on był jedynym synem w rodzinie. Ona, Enid, też ostatecznie zajmowała się tym, czego przecież chciała. Nie można powiedzieć, że wybrali niewłaściwą ścieżkę, dokonali wyboru wbrew swojej woli czy nie rozumieli swoich wyborów. Nie rozumieli tylko, jak z upływem czasu staną się nie w większym, ale może w mniejszym stopniu ludźmi, jakimi byli kiedyś.

– „Amazoński chleb" – przeczytała Enid. – Amazoński chleb?

– Maniok? – podrzucił Rupert.

Enid policzyła pola.

– Siedem. Na siedem liter.

– Tapioka?

– Tapioka? Siedem liter. Pasuje.

*

Pani Quinn z każdym dniem robiła się coraz bardziej wybredna w kwestii jedzenia. Czasami mówiła, że ma ochotę na tost albo banany polane mlekiem. Któregoś dnia powiedziała, że zjadłaby ciasteczka z masła orzechowego. Enid przygotowywała wszystko – zawsze przecież mogła dać to dzieciom – a kiedy jedzenie było gotowe, pani Quinn nie mogła znieść jego wyglądu ani zapachu. Nawet galaretka owocowa wydzielała zapach, którego nie mogła znieść.

W niektóre dni nie tolerowała hałasu; kazała wyłączać nawet wentylator. Kiedy indziej dla odmiany kazała włączyć radio, stację, w której nadawano na życzenie piosenki wybrane przez słuchaczy z okazji urodzin i rocznic, a także dzwoniono do ludzi i zadawano im pytania konkursowe. Kto udzielił poprawnej odpowiedzi, wygrywał wycieczkę nad Niagarę, równowartość całego baku benzyny albo furę artykułów spożywczych czy bilety do kina.

– Wszystko jest z góry ukartowane – powiedziała pani Quinn. – Tylko udają, że dzwonią do przypadkowych osób, ci ludzie siedzą w pokoju obok i mają przed sobą kartki z odpowiedziami. Znałam kogoś, kto pracował w radiu, taka jest prawda.

W takie dni miała przyspieszony puls. Mówiła bardzo prędko, wysokim, zdyszanym głosem.

– Jaki samochód ma twoja matka? – zapytała.

– Bordowy – odpowiedziała Enid.

– Pytam, jakiej m a r k i.

Enid odparła, że nie wie, co było prawdą. Kiedyś wiedziała, ale zapomniała.

– Kupiła nowy?

– Tak. Ale to było ze trzy, cztery lata temu.

– Mieszka w tym dużym domu z kamienia obok Willensów?

– Tak – potwierdziła Enid.

– Ile tam jest pokoi? Z szesnaście?

– Za dużo.

– Byłaś na pogrzebie pana Willensa, jak utonął?

Enid powiedziała, że nie.

– Nie przepadam za pogrzebami – dodała.

– Ja miałam iść. Nie byłam wtedy taka chora, miałam się zabrać z Herveyami, co mieszkają kawałek od nas, jak się jedzie autostradą. Powiedzieli, że mogę pojechać z nimi, ale potem jej matce i siostrze też zachciało się jechać i dla mnie zabrakło miejsca. Clive i Olive jechali furgonetką, mogłabym się jakoś wcisnąć z nimi na przednie siedzenie, ale nie przyszło im do głowy, żeby mnie zaprosić. Myślisz, że sam się utopił?

Enid przypomniała sobie, jak pan Willens wręczał jej róże. Przypomniała sobie jego żartobliwą galanterię, od której bolały ją nerwy w zębach, jak od nadmiaru cukru.

– Nie wiem. Nie podejrzewałabym go o to.

– Z panią Willens dobrze mu się układało?

– O ile wiem, byli bardzo dobrym małżeństwem.

– Tak? – zapytała pani Quinn. I przedrzeźniając pełen rezerwy ton Enid, powtórzyła: – „Bar-dzo dob-rym ma-łu-żeń-
-stwem".

Enid spała na sofie w pokoju pani Quinn. Po dręczącym ją świądzie niemal nie było śladu, podobnie jak po potrzebie oddawania moczu. Chora przesypiała prawie całe noce, choć niekiedy jej oddech stawał się chrapliwy i gniewny. Enid budziła się i potem nie mogła zasnąć z powodu własnych kłopotów. Zaczęły jej się śnić ohydne sny. Niepodobne do niczego, co śniło jej się wcześniej. Kiedyś myślała, że koszmar to taki sen, w którym znajduje się w obcym domu, gdzie pokoje ciągle zamieniają się miejscami, zawsze jest więcej do roboty, niż może podołać, praca, którą uważała za wykonaną, jest nawet nieruszona, pojawiają się niezliczone przeszkody. Miewała też sny w swoim pojęciu romantyczne, w których jakiś mężczyzna obejmował ją czy nawet zamykał w uścisku. Mógł to być zarówno ktoś obcy, jak i znajomy – czasami mężczyzna, o którym myślenie w tych kategoriach zakrawało na żart. Po tych snach bywała zamyślona czy zasmucona, ale w pewnym sensie odczuwała też ulgę, że w ogóle stać ją na tego rodzaju uczucia. Zdarzały jej się sny żenujące, ale nikły, nikły bez reszty wobec tych, które nachodziły ją teraz. W tych snach kopulowała lub próbowała kopulować (czasami do samego aktu nie dochodziło, bo pojawiał się jakiś intruz czy zmieniała się sytuacja) z nieprawdopodobnymi, całkowicie zakazanymi partnerami. Z tłustymi niemowlętami wymachującymi kończynami, z pacjentami w bandażach, nawet z własną matką. Była wilgotna od pożądania, czuła wewnątrz palącą pustkę, od której aż jęczała, po czym brutalnie zabierała się do rzeczy, wykazując podejście nikczemnie pragmatyczne. „Tak, to mi musi wystarczyć – mówiła do siebie. – To mi na razie musi wystarczyć, póki nie trafi się coś lepszego". A ten chłód uczuć i to rzeczowe zdeprawowanie tylko podsycały jej pożądliwość. Budziła się bez skruchy, spocona i wycieńczona, i leżała jak zwłoki, dopóki nie zaczęły wlewać się w nią na powrót jej własne ja, wstyd i niedowierzanie. Pot na jej skórze szybko stygł. Leżała więc w te ciepłe noce i dygotała z zimna, wstrętu i poniżenia. Nie miała odwagi próbować z powrotem zasnąć. Przyzwyczaiła się do ciemności i długich prostokątów okien zasłoniętych firankami, przez które wpadało słabe światło. I do oddechu chorej – drażniącego, ganiącego, a potem prawie niknącego w ciszy.

Zastanawiała się, czy gdyby była katoliczką, musiałaby coś takiego wyznać przy spowiedzi. Uważała, że nie mogłaby tego włączyć nawet do osobistej modlitwy. Ale właściwie nie modliła się już, odbębniała tylko gotowe formułki, a opowiadanie Bogu o tych doświadczeniach ze snów wydawało jej się absolutnie bezsensowne i wskazujące na brak szacunku. Bóg byłby urażony. Ona sama czuła się urażona – przez własny umysł. Jej religia opierała się na nadziei i rozsądku, nie było w niej miejsca na trzeciorzędne dramaty, takie jak inwazje szatana w jej sny. Brudy, które produkował jej mózg, są po prostu częścią niej i nie ma co robić z tego wielkiej tragedii ani nadawać temu wagi. Chyba. To nic takiego, umysłowe śmieci.

Na łące między domem a rzeką pasły się krowy. Nocą Enid słyszała, jak przemieszczają się i przeżuwają. Wyobrażała sobie ich duże, łagodne sylwety, pod otwartym niebem, wraz z kroplikiem i cykorią, i kwitnącymi trawami, i myślała: Krowy to mają cudowne życie.

Które oczywiście kończy się w rzeźni. Koniec tego życia to dramat.

Ale przecież wszyscy dostajemy to samo. Zło dopada nas, kiedy śpimy; cierpienie i rozpad czyhają na nas nieustannie, gotowe zaatakować w każdej chwili. Zwierzęcy ból i groza, zawsze gorsze, niż można sobie wyobrazić. Kojąca wygoda łóżka i oddech krów, wzór gwiazd na nocnym niebie – wszystko to w jednej chwili może zostać postawione na głowie. A oto ona, Enid, wypełnia swoje życie pracą, udaje, że wcale tak nie jest. Stara się nieść ludziom ulgę. Stara się być dobra. Jest aniołem miłosierdzia, jak mówi o niej matka, z upływem czasu z coraz mniejszą ironią. Mówili tak o niej też pacjenci i lekarze.

A przez cały ten czas ilu z nich myślało sobie po cichu, że jest głupia? Ludzie, którym poświęcała tyle wysiłku, może skrycie nią gardzili. Uważali, że oni w życiu nie zajmowaliby się tym co ona. Nie byliby tacy głupi. Nie ma mowy.

Nasunęła się jej na myśl fraza „nieszczęśni grzesznicy"*. Nieszczęśni grzesznicy.

„Przebacz tym, którzy okazują skruchę".

Wstawała więc i zabierała się do jakiejś pracy; uważała, że to najlepszy sposób okazania skruchy. Pracowała do rana, cicho, ale intensywnie – myła stojące w szafkach szklanki i lepkie talerze pokryte białym nalotem, zaprowadzała porządek tam, gdzie wcześniej go nie było. Zupełnie go nie było. Wieża filiżanek między keczupem a musztardą, papier toaletowy na beczułce miodu. Półki nie były wyścielone ceratą, papierem ani nawet gazetą. Brązowy cukier w torbie zrobił się twardy jak kamień. To zrozumiałe, że przez ostatnie miesiące wszystko mogło zostać zapuszczone, ale wyglądało na to, że w tym domu nigdy nie przywiązywano wagi do organizacji ani dbałości o porządek. Firanki były szare od dymu, szyby w oknach tłuste i brudne. W słoiku, na resztkach dżemu, wyrosła pleśń, a cuchnącej wody, w której stały kiedyś kwiaty, nie wylano z wazonu. Ale mimo wszystko był to porządny dom i można

---

* W tym miejscu czytelnik anglojęzyczny może rozpoznać nawiązania do powszechnego wyznania grzechów w Kościele anglikańskim. Fragment, z którego zaczerpnięto pojedyncze słowa i dłuższe cytaty, w dosłownym tłumaczeniu brzmi: „Ale Ty, Panie, zmiłuj się nad nami, nieszczęsnymi grzesznikami. Boże, odpuść tym, którzy wyznają swoje winy. Przywróć [swoją łaskę] tym, którzy okazują skruchę" (przyp. tłum.).

byłoby mu tę porządność przywrócić, jeśliby wszystko wyszorować i odmalować.

Chociaż co można było zrobić z ohydną brązową farbą, którą niedawno i niestarannie pomalowano podłogę w salonie?

Kiedy Enid miała w ciągu dnia wolną chwilę, plewiła grządki matki Ruperta, wykopywała łopiany i perz, które przyduszały dzielne byliny.

Nauczyła dzieci odpowiednio trzymać sztućce i odmawiać modlitwę przed posiłkiem.

„Dziękujemy, kochany Panie Boże, za wszystko, co dajesz nam szczodrze, za ten posiłek na stole...".

Nauczyła je myć zęby, a potem odmawiać modlitwę wieczorną.

„Panie Boże, pobłogosław mamę i tatę, i Enid, i ciocię Olive, i wujka Clive'a, i księżniczkę Elżbietę, i księżniczkę Małgorzatę". Na koniec każda dodawała jeszcze imię siostry.

Powtarzały to już od dłuższego czasu, kiedy pewnego wieczoru Sylvie zapytała:

– Co to znaczy?

– Co co znaczy? – nie zrozumiała Enid.

– Co to znaczy „Panie Boże, pobłogosław"?

Enid przyrządzała z mleka i jajek *eggnog*, bez dodatku choćby wanilii, i karmiła nim panią Quinn. Podawała jej łyżką po trochu gęsty, pożywny płyn, a chora nie zwracała tego, co przyjmowała w małych ilościach. A jeśli zwracała *eggnog*, Enid poiła ją odgazowanym ciepłym piwem imbirowym.

Światło słoneczne, światło w ogóle, było już pani Quinn równie wstrętne jak hałas. Enid musiała zawieszać w oknach grube kołdry, nawet kiedy rolety były spuszczone. Jeśli do tego, na żądanie pani Quinn, wyłączała wentylator, w pokoju robiło się gorąco i z czoła Enid spadały krople potu, kiedy pochylała się nad łóżkiem, doglądając chorej. Pani Quinn dostawała ataków dreszczy; nigdy nie było jej ciepło.

– Coś długo się to ciągnie – powiedział doktor. – Pewnie trzymają ją przy życiu te koktajle, którymi ją karmisz.

– *Eggnog* – poprawiła go Enid, jakby to miało jakieś znaczenie.

Pani Quinn często była teraz zbyt zmęczona albo zbyt słaba, żeby mówić. Czasem leżała w stuporze, a oddychała przy tym bardzo słabo, puls miała prawie niewyczuwalny i zanikający, tak że ktoś mniej doświadczony niż Enid uznałby ją za martwą. Kiedy indziej z kolei odzyskiwała siły, żądała, żeby włączyć radio, a zaraz potem, żeby je wyłączyć. Wciąż doskonale orientowała się, kim jest i kim jest Enid, i czasami sprawiała takie wrażenie, jakby obserwowała Enid z pytającym wyrazem oczu. Jej twarz już dawno straciła koloryt, kolor odbiegł nawet z ust, ale oczy wydawały się bardziej zielone niż wcześniej – miały mleczny, przydymiony odcień. Enid próbowała odpowiedzieć na pytanie, które widziała w nieodrywającym się od niej wzroku.

– Mam wezwać księdza?

Pani Quinn wyglądała, jakby chciała plunąć.

– Czy ja wyglądam jak katolicka dewota? – odparła.

– To może pastora? – zapytała Enid.

Wiedziała, że pytanie było jak najwłaściwsze, ale duch, w jakim je zadała, nie – była chłodna i lekko złośliwa.

Nie, nie o to chodziło pani Quinn. Chrząknięciem wyraziła niezadowolenie. Miała w sobie jeszcze energię i Enid czuła, że chora oszczędza ją w jakimś celu.

– Chciałaby pani porozmawiać z córkami? – zapytała, zmuszając się do tonu pełnego współczucia i zachęty. – Tak?

Nie.

– A z mężem? Mąż za chwilę powinien już być.

Enid nie wiedziała tego na pewno. W niektóre wieczory Rupert przychodził późno, już po tym, jak pani Quinn zażyła ostatnią dawkę lekarstw i zasnęła. Dotrzymywał wtedy towarzystwa Enid. Zawsze przynosił jej gazetę. Zapytał, co zapisuje w notatnikach – zauważył, że ma dwa – i odpowiedziała mu. Jeden prowadzi dla doktora, zapisuje w nim ciśnienie, puls i temperaturę chorej, a także notuje, co chora zjadła, zwymiotowała, wydaliła, jakie zażyła leki i podsumowuje jej stan ogólny. W drugim notatniku, dla siebie, też zapisuje wiele z tych informacji, choć może nie aż tak dokładnie, ale dodaje szczegóły dotyczące pogody i tego, co się działo poza tym. I różne rzeczy, które warto zapamiętać.

– Na przykład parę dni temu zapisałam coś, co powiedziała Lois – powiedziała. – Lois i Sylvie weszły tu, do kuchni, kiedy była akurat pani Green i mówiła o tym, jak jeżyny zarastają drogę, aż się na niej kładą. Lois powiedziała wtedy: „To jak w *Śpiącej Królewnie*". Bo czytałam im wtedy *Śpiącą Królewnę*. Zapisałam to sobie.

– Będę musiał zrobić porządek z tymi jeżynami, porządnie je poprzycinać – powiedział Rupert.

Enid odniosła wrażenie, że ucieszyło go to, co powiedziała Lois i to, że Enid zapisała jej słowa, ale że nie mógł tego powiedzieć.

Pewnego wieczoru oznajmił, że wyjeżdża na kilka dni, na aukcję bydła. Zapytał doktora, czy nie powinien tego przełożyć, ale doktor powiedział, że nie widzi takiej potrzeby.

Tego wieczoru przyszedł, zanim chora dostała ostatnią dawkę lekarstw. Enid podejrzewała, że zależało mu, żeby zobaczyć się z żoną przed tym kilkudniowym wyjazdem. Powiedziała, żeby poszedł prosto do pokoju pani Quinn, i tak też zrobił, i zamknął za sobą drzwi. Enid wzięła do ręki gazetę i pomyślała, że pójdzie ją przejrzeć na górze, ale dziewczynki prawdopodobnie jeszcze nie zasnęły – będą wynajdowały preteksty, żeby ją wołać. Mogłaby wyjść na werandę, ale o tej porze dnia mocno dokuczały komary, szczególnie po takim deszczu, jaki spadł po południu.

Bała się, że niechcący usłyszy jakieś poufałości czy fragment kłótni, a potem będzie musiała spojrzeć Rupertowi w twarz, kiedy wyjdzie on od żony. Pani Quinn szykowała się do jakiejś awantury – tego Enid była pewna. A zanim zdecydowała, gdzie się przenieść z lekturą gazety, rzeczywiście coś usłyszała. Nie wyrzuty czy (jeżeli było to możliwe) czułości, czy na przykład płacz, których się na poły spodziewała, tylko śmiech. Usłyszała, jak pani Quinn się śmieje, a w jej śmiechu brzmiało szyderstwo i zadowolenie, które Enid słyszała już wcześniej, ale również coś, czego nie słyszała nigdy w życiu – jakaś rozmyślna nikczemność. Nie ruszyła się z kuchni, choć powinna, i nadal siedziała przy stole, nadal wbijała niewidzący wzrok w drzwi pokoju chorej, kiedy Rupert po chwili się w nich pokazał. Nie unikał jej wzroku – ani ona jego. Nie mogła. A mimo to nie wiedziała, czy Rupert ją widział. Po prostu popatrzył na nią i wyszedł. Wyglądał tak, jakby chwycił drut pod napięciem i przepraszał – kogo? – za to, że jego ciało uległo tej głupiej katastrofie.

Nazajutrz pani Quinn wróciły siły – w nienaturalny, złudny sposób, jaki Enid widziała kilka razy u innych pacjentów. Chora chciała usiąść na łóżku. Zażyczyła sobie, żeby włączyć wentylator.

– Świetny pomysł – pochwaliła Enid.

– Mogłabym ci powiedzieć coś, w co byś nie mogła uwierzyć – powiedziała pani Quinn.

– Ludzie mówią mi różne rzeczy – odparła Enid.

– Jasne. Kłamstwa – powiedziała pani Quinn. – Założę się, że same kłamstwa. Wiesz, że był tutaj pan Willens, tutaj, w tym pokoju?

III
Błąd

Pani Quinn siedziała w fotelu bujanym, przechodziła badanie wzroku. Pan Willens naprzeciwko niej, blisko, trzymał to swoje ustrojstwo przy jej oczach i żadne z nich nie słyszało, kiedy wszedł Rupert. Miał ciąć drzewo nad rzeką, ale cichcem zakradł się z powrotem do domu. Zakradł się przez kuchnię, nie wydając najmniejszego odgłosu – a musiał wcześniej zauważyć samochód pana Willensa na podjeździe – po czym uchylił drzwi do tego pokoju, niedużo, ale zobaczył, jak optyk przyklęka przed nią, przykłada ten swój aparat do jej oczu, a drugą rękę trzyma na jej nodze, dla równowagi. Chwycił jej nogę, żeby utrzymać równowagę, spódnica podjechała w górę, ale to tyle, a ona nie mogła absolutnie nic zrobić, musiała skupić się na tym, żeby się nie ruszać.

No więc Rupert wszedł do pokoju tak, że żadne z nich nie usłyszało, jak wchodził. Jeden skok i spadł na pana Willensa jak grom z jasnego nieba; ten nie zdążył się nawet obrócić, a już leżał. Rupert walił jego głową o podłogę, zatłukł go na śmierć, a ona wstała z fotela z takim impetem, że fotel się przewrócił i wywrócił skrzynkę, w której pan Willens trzymał te wszystkie rzeczy do badania oczu i wszystkie wyleciały, i rozsypały się po podłodze. Rupert przyłożył mu porządnie ładnych parę razy, może paręnaście, nie wiedziała dokładnie. Myślała: teraz mi przywali. Ale nie miała jak ich ominąć, żeby uciec. A potem zobaczyła, że Rupert nie ma zamiaru brać się do niej. Zdyszany, postawił fotel z powrotem i usiadł w nim. Ona podeszła wtedy do pana Willensa i przewróciła go, chociaż był ciężki, tak żeby leżał twarzą do góry. Oczy miał nie do końca otwarte, ale też nie zamknięte, i coś mu cieło z ust. Ale nie miał ran na twarzy ani siniaków – może jeszcze nie zdążyły się pokazać. To, co cieło mu z ust, nawet nie wyglądało jak krew. Było różowe, a jeśli chcesz wiedzieć, jak wyglądało, to dokładnie tak, jak piana, która robi się w garnku, kiedy się gotuje truskawki na dżem. Intensywnie różowa. Miał to rozmazane na całej twarzy. Kiedy przewracała go na plecy, wydał też z siebie dźwięk. Gleg-gleg. I tyle. Gleg-gleg i koniec, było po nim.

Rupert zerwał się nagle, tak że fotel potem jeszcze chwilę się bujał, i zaczął wkładać z powrotem do skrzynki pana Willensa to wszystko, co się z niej wysypało. Każdą rzecz na miejsce. Tracił przez to czas. To była taka specjalna skrzynka, wyłożona czerwonym pluszem, w której każdy element miał osobne miejsce i trzeba było wszystko powkładać jak należy, bo inaczej wieko nie chciało się zamknąć. Rupert poukładał wszystko tak, że wieko się zamknęło, a potem znowu usiadł w fotelu i zaczął uderzać się dłońmi po udach.

Na stole leżał taki gówniany obrus, pamiątka z wyprawy rodziców Ruperta na północ, kiedy pojechali obejrzeć pięcioraczki z Dionne. Zdjęła go i owinęła nim głowę pana Willensa, żeby materiał wchłonął tę różową pianę i żeby już nie musieli na niego patrzeć.

Rupert dalej bębnił dużymi dłońmi, rozłożonymi na płasko. Powiedziała mu: „Rupert, musimy go gdzieś pogrzebać".

A on tylko na nią popatrzył, jakby chciał zapytać: dlaczego?

Powiedziała, że można go zakopać w piwnicy, tam jest tylko klepisko.

„Jasne – odparł na to Rupert. – A gdzie zakopiemy jego auto?"

Rzuciła, że można wstawić je do stodoły i przykryć sianem.

On na to, że w stodole i koło niej kręci się za dużo ludzi.

Wtedy ona pomyślała: rzeka. Wyobraziła sobie, jak pan Willens siedzi w samochodzie pod wodą. Przyszedł jej na myśl jakby gotowy obraz. Rupert nic na to nie powiedział, więc poszła do kuchni po wodę i obmyła twarz pana Willensa, żeby niczego nie zabrudził. Ale ta maź już z niego nie wypływała. Wyjęła z jego kieszeni kluczyki. Przez materiał spodni czuła, że tłuszcz na jego nodze jest wciąż ciepły.

Pogoniła Ruperta: „No, rusz się".

Wziął od niej kluczyki.

Podnieśli pana Willensa – ona za nogi, Rupert za głowę – a ważył chyba z tonę. Był ciężki jak ołów. Ale kiedy go niosła, jego but jakby kopnął ją w miejsce między nogami, a ona pomyślała sobie: O, ty stary, obleśny dziadu, jeszcze ci mało. Nawet jego nieżywa stopa musiała ją trącić, nie mogła przepuścić okazji. Nie żeby ona, pani Quinn, na cokolwiek staruchowi pozwalała, ale zawsze był chętny złapać ją za to czy owo, jak tylko się dało. Tak jak chwycił ją za nogę pod spódnicą, kiedy przytykał jej do oczu to swoje ustrojstwo, ona nie mogła go odepchnąć, a Rupert musiał akurat wtedy zakraść się do pokoju i pomyśleć sobie nie wiadomo co.

Przez próg, przez całą kuchnię, przez ganek i po schodkach w dół. Wszystko poszło gładko. Ale dzień był wietrzny i jak tylko wyszli na zewnątrz, wiatr zerwał obrus, którym owinęła głowę pana Willensa.

Dobrze się złożyło, że z drogi nie było widać ich podwórza. Tylko kawałeczek dachu i okna na piętrze. Nikt nie mógł zauważyć samochodu pana Willensa.

Rupert wymyślił resztę planu. Trzeba go zabrać do Jutland, gdzie jest głęboko, a droga kończy się nad samą wodą, tak że będzie to mogło wyglądać, jakby pan Willens wjechał do stawu przez pomyłkę. Tak jakby skręcił w drogę prowadzącą do Jutland, może dlatego, że było ciemno, i po prostu wjechał do wody, zanim się zorientował, co się dzieje. Jakby zwyczajnie popełnił błąd.

To się akurat zgadzało. Pan Willens niewątpliwie popełnił błąd.

Problem polegał na tym, że trzeba było wyjechać autem z podjazdu i poprowadzić je drogą do zjazdu na Jutland. Ale nikt przy tym kawałku drogi nie mieszkał, a po zjeździe na Jutland była ślepa, więc kto by tam jeździł, trzeba było tylko przejechać te pół mili czy ileś i modlić się, żeby nikogo nie spotkać. Potem Rupert miał wsadzić pana Willensa za kierownicę i zepchnąć samochód do wody. Zepchnąć auto z trupem do stawu. To nie byle co, ale Rupert, co by o nim nie mówić, ma krzepę. Jakby nie miał, toby ich nie wpakował w ten cały bajzel.

Rupert miał trochę trudności z zapaleniem silnika, bo wcześniej nie prowadził takiego samochodu, ale w końcu się udało, zawrócił na podwórzu i pojechał. Pan Willens się o niego opierał. Rupert włożył mu na głowę kapelusz, który leżał na siedzeniu pasażera.

Dlaczego pan Willens zdjął przed wizytą kapelusz? Nie tylko z grzeczności, ale żeby mu nie przeszkadzał, kiedy ją dorwie i zacznie całować. Jeżeli to można nazwać całowaniem, to napieranie i obściskiwanie jedną ręką, bo druga była zajęta skrzynką, i ssanie jej zaślinionymi starczymi ustami. Ssał i międlił jej wargi i język, i napierał na nią, a róg skrzynki wbijał jej się w tyłek. Była tak zaskoczona, a on trzymał tak mocno, że nie wiedziała, jak się uwolnić. Napierał, ssał, ślinił się i wbijał się w nią i sprawiał jej ból, wszystko naraz. Był obleśnym staruchem.

Poszła po obrus z pięcioraczkami, który wiatr zwiał na ogrodzenie. Dokładnie sprawdziła, czy nie ma krwi na schodach, na ganku i w kuchni, ale znalazła tylko plamy w pokoju i trochę na swoich butach. Zmyła to, co było na podłodze, wyczyściła też buty, które w tym celu zdjęła, a dopiero kiedy skończyła, zauważyła krew na przodzie bluzki. Jak to się stało? W tej samej chwili, kiedy to zauważyła, usłyszała dźwięk, który sprawił, że skamieniała. Odgłos silnika samochodu, nieznanego jej samochodu, który skręcił z drogi i zajeżdżał przed dom.

Wyjrzała przez okno zza firanki – i rzeczywiście. Jakiś nowy samochód, ciemnozielony. A ona tu w poplamionej bluzce, bez butów, podłoga w pokoju mokra. Cofnęła się tak, żeby nie było jej widać, ale nie wiedziała, gdzie mogłaby się schować. Samochód stanął i otworzyły się drzwi, ale silnik nadal pracował. Usłyszała trzask zamykanych drzwi, samochód zawrócił i było słychać, jak wyjeżdża z powrotem na drogę. A na ganku rozległy się głosy Lois i Sylvie.

Auto należało do narzeczonego ich nauczycielki. Przyjeżdżał po nią do pracy w każdy piątek, a tego dnia był właśnie piątek. I nauczycielka powiedziała: „Słuchaj, podrzućmy je do domu, są najmniejsze, mają najdalej, a jeszcze zanosi się na deszcz".

Rzeczywiście się rozpadało. Zaczęło padać, zanim wrócił Rupert, który szedł pieszo brzegiem rzeki. Powiedziała mu:

„To dobrze, zatrze twoje ślady tam, gdzie go spychałeś". A on powiedział, że zdjął do tego buty, został w samych skarpetkach. A ona na to: „No, widzę, że wrócił ci rozum".

Zamiast próbować sprać plamy z pamiątkowego obrusa i bluzki, postanowiła spalić jedno i drugie w kuchennym piecu. Poszedł od nich straszny smród, od którego zrobiło jej się niedobrze. Od tego zaczęła się jej choroba. Od tego i od zapachu farby. Wydawało jej się, że po umyciu podłogi wciąż widać miejsce, gdzie była plama, więc wzięła brązową farbę, która została Rupertowi po malowaniu schodów, i pomalowała podłogę w całym pokoju. Od tego zaczęła wymiotować – od tego schylania się i wdychania farby. Bóle krzyża też się zaczęły właśnie od tego.

Potem prawie w ogóle nie wchodziła do salonu. Ale któregoś dnia pomyślała, że położy na stole jakiś inny obrus. Dzięki temu pokój będzie wyglądał normalniej. Gdyby na stole nie było obrusa, na pewno szwagierka zaczęłaby węszyć i pytać: Gdzie masz ten obrus, który mama z tatą przywieźli, kiedy pojechali zobaczyć pięcioraczki? Gdyby na stole leżał inny obrus, mogłaby odpowiedzieć: A, miałam ochotę na odmianę. Za to nienakryty stół wyglądałby dziwnie.

Wyjęła więc obrus, który matka Ruperta wyszyła w kosze kwiatów, i zaniosła do pokoju, ale wciąż czuła tamten zapach. A na stole stała ciemnoczerwona skrzynka z wypisanym na niej nazwiskiem pana Willensa. Stała tam przez cały ten czas. Nie pamiętała nawet, żeby ją tam postawiła czy żeby stawiał ją tam Rupert. Całkiem o niej zapomniała.

Wzięła tę skrzynkę i schowała, a potem przeniosła do innej kryjówki. Nikomu nie powiedziała, gdzie ją ukryła, i nie miała zamiaru mówić. Roztrzaskałaby ją, ale jak rozbić to, co było w środku? Te wszystkie instrumenty do badania wzroku? „Proszę pani, pozwoli pani, że zbadam pani oczy, proszę usiąść i nic się nie bać, jedno oko zamknąć, drugie trzymać szeroko otwarte. Szeroko, prosiłem". Za każdym razem powtarzała się ta sama gra, jej rolą było nie domyślać się, co się dzieje; kiedy przykładał jej to coś do oka, miała trwać bez ruchu, a on, obleśny dziad, sapał, wkładał jej zręczne palce i sapał. Miała nic nie mówić, dopóki nie skończył i nie odłożył tego czegoś tam na miejsce w skrzynce, a potem zapytać: „Panie Willens, to ile jestem panu dzisiaj winna?".

To był dla niego sygnał, że mógł już położyć ją na podłodze i wygrzmocić jak stary cap. Tu, o, na gołej podłodze, suwać nią, jakby chciał ją przerżnąć na pół. Pałę miał jak lutownica.

I co ty na to, co?

A potem w gazetach pisali, że pan Willens utonął.

Pisali, że zrobił sobie coś w głowę od uderzenia w kierownicę. Pisali, że jak wjechał do wody, to jeszcze żył. Śmieszne jak jasna cholera.

IV

Kłamstwa

Enid nie spała całą noc – nawet nie próbowała zasnąć. Nie mogłaby się położyć w pokoju pani Quinn. Przesiedziała wiele godzin w kuchni. Każdy ruch był dla niej wysiłkiem, nawet zrobienie herbaty czy pójście do łazienki. Kiedy jej ciało się poruszało, przetasowywały się informacje, które usiłowała ułożyć sobie w głowie i do nich przywyknąć. Nie rozebrała się ani nie wyjęła wałków z włosów, a kiedy myła zęby, miała poczucie, że wykonuje czynność bardzo pracochłonną i nieznaną. Przez okno wpadał do kuchni blask księżyca – siedziała po ciemku i patrzyła na prostokąt światła, który padał na linoleum, aż wreszcie znikł. Zaskoczyło ją to zniknięcie, a potem przebudzenie się ptaków, początek nowego dnia. Noc wydawała się jej bardzo długa, ale i bardzo krótka, ponieważ niczego nie zdecydowała.

Wstała od stołu, zesztywniała od bezruchu, otworzyła drzwi na ganek i usiadła na stopniach we wczesnym świetle. Nawet ten ruch spowodował zamęt w jej myślach. Musiała znów je uporządkować, porozdzielać na dwie części. Co zaszło – czy też to, co podobno zaszło – na jedną stronę. Na drugą – co z tym zrobić. Co z tym zrobić: to właśnie nie chciało jej się wykrystalizować.

Krowy nie pasły się teraz na łące między domem a rzeką. Gdyby chciała, mogłaby otworzyć furtkę i przejść się w tamtym kierunku. Wiedziała, że raczej powinna wrócić i zajrzeć do pani Quinn. Ale już była przy furtce i otwierała skobel.

Krowy nie wyskubały całej trawy. Źdźbła, mokre od rosy, ocierały się o jej rajstopy. Ale czysta była ścieżka pod drzewami rosnącymi na brzegu, tymi wielkimi wierzbami z dziką winoroślą, czepiającą się ich włochatymi małpimi łapkami. Podnosiła się mgła, więc rzeki prawie nie było widać. Trzeba było wytężyć wzrok i się skupić, wtedy można było dostrzec kawałek wody, spokojnej jak w naczyniu. Na pewno był prąd, ale Enid go nie widziała.

Nagle spostrzegła ruch, ale nie był to ruch wody. Poruszała się na niej łódka. Zwykła stara łódź wiosłowa przywiązana liną do gałęzi ledwo widocznie unosiła się, unosiła i opadała. Enid długo na nią patrzyła, tak jakby ta łódka mogła jej coś powiedzieć. I powiedziała. Powiedziała coś łagodnie, lecz stanowczo.

„Przecież wiesz. Przecież wiesz".

Kiedy dziewczynki się obudziły, zastały ją w świetnym humorze, świeżo umytą i ubraną, z rozpuszczonymi włosami. Przygotowała już na południowy posiłek galaretkę z mnóstwem owoców. I wyrabiała ciasto na ciasteczka, które zamierzała włożyć do piekarnika, zanim zrobi się za gorąco, żeby go włączać.

– To łódka waszego taty? – zapytała. – Na rzece?

Lois powiedziała, że tak.

– Ale nie wolno nam się w niej bawić. Ale gdybyś ty poszła z nami, tobyśmy mogły – dodała.

Dziewczynki natychmiast wyczuły atmosferę wyjątkowości tego dnia, jego świąteczny potencjał, nietypową u Enid mieszankę spokoju i ekscytacji.

– Zobaczymy – odpowiedziała wymijająco Enid.

Chciała, żeby to był dla nich pamiętny dzień, pamiętny nie tylko jako – tego była już prawie pewna – dzień śmierci ich matki. Chciała, żeby zachowały wspomnienia, które rzucą choćby najwątlejsze odkupicielskie światło na to, co stanie się później. To znaczy na nią i na sposób, w jaki wpłynie ona na ich życie.

Rano trudno było wyczuć puls pani Quinn, chora nie mogła też podnieść głowy ani otworzyć oczu. Wielka zmiana w stosunku do wczoraj, ale Enid to nie zdziwiło. Tak myślała, że ten wielki wysiłek energii, ten potok podłych słów będzie ostatni. Przytknęła do ust pani Quinn łyżkę z wodą; upiła odrobinę i wydała z siebie odgłos przypominający miauknięcie – zapewne ostatnią oznakę niezadowolenia. Enid nie zadzwoniła po doktora, bo tak czy owak miał tego dnia przyjechać, prawdopodobnie wczesnym popołudniem.

Zmieszała w słoiku wodę z mydlinami i wygięła kawałek drutu, i drugi, tak żeby można było puszczać bańki. Pokazała dziewczynkom, jak to się robi – trzeba dmuchać równo i ostrożnie, aż na zgiętym końcu drutu zadrży bańka, tak duża, jak się da, i uwolnić ją, strząsając delikatnie. Dziewczynki goniły bańki po podwórku i podtrzymywały je w powietrzu tak długo, aż porywał je wiatr i zanosił na drzewa czy na dach ganku. Wtedy wydawało się, że bańki utrzymują się przy życiu dzięki okrzykom podziwu i piskom radości dochodzącym z dołu. Enid nie zabraniała dziewczynkom hałasować, a kiedy płyn im się skończył, dorobiła go więcej.

Doktor zadzwonił, kiedy dawała dzieciom lunch – galaretkę z owocami, ciastka z kolorową posypką i po szklance zimnego kakao. Powiedział, że zatrzymał go nagły wypadek, dziecko spadło z drzewa, i że pewnie nie dotrze przed kolacją.

– To prawie koniec – powiedziała cicho Enid.

– Cóż, to staraj się jej ulżyć, jeśli można – odparł doktor. – Wiesz, co robić, równie dobrze jak ja.

Enid nie zadzwoniła po panią Green. Wiedziała, że Rupert do kolacji nie wróci jeszcze z aukcji, a nie sądziła, żeby pani Quinn, gdyby odzyskała jeszcze świadomość, chciała widzieć czy słyszeć w pokoju szwagierkę. Nie wydawało się też prawdopodobne, że chciałaby zobaczyć dzieci. A im z tego, że zobaczyłyby teraz matkę, nic dobrego by nie przyszło.

Nie fatygowała się już, żeby zmierzyć pani Quinn ciśnienie czy temperaturę – przecierała jej tylko twarz i ręce, i przytykała do ust wodę, której chora już nie zauważała. Włączyła wentylator, na którego hałas pani Quinn tak często się skarżyła. Zapach unoszący się z jej ciała zmieniał się, jakby tracił ostrą woń amoniaku. Zmieniał się w zwyczajny zapach śmierci.

Enid wyszła przed dom i usiadła na schodach, w słońcu. Zdjęła buty i pończochy i wyciągnęła nogi przed siebie. Dziewczynki ostrożnie zaczęły ją męczyć pytaniami, czy zabierze je nad rzekę, czy będą mogły posiedzieć w łódce, albo jeśli znajdą wiosła, czy będą mogły razem z nią trochę popływać. Enid wiedziała, że na aż takie opuszczenie chorej nie może sobie pozwolić, ale zapytała, czy chciałyby mieć własny basen. A może dwa baseny? I wyniosła na podwórko dwie balie, postawiła na trawie i napełniła wodą ze zbiornika. Dziewczynki rozebrały się do majtek i chlapały w wodzie, udając, że są księżniczką Elżbietą i księżniczką Małgorzatą.

– Jak myślicie – zapytała Enid, siedząc na trawie z głową odrzuconą w tył i zamkniętymi oczami – jak myślicie, czy jeśli ktoś zrobi coś bardzo złego, to musi ponieść karę?

– Tak – odparła natychmiast Lois. – Musi dostać dużo klapsów.

– A kto to zrobił? – zapytała Sylvie.

– Nie mówię o kimś konkretnym – powiedziała Enid. – A jeśli to by było coś bardzo złego, ale nikt by nie wiedział, że ten ktoś to zrobił? Czy w takim razie trzeba by powiedzieć, że ten ktoś to zrobił i go ukarać?

Sylvie powiedziała:

– Ja bym wiedziała, że on to zrobił.

– Wcale że nieprawda – zaprzeczyła Lois. – Bo skąd?

– Bobym go widziała.

– Wcale że nie.

– Wiecie, dlaczego myślę, że trzeba by go ukarać? – przerwała im Enid. – Ze względu na to, jak źle się będzie sam z tym czuł, w środku. Nawet gdyby nikt go nie widział i nikt się nigdy nie dowiedział. Jeśli ktoś zrobi coś bardzo złego i nie poniesie kary, czuje się gorzej, i to znacznie gorzej, niż gdyby został ukarany.

– Lois ukradła zielony grzebień – naskarżyła Sylvie.

– Wcale że nie – zaprotestowała Lois.

– Chciałabym, żebyście to zapamiętały – powiedziała Enid.

– Po prostu leżał sobie przy drodze – upierała się Lois.

Mniej więcej co pół godziny Enid zaglądała do pokoju chorej, żeby przetrzeć jej twarz i dłonie wilgotną myjką. Nie odzywała się do niej i nie dotykała jej rąk, tylko przez materiał. Nigdy wcześniej nie była równie nieobecna przy kimś, kto umierał. Kiedy około wpół do szóstej otworzyła drzwi do pokoju, wiedziała, że wewnątrz nie ma żywego człowieka.

Prześcieradło było wyszarpnięte z ramy, a głowa chorej zwieszała się za brzeg łóżka, czego Enid nie zapisała ani nikomu nie przekazała. Zanim przybył doktor, ułożyła ciało prosto i umyła, i doprowadziła łóżko do porządku. Dzieci nadal bawiły się na podwórku.

5 VII

Rano deszcz. L. i S. bawiły się pod gankiem. Wentylator wł. i wył., hałas przeszkadza. ¼ szkl. *eggnog*, po łyżce. Ciśnienie podwyższone, puls szybki, nie skarży się na ból. Po deszczu nieduże ochłodzenie. Wieczorem R.Q. Siano zwiezione.

6 VII

Gorący dzień, b. duszny. Próbowałam wentylator, ale nie. Często mycie gąbką. Wieczorem R.Q. Od jutra żęcie pszenicy. Wszystko 1–2 tyg. przed czasem przez upały, deszcz.

7 VII

Wciąż upał. Nie chciała *eggn.* Piwo imbirowe łyżką. B. słaba. W nocy obfity deszcz, wiatr. R.Q. nie mógł wyjść w pole, zboże przygniecione.

8 VII

Ani trochę *eggn.* Piwo imb. Przed poł. wymioty. Bardziej świadoma. R.Q. wyjazd na aukcję cieląt, 2 dni. Zgoda dr.

9 VII

B. pobudzona. Okropne słowa.

10 VII

Pacjentka Jeanette Quinn zmarła dziś ok. godz. 17.00. Niewydolność serca spowodowana mocznicą (kłębuszkowe zapalenie nerek).

Enid nigdy nie zostawała do pogrzebu ludzi, których pielęgnowała. Uważała, że lepiej usunąć się najszybciej, jak na to pozwala przyzwoitość. Z natury rzeczy jej obecność przypominała o dniach przed śmiercią, które bywały straszne i wypełnione fizycznym cierpieniem, a potem miały zostać zatuszowane uroczystościami pogrzebowymi, gościnnością, kwiatami i ciastem.

Zresztą zwykle była w rodzinie jakaś kobieta, która całkowicie przejmowała kierowanie domem, przez co Enid znajdowała się nagle w pozycji niechcianego gościa.

Pani Green zjawiła się u Quinnów przed przedsiębiorcą pogrzebowym. Rupert jeszcze nie wrócił. Doktor pił w kuchni herbatę i rozmawiał z Enid o innym przypadku, którym mogłaby się zająć, skoro skończyła już pracę tutaj. Enid nie odpowiedziała jednoznacznie, powiedziała, że myślała o tym, żeby zrobić sobie trochę wolnego. Dzieci były na piętrze. Powiedziano im, że ich mama poszła do nieba, co z ich punktu widzenia ukoronowało ten niezwykły dzień pełen wspaniałych wydarzeń.

Pani Green nie miała śmiałości nic mówić, dopóki doktor nie wyszedł. Stanęła przy oknie i patrzyła, jak zawraca na podwórku i odjeżdża. Wtedy się odezwała:

– Może nie powinnam mówić tego w tej chwili, ale powiem. Cieszę się, że to się stało teraz, a nie później, pod koniec lata, kiedy dzieci zaczęłyby chodzić do szkoły. Tak będę miała czas, żeby je przyzwyczaić do mieszkania u nas i do myśli o tym, że pójdą do nowej szkoły. Rupert też będzie musiał się do tego przyzwyczaić.

Dopiero wtedy Enid zdała sobie sprawę, że pani Green chce wziąć dziewczynki do siebie na stałe, nie tymczasowo. Z niecierpliwością myślała o tej przeprowadzce, prawdopodobnie nie mogła się jej doczekać. Bardzo prawdopodobne, że miała dla nich przygotowane pokoje i kupione materiały na nowe ubrania. Mieszkała w dużym domu, a nie miała własnych dzieci.

– Pani pewnie też chce wrócić do domu – zwróciła się do Enid. Dopóki w domu była inna kobieta, była dla niej rywalką; poza tym jej bratu może być trudniej zrozumieć konieczność przeniesienia dzieci na stałe. – Rupert może panią podwieźć, jak wróci.

Enid powiedziała, że to nie będzie konieczne, bo przyjeżdża po nią matka.

– Ach tak, zapomniałam o pani matce. – Pani Green odetchnęła. – Faktycznie, jest przecież pani matka ze swoim zgrabnym autem.

Poweselała i zaczęła otwierać kuchenne szafki, oglądać szklanki i filiżanki – czy są czyste, czy przed pogrzebem trzeba je umyć.

– Widzę, że ktoś tu nie próżnował – powiedziała, bo ulżyło jej, że wyjaśniła sprawę z Enid, i była skłonna nawet ją pochwalić.

Pan Green czekał na zewnątrz, w furgonetce, razem z psem, który wabił się Generał. Pani Green zawołała Lois i Sylvie i dziewczynki zbiegły na dół, z ubraniami na zmianę zapakowanymi w szare papierowe torby. Przebiegły przez kuchnię i trzasnęły drzwiami, nie zwróciwszy najmniejszej uwagi na Enid.

– Takie zachowanie będzie musiało się zmienić – powiedziała pani Green, mając na myśli trzaskanie drzwiami.

Enid słyszała, jak dziewczynki głośno witają się z Generałem i jak on w odpowiedzi szczeka z podekscytowaniem.

Dwa dni później Enid wróciła. Przyjechała sama samochodem matki, późnym popołudniem, tak żeby na pewno było już po pogrzebie. Na podwórku nie stały obce samochody, czyli kobiety, które pomagały w kuchni, powracały już do domów, zabierając ze sobą dodatkowe krzesła i filiżanki, i duży dzbanek na kawę, który był własnością kościoła. Na trawie zostały ślady kół i kilka rozjechanych kwiatów.

Musiała teraz pukać do drzwi. Musiała zaczekać, aż zostanie zaproszona do środka.

Usłyszała ciężki, równy krok Ruperta. Kiedy stanął naprzeciwko niej po drugiej stronie drzwi z moskitierą, wypowiedziała jakieś słowa powitania, ale nie patrzyła mu w twarz. Był bez marynarki, ale miał na sobie spodnie od garnituru. Zdjął haczyk z drzwi.

– Nie byłam pewna, czy kogoś zastanę – powiedziała Enid. – Myślałam, że pan może być jeszcze w stodole.

– Wszyscy pomogli z robotą – odparł Rupert.

Kiedy mówił, poczuła zapach whisky, ale jego głos nie brzmiał tak, jakby był pijany.

– Myślałem, że to któraś z pań wróciła po coś, czego zapomniała – dodał.

– Ja niczego nie zapomniałam. Chciałam tylko zapytać, jak się czują dziewczynki.

– Dobrze. Są u Olive.

Nie była pewna, czy zaprosi ją do środka. Ale powstrzymało go zaskoczenie, nie wrogość. Enid nie przygotowała się na tę pierwszą, niezręczną część rozmowy. Żeby nie musieć patrzeć na Ruperta, obejrzała się i popatrzyła w niebo.

– Czuje się, że wieczory są coraz krótsze – powiedziała. – Chociaż nie minął nawet miesiąc od najdłuższego dnia.

– To prawda – zgodził się Rupert.

Teraz otworzył drzwi i odsunął się, a ona weszła do kuchni. Na stole stała filiżanka bez spodka. Enid usiadła naprzeciwko miejsca, które zajmował Rupert. Miała na sobie ciemnozieloną sukienkę z jedwabnej krepy i zamszowe buty pod kolor. Kiedy się ubierała, pomyślała, że to może być ostatni raz, kiedy się ubiera, i ostatnie rzeczy, które będzie miała na sobie. Zaplotła włosy w warkocz francuski i upudrowała twarz. Ta dbałość, próżność, wydawały się niemądre, ale były potrzebne. Nie spała teraz trzy noce z rzędu, ani minuty, i nie mogła jeść, nawet tyle, żeby oszukać czujność matki.

– Było wyjątkowo ciężko? – zapytała ją matka. Nie cierpiała rozmów o chorobach i umieraniu, a fakt, że zdobyła się na to pytanie, świadczył o tym, że po Enid wyraźnie było widać rozstrojenie. – A może przywiązałaś się do dzieci? – dopytywała. – Biedne małpiątka.

Enid powiedziała, że to tylko kłopot z dojściem do siebie po długiej pracy, no i oczywiście wchodziło w grę dodatkowe obciążenie, bo przypadek był beznadziejny. W dzień nie opuszczała domu matki, ale wychodziła na spacer nocą, kiedy wiedziała, że nikogo nie spotka i nie będzie musiała z nikim rozmawiać. Nogi niosły ją w stronę więzienia okręgowego. Wiedziała, że za jego murami znajduje się więzienne podwórze i że kiedyś wieszano tam przestępców. Ale to było wiele, wiele lat temu. Teraz pewnie robią to w jakimś dużym więzieniu centralnym, jeśli już muszą. A nikt z tej okolicy od dawna nie popełnił odpowiednio ciężkiego przestępstwa.

Siedząc naprzeciwko Ruperta, twarzą do pokoju pani Quinn, omal nie zapomniała o pretekście, omal nie zapomniała, jak to spotkanie miało się potoczyć. Ale poczuła ciężar torebki, którą położyła sobie na kolanach, ciężkiej od aparatu fotograficznego, i to wystarczyło za przypomnienie.

– Chciałabym pana o coś poprosić. Pomyślałam, że najlepiej teraz, bo nie będę miała innej okazji.

– Słucham – powiedział Rupert.

– Wiem, że ma pan łódź. Chciałam prosić, żeby wypłynął pan ze mną na środek rzeki. Żebym mogła zrobić zdjęcie. Chciałabym mieć zdjęcie tego brzegu. Jest piękny z tymi wierzbami nad wodą.

– Dobrze – powiedział Rupert, z tym ostrożnym brakiem zdziwienia, jaki wykazują ludzie wsi w stosunku do gości, zachowujących się niestosownie czy wręcz niegrzecznie.

Bo tym teraz była – gościem.

Jej plan zakładał, że zaczeka, aż znajdą się na środku rzeki i wtedy powie, że nie umie pływać. Najpierw zapyta, jak tam jest głęboko, jego zdaniem – a on na pewno odpowie, że po ostatnich deszczach może być siedem, osiem, nawet dziesięć stóp. Wtedy ona mu powie, że nie umie pływać. I nie będzie to kłamstwo. Wychowała się w Walley, nad jeziorem, co lato przez całe dzieciństwo bawiła się na plaży, była silną dziewczynką i lubiła ruch, ale bała się wody i nigdy nie podziałały na nią ani zachęty, ani dobry przykład, ani zawstydzanie – nie nauczyła się pływać.

Wystarczyłoby, że pchnąłby ją wiosłem, wrzucił do wody i poczekał, aż utonie. Potem mógłby zostawić łódkę na rzece, dopłynąć wpław do brzegu, przebrać się w suche rzeczy i powiedzieć, że właśnie przyszedł ze stodoły czy ze spaceru i zastał na podwórku jej samochód, a jej nigdzie nie było widać. Nawet aparat, gdyby go znaleziono, uwiarygodniłby taką wersję wydarzeń. Wzięła łódź, żeby zrobić zdjęcie, a potem pechowo wpadła do wody.

Kiedy będzie już wiedział o tym, jaką ma przewagę, przejdzie do rzeczy. Zapyta go: Czy to prawda?

Jeśli nie, znienawidzi ją za to, że zapytała. A jeśli tak – czy od samego początku nie była przekonana, że to jednak prawda? – znienawidzi ją w inny, bardziej niebezpieczny sposób. Nawet jeżeli ona doda od razu – i zupełnie szczerze – że nigdy nikomu nie powie.

Cały czas będzie mówiła bardzo cicho, pamiętając o tym, jak w taki letni wieczór głos niesie się po wodzie.

Ja nikomu nie powiem, ale pan musi. Nie można żyć z taką tajemnicą.

Nie można żyć z takim ciężarem. Nie będzie pan mógł znieść swojego życia.

Gdyby doszła do tego punktu, a on ani nie zaprzeczyłby temu, co powiedziała, ani nie zepchnął jej do rzeki, miałaby pewność, że wygrała. Trzeba by było jeszcze coś powiedzieć, dodać coś tonem absolutnie stanowczej perswazji, żeby doprowadzić do tego, by zaczął wiosłować z powrotem do brzegu.

Albo on w zagubieniu zapyta, co ma zrobić, a ona poprowadzi go, krok po kroku, zaczynając od polecenia: Zawróćmy w stronę brzegu.

Będzie to pierwszy krok długiej, trudnej podróży. Ona podyktuje mu każdy następny i potowarzyszy w tylu, w ilu tylko się da. Teraz niech pan przycumuje łódź. Wejdzie na brzeg. Przejdzie przez łąkę. Otworzy furtkę. Ona z tyłu, za nim, lub z przodu, jak będzie wolał. Przez podwórko, na ganek, do kuchni.

Pożegnają się, każde wsiądzie do swojego samochodu i to, dokąd on pojedzie, to już będzie jego sprawa. A ona nie zadzwoni na komisariat. Zaczeka, aż policja zadzwoni do niej. I będzie odwiedzać go w więzieniu. Codziennie czy jak często jej pozwolą będzie przychodziła do niego do więzienia i z nim rozmawiała, będzie też pisała do niego listy. Jeśli przeniosą go do innego więzienia, ona też się przeniesie; nawet gdyby pozwolili jej widywać się z nim tylko raz w miesiącu, ona stale będzie blisko. I w sądzie – tak, w sądzie codziennie będzie siadała w takim miejscu, żeby mógł ją widzieć.

Nie sądzi, że za tego rodzaju zabójstwo można zasądzić karę śmierci. Było przecież w pewnym sensie przypadkowe i niewątpliwie w afekcie, niemniej pozostaje pewien cień wątpliwości, który działa otrzeźwiająco, kiedy Enid czuje, że te wizje oddania, więzi, która przypomina miłość, ale jest czymś zupełnie od niej różnym, stają się nieprzyzwoite.

Już się zaczęło. Kiedy pod pretekstem zdjęcia zapytała, czy mógłby ją wziąć na łódkę. Oboje wstali, ona stoi twarzą do drzwi pokoju chorej – teraz znów po prostu salonu – które są zamknięte.

Wymyka jej się głupie pytanie.

– Czy z okien pozdejmowano kołdry?

Przez chwilę Rupert wygląda tak, jakby nie wiedział, o czym ona mówi. Wreszcie odpowiada:

– A, tak, kołdry. Tak. Chyba Olive je zdjęła. Tam odbył się pogrzeb.

– Tak mi to przyszło do głowy. Bo od słońca by wyblakły.

Rupert otwiera drzwi do salonu, ona okrąża stół i oboje zaglądają do środka.

– Może pani wejść, jeśli pani chce – mówi. – Naprawdę. Proszę.

Łóżka już nie ma, oczywiście. Meble zostały dosunięte do ścian. Środek pokoju, gdzie podczas uroczystości pogrzebowych stały pewnie krzesła, jest pusty. Podobnie jak przestrzeń między oknami od północy – tam pewnie ustawiono trumnę. Stolik, na którym Enid stawiała miskę, rozkładała myjki, watę, łyżki i lekarstwa, jest wciśnięty w róg, stoi na nim wazon z bukietem ostróżek. Przez wysokie okna wciąż wpada sporo światła dziennego.

Spośród wszystkich słów, które wypowiedziała w tym pokoju pani Quinn, Enid słyszy teraz słowo „kłamstwa".

„Kłamstwa. Założę się, że same kłamstwa".

Czy ktoś mógłby zmyślić coś tak bogatego w szczegóły, tak diabolicznego? Odpowiedź brzmi: tak. Umysł osoby chorej, umierającej, bywa pełen najróżniejszych śmieci i może układać z nich niezwykle przekonujące twory. Umysł samej Enid, kiedy spała w tym pokoju, wypełniał się wstrętnymi wymysłami, brudną ohydą. Kłamstwa tego rodzaju czyhają niekiedy w zakątkach ludzkiego umysłu, jak nietoperze wiszące w ciemnych kątach, czekając na okazję do wykorzystania ciemności. Nigdy nie można powiedzieć: Czegoś takiego nikt by nie wymyślił. Wystarczy sobie przypomnieć, jak złożone są sny, pod każdą warstwą kryje się kolejna, tak że ta część, którą się zapamiętuje i ubiera w słowa, to tylko odrobina zdrapana z samego wierzchu.

Kiedy Enid miała cztery czy pięć lat, opowiedziała matce, jak weszła do gabinetu ojca i zobaczyła go siedzącego za biurkiem, a na jego kolanach jakąś kobietę. Z jej wyglądu pamiętała tylko tyle, i wtedy, i teraz, że miała na głowie kapelusz ozdobiony mnóstwem kwiatów i woalką (niemodny nawet te wiele lat temu), a bluzka czy sukienka była rozpięta i wystawała z niej jedna naga pierś, której czubek znikał w ustach ojca. Opowiedziała o tym matce z absolutną pewnością, że to widziała. Powiedziała: „Tata miał w buzi jeden jej przód". Nie znała słowa na określenie piersi, ale wiedziała, że występują one parami.

Matka zapytała: „Enid, dziecko, o czym ty mówisz? Co to znaczy «jej przód»?".

„Jak rożek waniliowy", odpowiedziała Enid.

Bo tak to widziała, właśnie tak. Wciąż zresztą potrafiła przywołać ten obraz. Waflowy rożek z czubatą porcją lodów waniliowych rozpłaszczony na klatce piersiowej kobiety, a niewłaściwy koniec w ustach ojca.

Jej matka zrobiła wtedy coś zupełnie niespodziewanego. Rozpięła sukienkę i wyjęła zza dekoltu coś pokrytego matową skórą, co oklaple leżało w jej dłoni.

„Coś takiego?" – zapytała.

Enid powiedziała, że nie. „Jak rożek", powtórzyła.

„W takim razie to ci się śniło – zawyrokowała matka. – Sny są czasami bardzo głupie. Nie mów o tym tatusiowi. To taka głupota, że aż wstyd".

Enid nie od razu uwierzyła matce, ale mniej więcej po roku uznała, że jej wyjaśnienie musi być prawdą, bo rożki waniliowe nie układają się na paniach w ten sposób i nigdy nie są takie duże. Kiedy jeszcze trochę podrosła, pomyślała, że taki kapelusz widziała pewnie na jakimś obrazie.

„Kłamstwa".

Nie zapytała go jeszcze, nie odezwała się. Jeszcze nic nie zobowiązało jej do zadania tego pytania. Wciąż było p r z e d. Wciąż w mocy była wersja wydarzeń, zgodnie z którą pan Willens wjechał samochodem do stawu Jutland, celowo lub przez pomyłkę. Wszyscy wciąż w to wierzyli, i o ile Rupert wiedział, Enid też. A dopóki tak było, ten pokój, ten dom i jej życie zawierały w sobie inną możliwość, zupełnie inną niż ta, z którą żyła (czy w której nurzała się z lubością – można i tak to ująć) przez ostatnich kilka dni. Ta inna możliwość przybliżała się do niej, wystarczyło, że ona, Enid, po prostu się nie odezwie i pozwoli jej przyjść. Z jej milczenia, z jej współudziału w milczeniu, mogły wyniknąć wielkie korzyści. Dla innych i dla niej samej.

Większość ludzi o tym wiedziała. O takiej prostej rzeczy, której zrozumienie zajęło jej tyle czasu. Oto sposób na to, żeby na tym świecie dało się mieszkać.

Rozpłakała się. Nie z żalu, tylko nagłej ulgi, której nawet nie wiedziała, że wyczekuje. Teraz spojrzała Rupertowi w oczy i zobaczyła, że są przekrwione, a skóra wokół nich ściągnięta i wysuszona, jakby on też płakał.

– Nie miała szczęśliwego życia – powiedział.

Enid przeprosiła go i poszła wziąć chusteczkę z torebki, która leżała na stole. Była teraz zażenowana, że ubrała się odświętnie w gotowości na tak melodramatyczne zdarzenia.

– Nie wiem, gdzie ja miałam głowę – powiedziała. – Nie mogę zejść do rzeki w tych butach.

Rupert zamknął drzwi salonu.

– Buty to nie problem. Jeśli tylko pani chce, możemy iść nad rzekę – odparł. – Powinny gdzieś tu być kalosze, które będą na panią dobre.

Oby nie jej, pomyślała Enid. Ale nie. Jej byłyby na nią za małe.

Rupert otworzył kosz stojący w składziku na drewno, tuż za kuchennymi drzwiami. Enid nigdy do tego kosza nie zaglądała. Myślała, że jest w nim drzewo na opał, które tego lata zdecydowanie nie było potrzebne. Rupert wyjął kilka pojedynczych kaloszy i nawet śniegowców, próbując znaleźć dwa do pary.

– Te chyba powinny pasować – powiedział wreszcie. – To chyba kalosze po mojej matce. A może po mnie, z czasów, zanim moje stopy osiągnęły ostateczny rozmiar.

Wyciągnął coś, co wyglądało jak kawałek namiotu, a potem, za urwany pasek, starą szkolną teczkę.

– Zapomniałem, że to wszystko tu jest – powiedział, wrzucając te rzeczy z powrotem do środka, a na górę niezdatne kalosze. Zamknął pokrywę i westchnął, a jego westchnienie zabrzmiało intymnie, żałobnie i formalnie.

W takim domu jak ten, zamieszkanym od dawna przez jedną rodzinę i zaniedbanym przez kilka ostatnich lat, pełno było koszy, szuflad, półek, walizek, skrzyń i schowków, które Enid będzie musiała przejrzeć, niektóre zatrzymać i opisać ich zawartość, inne przywrócić do użytku, jeszcze inne przeznaczyć do wywiezienia – całymi kartonami – na wysypisko. Jeżeli tak się złoży, że przypadnie jej to w udziale, nie będzie się wzdragać. Zmieni ten dom w miejsce, które nie będzie miało przed nią żadnych sekretów i w którym zapanuje jej porządek.

Rupert postawił przed nią kalosze, a ona schyliła się, żeby rozpiąć klamerki u butów. Pod whisky wyczuwała gorzki zapach, skutek nieprzespanej nocy i długiego, trudnego dnia; czuła też głęboko przesiąkniętą potem skórę mężczyzny pracującego fizycznie, której żadne mycie – a w każdym razie mycie w jego wykonaniu – nie mogło przywrócić pełnej świeżości. Nie był jej obcy żaden zapach ludzkiego ciała, nawet zapach spermy, ale było dla niej coś nowego i przemożnego w zapachu ciała, które tak zdecydowanie nie było w jej mocy, nie pozostawało pod jej opieką.

Było to miłe.

– Proszę sprawdzić, czy może pani w nich chodzić – powiedział Rupert.

Mogła. Poszła pierwsza. Kiedy doszli do furtki, Rupert pochylił się nad jej ramieniem, żeby otworzyć. Enid zaczekała chwilę, kiedy zamykał furtkę, po czym puściła go przodem, bo wziął z komórki na drewno małą siekierę, żeby oczyścić ścieżkę.

– Krowy miały nie dopuścić, żeby coś urosło za wysoko – powiedział. – Ale krowy nie jedzą wszystkiego.

– Byłam tutaj tylko raz – przyznała. – Wcześnie rano.

Desperacja jej ówczesnego nastroju musiała jej się teraz wydać dziecinna.

Idąc, Rupert ścinał duże, grube osty. Prostymi promieniami, w których wirował kurz, słońce oświetlało kępę drzew naprzeciwko. Powietrze było czyste, a potem nagle wchodziło się w chmurę maleńkich owadów. Nie większe niż drobiny kurzu, były stale w ruchu, ale trzymały się razem, zachowując kształt kolumny czy chmury. Jak one to robią? I jak wybierają to, a nie inne miejsce? Pewnie ma to coś wspólnego z pobieraniem pożywienia. Ale wyglądają tak, jakby nigdy nie miały ani sekundy spokoju, żeby się pożywić.

Kiedy weszli pod dach z letnich liści, był zmierzch, prawie noc. Trzeba było uważać, żeby nie potknąć się o korzenie, którymi wybrzuszała się znienacka ścieżka, ani nie uderzyć głową o zaskakująco twarde gałązki winorośli, zwieszające się z góry. Wreszcie między czarnymi gałęźmi ukazał się błysk wody. W pobliżu drugiego brzegu rzeka była oświetlona, a tamtejsze drzewa wciąż przyozdobione światłem. Przy ich brzegu – schodzili teraz w dół, wśród wierzb – woda miała barwę herbaty, ale była przejrzysta.

Łódź czekała, kołysała się w cieniu, niezmieniona.

– Wiosła są schowane gdzieś tutaj – powiedział Rupert.

Wszedł między wierzby, żeby ich poszukać. Po chwili Enid straciła go z oczu. Podeszła bliżej do wody, gdzie jej kalosze trochę zapadły się w błoto i przytrzymały ją w miejscu. Kiedy wytężała słuch, słyszała jeszcze ruchy Ruperta wśród drzew. Jeśli jednak koncentrowała się na ruchu łodzi, tajemniczym i ledwo widocznym, czuła, jak wszystko w dużym promieniu dokoła ogarnęła cisza.

Dżakarta

I

Kath i Sonje mają na plaży swoje stałe miejsce, za stertą bali. Wybrały je nie tylko ze względu na to, że dawało schronienie przed pojawiającymi się czasem podmuchami ostrego wiatru – Kath ma maleńkie dziecko – ale też dlatego, że nie chcą być widziane przez kobiety, które codziennie plażują nieopodal. Nazywają je Monicami.

Moniki mają po dwoje, troje, czworo dzieci na głowę. Przewodzi im prawdziwa Monica, która kiedy pierwszy raz zobaczyła na plaży Kath, Sonje i niemowlę, podeszła do nich i przedstawiła się. Zaprosiła je, żeby dołączyły do dziewczyn.

Poszły za nią, na spółkę taszcząc nosidełko z dzieckiem. Co miały zrobić? Ale od tamtej pory kryją się za balami.

Obozowisko Monic składa się z parasoli plażowych, ręczników, toreb na pieluchy, koszy piknikowych, nadmuchiwanych tratw i wielorybów, zabawek, olejków do opalania, ubrań na zmianę, kapeluszy przeciwsłonecznych, termosów z kawą, papierowych kubków i talerzy oraz przenośnych lodówek, w których Moniki przynoszą przyrządzone własnoręcznie sorbety na patyku.

Albo są w zaawansowanej ciąży, albo wyglądają, jakby były w ciąży, bo wszystkie straciły figurę. Co jakiś czas któraś człapie nad wodę i woła po imieniu swoje dzieci, które włażą i spadają z kłód i nadmuchiwanych wielorybów unoszących się na wodzie.

– Gdzie masz czapeczkę? Gdzieś zapodział piłkę? Ty się już tym długo bawiłaś, teraz kolej Sandy.

Nawet kiedy rozmawiają w swoim gronie, muszą podnosić głos, żeby się przebić przez krzyki i kłótnie dzieci.

– W Woodward za cenę mięsa na hamburgery możesz dostać pierwszorzędną mieloną wołowinę.

– Smarowałam maścią cynkową, ale to nic nie dało.

– A teraz mu się zrobił wrzód w pachwinie.

– Nie może być proszek do pieczenia, tylko koniecznie soda.

Te kobiety nie są dużo starsze od Kath i Sonje. Ale dotarły do takiego etapu w życiu, który Kath i Sonje napełnia przerażeniem. Całą plażę zmieniają w podium do prezentacji swoich osiągnięć. Ich brzemię, ich hiperaktywna progenitura i nadmiarowe macierzyńskie kilogramy, ich władza potrafią przyćmić wodę lśniącą w słońcu, cudowną zatoczkę, nad którą ze skał wyrastają krzywo cedry i chróściny o czerwonych gałęziach. Poczucie zagrożenia ma przede wszystkim Kath, która teraz też jest matką. Karmiąc córkę piersią, często czyta książkę, czasami pali papierosa, żeby tylko nie ugrzęznąć w mule tej czysto zwierzęcej funkcji. A karmi dlatego, żeby obkurczyła się jej macica i żeby znów mieć płaski brzuch, a nie tylko dlatego, żeby dostarczyć córce, Noelle, cennych matczynych przeciwciał.

Kath i Sonje też przynoszą ze sobą termos z kawą i dodatkowe ręczniki, z których skleciły zaciszny kącik dla Noelle. Przynoszą ze sobą papierosy i książki. Sonje ma książkę Howarda Fasta. Mąż jej powiedział, że skoro już musi czytać beletrystykę, to tylko tego autora. Kath czyta opowiadania Katharine Mansfield i D.H. Lawrence'a. Sonje ma zwyczaj odkładać swoją książkę i podbierać Kath tę, której ona w danej chwili nie czyta. Pozwala sobie na jedno opowiadanie, po czym wraca do Howarda Fasta.

Kiedy robią się głodne, jedna z nich wyrusza na wyprawę rozpoczynającą się od pokonania długich drewnianych schodów. Zatoczkę otaczają domy, wybudowane na skałach pod sosnami i cedrami. Są to dawne domki letniskowe, z czasów, zanim zbudowano most Lions Gate, kiedy mieszkańcy Vancouver przeprawiali się przez wodę i spędzali tutaj wakacje. Niektóre domki – na przykład Kath i Sonje – są wciąż dość prymitywne i ich wynajem nie kosztuje dużo. Inne, jak na przykład domek prawdziwej Moniki, są gruntownie przebudowane. Ale nikt nie zamierza osiedlać się tutaj na stałe; wszyscy planują przeprowadzić się do porządnych domów. Z wyjątkiem Sonje i jej męża, których plany wydają się bardziej tajemnicze niż plany pozostałych.

Do domków prowadzi szutrowa droga w kształcie półokręgu, której oba końce łączą się z Marine Drive. Na zakreślonym przez nią półkolu rosną wysokie drzewa, paprocie i krzewy jeżyn i krzyżują się ścieżki, którymi można dojść na skróty do sklepu przy Marine Drive. Kath i Sonje kupują tam sobie na lunch frytki na wynos. Częściej chodzi po nie Kath, bo spacer pod drzewami to dla niej rzadka przyjemność – z wózkiem już nie może sobie na to pozwolić.

Kiedy tu zamieszkała, zanim urodziła się Noelle, chodziła przez ten lasek na skróty prawie codziennie, nie doceniając niczym nieograniczonej wolności. Pewnego dnia spotkała Sonje. Obie pracowały wcześniej w Bibliotece Publicznej w Vancouver, ale nie w tym samym dziale, więc znały się tylko z widzenia. Kath zrezygnowała z pracy w szóstym miesiącu ciąży, zgodnie z ówczesnym regulaminem, żeby nie zakłócać swoim widokiem spokoju czytelników. Sonje odeszła z powodu skandalu.

A w każdym razie – z powodu historii, którą opisały gazety. Jej mąż Cottar, dziennikarz współpracujący z pismem, o którym Kath nigdy nie słyszała, był na wycieczce w komunistycznych Chinach. W gazetach opisano go jako lewicowca. Obok jego zdjęcia zamieszczono zdjęcie Sonje z informacją o jej miejscu pracy. W bibliotece ktoś się przestraszył, że Sonje może promować książki komunistyczne i że pod jej wpływem dzieci korzystające z księgozbioru mogą w przyszłości zostać komunistami. Nikt nie twierdził, że coś takiego rzeczywiście robi, tylko że istnieje takie niebezpieczeństwo. Prawo nie broniło obywatelom Kanady jeżdżenia do Chin, ale okazało się, że Cottar i Sonje są Amerykanami, a to zmieniało postać rzeczy.

– Znam tę dziewczynę – powiedziała Kath do swojego męża, Kenta, widząc zdjęcie Sonje. – W każdym razie z widzenia. Zawsze wydaje się trochę nieśmiała. Będzie jej wstyd z powodu tej publikacji.

– Gdzie tam – zaoponował Kent. – Tacy ludzie uwielbiają czuć się prześladowani, to jest sens ich życia.

Dyrektorka biblioteki powiedziała podobno, że Sonje nie miała nic wspólnego z polecaniem książek ani z młodzieżą – jej praca sprowadzała się do pisania na maszynie.

– Co było zabawne – powiedziała Sonje do Kath, kiedy się rozpoznały, nawiązały rozmowę i przegadały na ścieżce dobre pół godziny. Zabawne dlatego, że Sonje nie umiała pisać na maszynie.

Nie grożono jej zwolnieniem, ale mimo to odeszła. Pomyślała, że to bez różnicy, teraz czy później, bo w przyszłości jej i Cottara tak czy inaczej szykowały się zmiany.

Kath była ciekawa, czy jedną z tych zmian będzie dziecko. Uważała, że życie po ukończeniu szkoły to seria kolejnych egzaminów. Pierwszy – zamążpójście. Jeżeli nie zaliczyło się go do dwudziestego piątego roku życia, to właściwie był oblany. (Podpisując się nazwiskiem męża – Mrs. Kent Mayberry – zawsze odczuwała ulgę i lekką euforię.) Potem przychodziła pora zaplanować pierwsze dziecko. Przed zajściem w ciążę dobrze było odczekać rok. Dwa lata to już nadmiar rozsądku. A po trzech latach zaczynały się domysły i pytania. Następnie przychodziła pora na drugie dziecko. Kolejne etapy rysowały się już dość mgliście i trudno było mieć pewność, że dotarło się do punktu, do którego się dążyło.

Sonje nie należała do tego rodzaju przyjaciółek, które by się zwierzały, że starają się z mężem o dziecko, opowiadały, od jak dawna i jakie stosują techniki. Nigdy nie mówiła w ten sposób o seksie ani o menstruacji, ani o żadnych innych funkcjach swojego ciała, choć prędko wyjawiła Kath rzeczy, jakie większość ludzi uznałaby za znacznie bardziej szokujące. Cechowała ją gracja pełna godności – Sonje chciała zostać baletnicą, ale musiała porzucić ten zamiar, kiedy nadmiernie wyrosła; żałowała tego, dopóki nie poznała Cottara, który powiedział: „No jasne, jeszcze jedna mała mieszczka marząca o tym, żeby się przemienić w umierającą łabędzicę". Twarz miała szeroką, spokojną, o różowej cerze – nie malowała się, bo Cottar nie uznawał makijażu – a gęste włosy upięte w luźny kok. Zdaniem Kath wyglądała cudownie – serafińsko i inteligentnie zarazem.

Jedząc frytki na plaży, Kath i Sonje rozmawiają o bohaterach opowiadań, które przeczytały. Jak to możliwe, że żadna kobieta nie może pokochać Stanleya Burnella? Co w nim takiego jest? To duży chłopiec, z tą arogancją w miłości, łapczywością w jedzeniu, zadowoleniem z siebie. Z kolei Jonathan Trout – ech, Linda, żona Stanleya, powinna była wyjść za Jonathana Trouta, Jonathana, który pływa tak, jakby tańczył, podczas gdy Stanley rozbryzguje wodę, potrząsa głową i prycha. „Witajcie, niebiańskie kwiaty brzoskwini" – mówi Jonathan swoim aksamitnym basem. Jest na wskroś ironiczny, subtelny i znużony. „Jakże krótkie jest życie – mówi. – Jakże krótkie jest życie". I świat Stanleya, pełen arogancji, rozpada się, przestaje się liczyć.

Kath coś nie daje spokoju, ale woli o tym nie mówić ani nie myśleć. Czy Kent przypomina Stanleya?

Pewnego dnia między Kath i Sonje dochodzi do kłótni. Do niespodziewanej i niepokojącej kłótni o opowiadanie D.H. Lawrence'a pod tytułem *Lis*.

Pod koniec opowiadania kochankowie – żołnierz i kobieta o imieniu March – siedzą na skałach nad Atlantykiem i patrzą w stronę Kanady, swojego przyszłego domu. Zamierzają opuścić Anglię i zacząć nowe życie. Oboje mają pewność, że chcą być ze sobą, ale nie są prawdziwie szczęśliwi. Jeszcze nie.

Żołnierz wie, że nie będą prawdziwie szczęśliwi, dopóki kobieta nie odda mu całego swojego życia. March wciąż się opiera, walczy o swoją odrębność, wywołuje u obojga nieuchwytne uczucie nieszczęścia staraniami o zachowanie swojej kobiecej duszy, kobiecego umysłu. Musi to zmienić – musi przestać myśleć, przestać pragnąć i zezwolić na to, żeby jej świadomość zatopiła się w pełni w jego świadomości. Niczym wodorosty, które kołyszą się pod powierzchnią wody. Popatrz w dół, popatrz – spójrz, jak wodorosty kołyszą się w wodzie, żyją, ale nigdy nie przebijają się na powierzchnię. Tak właśnie jej kobieca natura musi żyć w obrębie jego męskiej natury. Wtedy ona, kobieta, będzie szczęśliwa, a on, mężczyzna, silny i zadowolony. Dopiero wtedy będzie można o nich powiedzieć, że są prawdziwym małżeństwem.

Kath mówi, że jej zdaniem to bzdura.

– Chodzi o seks, prawda?

– Nie tylko – odpowiada Sonje. – O całe ich życie.

– No tak, ale weźmy seks. Seks prowadzi do ciąży. Znaczy, jeśli założyć, że wszystko się układa normalnie. No więc March rodzi dziecko. Pewnie więcej niż jedno. I musi się tymi dziećmi zajmować. A jak może zajmować się dziećmi ktoś, czyj umysł kołysze się pod powierzchnią morza?

– Bierzesz to bardzo dosłownie – mówi Sonje z lekką wyższością.

– Albo możesz myśleć i podejmować decyzje, albo nie – ciągnie Kath. – Na przykład dziecko chce wziąć do ręki brzytwę. Co wtedy? Mówisz sobie: to ja się tu pounoszę w wodzie, dopóki nie wróci mój mąż, wtedy on zdecyduje, podejmie męską decyzję, nie, naszą wspólną męsko-damską decyzję, czy to dobry pomysł, czy nie.

– Doprowadzasz to do absurdu – powiedziała Sonje.

Głos jednej i drugiej zhardział. Kath jest rzeczowa i pełna pogardy, Sonje poważna i uparta.

– Lawrence nie chciał mieć dzieci – kontynuuje Kath. – Był zazdrosny o dzieci Friedy z poprzedniego małżeństwa.

Sonje patrzy w dół, na skrawek plaży między swoimi kolanami. Przez rozpostarte palce dłoni przesypuje piasek.

– Ja uważam, że to by było piękne – mówi. – To by było piękne, gdyby kobiety tak umiały.

Kath wie, że coś poszło nie tak. Coś poszło nie tak z jej argumentacją. Dlaczego jest taka rozzłoszczona i podekscytowana? I dlaczego zmieniła temat, zaczęła mówić o dzieciach? Bo ona ma dziecko, a Sonje nie? Czy to zdanie o Lawrensie i Friedzie rzuciła dlatego, że domyśla się, że w pewnej mierze to samo dotyczy Cottara i Sonje?

Kiedy wysuwasz argument dzieci, kobiece obowiązki dotyczące opieki nad dziećmi, jesteś kryta. Nie można ci niczego zarzucić. Ale uciekając się do tej argumentacji, Kath ukrywa prawdę. Nie może znieść tego zdania o wodorostach i wodzie, aż ją rozdyma i dusi jakiś niezborny protest. Czyli chodzi jej o siebie, nie o jakieś tam dzieci. Ona jest taką kobietą, na jakie pomstuje Lawrence. A nie może się po prostu do tego przyznać, bo Sonje mogłaby zacząć podejrzewać życie Kath o pewną niekompletność, zresztą i sama Kath mogłaby nabrać takich podejrzeń.

To właśnie Sonje podczas którejś wcześniejszej, równie niepokojącej rozmowy wyznała: „Moje szczęście całkowicie zależy od Cottara".

Moje szczęście całkowicie zależy od Cottara.

To zdanie wstrząsnęło Kath. Ona o Kencie nigdy by tak nie powiedziała. Nie chciała, żeby w odniesieniu do niej było to prawdą.

Ale nie chciała też, żeby Sonje uznała ją za kobietę, którą ominęła miłość. Kobietę, która nie poznała, od nikogo nie otrzymała czołobitnej ofiary miłości.

II

Kent pamiętał nazwę miejscowości w stanie Oregon, do której przeprowadzili się Cottar i Sonje. A w każdym razie Sonje, pod koniec tamtego wspólnego lata. Pojechała opiekować się teściową, kiedy Cottar wyruszył na Daleki Wschód w kolejną dziennikarską wyprawę za friko. Po podróży do Chin wynikł jakiś prawdziwy czy wyimaginowany problem z jego powrotem do Stanów. Zaplanowali z Sonje, że tym razem, kiedy będzie wracał, spotkają się w Kanadzie, może sprowadzą tam też jego matkę.

Prawdopodobieństwo, że Sonje nadal tam mieszka, było nieduże. Ale istniał cień szansy, że wciąż mieszka tam matka Cottara. Kent uznał, że nie warto tam zajeżdżać, ale Deborah zapytała: „Dlaczego, czy nie będzie ciekawie się dowiedzieć?".

Adres i wskazówki, jak dojechać, uzyskali na poczcie.

Drogą wiodącą przez wydmy Kent i Deborah oddalali się od miasta. Deborah prowadziła, tak jak przez większą część tej długiej, niespiesznej wyprawy. Odwiedzili córkę Kenta Noelle, która mieszkała w Toronto, i jego dwóch synów z drugiego małżeństwa – jednego w Montrealu, drugiego w Maryland. Spotkali się ze starymi przyjaciółmi Kenta i jego drugiej żony Pat, którzy mieszkali teraz na strzeżonym osiedlu w Arizonie, i z rodzicami Deborah, mniej więcej rówieśnikami Kenta, w Santa Barbara. Teraz kierowali się wzdłuż Zachodniego Wybrzeża na północ, do Vancouver, do domu, ale nie pokonywali dziennie zbyt długich odcinków, żeby Kent się nie męczył.

Wydmy były porośnięte trawą. Wyglądałyby jak zwykłe pagórki, gdyby gdzieniegdzie na zboczach nie ukazywały się nagie łachy, nadające krajobrazowi charakter dziecięcej konstrukcji rozrosłej ponad miarę.

Droga kończyła się koło domu, którego kazano im wypatrywać. Nie mogło być mowy o pomyłce. Wisiał na nim szyld SZKOŁA TAŃCA NAD PACYFIKIEM. I nazwisko Sonje, i niżej tabliczka z napisem NA SPRZEDAŻ. W ogrodzie stara kobieta przycinała sekatorem krzew.

Czyli matka Cottara nadal żyje. Ale Kent przypomniał sobie nagle, że przecież była niewidoma. Dlatego po śmierci męża ktoś zawsze musiał z nią mieszkać.

Ale skoro jest niewidoma, to co robi w ogrodzie z sekatorem?

Popełnił ten sam błąd co zwykle: nie wziął pod uwagę upływu lat, dziesięcioleci. Nie pomyślał, że matka Cottara musiałaby być nadzwyczaj wiekową staruszką. Nie wyobraził sobie, jaka stara będzie Sonje, nie pamiętał o tym, jaki sam jest stary. Bo to była Sonje. Początkowo ona też go nie poznała. Schyliła się, wbiła sekator ostrzem w ziemię, wytarła ręce o dżinsy. Kent odczuwał sztywność jej ruchów we własnych stawach. Włosy miała białe i rzadkie, rozwiane lekką bryzą od oceanu, która przedostawała się tu między wydmami. Straciła nieco ciała, które oblekało jej kości. Sonje zawsze była niezbyt dorodna w biuście, ale nie aż tak szczupła w talii jak teraz. Była dziewczyną o urodzie nordyckiej, pleczystą, o szerokich policzkach. Ale jej imię nie miało nic wspólnego z historią rodziny – pamiętał opowieść o tym, że dostała imię Sonja, ponieważ jej matka uwielbiała filmy z Sonją Henie. Później sama zdecydowała o zmianie jego pisowni i gardziła matką za jej lekkomyślność. Oni wszyscy wtedy gardzili swoimi rodzicami, z takiego czy innego powodu.

W ostrym słońcu nie widział dokładnie jej twarzy. Zauważył jednak kilka błyszczących jasnosrebrnych plamek, miejsc po wycięciu zmian skórnych, pewnie rakowych.

– No proszę, Kent – powiedziała. – A to dopiero. Myślałam, że ktoś zainteresowany kupnem domu. A to Noelle?

Popełniła więc podobny błąd co on.

Deborah była o rok młodsza od Noelle. Ale nie wyglądała jak typowa żona mężczyzny, który mógłby być jej ojcem. Kent poznał ją po swojej pierwszej operacji. Była fizjoterapeutką, panną, a on wdowcem. Emanowały z niej spokój i równowaga, nieufność wobec mody i ironii; długie włosy splatała w warkocz. Poza tym, że wykonywała ze swoim pacjentem zalecone ćwiczenia, zapoznała go z jogą, a teraz przekonała też do żeń-szenia i witamin. Jej takt i brak wścibstwa graniczyły z obojętnością. A może kobiety z jej pokolenia uznawały za oczywiste, że każdy ma gęsto zaludnioną i nieprzetłumaczalną przeszłość.

Sonje zaprosiła oboje do domu. Deborah podziękowała, powiedziała, że pozwoli im spokojnie porozmawiać, a sama poszuka sklepu ze zdrową żywnością (Sonje wytłumaczyła jej, jak go znaleźć) i przejdzie się po plaży.

Wewnątrz Kent od razu zwrócił uwagę na to, że było chłodno. W słoneczny letni dzień. Ale domy nad Pacyfikiem rzadko są w środku tak ciepłe, jak można by oczekiwać – wystarczy zejść ze słońca, by poczuć przeszywająco zimny powiew. Mgły i chłody deszczowych zim zapewne od dawna wnikały do tego domu bez żadnych przeszkód. Był to duży drewniany bungalow, zaniedbany, lecz nie ascetyczny, z werandą i oknami mansardowymi. W zachodniej części Vancouver, gdzie nadal mieszkał Kent, takich domów było kiedyś dużo, ale większość z nich sprzedano z przeznaczeniem do rozbiórki.

Dwa duże, połączone ze sobą pokoje od frontu stały właściwie puste, jeśli nie liczyć pianina. Podłoga była na środku wytarta do szarości, a w rogach wywoskowana na ciemny brąz. Na jednej ze ścian zamocowano drążek, a na ścianie naprzeciwko mętne lustro, w którym, gdy je mijali, zobaczył dwie szczupłe białowłose postaci. Sonje powiedziała, że stara się sprzedać dom – no tak, to już wiedział, zauważył tabliczkę na zewnątrz – a skoro w tej części było urządzone studio tańca, pomyślała, że może nie powinna nic zmieniać.

– Ktoś może jeszcze zrobić z tego coś przyzwoitego – powiedziała.

Założyły z teściową szkołę tańca około 1960 roku, niedługo po tym, jak przyszła wiadomość o śmierci Cottara. Jego matka Delia grała na pianinie. Grała prawie do dziewięćdziesiątki, dopóki nie poprzestawiało jej się w głowie. („Wybacz – powiedziała Sonje – ale z czasem człowiek podchodzi do tego dość nonszalancko".) Sonje musiała umieścić ją w domu opieki, gdzie codziennie chodziła ją karmić, mimo że Delia już jej nie poznawała. Zatrudniła kogoś do gry na pianinie, ale to nie wypaliło. Poza tym sama przestawała już móc pokazywać uczennicom, jak mają wyglądać poszczególne ruchy, mogła tylko tłumaczyć. Zrozumiała, że pora dać sobie spokój.

Była taką zdystansowaną dziewczyną, niezbyt otwartą. Właściwie niezbyt miłą, w każdym razie jego zdaniem. A teraz krzątała się przy nim i trajkotała, jak ludzie, którzy za dużo czasu spędzają w samotności.

– Na początku dobrze nam się powodziło, dziewczynki miały wtedy bzika na punkcie baletu, a potem to wszystko wyszło z mody, sam wiesz, jako poddane nazbyt sztywnym regułom. Ale nigdy do końca, a potem, w latach osiemdziesiątych, zaczęli się tu przeprowadzać młodzi ludzie z rodzinami i wyglądało na to, że mają mnóstwo pieniędzy; skąd oni mieli tyle pieniędzy? I szkoła mogłaby znowu świetnie funkcjonować, ale jakoś nie udało mi się do tego doprowadzić.

Dodała, że może straciła do niej serce, a może szkoła przestała być potrzebna, kiedy zmarła matka Cottara.

– Byłyśmy najlepszymi przyjaciółkami – powiedziała. – Zawsze.

Kuchnia również okazała się dużym pomieszczeniem, którego nie zapełniały dostatecznie szafki i sprzęty. Posadzkę pokrywała mozaika z szarych i czarnych płytek – a może czarnych i białych, tylko że biel zszarzała od mycia. Przeszli korytarzem obudowanym po sufit regałami pełnymi książek i zaczytanych czasopism, a może i gazet. Zapach kruchego starego papieru. Tutaj na podłodze leżała mata z sizalu, sięgająca aż na boczną werandę, gdzie Kent nareszcie mógł spocząć. Fotele i sofa z ratanu, oryginalny zestaw, mogłyby nawet być sporo warte, gdyby nie to, że się rozpadały. Rolety bambusowe, podciągnięte czy też do połowy spuszczone, też nie były w najlepszym stanie. Rozrośnięte krzewy napierały z zewnątrz na okna. Kent nie znał się na roślinach, ale te krzewy rozpoznawał jako gatunek, który rośnie na glebie piaszczystej. Miały sztywne, błyszczące liście – wyglądały jak zamoczone w oliwie.

Kiedy przechodzili przez kuchnię, Sonje nastawiła wodę na herbatę. Teraz zapadła się w fotelu, jakby i ona była zadowolona, że może wreszcie usiąść. Obronnym gestem podniosła dłonie o zgrubiałych knykciach, brudne od ziemi.

– Posprzątam za chwilę – powiedziała. – Nie zapytałam, czy masz ochotę na herbatę. Mogę też zaparzyć kawę. Albo gdybyś chciał, mogę dać sobie spokój i z jedną, i z drugą i zrobić dżin z tonikiem. Właśnie, może to jest dobry pomysł? Mnie się podoba.

Zadzwonił telefon. Niepokojący, głośny, staroświecki dźwięk dzwonka. Brzmiał tak, jakby dzwonił tuż obok, w przedpokoju, ale Sonje poszła odebrać do kuchni.

Rozmawiała przez dłuższą chwilę, z przerwą na zdjęcie z gazu czajnika, kiedy zagwizdał. Kent usłyszał, jak mówi „Mam teraz gościa"; miał nadzieję, że nie odsyła kogoś, kto chciał obejrzeć dom. Jej podenerwowany głos pozwalał się domyślać, że nie jest to zwykła rozmowa towarzyska i że może chodzi o pieniądze. Kent starał się nie wychwycić już ani słowa.

Poupychane w przedpokoju książki i papiery przypomniały mu dom przy plaży, w którym mieszkali Cottar i Sonje. Właściwie przypominał mu go panujący tu nastrój, który świadczył o niedbaniu o wygodę, niedbaniu w ogóle. W tamtym domu źródłem ogrzewania dużego pokoju był kamienny kominek i chociaż się w nim paliło – tego jednego razu, kiedy on tam był – więc najwyraźniej był czynny, to wysypywały się z niego stary popiół, skrawki zwęglonych skórek od pomarańczy, różne śmieci. I wszędzie pełno książek, druków, broszur. Zamiast kanapy w pokoju stała leżanka – siedząc, trzeba było albo trzymać stopy na ziemi i nie mieć o co się oprzeć plecami, albo usiąść po turecku przy ścianie. Tak siedziały Kath i Sonje. Obie właściwie nie uczestniczyły w rozmowie. Kent zapadł się w fotel, na którym wcześniej leżała książka w nieciekawej okładce: *Wojna domowa we Francji*. Czy tak się teraz mówi na rewolucję francuską? – pomyślał. Ale zaraz zobaczył nazwisko autora. Karol Marks. Już wcześniej czuł w pokoju atmosferę wrogości. Taką, jaką można wyczuć w pomieszczeniach pełnych broszur o ewangelii i obrazów Jezusa na ośle,

Jezusa nad Jeziorem Galilejskim – nieodparte wrażenie, że jest się osądzanym. Nie wytwarzały jej same książki i papiery, ale także bałagan w kominku, wytarty chodnik i zasłony z grubego szarego płótna. Jego koszula i krawat były tu nie na miejscu. Przewidział to, zauważywszy spojrzenie, jakim obrzuciła je Kath, ale skoro je włożył, postanowił mimo wszystko w nich pójść. Ona ubrała się w jedną z jego starych koszul i dżinsy zapięte na szereg agrafek. Jego zdaniem na kolację u znajomych był to ubiór zbyt byle jaki, ale pomyślał, że może Kath już w nic innego się nie mieści.

Było to tuż przed narodzinami Noelle.

Posiłek – curry, jak się okazało, bardzo smaczne – przygotował Cottar. Do tego piwo. Cottar był po trzydziestce, starszy od Sonje, Kath i Kenta. Wysoki, wąski w ramionach, miał wysokie czoło z zakolami i strzępiaste bokobrody. Mówił głosem przyspieszonym, przyciszonym, jakby wyjawiał coś w największym zaufaniu.

Oprócz nich zaproszono jeszcze pewną starszą parę – kobietę o obwisłych piersiach i siwych włosach zwiniętych w kok na karku i niskiego, sztywno wyprostowanego mężczyznę, ubranego dość niechlujnie, ale zachowaniem roztaczającego aurę wytworności, może dzięki starannej wymowie, nerwowemu głosowi i nawykowi kreślenia dłońmi w powietrzu precyzyjnych sześcianów. Przyszedł także młody rudowłosy mężczyzna o zapuchniętych wodnistych oczach i piegowatej twarzy. Był studentem, zarabiał na swoją naukę rozwożeniem pak gazet, które następnie zabierali chłopcy i roznosili od drzwi do drzwi. Najwyraźniej podjął tę pracę niedawno, a starszy mężczyzna, który znał go wcześniej, drażnił się z nim, mówiąc, że rozwozić taką gazetę to wstyd. Narzędzie klas kapitalistycznych, tubę elity.

Mimo że było to powiedziane półżartem, Kent nie mógł puścić tego mimo uszu. Uznał, że nie ma znaczenia, czy wejdzie na ring teraz czy później. Powiedział, że jego zdaniem gazeta jest w sumie w porządku.

Na coś takiego czekali. Starszy mężczyzna wiedział, że Kent jest farmaceutą i pracuje w aptece należącej do dużej sieci. Student zapytał: „Czy masz wytyczoną ścieżkę kariery?" tonem, który sugerował, że pozostali odczytają w tym żart, a Kent nie. „Owszem", odpowiedział Kent.

Podano curry. Zjedli je, napili się jeszcze piwa, dołożyli do kominka; przez ten czas wiosenne niebo pociemniało, po drugiej stronie Burrard Inlet pokazały się światła Point Grey, a Kent zażarcie bronił kapitalizmu, wojny w Korei, broni jądrowej, Johna Fostera Dullesa, egzekucji małżeństwa Rosenbergów – wszystkiego, co pozostali mu podrzucali. Wydrwił tezy, że firmy amerykańskie namawiają młode matki w Afryce do kupowania mleka w proszku i niekarmienia piersią, że Królewska Kanadyjska Policja Konna brutalnie traktuje Indian, a przede wszystkim tę, że Cottar może mieć założony w telefonie podsłuch. Podpierał się danymi z „Time'a", i cytując je, za każdym razem podawał, z jakiego źródła pochodzą.

Student klepał się po udach, kręcił głową i wydawał z siebie śmiech pełen niedowierzania.

– Ten facet jest nie do wiary. Zgodzicie się? Jest po prostu nie do wiary.

Cottar wytaczał kolejne argumenty i starał się powściągać rosnącą irytację, bo uważał się za człowieka rozsądku. Starszy mężczyzna wikłał się w profesorskie dygresje, a siwa kobieta czyniła wtręty tonem zjadliwie uprzejmym.

– Dlaczego tak ci spieszno bronić władzy wszędzie, gdzie tylko podniesie swą kształtną główkę?

Kent nie wiedział. Nie wiedział, co nim powodowało. Nawet nie traktował tych ludzi poważnie jako wrogów. Egzystowali na obrzeżach prawdziwego życia, wygłaszając tyrady i uważając się za niezmiernie ważnych, jak to zwykle fanatycy. W porównaniu z ludźmi, których znał z pracy, nie mieli w sobie ani krzty solidności. W jego pracy z błędów wynikały konsekwencje, człowiek musiał stale uważać, nie miał czasu na roztrząsanie, czy sieci aptek to zły pomysł, ani na nurzanie się w paranoicznych teoriach na temat firm farmaceutycznych. To był prawdziwy świat, a on codziennie do tego świata wchodził, obarczony przyszłością swoją i Kath. Akceptował to, a nawet był z tego dumny; nie miał zamiaru kajać się przed zgrają narzekaczy.

„Mówcie sobie, co chcecie, ale jakość życia się poprawia – powiedział im wtedy. – Wystarczy się rozejrzeć".

Nie zaprzeczyłby teraz swojemu młodszemu ja. Może i był wtedy arogancki, niemniej miał rację. Zastanawiał się, co się stało z gniewem wyczuwalnym w tamtym pokoju, na co poszła cała ta płomienna energia.

Sonje skończyła rozmawiać przez telefon. Zawołała do niego z kuchni:

– Wiesz co, rzeczywiście dam sobie spokój z herbatą, zrobię dżin z tonikiem.

Kiedy przyniosła szklaneczki, zapytał, od jak dawna Cottar nie żyje, a ona powiedziała, że od ponad trzydziestu lat. Kent westchnął i potrząsnął głową. Od aż tak dawna?

– Zmarł właściwie tuż po wyjeździe. Jakiś tropikalny wirus – powiedziała Sonje. – W Dżakarcie. Zanim się dowiedziałam, że w ogóle chorował, było już po pogrzebie. Dżakarta nosiła wcześniej nazwę Batawia, wiedziałeś o tym?

– Coś mi się obiło o uszy – odparł Kent.

– Pamiętam wasz dom. Duży pokój to była właściwie weranda, która ciągnęła się wzdłuż całego frontu, jak u nas. Okna zasłaniały rolety z materiału jak na sklepowe markizy, w zielono-brązowe pasy. Kath lubiła światło, które się przez nie przesączało, twierdziła, że kojarzy jej się z dżunglą. Mówiłeś na ten dom „przereklamowany barak". Zawsze, kiedy o nim wspominałeś. Przereklamowany barak.

– Stał na drewnianych filarach umocnionych betonem – powiedział Kent – które gniły. Cud, że się nie zawalił.

– Chodziliście z Kath oglądać domy – ciągnęła Sonje. – Kiedy miałeś dzień wolny, wybieraliście się na spacer po którymś z nowych osiedli, z maleńką Noelle w wózku. Oglądaliście wszystkie nowo wybudowane domy. Wiesz, jak wtedy wyglądały osiedla. Ani kawałka chodnika, bo ludzie mieli poruszać się wyłącznie samochodami. Powycinali wszystkie drzewa, domy stały w ścisku, gapiąc się sobie nawzajem w okna, małe jak z obrazka.

– Czy młodą rodzinę było wtedy stać na coś innego? – odparł Kent.

– Wiem, wiem. I pytałeś Kath: „Który ci się podoba?", a ona nigdy nie odpowiadała. Wreszcie straciłeś cierpliwość i zapytałeś, czy w ogóle istnieje jakiś dom, który jej się podoba, a ona odpowiedziała: „Przereklamowany barak".

Kent nie pamiętał, żeby tak było. Ale pewnie było. W każdym razie tak Kath opowiedziała to Sonje.

III

Cottar i Sonje urządzali przyjęcie pożegnalne przed wyjazdem Cottara na Filipiny, do Indonezji czy gdzie on tam się wybierał, i wyjazdem Sonje do stanu Oregon, do jego matki. Zaproszeni zostali wszyscy, którzy mieszkali przy plaży – ponieważ przyjęcie miało się odbyć na powietrzu, była to jedyna rozsądna strategia – a także kilka osób, z którymi Sonje i Cottar mieszkali w komunie, zanim przenieśli się nad zatoczkę, oraz dziennikarze, znajomi Cottara, i koleżanki z byłej pracy Sonje.

– Zaprosili po prostu wszystkich – powiedziała Kath.

– Będą kolejne komuchy? – zapytał wesoło Kent.

Odpowiedziała, że nie wie, wie tylko, że mają być wszyscy.

Prawdziwa Monica zatrudniła na ten wieczór swoją stałą opiekunkę, wszyscy rodzice mieli zostawić dzieci u niej w domu i złożyć się na zapłatę. Kiedy się ściemniało, Kath przyniosła Noelle w nosidełku. Powiedziała opiekunce, że przyjdzie przed północą, kiedy Noelle pewnie obudzi się na karmienie. Mogła przynieść zapasową butelkę z pokarmem, którą miała w domu, ale nie przyniosła. Miała co do tego przyjęcia wątpliwości i pomyślała, że przyda jej się wymówka, żeby się z niego wyrwać.

Nie rozmawiała z Sonje o tamtej kolacji, podczas której Kent wdał się z wszystkimi w kłótnię. Sonje nie znała go wcześniej, a później powiedziała tylko, że jest całkiem przystojny. Kath odebrała to tak, jakby przystojność jej męża została uznana za banalną nagrodę pocieszenia.

Tamtego wieczoru siedziała na leżance, opierając się plecami o ścianę, i przyciskała do brzucha poduszkę. Nauczyła się trzymać ją przy miejscu, w które kopało dziecko. Poduszka była wyblakła i zakurzona, jak wszystko w domu Sonje i Cottara (wynajęli go razem z umeblowaniem). Wzór w niebieskie kwiaty i liście wytarł się tak, że wydawał się srebrny. Kath nie odrywała od niego wzroku, kiedy pozostali podpuszczali Kenta, a on nawet nie zdawał sobie z tego sprawy. Ten młody mężczyzna rozmawiał z nim z teatralną wściekłością syna kłócącego się z ojcem, a Cottar z cierpliwością i znużeniem nauczyciela zwracającego się do ucznia. Starszy mężczyzna był gorzko rozbawiony, a kobieta epatowała moralną odrazą, jakby uważała, że Kent ponosi osobistą odpowiedzialność za Hiroszimę, młodziutkie Azjatki palone żywcem w zaryglowanych fabrykach, wszystkie plugawe kłamstwa i rozpowszechnianą z wyrachowaniem hipokryzję. A Kent w większości wypadków sam się o to prosił. Obawiała się, że czeka ich mniej więcej coś takiego, kiedy zobaczyła go w koszuli i krawacie, sama postanowiła więc włożyć dżinsy zamiast porządnej spódnicy ciążowej. A kiedy już się tam znalazła, musiała to znieść od początku do końca, mnąc poduszkę na różne sposoby, żeby wydobyć z niej srebrny połysk.

Wszyscy w tym pokoju byli wszystkiego tacy pewni. Kiedy milkli, żeby wziąć oddech, czerpali z niewyczerpanego źródła najczystszej cnoty, najczystszej racji.

Może z wyjątkiem Sonje. Sonje nic nie mówiła. Ale Sonje czerpała z Cottara – jej racją był on. Wstała, żeby poczęstować gości dokładką curry i wpasowała się w jedną z krótkich, pełnych złości chwil milczenia.

– Widzę, że nikt nie miał ochoty na kokosa.

– Oj, Sonje, będziesz się bawić w taktowną gospodynię? – rzuciła starsza kobieta. – Jak bohaterka Virginii Woolf?

Wyglądało na to, że Virginia Woolf też nie jest w cenie. Kath tak wiele nie rozumiała. Ale przynajmniej wiedziała, że to coś realnie istnieje; nie nazywała tego nonsensem.

Niemniej myślała o tym, że oddałaby wszystko, żeby odeszły jej teraz wody. Żeby tylko się uratować. Gdyby wstała niezdarnie, podeszła do stołu, przy którym siedzieli, i zrobiła na podłodze kałużę, musieliby przestać.

Kent nie wydawał się później zdenerwowany przebiegiem wieczoru. Przede wszystkim uważał, że wygrał. „To wszystko komuchy, muszą tak gadać – powiedział. – Nic innego zresztą nie potrafią".

Kath wolała nie rozmawiać o polityce, zmieniła temat. Powiedziała, że ta starsza para mieszkała z Sonje i Cottarem w komunie. Oprócz nich była jeszcze jedna para, ale się wyprowadziła. Mieli zwyczaj regularnie wymieniać się partnerami seksualnymi. Starszy mężczyzna miał kochankę poza komuną i wymiana dotyczyła również jej, choć nie w pełnym wymiarze.

– Czyli młodzi faceci chodzili do łóżka z tą kobietą? – zapytał Kent. – Przecież ona ma z pięćdziesiąt lat.

– Cottar ma trzydzieści osiem – odparła Kath.

– No to co – powiedział Kent. – To obrzydliwe.

Ale w Kath myśl o tych obowiązkowych kopulacjach przewidzianych umową wywoływała nie tylko obrzydzenie, ale też ekscytację. Przekazywać siebie, posłusznie i bez winy, kolejnym mężczyznom na liście – to było jak prostytucja ofiarna. Pożądanie jako obowiązek. Myśląc o tym, czuła silne obsceniczne podniecenie.

Sonje to nie podniecało. Nie uzyskiwała seksualnego spełnienia. Cottar pytał ją o to, kiedy do niego wracała, a ona musiała przyznawać, że nie. Był rozczarowany i ona też, w jego imieniu. Tłumaczył jej, że jest zbyt zaborcza i za bardzo przywiązana do idei seksualnej wyłączności, a ona wiedziała, że on ma rację.

„Wiem, że myśli, że gdybym go bardziej kochała, byłabym w tym lepsza – powiedziała. – Ale ja go kocham, rozdzierająco".

Mimo kuszących myśli, które przychodziły jej do głowy, Kath uważała, że nigdy, przenigdy nie mogłaby sypiać z kimś innym niż Kent. Seks był czymś, co wynaleźli wspólnie, we dwoje. Próbowanie tego z kimś innym byłoby jak przebudowa obwodów elektrycznych – całe jej życie by eksplodowało. Ale nie mogła powiedzieć, że kocha Kenta rozdzierająco.

Idąc plażą od Moniki do domu Sonje, Kath widziała gości czekających, aż przyjęcie zacznie się na dobre. Stali w kilkuosobowych grupkach albo siedzieli na kłodach i oglądali zachód słońca. Popijali piwo. Cottar i jeszcze jeden mężczyzna szorowali kosz na śmieci, w którym zamierzali zrobić poncz. Panna Campo, dyrektorka biblioteki, siedziała sama. Kath pomachała do niej wesoło, ale nie podeszła. Przyłączenie się do kogoś na tym etapie oznacza zamknięcie się w potrzasku. Potem już cały czas jest się tylko z tą drugą osobą. Najlepiej było dołączyć do trzech czy czterech osób, nawet jeśli ich rozmowa – która z daleka wyglądała na ożywioną – okazywała się dość wymuszona. Ale po tym, jak pomachała pannie Campo, nie mogła dołączyć do gości. Musiała sprawiać wrażenie, że dokądś się spieszy. Poszła więc dalej, minęła Kenta, który rozmawiał z mężem Moniki o tym, ile czasu zajęło porąbanie na drwa jednego z bali na plaży, weszła po schodach do domu Sonje i dalej, do kuchni.

Sonje mieszała chili w dużym garnku, a starsza kobieta z komuny układała na półmisku kromki żytniego chleba, plasterki salami i kawałki sera. Była ubrana tak samo jak na tamtej kolacji – w workowatą spódnicę i bury, ale obcisły sweter, pod którym piersi opadały jej aż do talii. To chyba ma coś wspólnego z marksizmem, pomyślała Kath; Cottar wolał Sonje bez biustonosza, wolał też, żeby nie nosiła rajstop i nie malowała ust. Łączy się też z nieskrępowanym seksem wyzutym z zazdrości, zdrowym, niezepsutym apetytem, który nie wzdraga się przed kobietą pięćdziesięcioletnią.

Była tam też koleżanka z biblioteki, kroiła zieloną paprykę i pomidory. Na taborecie siedziała kobieta, której Kath nie znała, i paliła papierosa.

– Kochana, gdybyś ty wiedziała, jak nam podpadłaś – zwróciła się do Kath dziewczyna z biblioteki. – Wszystkim w pracy. Podobno masz najsłodsze maleństwo na świecie, a nie przyszłaś, żeby je nam pokazać. Gdzie jest teraz?

– Mam nadzieję, że śpi – powiedziała Kath.

Dziewczyna miała na imię Lorraine, ale Sonje i Kath, wspominając pracę w bibliotece, nadały jej przezwisko Debbie Reynolds. Była taka radosna.

– Oooo, jak słodko – zagruchała.

Starsza kobieta popatrzyła na nią – i na Kath – z głębokim niesmakiem.

Kath otworzyła butelkę piwa i podała ją Sonje, która powiedziała:

– O, dzięki. Tak się skupiłam na chili, że zapomniałam, że mogę się napić.

Denerwowała się, bo nie gotowała tak dobrze jak Cottar.

– A już myślałam, że otwierasz piwo dla siebie – powiedziała do Kath dziewczyna z biblioteki. – Jak karmisz piersią, to absolutnie nie wolno ci pić.

– Ja stale popijałam piwko, jak karmiłam – wtrąciła się kobieta siedząca na taborecie. – Chyba to nawet zalecali. W większości i tak się je wysikuje.

Oczy miała obwiedzione czarną kredką, kreska była przedłużona w kącikach, a powieki pomalowane na niebiesko-fioletowo aż po cienkie czarne brwi. Poza tym jej twarz była bardzo blada albo na taką umalowana, a wargi tak jasne, że niemal białe. Kath widywała podobne twarze, ale tylko w czasopismach.

– To jest Amy – przedstawiła ją Sonje. – Amy, to jest Kath. Przepraszam, że nie poznałam was ze sobą od razu.

– Sonje, ty stale przepraszasz – powiedziała starsza kobieta.

Amy wzięła ukrojony właśnie kawałek sera i zjadła.

Kochanka męża tej starszej kobiety miała na imię Amy. Kath nagle zapragnęła ją poznać, zaprzyjaźnić się z nią, tak samo jak wcześniej pragnęła zaprzyjaźnić się z Sonje.

Wieczór przeszedł w noc i grupki ludzi na plaży stawały się coraz mniej odrębne; wykazywały większą skłonność do zlewania się. Na brzegu kobiety pozdejmowały buty, pościągały pończochy, jeśli je miały, i dotykały wody czubkami palców u stóp. Większość gości przerzuciła się z piwa na poncz, a poncz już zaczął zmieniać charakter. Najpierw składał się głównie z rumu i soku ananasowego, teraz doszły inne soki owocowe, napoje, wódka i wino.

Tych, którzy zdjęli buty, zachęcano, żeby zdjęli z siebie więcej. Niektórzy wbiegali do wody prawie kompletnie ubrani, po czym rozbierali się i rzucali ubrania tym, którzy stali na brzegu. Inni rozbierali się, gdzie stali; dodawali sobie nawzajem otuchy, mówiąc, że jest tak ciemno, że nic nie widać. Ale tak naprawdę było widać nagie ciała, które rozpryskiwały wodę, wbiegały do niej i rzucały się na ciemne fale. Monica przyniosła z domu stos ręczników i wołała, żeby po wyjściu z wody wszyscy się wytarli do sucha, żeby się nie zaziębić.

Zza czarnych drzew na skałach wszedł księżyc, tak ogromny, poważny i ekscytujący, że wzbudził okrzyki zdumienia. Co to? Nawet kiedy był już wyżej na niebie i skurczył się do normalnych rozmiarów, co jakiś czas wracano do niego w rozmowie, mówiąc: „Patrzcie, ale pełnia" czy: „A widzieliście, jak wschodził?". „Ja pomyślałem, że to olbrzymi balon". „A ja w ogóle nie wiedziałam, co to może być. Nie miałam pojęcia, że księżyc może być tak wielki".

Kath stała nad wodą i rozmawiała z mężczyzną, którego żonę i kochankę spotkała wcześniej w kuchni Sonje. Żona pływała teraz w zatoce, w pewnym oddaleniu od rozkrzyczanych i rozbawionych gości. Mężczyzna powiedział, że w poprzednim życiu był księdzem.

– „Ocean wiary w dawnych wiekach wezbrany – rzucił żartobliwym tonem – brzegi kontynentów otulał swym nadmiarem jak jedwabna szata". Byłem wtedy żonaty z zupełnie inną kobietą.

Westchnął, a Kath pomyślała, że usiłuje przypomnieć sobie dalszy ciąg strofy.

– „Dzisiaj słyszę jedynie – wyrecytowała – smętny szum cofających się morskich odmętów, fali, która to ślepo runie, to odpłynie". – Tu urwała, bo wydało jej się, że nie wypada przejść dalej, do słów „Bądźmy choć my oboje wierni sobie nawzajem, miła!"*.

Jego żona płynęła ku nim i stanęła na dnie dopiero, kiedy było bardzo płytko, woda sięgała jej ledwie po kolana. Gdy

---

* Cytat z wiersza Matthew Arnolda *Wybrzeże w Dover* w przekładzie Stanisława Barańczaka (przyp. tłum.).

brodziła do brzegu, jej piersi kołysały się na boki i pryskały z nich krople wody.

Mężczyzna otworzył ramiona jak do uścisku. – Europo! – zawołał tonem przyjacielskiego powitania.

– Siebie obsadza pan więc w roli Zeusa – powiedziała Kath śmiało.

Zapragnęła nagle, żeby taki mężczyzna ją pocałował. Mężczyzna, którego ledwo zna i który zupełnie jej nie obchodzi. I towarzysz rozmowy sprzed chwili pocałował ją, poobracał w jej ustach chłodnym językiem.

– Co to za pomysł, nazwać kontynent imieniem krowy – powiedział.

Jego żona stała tuż przy nich i oddychała ciężko po wysiłku. Stała tak blisko, że Kath bała się, że muśnie ją tymi podłużnymi, ciemnymi sutkami albo kępą czarnych włosów łonowych.

Ktoś rozpalił ognisko i ci, którzy się kąpali, teraz wyszli z wody i siedzieli zawinięci w koce czy ręczniki albo kucali za balami i szarpali się z ubraniem, które nie chciało dać się włożyć na mokre ciało.

Grała muzyka. Na działce sąsiadów Moniki znajdowały się pomost i mały hangar na łódki. Zniesiono tam adapter i ludzie zaczęli tańczyć. Na pomoście i, z większą trudnością, na piasku. Nawet na balach ktoś co jakiś czas wykonywał kilka tanecznych kroków, po czym potykał się i spadał albo sam zeskakiwał. Kobiety, które znów były ubrane albo się nie rozbierały, kobiety, które czuły zbyt wielki niepokój, by móc stać w miejscu – tak jak Kath – przechadzały się nad brzegiem (nikt już nie pływał, pływanie należało całkowicie do przeszłości, odeszło w zapomnienie), a ze względu na muzykę miały chód inny niż zwykle. Idąc, kołysały się w jej rytm, najpierw skrępowane, dla żartu, a później bardziej wyzywająco, jak piękne kobiety w filmach.

Panna Campo siedziała wciąż w tym samym miejscu i się uśmiechała.

Dziewczyna, którą Kath i Sonje nazywały Debbie Reynolds, siedziała na piasku, oparta plecami o kłodę, i płakała.

Uśmiechnęła się do Kath i powiedziała:

– Nie myśl, że jestem smutna.

Jej mąż grał w college'u w futbol, a teraz prowadził gabinet fizjoterapii. Kiedy przychodził po żonę do biblioteki, zawsze wyglądał jak prawdziwy zawodnik, lekko zdegustowany resztą świata. Ale teraz klęczał przy żonie i bawił się jej włosami.

– Nic jej nie jest – zapewnił. – Alkohol zawsze tak na nią działa. Prawda, skarbie?

– Tak – potwierdziła.

Kath znalazła Sonje – obchodziła siedzących wokół ogniska gości i rozdawała pianki. Niektórzy nadziewali je na patyki i opiekali; inni rzucali się nimi nad ogniem, tak że w końcu upadały na piasek.

– Debbie Reynolds płacze – zaraportowała Kath. – Ale to nic. Jest wesoła, jak zawsze.

Roześmiały się i przytuliły, zgniatając przy tym opakowanie pianek.

– Ach, jakże mi będzie ciebie brakowało – powiedziała Sonje. – Ach, jakże mi będzie brakowało naszej przyjaźni.

– Mnie też. Mnie też – odparła Kath.

Wzięły po piance i zjadły, patrząc na siebie i śmiejąc się, przepełnione poczuciem słodyczy i opuszczenia.

– Uczyń to na moją pamiątkę – powiedziała Kath. – Jesteś moją najnajprawdziwszą, najnajlepszą przyjaciółką.

– A ty moją – zrewanżowała się Sonje. – Najnajprawdziwszą, najnajlepszą. Cottar mówi, że dziś chce spać z Amy.

– Nie pozwól mu. Nie pozwól, jeśli ci z tym źle.

– To nie jest kwestia pozwolenia – powiedziała Sonje dzielnie. – Kto ma ochotę na chili? – zawołała. – Cottar zaraz będzie nakładał gorące chili. Czy są chętni na chili?

Cottar zszedł po schodach z garnkiem chili i postawił go na piasku.

– Uwaga na garnek – powtarzał ojcowskim tonem. – Uwaga na garnek, jest gorący.

Ukucnął i zaczął nakładać porcje, ubrany jedynie w ręcznik, który się rozchylał. U jego boku Amy rozdawała miseczki.

Kath podeszła do Cottara z dłońmi złożonymi w łódkę.

– Wasza Łaskawość wybaczy – powiedziała. – Nie jestem godna miseczki.

Cottar wstał energicznie, odłożył łyżkę i położył ręce na skłonionej głowie Kath.

– Błogosławię cię, moje dziecko, albowiem ostatni będą pierwszymi.

Pocałował ją w odsłonięty kark.

Amy westchnęła, jakby to ona składała lub otrzymywała ten pocałunek.

Kath podniosła głowę i ominęła wzrokiem Cottara.

– Strasznie bym chciała mieć taką szminkę – powiedziała.

– To chodź – powiedziała Amy. Odstawiła miseczki, lekko objęła Kath w talii i poprowadziła ku schodom do wejścia. – Umalujemy cię jak się patrzy.

W miniaturowej łazience przylegającej do sypialni Cottara i Sonje Amy rozłożyła słoiczki, tubki i pędzelki. Na klapie od sedesu, bo gdzie indziej nie było jak. Kath musiała usiąść na brzegu wanny i twarzą prawie dotykała brzucha Amy. Amy rozprowadziła jej na policzkach jakąś maź i wtarła w powieki cień. Potem pędzlem nałożyła puder. Wyczesała i nabłyszczyła brwi Kath, a na rzęsy nałożyła trzy warstwy tuszu. Obrysowała jej usta konturówką i pomalowała, osuszyła chusteczką i pomalowała jeszcze raz. Ujęła twarz Kath w dłonie i przechyliła do światła.

Ktoś zapukał do drzwi i szarpnął za klamkę.

– Chwila! – zawołała Amy. – Co jest, nie możesz się wysikać gdzieś za drzwem? – dodała po chwili.

Nie pozwoliła Kath spojrzeć w lustro, dopóki nie skończyła.

– I nie uśmiechaj się – przykazała. – To psuje efekt.

Kath opuściła kąciki ust i patrzyła posępnie na swoje odbicie. Miała wargi jak płatki, płatki lilii. Amy odciągnęła ją od lustra.

– Nie o to mi chodziło – powiedziała. – Lepiej wcale na siebie nie patrz, nie myśl o tym, jak wyglądasz, a będzie dobrze. Twój pęcherz ma fuksa, zaraz wychodzimy! – krzyknęła do kolejnej, a może tej samej osoby dobijającej się do drzwi. Zgarnęła przybory do kosmetyczki i wsunęła ją pod wannę. – Chodź, ślicznotko – zwróciła się do Kath.

Na pomoście Amy i Kath tańczyły, śmiały się i wygłupiały. Mężczyźni próbowali się wepchnąć między nie, ale im przez jakiś czas udawało się do tego nie dopuścić. Później się poddały, i kiedy je rozdzielono, a każda została wciągnięta w orbitę partnera, robiły do siebie przerażone miny i machały rękami jak ptaki usiłujące wzbić się do lotu.

Kath tańczyła z mężczyzną, którego wcześniej tego wieczoru nie widziała. Był mniej więcej w wieku Cottara, wysoki i pogrubiały w talii, miał szopę matowych kręconych włosów, a w sino podkrążonych oczach wyraz zepsucia.

– Mogę wpaść do wody – powiedziała Kath. – Kręci mi się w głowie. Mogę wypaść za burtę.

– Złapię cię, nie wypadniesz.

– Kręci mi się w głowie, ale nie jestem pijana.

Mężczyzna się uśmiechnął, a ona pomyślała: Pijani ludzie zawsze tak mówią.

– Naprawdę – dodała i była to prawda, bo nie wypiła nawet całej butelki piwa ani nie tknęła ponczu. – Chyba że przez osmozę.

Mężczyzna nie odpowiedział, tylko przyciągnął ją do siebie, po czym zwolnił uścisk, cały czas patrząc jej w oczy.

Seks, jaki Kath uprawiała z Kentem, był forsowny i entuzjastyczny, ale jednocześnie powściągliwy. Żadne z nich nie uwiodło drugiego, tylko jakby przypadkiem wpadli w stan fizycznej bliskości czy tego, co przez nią rozumieli, i w nim zostali. Jeżeli ma się mieć w życiu tylko jednego partnera, to nie trzeba się starać, żeby było wyjątkowo – tak po prostu jest. Patrzyli na siebie, kiedy byli nadzy, ale nie licząc przypadkowych spojrzeń, w takich razach nie patrzyli sobie w oczy.

A to właśnie robiła teraz Kath z nieznajomym partnerem, cały czas. Przybliżali się do siebie i oddalali, okrążali i unikali, tworząc dla siebie nawzajem spektakl i patrząc sobie prosto w oczy. Ich oczy oświadczały, że ten spektakl to nic, zupełnie nic w zestawieniu z zapasami nago, na jakie byłoby ich stać, gdyby taka była ich wola.

Ale to wszystko było w konwencji żartu. Gdy tylko się dotykali, znów się od siebie odsuwali. Zbliżywszy się, otwierali usta i przesuwali językiem po wargach, po czym natychmiast robili krok wstecz, udając nonszalancję.

Kath miała na sobie wełnianą bluzkę z krótkim rękawem, wygodną do karmienia, bo z głębokim wycięciem i zapinaną na całej długości na guziki.

Gdy przybliżyli się do siebie kolejny raz, jej partner uniósł rękę, jakby chciał się osłonić, i grzbietem dłoni, nagim nadgarstkiem i przedramieniem musnął jej stwardniałe piersi pod elektryzującą wełną. Oboje zachwiali się i omal nie przerwali tańca. Ale tańczyli dalej, choć Kath miała miękkie nogi w kolanach i gubiła rytm.

Usłyszała, że ktoś woła ją po nazwisku.

– Pani Mayberry. Pani Mayberry.

To opiekunka wołała ją ze schodków przed domem Moniki.

– Pani córka. Pani córka się obudziła. Przyjdzie pani ją nakarmić?

Kath przerwała taniec. Drżąc, przecisnęła się między innymi tancerzami. Znalazłszy się poza zasięgiem światła, zeskoczyła z pomostu i ruszyła z trudem przez grząski piasek. Wiedziała, że partner idzie za nią, usłyszała, jak zeskoczył z pomostu tuż po niej. Była gotowa nastawić mu do pocałunku usta albo szyję. Ale on chwycił ją za biodra, odwrócił ku sobie, ukłąkł i przez bawełniane figi pocałował ją w krocze. Potem wstał, lekko jak na tak potężnie zbudowanego mężczyznę, i w tym samym momencie odwrócili się od siebie. Kath pobiegła do światła i weszła po schodkach do domu Moniki. Nie mogła złapać tchu i przytrzymywała się poręczy, jak staruszka.

Opiekunka stała w kuchni.

– A, jest pani – powiedziała. – Przed chwilą przyszedł pani mąż z butelką. Nie wiedziałam, że tak się państwo umówili, nie zdzierałabym sobie tak gardła.

Kath weszła do salonu Moniki. Dochodziło do niego tylko światło z przedpokoju i z kuchni, ale widziała, że to prawdziwy salon, a nie przerobiona weranda, jak u niej i u Sonje. Znajdowały się tam nowoczesny stolik do kawy, tapicerowane meble i rozsuwane zasłony.

Kent siedział w fotelu i karmił Noelle butelką.

– Cześć – powiedział cicho, mimo że Noelle ssała tak energicznie, że na pewno nie była ani odrobinę śpiąca.

– Cześć – odpowiedziała Kath i usiadła na sofie.

– Pomyślałem, że to dobry pomysł. Na wypadek, gdybyś piła.

– Nie piłam – odparła Kath.

Podniosła rękę, żeby sprawdzić, jak pełne ma piersi, ale dotyk wełny przesuwającej się po ciele wzbudził taki dreszcz pożądania, że przerwała gest.

– No to teraz możesz się napić, jeśli masz ochotę – powiedział Kent.

Siedziała na krawędzi sofy, nachylona do przodu i chciała się tylko dowiedzieć: wszedł tu frontowym wejściem czy od tyłu? Od strony drogi czy od plaży? Jeśli przyszedł plażą, to na pewno widział tańce na pomoście. Ale tańczyło sporo ludzi, więc może nie zwrócił uwagi na poszczególne osoby.

Opiekunka jednak dostrzegła ją wśród innych tańczących. A Kent na pewno usłyszał, jak ją woła. Wtedy mógł popatrzeć w stronę, w którą opiekunka kierowała wołanie.

To znaczy jeśli przyszedł od strony plaży. Bo jeśli przyszedł drogą i wszedł przez przedpokój, nie przez kuchnię, to nie widział tańczących.

– Słyszałeś, jak ta dziewczyna mnie wołała? – zapytała Kath.

– I dlatego poszedłeś do domu po butelkę?

– Myślałem o tym już wcześniej – odparł. – Wydawało mi się, że już pora. – Uniósł butelkę do światła, żeby sprawdzić, ile Noelle wypiła. – Była głodna – powiedział.

– Tak – zgodziła się Kath.

– Więc możesz skorzystać z okazji. Jak chcesz się ululać.

– Ty jesteś ululany?

– Wypiłem sobie, nie powiem. Napij się też, jak masz ochotę. Zabaw się.

Pomyślała, że ten ton chojraka brzmi smutno i sztucznie. Na pewno widział, jak tańczyła. Inaczej zapytałby: „Co ty masz na twarzy?".

– Wolę zaczekać na ciebie – oznajmiła.

Kent popatrzył na dziecko, zmarszczył czoło i przechylił butelkę.

– Prawie skończyła – stwierdził. – Jeśli chcesz, to jasne.

– Muszę tylko skoczyć do łazienki – powiedziała Kath.

A w łazience, jak można się było spodziewać po domu Moniki, był spory zapas ligniny. Kath puściła z kranu gorącą wodę, nasączała i tarła, nasączała i tarła, od czasu do czasu spuszczając wodę, żeby spłynęły wrzucane do muszli kawałki ligniny zabrudzonej na czarno i fioletowo.

IV

W połowie drugiego drinka, kiedy Kent mówił o nieprzyzwoitych, wprawiających w osłupienie bieżących cenach nieruchomości w Zachodnim Vancouver, Sonje powiedziała:

– Wiesz, mam pewną teorię.

– Te domki, w których kiedyś mieszkaliśmy – ciągnął Kent.

– Dawno sprzedane. Za bezcen w porównaniu z tym, ile trzeba by było zapłacić za nie dzisiaj. Teraz nie wiem, ile by można za nie wziąć. Za same budynki. Za samo prawo do rozbiórki.

Czego dotyczy jej teoria? Cen nieruchomości?

Nie. Dotyczy Cottara. Sonje nie wierzy, że on umarł.

– Początkowo, owszem, wierzyłam – powiedziała. – Nawet mi do głowy nie przyszło, żeby wątpić. Ale pewnego dnia obudziłam się i zrozumiałam, że to przecież nie musi być prawda. To wcale nie musi być prawda.

Pomyśl tylko, w jaki sposób otrzymałam wiadomość, powiedziała. Dostała list od pewnego lekarza. Z Dżakarty. To znaczy człowiek, który do niej napisał, podał się za lekarza. Poinformował ją, że Cottar zmarł, poinformował ją też, na co, posługując się terminem medycznym, którego teraz Sonje nie pamięta. W każdym razie była to jakaś choroba zakaźna. Ale skąd miała wiedzieć, czy ten człowiek naprawdę był lekarzem? Albo, nawet jeśli założyć, że był, skąd pewność, że napisał prawdę? Cottar z łatwością mógł zaprzyjaźnić się z lekarzem. Miał przyjaciół w najróżniejszych kręgach.

– Albo mógł mu zapłacić – dodała. – To też nie jest wykluczone.

– Ale dlaczego miałby to zrobić? – zapytał Kent.

– Nie byłby pierwszym lekarzem, który bierze pieniądze. Może potrzebował na klinikę dla biedaków? Nie wiadomo. A może po prostu chciał pieniędzy dla siebie. Lekarze nie są święci.

– Nie są – przyznał Kent. – Ale pytałem o Cottara. Dlaczego Cottar miałby to zrobić? A skoro mówisz o pieniądzach, to czy on miał jakieś pieniądze?

– Nie, swoich nie miał, ale... Sama nie wiem. To tylko jedna z hipotez. A ja zostałam z jego matką. Miała zapewnioną opiekę. Naprawdę troszczył się o matkę. A wiedział, że ja jej nigdy nie opuszczę. Więc pod tym względem wszystko było w porządku. Naprawdę. Bardzo lubiłam Delię. Opieka nad nią nie była dla mnie ciężarem. Może nawet do tego lepiej się nadawałam niż do małżeństwa z Cottarem. Ona miała podobne podejrzenia co do jego śmierci. Ale się do nich nie przyznała. Ja jej się do swoich też nie przyznałam. Każda z nas myślała, że to by drugiej złamało serce. Aż nagle pewnego wieczoru, niedługo przed... tym, jak odeszła, kiedy czytałam jej kryminał, którego akcja rozgrywała się w Hongkongu, powiedziała: „Może Cottar tam właśnie jest. W Hongkongu". Przeprosiła mnie, nie chciała mi sprawić przykrości. A ja wtedy powiedziałam, co sama myślałam. Śmiała się. Obie się śmiałyśmy. Można by się spodziewać, że stara matka będzie pełna żalu, mówiąc o tym, jak jej jedyne dziecko dało nogę i ją zostawiło, ale nie. Może starzy ludzie tacy nie są. Naprawdę starzy. Już nie odczuwają żalu. Pewnie wiedzą, że nie warto. Cottar wiedział, że się nią zaopiekują, choć prawdopodobnie nie wyobrażał sobie, jak to długo potrwa – ciągnęła. – Pokazałabym ci ten list od lekarza, ale go wyrzuciłam. Bardzo to głupio z mojej strony, ale szalałam wtedy z rozpaczy. Nie umiałam sobie wyobrazić, co zrobię z resztą swojego życia. Nie pomyślałam o tym, żeby odpisać i zażądać jakiegoś potwierdzenia, poprosić o akt zgonu czy coś. O tym wszystkim pomyślałam dopiero później, ale wtedy nie miałam już adresu. Nie mogłam napisać do ambasady amerykańskiej, bo pracownicy ambasady to ostatni ludzie, z którymi Cottar miałby do czynienia. A nie był obywatelem kanadyjskim. Może nawet posługiwał się innym nazwiskiem. Może miał jakąś fałszywą tożsamość. Lewe papiery. Rzucał czasem takie aluzje. Dla mnie to była część jego uroku.

– Mógł opowiadać takie rzeczy, żeby ubarwić swoją osobę – zasugerował Kent. – Nie sądzisz?

– Oczywiście, że sądzę – odparła Sonje.

– Nie był ubezpieczony?

– Chyba żartujesz.

– Gdyby był, to ci od ubezpieczenia doszliby prawdy.

– Jasne, ale nie był ubezpieczony – powiedziała Sonje.

– No, więc tak. To właśnie zamierzam zrobić.

Powiedziała, że to jedyne, co zataiła przed teściową. Że kiedy zostanie sama, wyruszy na poszukiwania. Zamierzała odnaleźć Cottara. Albo prawdę.

– Pewnie uważasz, że to niedorzeczne? – zapytała.

Ma nierówno pod sufitem, pomyślał Kent, odczuwając nieprzyjemny wstrząs. W trakcie tej wycieczki podczas każdej wizyty nadchodził moment potężnego rozczarowania. Moment, kiedy zaczęło do niego docierać, że osoba, z którą rozmawia, osoba, którą specjalnie przyjechał odwiedzić, nie da mu tego, po co przyszedł, choć sam nie umiałby powiedzieć, co takiego miałoby to być. Jego stary przyjaciel, którego odwiedził w Arizonie, miał obsesję na punkcie czyhających wokół niebezpieczeństw, mimo że mieszkał w drogim domu na strzeżonym osiedlu. Żona tego przyjaciela, kobieta ponadsiedemdziesięcioletnia, uparła się, żeby pokazać zdjęcia, na których ona i jeszcze jedna starsza pani pozowały w strojach tancerek z epoki gorączki złota w Klondike, uszytych na potrzeby musicalu, wystawianego z grupką znajomych. A dorosłe dzieci tego przyjaciela żyły własnym życiem. Było to naturalne i nie budziło jego zdziwienia. Zdziwienie budziło to, że życie tych dzieci, dwóch synów i córki, wydawało się ściśle ograniczone pod względem potencjalnych kolejnych ruchów, przewidywalne. Nawet zmiany, których nadejścia się domyślał albo o których mu powiedziano – Noelle była o włos od decyzji o odejściu od drugiego męża – nie budziły w nim zbytniego zainteresowania. Nie przyznawał się do tych myśli Deborah

– właściwie nie przyznawał się do nich tak do końca samemu sobie – ale tak właśnie uważał. A teraz Sonje, Sonje, za którą nigdy specjalnie nie przepadał, przed którą w pewnym sensie miał się na baczności, ale którą szanował jako pewną zagadkę – Sonje zmieniła się w gadatliwą starszą panią, której poluzowała się piąta klepka.

Przyjechał do niej w odwiedziny nie bez celu, ale nawet o krok się do niego nie przybliżyli przez tę całą gadaninę na temat Cottara.

– Wiesz, jak mam być szczery – powiedział – to nie wydaje mi się, żeby to był rozsądny plan. Tak szczerze.

– Szukanie wiatru w polu – odparła Sonje pogodnie.

– Istnieje prawdopodobieństwo, że teraz Cottar tak czy owak nie żyje.

– Zgoda.

– Mógł też przenieść się stamtąd w dowolne miejsce na świecie. To znaczy zakładając, że twoja teoria jest prawdziwa.

– Zgoda.

– A więc jedyna nadzieja w tym, że jeśli naprawdę zmarł te wiele lat temu i twoja teoria nie jest prawdziwa, to może uda ci się dotrzeć do czegoś, co to potwierdzi, ale w stosunku do twojej dzisiejszej wiedzy nie sprawi to najmniejszej różnicy.

– Och, myślę, że sprawi.

– W takim razie równie dobrze możesz zostać na miejscu i porozsyłać listy.

Sonje powiedziała, że jest innego zdania. Stwierdziła, że w takich sprawach nie można polegać na oficjalnych kanałach informacyjnych.

– Trzeba dać się poznać na ulicach.

Na ulicach Dżakarty: tam zamierzała zacząć poszukiwania. W takich miejscach jak Dżakarta ludzie nie zamykają się w domach, nie zamykają się w sobie. Życie toczy się na ulicy i wszyscy wszystko o sobie wiedzą. Sklepikarze wszystko wiedzą, zawsze znajdzie się ktoś, kto zna kogoś tam i tak dalej. Będzie rozpytywała wśród ludzi i z czasem rozejdzie się wieść o tym, że przyjechała. Taki człowiek jak Cottar nie mógł nie zapisać się w pamięci. Nawet po takim długim czasie na pewno uda się na coś trafić. Na jakąś informację, mniej lub bardziej użyteczną. Za część z nich będzie musiała słono zapłacić, część okaże się nieprawdziwa. Ale to nic.

Kent zastanawiał się, czy zapytać ją, jak zamierza to sfinansować. Czy to możliwe, że dostała spadek po rodzicach? Wydziedziczyli ją, zdaje się, kiedy wyszła za mąż. A może myślała, że dostanie ładną sumę za tę nieruchomość. Mało prawdopodobne, ale kto wie, może i miała rację.

Tak czy owak mogłaby przepuścić wszystko w ciągu kilku miesięcy. Wieść o tym, że przyjechała, rozeszłaby się szybko, nie ma co do tego wątpliwości.

– Te miasta bardzo się zmieniły – powiedział tylko.

– Nie pominęłabym oczywiście kanałów, którymi zwykle wysyła się zapytania o tego rodzaju informacje – ciągnęła Sonje. – Odszukam wszystkie, jakie się da. Ambasadę, rejestr zgonów, archiwum medyczne, jeżeli mają tam coś takiego. Prawdę mówiąc, porozsyłałam już listy. Ale oni tylko odsyłają człowieka od jednego urzędu do drugiego. Trzeba pytać osobiście. Polecieć tam. Być na miejscu. Przychodzić wszędzie po kilka, kilkanaście razy, naprzykrzać się urzędnikom, wyczuć ich słabe punkty i być gotowym na to, żeby podać pod stołem kopertę, jeśli będzie trzeba. Nie robię sobie złudzeń, że będzie łatwo. Spodziewam się na przykład wycieńczających upałów. O ile wiem, ta Dżakarta jest bardzo niefortunnie położona. Wszędzie dokoła niziny i bagna. Nie jestem głupia. Zrobię odpowiednie szczepienia i przygotuję się jak należy. Wezmę ze sobą witaminy, a skoro miasto założyli Holendrzy, to nie powinno tam brakować dżinu. Holenderskie Indie Wschodnie. To nie jest takie stare miasto, wiesz? Powstało chyba w siedemnastym wieku. Zaczekaj. Mam pełno różnych – pokażę ci – mam...

Odstawiła szklaneczkę, od pewnego czasu już pustą, wstała szybko i po kilku krokach potknęła się o dziurę w macie z sizalu, runęła do przodu i o mało nie upadła, ale udało jej się przytrzymać framugi drzwi.

– Muszę wyrzucić tę matę – powiedziała i weszła do domu.

Kent słyszał, jak mocuje się z zacinającymi się szufladami, a potem dobiegł go dźwięk, jakby na podłogę spadł stos kartek. Sonje przez cały czas do niego mówiła, w ten na poły gorączkowy, uspokajający sposób, charakterystyczny dla ludzi, którzy rozpaczliwie chcą utrzymać czyjąś uwagę. Nie rozumiał, co do niego mówi, nawet nie próbował. Skorzystał z okazji, żeby zażyć lek, o czym myślał przez ostatnie pół godziny. Tabletka była tak mała, że nie musiał jej popijać – zresztą jego szklaneczka też była pusta – i możliwe, że udałoby mu się ją włożyć do ust tak, że Sonje by nie zauważyła. Ale nie spróbował, przez coś niby nieśmiałość czy zabobonność. Nie przeszkadzało mu to, że Deborah stale pamięta o jego chorobie, dzieciom oczywiście też musiał o niej powiedzieć, ale odczuwał coś w rodzaju wewnętrznego zakazu, który bronił mu wyjawiać prawdę o swoim stanie rówieśnikom.

Na tabletkę był już najwyższy czas. Fala nieprzyjemnego ciepła, stan bliski omdleniu, zagrożenie rozpadem pięły się powoli w górę i uzewnętrzniły w postaci kropli potu na skroniach. Od kilku minut czuł tę postępującą zmianę samopoczucia, ale panował nad nią dzięki głębokiemu oddychaniu i na pozór zwyczajnej zmianie pozycji ciała w fotelu. Sonje wróciła tymczasem z plikiem papierów: map i kserokopii, zapewne stosownych stron z książek z biblioteki. Kiedy siadała, niektóre spadły na podłogę. Rozsypały się na macie z sizalu.

– Popatrz, tak zwana kiedyś Batawia – powiedziała Sonje. – Bardzo geometryczny plan ulic. Bardzo holenderski. Jest tu dzielnica o nazwie Weltevreden. To znaczy „zadowolony". Czy nie byłby to świetny żart, gdybym odkryła, że Cottar tam właśnie mieszka? To stary kościół portugalski. Wybudowany pod koniec siedemnastego wieku. Oczywiście to kraj muzułmański. Mają tam największy meczet w południowo-wschodniej Azji. Do portu w tym mieście zawinął kapitan Cook, bo jego statek wymagał naprawy, i bardzo pochlebnie wyrażał się o tamtejszych stoczniach. Ale wspomniał też, że bagna były ohydne. To się pewnie nie zmieniło. Cottar nie wyglądał na silnego mężczyznę, ale umiał o siebie zadbać lepiej, niż można by sądzić. Nie wybrałby się ot tak na malaryczne bagna ani nie kupowałby napojów od ulicznych sprzedawców. Oczywiście, jeśli tam mieszka, to do dziś na pewno całkowicie się zaaklimatyzował. Nie wiem, czego się spodziewać. Umiem sobie wyobrazić, że wtopił się w lokalną społeczność, albo że urządził się jak wielki pan, któremu usługuje potulnie jego ciemnoskóra kobieta. Że zajada się owocami nad basenem. Albo chodzi od domu do domu i żebrze o pieniądze dla biednych.

Kent coś sobie przypomniał. Tego wieczoru, kiedy odbywało się przyjęcie na plaży, podszedł do niego Cottar, ubrany tylko w niezakrywający go należycie ręcznik, i zapytał, co jako farmaceuta wie o chorobach tropikalnych.

Ale nie było w tym nic podejrzanego. Każdy, kto by się wybierał tam gdzie on, mógłby zadać takie pytanie.

– Chyba wyobrażasz sobie Indie – powiedział do Sonje.

Jego samopoczucie się ustabilizowało, dzięki tabletce w pewnym stopniu odzyskał pewność, że może liczyć na funkcjonowanie swoich organów, minęło to, co odczuwał jak wyciek szpiku z kości.

– Wiesz, skąd między innymi wiem, że on nie umarł? – zapytała Sonje. – Nigdy mi się nie śni. A zmarli mi się śnią. Teściowa śni mi się bez przerwy.

– Mnie się nigdy nic nie śni – powiedział Kent.

– Każdemu się śni – odparła Sonje. – Po prostu nie pamiętasz.

Potrząsnął głową.

Kath nie umarła. Mieszkała w Ontario. W okręgu Haliburton, nie tak daleko od Toronto.

„Twoja matka wie, że jestem w pobliżu?" – zapytał Noelle. A ona odpowiedziała: „Myślę, że tak. Chyba tak".

Ale się nie odezwała. Kiedy Deborah zapytała go, czy chce zjechać z zaplanowanej trasy, żeby odwiedzić Kath, powiedział: „Nie ma co nadkładać drogi. Nie byłoby warto".

Kath mieszkała sama nad małym jeziorkiem. Mężczyzna, z którym przez długi czas dzieliła życie i z którym postawiła ten dom, zmarł jakiś czas temu. Ale, jak mówiła Noelle, otaczali ją przyjaciele, miała się nieźle.

Kiedy wcześniej w rozmowie Sonje wspomniała Kath, ogarnęło go ciepłe, niebezpieczne poczucie, że może one nadal utrzymują ze sobą kontakt. W takim wypadku istniało ryzyko, że usłyszy coś, o czym nie chce wiedzieć. Ale miał też niemądrą nadzieję, że Sonje może przekazać Kath, jak on się świetnie trzyma (była to prawda, a przynajmniej tak uważał, bo od młodości właściwie nie przybrał na wadze, a z południowego zachodu przyjechał ze świeżą opalenizną) i w jakim udanym związku żyje. Może coś w tym rodzaju powiedziała jej Noelle, ale słowo Sonje liczyłoby się bardziej niż słowo Noelle. Czekał, kiedy Sonje znów powie coś o Kath.

Ale ona nie wróciła do tego tematu. W kółko tylko Cottar, niemądre wymysły, Dżakarta.

Teraz zakłócenie pojawiło się na zewnątrz – nie w nim, ale za oknami, gdzie wiatr, stale poruszający krzewami, zerwał się, żeby porządnie nimi potrząsnąć. A nie należały one do tych, które w reakcji na taki wiatr rozpuściłyby długie, wiotkie gałęzie. Ich gałęzie były sztywne, a liście na tyle ciężkie, że gdyby wiatr chciał je zerwać, musiałby dąć z siłą zdolną wyrwać cały krzew z korzeniami. Od tłustej zieleni odbijało się słońce. Bo słońce wciąż świeciło, wiatr nie przygnał chmur, nie zapowiadał deszczu.

– Jeszcze po drinku? – zaproponowała Sonje. – Tym razem mniej dżinu?

Nie. Po tabletce nie mógł pić.

Wszystko odbywało się w pośpiechu. Z wyjątkiem tego, co działo się rozpaczliwie wolno. Kiedy byli w drodze, czekał i czekał, nie mógł się doczekać, aż dotrą do następnego miasta. A wtedy co? Nic. Ale co pewien czas nadchodziła chwila, kiedy wszystko zdawało się przemawiać bezpośrednio. Krzewy potrząsane wiatrem, blask słońca, w którego promieniach wszystko blakło. Wszystko to naraz, błyskawicznie, tak że człowiek nie mógł się skoncentrować. Kiedy pragnął podsumowania, obrazy tylko wirowały mu idiotycznie przed oczami, jak na karuzeli. Stąd błędna myśl, prawie na pewno błędna. Że ktoś, kto jest martwy, może żyć, w Dżakarcie.

Ale kiedy wiedział, że ktoś żyje, kiedy miał adres i mógł podjechać pod same drzwi, przepuszczał okazję.

Czego właściwie „nie byłoby warto"? Zobaczyć w niej obcą osobę i nie móc uwierzyć, że było się kiedyś jej mężem, czy też przekonać się, że ona nigdy nie będzie kimś obcym, a mimo to jest niewytłumaczalnie odległa?

– Odeszli – powiedział. – Oboje odeszli.

Sonje upuściła resztę papierów na podłogę, tak że dołączyły do tych, które spadły już wcześniej.

– Cottar i Kath – dodał.

– To się dzieje prawie codziennie – powiedziała Sonje. – Prawie codziennie o tej porze roku po południu zrywa się taki wiatr.

Kiedy mówiła, blizny wielkości monet na jej twarzy odbijały światło, tak jakby ktoś puszczał lusterkiem sygnały.

– Twoja żona odeszła już dawno – powiedziała Sonje. – To absurdalne, ale młodzi ludzie wydają mi się nieważni. Tak jakby mogli zniknąć z powierzchni ziemi i tak naprawdę niczego by to nie zmieniło.

– Jest dokładnie odwrotnie – odparł Kent. – To można powiedzieć o nas. O nas.

Po zażyciu tabletki jego myśli rozciągają się, są długie, zwiewne i przejrzyste jak smugi pary wodnej. Czepia się myśli o tym, żeby tu zostać i przy wietrze zwiewającym piasek z wydm słuchać, jak Sonje mówi o Dżakarcie.

Żeby nie musieć jechać dalej, nie musieć wracać do domu.

Cortes Island

Mała żoneczka. Miałam dwadzieścia lat, mierzyłam metr siedemdziesiąt, ważyłam między sześćdziesiąt siedem a siedemdziesiąt kilo, ale niektórzy – żona szefa Chessa i starsza sekretarka u niego w biurze, i pani Gorrie z piętra wyżej – mówili o mnie „mała żoneczka". Czasem nawet „nasza mała żoneczka". Chessa i mnie to śmieszyło, ale jego oficjalną reakcją był wyraz twarzy świadczący o trosce i czułości, a moją – wydęcie ust i lekki uśmiech, nieśmiały, akceptujący.

Mieszkaliśmy w Vancouver. Dom, w którym wynajmowaliśmy suterenę, nie należał do państwa Gorrie, jak początkowo myślałam, tylko do syna pani Gorrie, Raya. Zjawiał się czasami, kiedy trzeba było coś naprawić. Wchodził wejściem do sutereny, tak jak Chess i ja. Był chudym mężczyzną o wąskiej klatce piersiowej, pewnie po trzydziestce. W ręku zawsze miał skrzynkę z narzędziami, a na głowie robotniczą czapkę. Garbił się, wyglądało na to, że chronicznie, pewnie od ciągłego pochylania się przy naprawach hydraulicznych, elektrycznych czy stolarskich. Miał woskowobiałą twarz i sporo kaszlał. Każde kaszlnięcie było osobnym, dyskretnym komunikatem, określającym jego obecność w suterenie jako konieczne najście. Nigdy nie przepraszał, że się pojawił, ale też nie zachowywał się jak właściciel. Zamieniałam z nim kilka słów tylko wtedy, kiedy pukał do nas i mówił, że na jakiś czas wyłączy wodę albo prąd. Za wynajem płaciliśmy co miesiąc gotówką pani Gorrie. Nie wiem, czy przekazywała synowi całą sumę, czy część zatrzymywała na domowe wydatki. Bo bez tego – jak mi powiedziała – razem z panem Gorriem mieli tylko jego emeryturę na spółkę. Jej nie. „Mnie tam jeszcze daleko do wieku emerytalnego", wyjaśniła.

Pani Gorrie zawsze wychodziła na schody, głośno witała Raya i pytała, czy napiłby się herbaty. On zawsze odpowiadał, że nie ma czasu. Ona mówiła wtedy, że zbyt ciężko pracuje, tak jak ona sama. Usiłowała wcisnąć mu jakieś przysmaki własnej roboty – to dżem, to piernik, to ciasteczka – te same, którymi zawsze częstowała mnie. Odmawiał, tłumacząc się, że jest po posiłku albo że ma mnóstwo jedzenia w domu. Ja też zawsze się opierałam jej naleganiom, ale po siedmiu, ośmiu próbach się poddawałam. Wstydziłam się tak ciągle odmawiać w obliczu jej ponawianych namolnie próśb i rozczarowania. Podziwiałam Raya za konsekwencję, z jaką potrafił mówić „nie". Nie mówił nawet: „Nie, dziękuję". Po prostu „nie".

Potem próbowała znaleźć jakiś temat do rozmowy.

– A co tam u ciebie? Co nowego, co ciekawego?

Nic. Bez zmian. Ray nigdy nie był nieuprzejmy ani poirytowany, ale nigdy też nie dawał z siebie wyciągnąć ani strzępka informacji. Z jego zdrowiem wszystko dobrze. To przeziębienie to nic. U pani Cornish i Irene też zawsze wszystko było w porządku.

Pani Cornish wynajmowała Rayowi dom, gdzieś we wschodniej części Vancouver. W jej domu ciągle było coś do naprawienia, tak samo jak w naszym – i dlatego, kiedy tylko skończył robotę, zawsze musiał pędzić. Pomagał też pani Cornish w opiece nad córką, Irene, która była przykuta do wózka. Cierpiała na porażenie mózgowe. Biedna, wzdychała pani Gorrie, kiedy Ray zapewniał, że u Irene wszystko w porządku. W rozmowie nigdy nie robiła mu wyrzutów, że tyle czasu spędza z tą ciężko chorą dziewczyną, że zabiera ją na spacery do Stanley Park czy wieczorne wypady na lody. (Wiedziała o tym wszystkim, bo czasami rozmawiała z panią Cornish przez telefon.) Ale mnie kiedyś powiedziała:

– Ciągle mam przed oczami ten żałosny widok, jak lody ściekają jej po brodzie. Nic na to nie mogę poradzić. Założę się, że wszyscy się na nich gapią i robią sobie z nich pośmiewisko.

Mówiła, że kiedy ona wywozi swojego męża w wózku inwalidzkim na spacer, ludzie wprawdzie na nich patrzą (pan Gorrie jest po udarze), ale to co innego, bo poza domem nie rusza się ani nie wydaje żadnych dźwięków, a ona zawsze pilnuje, żeby prezentował się jak należy. Irene natomiast rusza głową na wszystkie strony i mówi „gygyyyy-gygyyyy-gygyyyy". Biedna, taki jej los i już.

– Możliwe, że pani Cornish ma pewien plan – powiedziała mi kiedyś pani Gorrie. – Kto zaopiekuje się kaleką, kiedy jej, matki, zabraknie? Powinno istnieć prawo zakazujące ludziom zdrowym małżeństwa z kimś takim, ale na razie nie istnieje.

Kiedy pani Gorrie zapraszała mnie na górę na kawę, nigdy nie miałam ochoty iść. Byłam zajęta swoim własnym życiem w suterenie. Czasami, kiedy pukała, udawałam, że nie ma mnie w domu. Ale żeby to się udało, musiałam zgasić światła i zamknąć drzwi na klucz w tej samej chwili, kiedy słyszałam, że otwierają się drzwi na górze, a potem trwać w całkowitym bezruchu i ciszy, kiedy stukała paznokciami w moje drzwi i śpiewnym, modulowanym głosem wołała mnie po imieniu. Potem musiałam zachowywać się bardzo cicho jeszcze co najmniej przez godzinę i pamiętać o tym, żeby nie spuszczać wody w toalecie. Jeśli mówiłam, że nie mam czasu, że jestem zajęta, śmiała się i pytała:

– Niby czym?

– Pisaniem listów – odpowiadałam.

– Wiecznie piszesz listy – komentowała nieodmiennie. – Widać tęskno ci za domem.

Miała różowe brwi – w odcieniu stanowiącym wariację różowawej czerwieni włosów. Wydawało mi się, że to nie może być jej naturalny kolor, ale jak ufarbowałaby brwi? Twarz miała szczupłą, uróżowaną, energiczną, zęby duże i lśniące. Nie traciła apetytu na przyjaźń, na towarzystwo, i zupełnie nie zważała na opór. Już pierwszego ranka, kiedy tylko Chess odebrał mnie z pociągu i przywiózł tutaj z dworca, zapukała do nas z talerzem ciastek w ręku i wilczym uśmiechem na ustach. Jeszcze miałam na sobie podróżny kapelusz, Chess musiał przerwać rozpinanie mi spódnicy. Ciastka były suche i twarde, i udekorowane intensywnie różowym lukrem na cześć mojego statusu młodej mężatki. Chess odzywał się do gościa półsłówkami. Za pół godziny musiał wracać do pracy, a kiedy wreszcie pozbył się pani Gorrie, nie było już czasu na dokończenie tego, co zaczął. Pochłonął więc tylko ciastka, co do jednego, narzekając, że smakują jak trociny.

– Strasznie poważny jest ten twój mężulek – mówiła mi pani Gorrie. – Aż śmiać mi się chce, kiedy widzę, jak wchodzi czy wychodzi, bo zawsze rzuca mi takie śmiertelnie poważne spojrzenie. Aż mi się chce powiedzieć, żeby się tak nie przejmował, nie odpowiada w końcu za cały świat.

Czasami musiałam iść z nią na górę, oderwana od książki czy od pisania w środku akapitu. Siadałyśmy w jej jadalni, przy stole nakrytym koronkowym obrusem, na którym stało ośmiokątne lusterko odbijające ceramicznego łabędzia. Piłyśmy kawę z porcelanowych filiżanek i jadłyśmy z małych talerzyków z serwisu (takie ciastka jak pierwszego dnia albo klejące tartaletki z rodzynkami, albo ciężkie, wilgotne babeczki), a okruszki ścierałyśmy z ust, przytykając do nich maleńkie haftowane serwetki. Siedziałam twarzą do kredensu, w którym stały odświętne kieliszki, cukiernice i dzbanuszki do śmietanki, komplety solniczek i pieprzniczek zbyt filigranowych lub zbyt wymyślnych, żeby ich używać na co dzień, a także wazony, imbryk w kształcie domku krytego strzechą i świeczniki w kształcie lilii. Raz na miesiąc pani Gorrie opróżniała kredens i myła całą jego zawartość. Tak mi powiedziała. Mówiła różne rzeczy, które miały mi się przydać w domu i w przyszłości, jakie jej zdaniem mnie czekały, a im więcej mówiła, tym bardziej ciążyły mi ręce i nogi, jak obwieszone żelastwem, tym bardziej chciało mi się ziewać, choć był środek ranka, odpełznąć gdzieś daleko, ukryć się i zasnąć. Ale na głos wszystko chwaliłam. Zawartość kredensu, domową rutynę życia pani Gorrie, stroje dobrane pod względem kolorystycznym, które wkładała codziennie rano. Spódnice i sweterki w odcieniach fioletu lub koralu i harmonizujące z nimi apaszki ze sztucznego jedwabiu.

– Zawsze ubierz się z samego rana tak, jakbyś wychodziła do pracy, starannie się uczesz i umaluj. – Kilkakrotnie przyłapała mnie na chodzeniu po domu w szlafroku. – Potem, w ciągu dnia, jeśli będziesz musiała coś przeprać czy upiec, zawsze możesz włożyć fartuch. To dobrze robi na morale. I zawsze miej w domu coś do herbaty, na wypadek gdyby wpadli niespodziewani goście. – O ile wiedziałam, poza mną nikt jej nie odwiedzał, a moje wizyty trudno było określić jako niespodziewane. – I nigdy nie podawaj kawy w kubkach.

Te rady nie przybierały tak bezpośredniej formy. Były podawane w postaci: „Ja zawsze..." czy: „Ja zawsze lubię, jak...", czy: „Moim zdaniem miło jest, kiedy...".

– Nawet kiedy mieszkałam w dziczy, zawsze lubiłam, jak...

Moja potrzeba ziewnięcia lub wydania z siebie krzyku na chwilę zelżała. Mieszkała w dziczy? Gdzie? I kiedy?

– A, bardziej na północ – odpowiedziała. – Ja też byłam kiedyś młodą mężatką, dawno, dawno temu. Mieszkałam tam całe lata. W Union Bay. Na Cortes Island. Ale to nie była kompletna dzicz.

Zapytałam, gdzie to jest.

– A, daleko stąd.

– Pewnie było ciekawie – powiedziałam.

– Ciekawie? Powiedzmy. Jeżeli ktoś uważa niedźwiedzie za ciekawe. Jeżeli ktoś uważa kuguary za ciekawe. Osobiście preferuję odrobinę cywilizacji.

Jadalnię oddzielały od salonu przesuwne dębowe drzwi. Zawsze trochę odsunięte, żeby pani Gorrie ze swojego miejsca przy stole mogła mieć oko na pana Gorriego, który siedział na szezlongu przodem do okna balkonowego w salonie. Mówiła o nim „mój mąż, inwalida na wózku", ale w istocie na wózku siedział on tylko wtedy, kiedy zabierała go na spacer. Nie mieli telewizora – telewizja była jeszcze zupełną nowinką. Pan Gorrie patrzył na ulicę, na park Kitsilano po jej drugiej stronie i jeszcze dalej, na Burrard Inlet. O własnych siłach chodził do łazienki – podpierał się laską, a drugą ręką przytrzymywał się oparć krzeseł lub suwał po ścianie. Kiedy docierał do celu, radził sobie sam, chociaż długo to trwało. I pani Gorrie mówiła, że czasem trzeba było ścierać podłogę.

Zwykle widywałam tylko nogawkę spodni pana Gorriego, wyciągniętą na jaskrawozielonym szezlongu. Podczas moich wizyt raz czy dwa musiał zawlec tę nogę w nogawce, wraz z całą resztą, do łazienki. Potężny mężczyzna: duża głowa, szerokie barki, grube kości.

Nie patrzyłam na jego twarz. Ludzie oszpeceni przez udar czy w ogóle zmienieni chorobą byli dla mnie jak zły omen, brutalne przypomnienie. Starałam się unikać nie tyle widoku bezużytecznych kończyn czy innych fizycznych oznak strasznego losu, jaki ich spotkał, ile ich oczu.

Myślę, że i on na mnie nie patrzył, choć pani Gorrie wołała, że przyszła z wizytą sąsiadka z dołu. Wydawał z siebie pomruk, który mógł stanowić szczyt jego możliwości, jeśli chodzi o powitanie, albo też oznaczać lekceważenie.

Nasze mieszkanie składało się z dwóch i pół pomieszczenia. Wynajęliśmy je umeblowane. Jak zawsze tego typu mieszkania do wynajęcia było wyposażone częściowo, w meble, które inaczej trafiłyby na śmietnik. Pamiętam podłogę salonu, pokrytą kwadratowymi i prostokątnymi skrawkami linoleum – różne kolory i wzory były ze sobą połączone i poszczepiane metalowymi listewkami jak zwariowana kołdra patchworkowa. I kuchenkę gazową, która żywiła się ćwierćdolarówkami. Nasze łóżko stało w przylegającej do kuchni alkowie – mieściło się w niej tak idealnie, że trzeba było wchodzić do niego od strony nóg. Chess wyczytał gdzieś, że trzymane w haremie dziewczęta musiały tak właśnie wchodzić do łoża sułtana – żeby najpierw oddać hołd jego stopom, a następnie, czołgając się ku wezgłowiu, pozostałym częściom ciała. Czasami się w to bawiliśmy.

W nogach łóżka wisiała stale zasunięta zasłona oddzielająca alkowę od kuchni. Była to tak naprawdę stara narzuta, śliski materiał obrębiony frędzlami, po jednej stronie żółtawobeżowy, we wzór z róż w kolorze czerwonego wina i zielonych liści, a po drugiej, tej od strony łóżka, w pasy w kolorze czerwonego wina i zielone, na których bladobeżowe kwiaty i liście pojawiały się jak duchy. Tę zasłonę pamiętam wyraźniej niż cokolwiek innego z tego mieszkania. Nic dziwnego. Miałam ją przed oczami w epicentrum seksu i po osiągnięciu pożądanego celu, i przypominała mi o tym, co tak mi się podobało w małżeństwie – o nagrodzie, dla której znosiłam nieprzewidziane przezwisko „mała żoneczka" i osobliwą groźbę kredensu pani Gorrie.

Oboje z Chessem pochodziliśmy z domów, w których seks pozamałżeński uważało się za coś obrzydliwego i niewybaczalnego, o seksie małżeńskim zaś nigdy się nie mówiło i najwyraźniej prędko zapominało. Kończyły się już czasy, w których obowiązywało takie podejście do życia, choć nie mieliśmy o tym pojęcia. Kiedy matka Chessa znalazła w jego walizce prezerwatywy, poszła z płaczem do męża. (Chess powiedział jej, że rozdawali je na obozie, na którym odbywał szkolenie wojskowe jako student – co było prawdą – i że zupełnie o nich zapomniał – co było kłamstwem.) Dlatego też własne mieszkanie i własne łóżko, w którym mogliśmy wyprawiać, na co tylko mieliśmy ochotę, uważaliśmy za coś cudownego. Zawarliśmy tę umowę, ale nigdy nie przeszło nam przez myśl, że ludzie starsi od nas – nasi rodzice, wujostwo – mogli zawrzeć taką samą umowę z takiego samego powodu, z pożądania. Wydawało nam się, że im chodzi głównie o domy, ziemię, kosiarki elektryczne, zamrażarki i ogrodzenia. No i, rzecz jasna, w wypadku kobiet o dzieci. Myśleliśmy, że wszystko to będzie dla nas w przyszłości kwestią wyboru. Nie myśleliśmy, że na cokolwiek z tej listy nieubłaganie przyjdzie pora i w naszym wypadku, tak jak nieubłaganie przychodzi pogoda czy starość.

Chociaż, jeśli poważnie się nad tym zastanowię, to wcale tak nie było. Nie przyszło na nas nic, na co byśmy się świadomie nie zdecydowali. Nawet ciąża. Zaryzykowaliśmy, żeby sprawdzić, czy naprawdę jesteśmy dorośli, czy to naprawdę się zdarzy. Drugą czynnością, jakiej oddawałam się za zasłoną, było czytanie. Czytałam książki wypożyczane z biblioteki Kitsilano, kilka przecznic od nas. A kiedy podnosiłam wzrok w stanie wzburzonego zdumienia, w który potrafiła wprawić mnie lektura, odurzona łapczywie połykanymi bogactwami, widziałam znajome pasy. I nie tylko postaci czy akcja, ale nawet klimat książki łączył się z nienaturalnymi kwiatami i stapiał z ponurą zielenią albo kolorem czerwonego wina. Czytałam grube książki, których tytuły już znałam i które działały na mnie jak zaklęcia – wzięłam się nawet do *Narzeczonych* – a w przerwach między nimi powieści Aldousa Huxleya i Henry'ego Greena, *Do latarni morskiej, The Last of Cheri* i *The Death of the Heart*. Połykałam jedną po drugiej, bez żadnych preferencji, poddając się każdej po kolei, tak jak poddawałam się władzy książek, które czytałam w dzieciństwie. Wciąż byłam na etapie tego wilczego apetytu, nienasycenia graniczącego z bólem.

Ale od czasu dzieciństwa doszła jedna komplikacja: wyglądało na to, że muszę nie tylko czytać, ale i pisać. Kupiłam sobie szkolny zeszyt i próbowałam – tworzyłam strony, które zaczynały się pewnie, ale potem stawały się suche, tak że musiałam je wyrywać i mocno karać, skręcając z całej siły, i wyrzucać do kosza. Powtarzałam to tyle razy, że z zeszytu została tylko okładka. Kupiłam drugi i zaczęłam od początku. Ten sam cykl – ekscytacja i rozpacz, ekscytacja i rozpacz. Tak jakbym co tydzień w tajemnicy zachodziła w ciążę i roniła.

Chociaż nie do końca w tajemnicy, jeśli mam być całkiem szczera. Chess wiedział, że dużo czytam i że próbuję pisać. Wcale mnie do tego nie zniechęcał. Uważał, że to przydatna umiejętność, którą mogę opanować. Pisanie wymaga wytrwałości, ale można się go nauczyć, tak jak gry w brydża czy w tenisa. Nie dziękowałam mu za tę wielkoduszną wiarę. Potęgowała tylko farsę, jaką były moje katastrofalnie nieudane próby.

Chess pracował w hurtowni artykułów spożywczych. Kiedyś chciał zostać nauczycielem historii, ale ojciec przekonał go, że z uczenia nie da się utrzymać żony ani dojść do czegoś w życiu. Ojciec pomógł mu zdobyć tę posadę, ale zastrzegł, że jak Chess zacznie już pracować, niech nie oczekuje specjalnego traktowania. Nie oczekiwał. Podczas tej pierwszej zimy naszego małżeństwa wychodził z domu, zanim zrobiło się jasno, a wracał, kiedy było już ciemno. Pracował ciężko i nie wymagał, żeby to, czym się zajmuje zawodowo, odpowiadało jego zainteresowaniom czy też miało cel, który niegdyś uważałby za szczytny. Nie musiało mieć celu poza tym, żeby doprowadzić nas do życia z kosiarką i zamrażarką, do którego, jak nam się zdawało, nie mieliśmy powołania. Dziwiłabym się jego podporządkowaniu, gdybym poświęciła mu choć odrobinę namysłu. Temu pogodnemu, można nawet powiedzieć: szarmanckiemu podporządkowaniu.

No ale myślałam, że na tym polega rola mężczyzny.

Sama też zaczęłam szukać pracy. Jeżeli nie padało za mocno, szłam do sklepu, kupowałam gazetę i przy porannej kawie czytałam ogłoszenia. Potem pieszo, nawet w deszczu, wybierałam się tam, gdzie akurat szukano kelnerki, sprzedawczyni czy robotnicy w fabryce, osoby bez doświadczenia ani umiejętności pisania na maszynie. Jeżeli lało, zdawałam się na autobus. Zdaniem Chessa powinnam zawsze jeździć autobusem, a nie chodzić piechotą dla oszczędności. „Kiedy ty oszczędzasz", mówił, „jakaś inna dziewczyna może dostać pracę".

Tak naprawdę na to chyba liczyłam. Nigdy nie było mi przykro, kiedy działo się tak, jak mówił mój mąż. A czasami docierałam do celu i stawałam na chodniku, patrzyłam na sklep Suknie dla Pań, z lustrami na ścianach i jasną wykładziną, albo zatrzymywałam się przed budynkiem biura, które szukało kogoś do archiwum, i obserwowałam dziewczyny wychodzące na lunch. Nawet nie wchodziłam do środka, bo wiedziałam, że fryzura, paznokcie i zniszczone pantofle na płaskim obcasie świadczyłyby przeciwko mnie. Podobnie onieśmielały mnie fabryki – słyszałam hałas maszyn dochodzący z hal, w których butelkowano napoje gazowane albo składano ozdoby choinkowe, widziałam nagie żarówki zwieszające się z powały, zupełnie jak w stodole. Moje paznokcie i pantofle nic by tu nie znaczyły, ale tępota i niezręczność w obsłudze urządzeń mechanicznych ściągnęłyby na mnie przekleństwa i krzyki (oprócz hałasu maszyn słyszałam też polecenia wydawane podniesionym głosem). Zostałabym zrugana i wyrzucona. Uważałam, że nie byłoby mnie stać nawet na opanowanie obsługi kasy. Powiedziałam to kierownikowi restauracji, który prawie był gotów mnie zatrudnić.

– Podłapie to pani, jak pani sądzi? – zapytał, a ja odparłam, że nie. Popatrzył na mnie tak, jakby nigdy wcześniej nie słyszał takiej odpowiedzi. Ale mówiłam prawdę. Uważałam, że nie dam rady niczego podłapać, a już na pewno nie w pośpiechu i na oczach ludzi. Sparaliżowałoby mnie. Z łatwością podłapywałam jedynie takie rzeczy, jak zawiłe koleje wojny trzydziestoletniej.

Oczywiście, prawda jest taka, że nie musiałam iść do pracy. Chess mnie utrzymywał, na tym bardzo podstawowym poziomie, który ustalił się w naszym wspólnym życiu. Nie musiałam za wszelką cenę znajdować sobie miejsca w świecie, wystarczyło, że on to zrobił. Musiał, jako mężczyzna.

Myślałam, że może poradziłabym sobie z pracą w bibliotece, i nawet zapytałam, czy kogoś nie potrzebują, mimo że nie ogłaszali wakatu. Kobieta, z którą rozmawiałam, wpisała moje nazwisko na listę. Była uprzejma, ale nie dawała mi wielkich nadziei. Potem przeszłam się po antykwariatach, wybierając te, w których, jak sądziłam po wyglądzie, nie było kas. Im bardziej puste i zagracone, tym lepiej. Właściciele palili papierosy albo przysypiali za kontuarem, a w środku często było czuć kotem.

– W zimie mamy za mały ruch – mówili.

W którymś z kolei kobieta powiedziała, żebym przyszła wiosną.

– Chociaż wtedy też zwykle nie ma dużego ruchu.

Zima w Vancouver nie przypominała żadnej z tych, które przeżyłam wcześniej. Nie było śniegu ani nawet zimnego wiatru. W środku dnia w centrum miasta czułam zapach, który przypominał zapach karmelu – chyba wiązało się to jakoś z kablami trolejbusowymi. Chodziłam po Hastings Street i na całej ulicy byłam jedyną kobietą – poza mną snuli się po niej tylko pijacy, bezdomni, ubodzy staruszkowie i Chińczycy powłóczący nogami. Od nikogo nie usłyszałam złego słowa. Przechodziłam koło magazynów, nieużytków zarośniętych chwastami, gdzie w zasięgu wzroku nie było żywej duszy. Albo szłam przez Kitsilano, zabudowane wysokimi drewnianymi domami, które ciasno wypełniali ludzie żyjący skromnie, tak jak my, do czystej dzielnicy Dunbar z otynkowanymi domkami i ogłowionymi drzewami. Chodziłam po Kerrisdale, gdzie pojawiały się wypielęgnowane drzewa, a brzozy były okolone trawą. Kamienice z odsłoniętym belkowaniem w stylu Tudorów, georgiańska symetria, fantastyczne budynki rodem z baśni o Królewnie Śnieżce, kryte sztucznymi strzechami. Choć może strzechy były prawdziwe, kto wie?

Wszędzie tam, gdzie mieszkali ludzie, koło czwartej po południu pojawiały się światła: najpierw zapalano je w domach, potem włączały się latarnie i reflektory trolejbusów, często też na zachodzie, nad morzem, rozstępowały się chmury i odsłaniały czerwone pasma zachodzącego słońca – a w parku, przez który okrężną drogą szłam do domu, liście zimowych krzewów lśniły w wilgotnym powietrzu lekko różowego zmierzchu. Ludzie wracali z zakupów, ci, którzy byli jeszcze w pracy, myśleli o powrocie do domu, a ci, którzy w domu spędzili cały dzień, wychodzili na krótki spacer, po którym ich cztery ściany wydawały im się milsze. Spotykałam kobiety z wózkami i marudzącymi kilkulatkami i ani razu nie przeszło mi przez myśl, że niedługo będę jedną z nich. Mijałam starszych ludzi z psami i innych, poruszających się powoli albo siedzących w wózkach popychanych przez partnerów lub opiekunów. Raz spotkałam panią Gorrie, pchającą wózek z panem Gorriem. Miała na sobie poncho i beret z cienkiej fioletowej wełny (wiedziałam już wtedy, że przeważnie sama szyła sobie ubrania), a na policzkach sporo różu. Pan Gorrie miał na głowie czapkę nasuniętą nisko na czoło, a na szyi gruby szalik. Pani Gorrie przywitała się ze mną ostrym tonem – tak, jakbym stanowiła jej własność – a jej mąż wcale. Nie wyglądał, jakby przejażdżka sprawiała mu przyjemność. Ale też twarze ludzi na wózkach rzadko wyrażają coś innego niż rezygnacja. Niektóre z tych osób sprawiają zaś wrażenie urażonych albo wręcz rozjuszonych.

– Kiedy spotkaliśmy się wtedy w parku – zagadnęła mnie pani Gorrie – nie wracałaś przypadkiem z poszukiwania pracy?

– Nie – skłamałam. Instynkt mi podpowiadał, żeby wobec niej zawsze kłamać.

– To dobrze. Bo właśnie chciałam powiedzieć, że jeżeli się idzie szukać pracy, to wypada trochę się odstawić. Ale przecież na pewno to wiesz.

– Tak.

– Nie rozumiem tego, jak dziś niektóre kobiety wychodzą z domu. Ja bym za nic w świecie nie wyszła na płaskim obcasie i bez makijażu, nawet gdybym szła tylko po zakupy na obiad. A co dopiero, gdybym miała zamiar kogoś prosić, żeby dał mi pracę.

Wiedziała, że kłamałam. Wiedziała, że zastygam bez ruchu po drugiej stronie drzwi sutereny, żeby nie otwierać, kiedy puka. Wcale bym się nie zdziwiła, gdyby przeszukiwała nasze śmieci i znalazła pomięte kartki z moją katastrofalną pisaniną. Dlaczego nie postawiła na mnie krzyżyka? Nie mogła. Byłam wyznaczonym jej zadaniem – może moje dziwactwa, moja nieporadność należały do tej samej kategorii co kalectwo pana Gorriego, a to, czego nie można naprawić, należało cierpliwie znosić.

Pewnego dnia zeszła na dół, kiedy we wspólnej części piwnicy robiłam pranie. We wtorki wolno mi było korzystać z wyżymaczki i balii.

– I co, masz jakieś widoki na pracę? – zapytała, a ja odruchowo odparłam, że w bibliotece powiedzieli, że może w przyszłości coś się dla mnie znajdzie. Pomyślałam, że będę mogła udawać, że tam pracuję – mogłabym przecież codziennie tam chodzić i przesiadywać przy jednym z tych długich stołów, czytać albo nawet próbować pisać, jak zdarzało mi się to kiedyś co jakiś czas. Oczywiście wszystko by się wydało, jeśli pani Gorrie wybrałaby się do biblioteki, ale nie było szans, nie dałaby rady wepchnąć wózka z panem Gorriem tak bardzo pod górkę. Albo jeśli kiedyś nawiązałaby do mojej pracy w rozmowie z Chessem – chociaż to też nie wydawało się prawdopodobne. Mówiła, że czasami boi się nawet powiedzieć mu „dzień dobry", bo wyglądał na rozzłoszczonego.

– No, to może w międzyczasie... – zaczęła. – Pomyślałam sobie, że może w międzyczasie chciałabyś podjąć niezobowiązujące zajęcie, posiedzieć popołudniami z panem Gorriem.

Dodała, że zaproponowano jej pracę pomocy w sklepie z upominkami w szpitalu St. Paul's, trzy czy cztery popołudnia w tygodniu.

– To nie jest płatna praca, inaczej bym cię wysłała, żebyś sama się o nią rozpytała. Będę to robić charytatywnie. Lekarz powiedział, że dobrze mi zrobi, jak trochę wyjdę z domu. „Wykończy się pani", powiedział. Nie potrzebuję pieniędzy, Ray jest dla nas taki dobry, ale skoro to praca charytatywna, to pomyślałam sobie...

Spojrzała do balii z wodą do płukania i zauważyła, że koszule Chessa moczą się w tej samej wodzie co mój szlafrok w kwiaty i nasza bladobłękitna pościel.

– Jezu – westchnęła. – Pierzesz białe i kolorowe razem?

– Tylko jasne kolory. Nie farbują.

– Jasne kolory to tak czy inaczej kolory. Może ci się wydaje, że po praniu koszule są białe, ale nie będą tak białe, jak mogłyby być.

Obiecałam o tym pamiętać.

– Jak ty się troszczysz o tego swojego mężczyznę – powiedziała ze śmiechem, w którym słychać było ton zgorszenia.

– Chessowi to nie przeszkadza – odpowiedziałam, nie zdając sobie sprawy, jak z upływem lat coraz mniej będzie to prawdą i jak prace, które wydawały się czymś marginalnym, niemal jak zabawa, czymś na obrzeżach mojego prawdziwego życia, zajmą miejsce w samym jego centrum.

Przyjęłam jej propozycję, zaczęłam przychodzić popołudniami, żeby posiedzieć przy panu Gorriem. Na stoliku przy zielonym szezlongu był rozłożony mały ręcznik – na wypadek gdyby coś się rozlało – a na nim stały lekarstwa w fiolkach i w butelkach i mały zegar, żeby pan Gorrie wiedział, która jest godzina. Na stoliku po drugiej stronie leżały gazety i czasopisma. Gazeta poranna, gazeta z poprzedniego wieczoru, numery pism „Life", „Look" i „Maclean's", wtedy dużego, nieporęcznego formatu. Na półce pod stolikiem stały zeszyty z wycinkami – takie, jakich używają dzieci w szkole, z kartkami z grubego ciemnego papieru o niedociętych brzegach. Wystawały z nich wycinki z gazet i rogi zdjęć. Pan Gorrie prowadził te zeszyty przez wiele lat, aż do czasu, kiedy przez udar nie mógł już wycinać. W pokoju stał regał, ale on też mieścił tylko czasopisma i zeszyty wycinków. Połowę jednej półki zajmowały podręczniki do szkoły średniej, prawdopodobnie Raya.

– Ja zawsze czytam mu gazetę – powiedziała pani Gorrie. – Umysł ma wciąż sprawny, ale nie daje rady utrzymać gazety w rękach, no i oczy szybko mu się męczą.

Czytałam zatem panu Gorriemu, a pani Gorrie, schroniona pod parasolką w kwiaty, lekkim krokiem szła na przystanek. Czytałam mu wiadomości sportowe i wiadomości lokalne, i wiadomości ze świata, i wszystko o morderstwach, rozbojach i przykrych skutkach złej pogody. Czytałam mu listy do redakcji i listy do lekarza, który udzielał porad medycznych, i listy w sprawach życiowych do Ann Landers, i jej odpowiedzi. Wyglądało na to, że jego największe zainteresowanie budziły wiadomości sportowe i Ann Landers. Czasami zdarzało mi się źle wymówić nazwisko jakiegoś sportowca albo pomylić się w terminologii, tak że zdanie, które czytałam, nie miało sensu, wtedy on pomrukami niezadowolenia kazał mi próbować jeszcze raz. Kiedy czytałam wiadomości sportowe, zawsze był napięty i skoncentrowany i marszczył czoło. A kiedy czytałam Ann Landers, twarz mu się odprężała i wydawał odgłosy, które odbierałam jako oznaki aprobaty – coś przypominającego płukanie gardła i prychanie. Wydawał te dźwięki przede wszystkim wtedy, kiedy listy dotyczyły spraw typowo kobiecych czy wyjątkowo trywialnych (jakaś kobieta napisała, że jej bratowa zawsze udaje, że sama upiekła ciasto, którym częstuje gości, nawet kiedy wystaje spod niego papier firmowy cukierni, w której je kupiła), albo kiedy odnosiły się – w typowy dla tamtych czasów sposób, ostrożnie – do seksu.

Podczas lektury strony z tekstami od redakcji albo jakiegoś rozwlekłego sprawozdania z tego, co w ONZ powiedzieli Rosjanie, a co Amerykanie, oczy mu się zamykały – właściwie to powieka nad jego lepszym okiem zamykała się prawie do końca, a ta nad gorszym, pociemniałym, lekko opadała – i bardziej zauważalne stawały się ruchy jego klatki piersiowej, tak że czasami robiłam krótką pauzę, żeby sprawdzić, czy zasnął. Wtedy wydawał z siebie inny odgłos – szorstki i napominający. W miarę jak się przyzwyczajałam do pana Gorriego, a on do mnie, ten dźwięk wydawał mi się mniej napomnieniem, a bardziej czymś w rodzaju uspokojenia. A uspokojenie dotyczyło nie tylko tego, że nie zasnął, ale i tego, że jeszcze nie umiera.

Na początku myśl o tym, że może umrzeć na moich oczach, była straszna. Dlaczego miałby nie umrzeć, skoro już wyglądał jak na wpół martwy? Jego gorsze oko przypominało kamień w ciemnej wodzie, kącik ust był uniesiony tak, że wargi częściowo się rozchylały, ukazując prawdziwe, nieidealne zęby (wtedy większość starych ludzi miała sztuczną szczękę), przez których wilgotne szkliwo prześwitywały ciemne wypełnienia. To, że żył i był częścią świata, wydawało mi się błędem, który w każdej chwili mógł zostać wymazany. Ale z czasem, jak już mówiłam, przyzwyczaiłam się do niego. Był mężczyzną zbudowanym na wielką skalę, miał dużą, szlachetną głowę i szeroką, poruszającą się ciężko klatkę piersiową, a jego bezsilna prawa dłoń spoczywała na długim udzie i wdzierała mi się w pole widzenia, kiedy czytałam. Był niczym relikt, stary wojownik z epoki barbarzyńców. Eryk Krwawy Topór. Król Kanut. Jak w tej balladzie:

Opadam z sił, żeglarze moi, rzekł król bezkresnych mórz,
I zwycięsko po tych falach nie popłynę nigdy już.

Taki właśnie był. Jego ciało, zdewastowany kadłub statku, zagrażało meblom i uderzało w ściany, kiedy pokonywał szlak wiodący do łazienki. Nie śmierdział, ale też jego zapach nie sprowadzał się do niemowlęcej czystości, mydła i talku – był to zapach grubych ubrań, z nutą starego dymu papierosowego (choć już nie palił) i zamkniętej w środku skóry, którą wyobrażałam sobie jako grubą i szorstką, bujnie owłosioną, buchającą zwierzęcym ciepłem. Lekki, lecz uporczywy zapach moczu, który, szczerze mówiąc, brzydziłby mnie u kobiety, w jego wypadku wydawał się nie tylko czymś wybaczalnym, ale w pewnym sensie przejawem pradawnego uprzywilejowania. Kiedy wchodziłam do łazienki po tym, kiedy pan Gorrie z niej korzystał, kojarzyła mi się ona z norą jakiegoś wyliniałego, ale wciąż silnego dużego zwierzęcia.

Chess mówił, że marnuję czas, bawiąc się w niańkę pana Gorriego. Pogoda się poprawiała, dni się wydłużały. Sklepy zmieniały wystawy, otrząsając się z zimowego letargu. Wszyscy przychylniej myśleli o zatrudnianiu nowych pracowników. Powinnam więc ruszyć na poważne poszukiwanie pracy. Pani Gorrie płaciła mi zaledwie czterdzieści centów za godzinę.

– Ale przecież dałam jej słowo – tłumaczyłam.

Pewnego dnia Chess powiedział, że widział panią Gorrie, jak wysiadała z autobusu. Widział ją z okna swojego biura. Nie było to bynajmniej w okolicy szpitala St. Paul's.

– Może akurat miała przerwę – zasugerowałam.

– Pierwszy raz zobaczyłem ją w świetle dnia – powiedział Chess. – Chryste Panie.

Zaproponowałam panu Gorriemu, że mogę wozić go na spacery, skoro pogoda się poprawiła. Ale on odrzucił ten pomysł, komentując go odgłosami, z których jasno wynikało, że siedzenie nieruchomo na wózku w miejscu publicznym jest mu nie w smak – a może chodziło o to, że wózek pchałby ktoś taki jak ja, ktoś, po kim widać, że jest płatną opiekunką.

Przerwałam czytanie gazety, żeby go o to zapytać, a kiedy chciałam podjąć lekturę, wykonał ruch ręką i wydał z siebie nowy dźwięk, znaczący, że zmęczyło go słuchanie. Odłożyłam gazetę. Pan Gorrie machnął sprawną ręką w stronę zeszytów z wycinkami stojących na półce stolika. Wydawał kolejne odgłosy. Mogę je opisać jedynie jako postękiwania, prychnięcia, odchrząkiwania, powarkiwania, mamrotania. Ale po tylu wspólnych popołudniach brzmiały one w moich uszach niemal jak słowa. Słyszałam w nich nie tylko apodyktyczne stwierdzenia i komendy ("Nie chcę", "Pomóż mi wstać", "Pokaż, która godzina", "Chce mi się pić"), ale i wypowiedzi bardziej złożone: "Boże, niech ten pies wreszcie się uspokoi!" czy: "Co za stek nadętych bzdur" (to po tym, jak przeczytałam na głos czyjąś wypowiedź czy felieton z gazety).

Teraz usłyszałam: "Zobaczmy, czy tutaj znajdzie się coś ciekawszego niż w gazecie".

Zdjęłam z półki zeszyty i usiadłam z nimi na podłodze u jego stóp. Na okładce każdego zeszytu były niedawne daty, wypisane kredką dużymi, czarnymi literami. Przerzucając rok 1952, natknęłam się na wycinek z relacją o pogrzebie króla Jerzego VI. Nad wycinkiem napis kredką: "Albert Frederic George. Ur. 1885. Zm. 1952". Zdjęcie trzech królowych w żałobnych woalkach.

Na następnej stronie artykuł o autostradzie na Alaskę.

– Ciekawa kronika – powiedziałam. – Może chce pan, żebym panu pomogła prowadzić nowy zeszyt? Pan mógłby wybierać teksty, a ja bym je wycinała i wklejała.

Jego pomruk oznaczał "Szkoda zachodu" albo "Po co sobie tym teraz zawracać głowę?", a może nawet "Co za głupi pomysł". Odsunął króla Jerzego VI, chciał zobaczyć daty na okładkach pozostałych zeszytów. Żadna mu nie odpowiadała. Pokazał w stronę regału. Wyjęłam kolejne zeszyty. Zrozumiałam, że chodzi mu o zeszyt z jakiegoś konkretnego roku, więc pokazywałam mu kolejno każdy, żeby mógł zobaczyć datę na okładce. Co jakiś czas mimo jego odmowy otwierałam któryś na chybił trafił. Znalazłam artykuł o kuguarach na Vancouver Island i o śmierci akrobatki cyrkowej, i o dziecku, które przeżyło przysypanie lawiną. Przeszliśmy wstecz przez lata wojenne, przez rok mojego urodzenia i prawie dziesięć kolejnych lat, zanim wreszcie okazał zadowolenie. I wydał polecenie: „Zajrzyj do tego". Z roku 1923.

Zaczęłam kartkować zeszyt od początku.

– Styczniowe opady śniegu zasypują wioski w...

„To nie to. Szybciej. Pośpiesz się".

Przerzucałam kolejne strony.

„Teraz zwolnij. Nie tak szybko. Wolniej".

Pokazywałam mu kolejne strony, nie czytając na głos ani słowa, aż dotarliśmy do tej, o którą mu chodziło.

„To jest to. Czytaj".

Nie było zdjęcia ani nagłówka. Napis kredką głosił: „Vancouver Sun 17 kwietnia 1923".

– Cortes Island – przeczytałam. – O ten artykuł chodzi?

„Tak. No już, czytaj".

CORTES ISLAND. W niedzielę wczesnym rankiem lub w sobotę późnym wieczorem spłonął doszczętnie dom Ansona Jamesa Wilda na południowym krańcu wyspy. Dom stał w dużej odległości od innych zabudowań, w związku z czym nikt z mieszkańców wyspy nie widział płomieni. Według pewnych doniesień w niedzielę rano ogień widziano z kutra rybackiego kierującego się w stronę cieśniny, ale rybacy uznali, że ktoś po prostu wypala zarośla. Ponieważ wiedzieli, że ze względu na wilgoć panującą obecnie w lasach taki ogień nie stanowi zagrożenia, nie zmienili kursu.

Anson James Wild był właścicielem Wildfruit Orchards i mieszkał na wyspie od około piętnastu lat. Był człowiekiem samotnym, który wcześniej służył w wojsku, niemniej do innych ludzi odnosił się serdecznie. Niedawno się ożenił i miał jednego syna. Prawdopodobnie pochodził z Prowincji Atlantyckich.

Po pożarze z domu zostały tylko zgliszcza. Pod zwęglonymi resztkami belek stropowych znaleziono spalone ciało właściciela, niemal nie do poznania.

W ruinach domu znaleziono także osmaloną puszkę, która prawdopodobnie zawierała naftę.

Żona Ansona Jamesa Wilda przebywała wówczas poza domem, gdyż w poprzednią środę przyjęła propozycję odbycia rejsu statkiem transportującym ładunek jabłek z sadu jej męża do Comox. Zamierzała wrócić jeszcze tego samego dnia, ale pozostała poza domem przez trzy doby z powodu niespodziewanych problemów z silnikiem. W niedzielę rano wróciła wraz ze znajomym, który zaproponował jej rejs. Wspólnie odkryli tragedię.

Istniały obawy o nieletniego syna poszkodowanych, który nie był obecny w płonącym domu. Natychmiast wszczęto poszukiwania i w niedzielę wieczorem, przed zapadnięciem zmroku, odnaleziono dziecko w lesie, niecałą milę od domu. Chłopiec był przemoczony i wychłodzony od przebywania w lesie przez wiele godzin, ale nie odniósł żadnych obrażeń. Wychodząc z domu, prawdopodobnie zaopatrzył się w prowiant, ponieważ kiedy go znaleziono, miał przy sobie kilka kawałków chleba.

W Courtenay zostanie wszczęte dochodzenie w sprawie przyczyny pożaru, który zniszczył dom i doprowadził do śmierci jego właściciela.

– Znał pan tych ludzi? – zapytałam.
„Przewróć kartkę".

4 sierpnia 1923. Dochodzenie przeprowadzone w Courtenay na Vancouver Island w sprawie pożaru, który spowodował śmierć Ansona Jamesa Wilda z Cortes Island w kwietniu br. wykazało, że nie ma podstaw, by podejrzewać podpalenie przez samego zmarłego lub sprawców nieznanych. Znalezienie na miejscu zdarzenia pustej puszki po nafcie nie zostało uznane za wystarczający dowód. Anson James Wild regularnie zaopatrywał się w naftę i używał jej w swoim gospodarstwie, jak potwierdza Percy Kemper, właściciel sklepu w miejscowości Manson's Landing na Cortes Island.

Siedmioletni syn zmarłego również nie potrafił dostarczyć w sprawie pożaru żadnych dowodów. Znalazła go ekipa poszukiwawcza kilka godzin po zdarzeniu, w lasach nieopodal domu. Podczas pierwszego przesłuchania powiedział, że ojciec dał mu trochę chleba i jabłek i wysłał do Manson's Landing, ale chłopiec się zgubił. W trakcie śledztwa zeznawał jednak, iż nie pamięta, żeby tak się stało, i że nie wie, jak mógł się zgubić, skoro wcześniej wiele razy chodził tamtą ścieżką. Doktor Anthony Helwell z Victorii po zbadaniu chłopca stwierdził, że być może uciekł on do lasu na widok pierwszych oznak pożaru, może zabrawszy wcześniej pożywienie, czego teraz nie może sobie przypomnieć. Lekarz powiedział jednak, iż możliwe jest również, że pierwsza wersja wydarzeń przedstawiona przez chłopca jest zgodna z prawdą, ale wyparł on z pamięci związane z nimi wspomnienia. Specjalista dodał, że dalsze przesłuchiwanie dziecka byłoby bezcelowe, ponieważ prawdopodobnie nie potrafi ono w tej kwestii odróżnić faktów od fantazji.

Żony zmarłego nie było w domu podczas pożaru, jako że wybrała się na Vancouver Island na statku należącym do Jamesa Thompsona Gorriego z Union Bay.

Śmierć Ansona Jamesa Wilda oficjalnie określono jako nieszczęśliwy wypadek, a za przyczynę wypadku uznano ogień niewiadomego pochodzenia.

„Teraz zamknij zeszyt.

I odłóż na miejsce. Wszystkie odłóż na miejsce.

Nie. Nie. Nie tak. Po kolei. Rok po roku. No, teraz lepiej. Dokładnie w takiej kolejności jak były.

Wraca już? Wyjrzyj przez okno.

To dobrze. Ale niedługo wróci.

No i co, co o tym myślisz?

Wszystko mi jedno. Wszystko mi jedno, co myślisz.

Myślałaś kiedyś, że czyjeś życie może być takie jak opisane tam, a skończyć się tak, jak tu widzisz? No więc wiedz, że owszem, może".

Nie powiedziałam o tym Chessowi, chociaż zwykle mówiłam mu o wszystkim, co mi się zdarzyło w ciągu dnia, co mogło go zainteresować czy rozbawić. Nowym zwyczajem zbywał on każdą wzmiankę o państwu Gorrie. Miał na nich stałe określenie: groteskowe kreatury.

Wszystkie rachityczne drzewka w parku okryły się kwiatami. Jaskraworóżowymi, jak sztucznie barwiony popcorn.

A ja podjęłam prawdziwą pracę.

Zadzwonili do mnie z biblioteki dzielnicowej w Kitsilano i zaproponowali przychodzenie na kilka godzin w sobotnie popołudnia. Znalazłam się więc po drugiej stronie lady, wbijałam wypożyczającym datę zwrotu na książkach. Niektórych znałam z widzenia, bywali tu często, jak ja. A teraz uśmiechałam się do nich w imieniu biblioteki. I mówiłam:

– Do zobaczenia za dwa tygodnie.

Niektórzy odpowiadali ze śmiechem: „Skąd, o wiele wcześniej" – bracia i siostry w nałogu.

Okazało się, że z tą pracą umiem sobie poradzić. Nie było kasy – kiedy należało rozliczyć karę za przetrzymanie książki, drobne wyjmowało się z szuflady. I znałam już rozmieszczenie większości tomów na półkach. A jeśli chodzi o układanie kart czytelników – znałam alfabet.

Zaproponowano mi więcej godzin. Niedługo potem – tymczasową pracę w pełnym wymiarze. Jedna ze stałych pracownic biblioteki poroniła. Przebywała na zwolnieniu przez dwa miesiące, a pod koniec zwolnienia znów była w ciąży i lekarz poradził jej, żeby nie wracała do pracy. Tym sposobem dołączyłam do grona stałych pracowników i utrzymałam tę posadę do połowy własnej pierwszej ciąży. Pracowałam z kobietami, które od dawna znałam z widzenia. Mavis i Shirley, pani Carlson i pani Yost. Wszystkie one pamiętały, jak przychodziłam i godzinami snułam się – tak mówiły – po bibliotece. Żałowałam, że zwracałam na siebie taką uwagę. Żałowałam, że przychodziłam aż tak często.

Co to była za prosta, pierwotna przyjemność, zająć swoje miejsce za kontuarem, kompetentnie, energicznie i uprzejmie obsługiwać ludzi, którzy do mnie podchodzili. Być postrzeganą przez nich jako osoba, która wie, co jest czym, która ma w świecie wyraźnie określoną funkcję. Pożegnać na zawsze włóczenie się i snucie marzeń, stać się dziewczyną z biblioteki.

Oczywiście miałam teraz mniej czasu na czytanie. Czasami brałam książkę do ręki w pracy, za kontuarem – trzymałam ją jak przedmiot, a nie jak naczynie, którego zawartość muszę natychmiast wypić do dna, i odczuwałam przebłysk lęku, jaki odczuwa się we śnie, kiedy człowiek znajdzie się w niewłaściwym budynku albo zapomni o egzaminie, który rozpoczął się dwie godziny temu, i zdaje sobie sprawę, że to tylko sam czubek jakiegoś straszliwego kataklizmu czy życiowego błędu.

Ale po chwili ten strach mijał.

Moje współpracownice wspominały czasy, kiedy widywały mnie tu, jak pisałam.

Mówiłam, że pisałam listy.

– Piszesz listy w zwykłym zeszycie?

– No pewnie – odparłam. – Tak jest taniej.

Ostatni notatnik ostygł, schowany w szufladzie, w której trzymałam pozwijane w kule skarpetki i bieliznę. Ostygł, a jego widok przepełniał mnie złymi przeczuciami i poczuciem upokorzenia. Chciałam go wyrzucić, ale nie wyrzuciłam.

Pani Gorrie nie pogratulowała mi, kiedy zostałam zatrudniona.

– Nie mówiłaś mi, że nadal szukasz – powiedziała.

Wyjaśniłam, że moje nazwisko od dawna widniało na liście chętnych do pracy w bibliotece i że jej o tym wspominałam.

– To było, zanim zaczęłaś pracować dla mnie – nie dawała za wygraną. – To co teraz będzie z panem Gorriem?

– Przykro mi – powiedziałam.

– Być może, ale co on z tego ma?

Uniosła te swoje różowe brwi i mówiła do mnie tonem obrażonej damy, jaki słyszałam, kiedy rozmawiała przy mnie przez telefon z rzeźnikiem czy innym dostawcą, który pomylił się w realizacji zamówienia.

– I co ja mam teraz zrobić? – zapytała. – Zostawiłaś mnie na lodzie. Mam nadzieję, że obietnice składane innym ludziom traktujesz poważniej niż tę, którą dałaś mnie.

To był nonsens, rzecz jasna. Niczego jej nie obiecywałam co do tego, jak długo zostanę. Ale choć nie uważałam się za winną, to czułam niepokój zaprawiony poczuciem winy. Niczego jej nie obiecywałam, to fakt, ale co z tymi wszystkimi razami, kiedy nie otwierałam drzwi, gdy pukała, kiedy próbowałam wymykać się z domu i wracać niezauważona, schylając się, kiedy przechodziłam pod jej kuchennym oknem? Co z moją słabiutką, ale mocno słodzoną imitacją przyjaźni w odpowiedzi na jej wychodzenie do mnie z przyjaźnią – bo przecież chyba się nie mylę – prawdziwą?

– Właściwie to nawet lepiej – skwitowała. – Nie życzyłabym sobie, żeby panem Gorriem opiekował się ktoś, na kim nie można polegać. Zresztą mogę ci teraz powiedzieć, że nie byłam do końca zadowolona z tego, jak się wywiązywałaś z obowiązków.

Niebawem znalazła kogoś na moje miejsce – drobną, pająkowatą osobę o czarnych włosach zebranych w siatce. Nigdy nie słyszałam jej głosu. Słyszałam za to, jak pani Gorrie mówi do niej. Zostawiała drzwi na górze otwarte, żeby dotarło do mnie każde słowo.

– Nigdy nawet nie umyła po nim filiżanki. Często w ogóle nie podawała mu herbaty. Do czego ona się w ogóle nadawała? Tylko do tego, żeby siedzieć i czytać gazetę.

Ostatnio, kiedy wychodziłam z domu, okno kuchenne zwykle było podniesione i nad głową dźwięczał mi głos pani Gorrie, która na pozór mówiła do męża:

– O, proszę, idzie. Wychodzi. Teraz to nawet nie raczy ukłonić się nam na dzień dobry. Daliśmy jej pracę, kiedy nikt inny jej nie chciał, ale ona nie raczy nam nawet pomachać.

Nie machałam im. Przechodziłam koło okna, przy którym siedział pan Gorrie, ale wydawało mi się, że gdybym mu pomachała, gdybym choć na niego spojrzała, poczułby się upokorzony. Alboby się rozgniewał. Każdy mój gest mógł sprawiać wrażenie szyderstwa.

Po przejściu kilku przecznic zapominałam o nich obojgu. Poranki były słoneczne, a ja poruszałam się z poczuciem ulgi i celu. W takich chwilach moja najbliższa przeszłość niekiedy wydawała mi się jakoś hańbiąca. Godziny spędzone za zasłoną w alkowie, godziny spędzone przy kuchennym stole na bezowocnym zapełnianiu kolejnych stron zeszytu, godziny spędzone w przegrzanym pokoju ze starym mężczyzną. Włochaty dywan i pluszowe obicia mebli, zapach jego ubrań i jego ciała i suche zeszyty, całe akry gazetowego druku, przez które musiałam się przedrzeć. Makabryczna historia, którą zachował i kazał mi przeczytać. (Ani przez chwilę nie rozumiałam, że należała do tej kategorii ludzkich tragedii, jakie ceniłam w książkach.) Wspominanie tego wszystkiego było niczym wspominanie choroby z dzieciństwa, kiedy to dobrowolnie dawałam się uwięzić w ciepłej flanelowej pościeli, pachnącej olejkiem kamforowym, tkwiłam w pułapce zmęczenia i gorączkowych komunikatów, nie do końca możliwych do odszyfrowania, które nadawały gałęzie drzewa, widziane z okna pokoju. Takich okresów nie tyle się żałowało, ile się je skreślało. I wydawało mi się, że teraz jakaś część mnie – chora część? – została skreślona. Można by się spodziewać, że małżeństwo spowoduje taką przemianę, ale przez jakiś czas nie spowodowało. Zahibernowałam się i wegetowałam w postaci swojego dawnego ja: upartego jak osioł, niekobiecego, nieracjonalnie skrytego. Teraz wyszłam na prostą i doceniałam to, że miałam szczęście przemienić się w żonę i pracownicę. Że w miarę dobrze wyglądałam i byłam w miarę kompetentna, kiedy się postarałam. Nie byłam dziwolągiem. Byłam normalna.

*

Pani Gorrie zapukała do mnie i pokazała trzymaną w ręku poszewkę na poduszkę. Odsłaniając zęby we wrogim uśmiechu, zapytała, czy to może moja. Bez wahania odpowiedziałam, że nie. Jedyne dwie poszewki, które były moją własnością, znajdowały się na dwóch poduszkach leżących na naszym łóżku.

Tonem męczennicy pani Gorrie powiedziała:

– Cóż, ta z całą pewnością nie jest moja.

– Po czym to pani poznaje?

Powoli, jadowicie, jej uśmiech zyskiwał na pewności siebie.

– Za nic w świecie nie położyłabym tego rodzaju materiału na łóżku pana Gorriego. Ani na swoim.

– Dlaczego?

– Bo – nie jest – wystarczająco – dobry.

Musiałam więc pójść do alkowy, zdjąć poszewki z poduszek i pokazać jej – i rzeczywiście okazało się, że nie były do kompletu, chociaż myślałam, że jest inaczej. Jedna była uszyta z „porządnego" materiału – ta należała do niej – a ta, z którą przyszła, była moja.

– W życiu bym nie uwierzyła, że można było tego nie zauważyć – powiedziała – gdyby chodziło o kogokolwiek innego niż ty.

Chess usłyszał o innym mieszkaniu. Prawdziwym mieszkaniu, nie klitce – były tam pełnowymiarowa łazienka i dwa pokoje. Kolega Chessa z pracy z żoną wyprowadzali się z niego, bo kupili sobie dom. Mieściło się w budynku na rogu First Avenue i Macdonald Street. Mogłam stamtąd nadal chodzić pieszo do pracy, a Chess jeździć tym samym autobusem co do tej pory. Mogliśmy sobie na nie pozwolić dzięki temu, że oboje zarabialiśmy. Kolega z żoną zostawili trochę mebli, które byli gotowi tanio odstąpić. Do ich nowego domu by nie pasowały, ale nam wydawały się wspaniałe. Krążyliśmy po jasnych pomieszczeniach na drugim piętrze, podziwialiśmy ściany pomalowane na kremowo, dębowy parkiet, pojemne szafki w kuchni i podłogę w łazience wyłożoną kafelkami. Mieszkanie miało nawet maleńki balkon wychodzący na Macdonald Park. Zakochaliśmy się w sobie na nowo, zakochaliśmy się w swoim statusie, w wyjściu w dorosłość z sutereny, która była tylko bardzo tymczasowym przystankiem w drodze. Później przez całe lata miała przewijać się w naszych rozmowach jako dowcip, sprawdzian naszej wytrzymałości. Każda kolejna przeprowadzka – do wynajmowanego domu, do pierwszego własnego domu, do drugiego własnego domu, do pierwszego domu w innym mieście – wywoływała to samo euforyczne poczucie postępu i jeszcze bardziej zacieśniała naszą więź. Aż do ostatniego, zdecydowanie najbardziej okazałego domu, do którego wchodziłam z przeczuciem katastrofy i lekką chęcią ucieczki.

Poinformowaliśmy Raya o tym, że się wyprowadzamy, nie mówiąc nic pani Gorrie. To sprawiło, że przeszła na wyższy poziom wrogości. Mówiąc ściślej, wpadła w lekki szał.

– Myśli sobie taka, że jest mądra jak nie wiem co. A nie umie nawet utrzymać w czystości głupich dwóch pokoi. Jak zamiata podłogę, to tylko zmiata wszystko do kąta.

Kiedy kupowałam pierwszą szczotkę, zapomniałam dokupić szufelki i przez jakiś czas rzeczywiście moje zamiatanie tak wyglądało. Ale mogła o tym wiedzieć tylko jeśli wchodziła do naszego mieszkania, kiedy mnie nie było. Co, jak wyraźnie wynikało z jej słów, robiła.

– To krętaczka i oszustka. Mówię ci, jak tylko ją zobaczyłam, to od razu zobaczyłam, jaka z niej oszustka. I do tego kłamczucha. Ma coś nie po kolei w głowie. Godzinami siedziała i pisała, mówiła, że listy, ale gdzie tam, pisała w kółko to samo, w kółko, wcale nie listy, tylko w kółko jedno i to samo. Ma coś nie po kolei w głowie.

Teraz wiedziałam więc, że wyjmowała i rozprostowywała pogniecione kartki z mojego kosza na śmieci. Często próbowałam zacząć to samo opowiadanie tymi samymi słowami. Tak jak mówiła, w kółko jedno i to samo.

Zrobiło się całkiem ciepło i chodziłam do pracy bez kurtki, w obcisłym sweterku wpuszczonym w spódnicę, ściągniętą paskiem zapiętym na najciaśniejszą dziurkę.

Otwierała drzwi i wydzierała się za mną.

– Dziwka. Popatrz tylko na tę dziwkę, jak wypina piersi i kręci tyłkiem. Co ty sobie myślisz, że jesteś Marilyn Monroe?

I:

– Nie chcemy cię w naszym domu. Im prędzej się stąd wyniesiesz, tym lepiej.

Zadzwoniła do Raya i powiedziała mu, że usiłowałam ukraść jej bieliznę pościelową. Skarżyła się, że po całej ulicy rozpowiadam o niej niestworzone historie. Otworzyła drzwi, żebym na pewno słyszała jej rozmowę z synem, a na dodatek krzyczała do słuchawki, co zresztą nie było konieczne, bo mieliśmy wspólną linię i moglibyśmy podsłuchiwać jej rozmowy, gdybyśmy mieli na to ochotę. Ja tego nigdy nie robiłam – instynkt kazał mi raczej zatykać uszy – ale pewnego wieczoru, kiedy Chess był w domu, podniósł słuchawkę i powiedział:

– Nie słuchaj tego, co ona ci gada, Ray, to stara wariatka. Ja wiem, jest twoją matką, no ale taka jest prawda. Jest stuknięta.

Zapytałam, co Ray na to, czy był zły.

– Powiedział tylko: „Jasne, w porządku".

Pani Gorrie odłożyła słuchawkę i krzyczała bezpośrednio do nas:

– Żebym ja wam nie powiedziała, kto tu jest stuknięty! Żebym ja wam nie powiedziała, kto jest wariatką i kłamczuchą, roznoszącą kłamstwa o mnie i moim mężu!

Chess odkrzyknął:

– Nie słuchamy pani. I niech pani zostawi moją żonę w spokoju.

Później zapytał mnie:

– O co jej chodzi z tymi kłamstwami o niej i o jej mężu?

– Nie wiem.

– Po prostu się na ciebie uwzięła, bo jesteś młoda i ładna, a ona jest starą wiedźmą. Nie myśl o tym – powiedział i na pocieszenie dorzucił coś, co miało być żartem: – Po co w ogóle są na świecie stare kobiety?

Do nowego mieszkania przeprowadziliśmy się taksówką, tylko z walizkami. Czekaliśmy na nią na chodniku, plecami do domu. Spodziewałam się, że pożegnają nas piekielne wrzaski, ale było zupełnie cicho.

– A jak ona ma pistolet i strzeli mi w plecy? – zapytałam.

– Przestań, nie gadaj jak ona – skarcił mnie Chess.

– Chciałabym pomachać na do widzenia panu Gorriemu, jeśli siedzi przy oknie.

– Lepiej daj sobie spokój.

Nie spojrzałam po raz ostatni na ten dom, nigdy więcej nie przechodziłam też tamtą ulicą, tamtym odcinkiem Arbutus Street, który przylega do parku i z którego rozciąga się widok na morze. Nie umiem sobie dokładnie przypomnieć, jak wyglądał, choć bardzo wyraźnie pamiętam poszczególne przedmioty: zasłonę w alkowie, kredens z porcelaną, zielony szezlong pana Gorriego.

Poznaliśmy inne młode pary, które zaczynały tak jak my, od mieszkania w tanich kątach w domach obcych ludzi. Wysłuchiwaliśmy opowieści o szczurach, karaluchach, okropnych toaletach, stukniętych właścicielach. My opowiadaliśmy wtedy o naszej stukniętej właścicielce. Paranoja.

Poza takimi okazjami nie myślałam o pani Gorrie.

Z kolei pan Gorrie pojawiał się w moich snach. W tych snach znałam go, zanim poznał swoją żonę. Był sprawny i silny, ale niemłody, i wcale nie wyglądał lepiej niż wtedy, kiedy mu czytałam w tamtym pokoju z balkonem. Może mógł mówić, ale jego mowa była na poziomie tych odgłosów, które nauczyłam się rozumieć – każda wypowiedź była obcesowym i kategorycznym, koniecznym, choć lekceważonym przypisem do tego, co się działo. A działo się, bo to były sny erotyczne. Przez cały ten okres, kiedy byłam młodą mężatką, a zaraz potem młodą matką – stale zajętą, wierną, regularnie zaspokajaną – co jakiś czas miewałam sny, w których przypuszczenie ataku, moja reakcja i cały wachlarz możliwości ciągu dalszego wykraczały daleko poza to, co oferowało życie. I w których nie istniał romantyzm. Ani przyzwoitość. Naszym łóżkiem – pana Gorriego i moim – była kamienista plaża, nieheblowany pokład statku albo zwoje naoliwionej liny wrzynające się w ciało. Napawałam się tym, co można by nazwać brzydotą. Jego ostrym zapachem, jego galaretowatym okiem, jego żółtymi zębami. Budziłam się z tych pogańskich snów wyzuta nawet ze zdziwienia i wstydu, i znów zasypiałam, a kiedy budziłam się rano, nawykowo wypierałam te sny z pamięci. Przez całe lata, na pewno jeszcze długo po swojej śmierci, pan Gorrie funkcjonował w ten sposób w moim nocnym życiu. Aż wreszcie chyba go wyczerpałam, tak jak żywi wyczerpują umarłych. Ale nigdy nie miałam poczucia, że tak jest – że to ja kontroluję sytuację, że ja go sprowadzam. Wydawało mi się, że to działa w dwie strony, tak jakby i on sprowadzał do tych snów mnie, jakby to było w równej mierze doświadczenie i jego, i moje.

A statek, dok i kamienie na brzegu, drzewa, strzeliste czy przygięte do ziemi, wychylające się nad wodą, skomplikowany kontur sąsiednich wysp i gór pogrążających się powoli w mroku, lecz wyraźnie zarysowanych – wszystko to istniało w stanie naturalnego chaosu, bardziej przerysowane i zarazem zwyklejsze niż cokolwiek, co mogłam wyśnić czy wymyślić. Jak miejsce, które nadal będzie istniało, niezależnie od tego, czy je odwiedzę, czy nie, i które w rzeczywistości wciąż istnieje.

Ale nigdy nie widziałam zwęglonych belek domu, który zawalił się i przygniótł ciało męża. To wszystko zdarzyło się dawno temu i zgliszcza zarósł las.

Żniwiarze

Bawili się teraz prawie w to samo, w co Eve bawiła się z Sophie podczas długich, nudnych jazd samochodem, kiedy Sophie była mała. Tyle że wtedy wrogami byli szpiedzy, a teraz kosmici. Dzieci Sophie, Philip i Daisy, jechały na tylnym siedzeniu. Daisy niedawno skończyła trzy lata i nie rozumiała, o co chodzi. Philip, siedmiolatek, sterował zabawą. To on wybierał samochód, który mieli śledzić, wiozący kosmitów nowo przybyłych ze swojej planety, zdążających do tajnej siedziby, kryjówki najeźdźców. Wskazówek dotyczących dojazdu dostarczali im zupełnie zwyczajnie wyglądający pasażerowie innych samochodów albo ktoś, kto stał koło skrzynki pocztowej, albo nawet traktorzysta pracujący na polu. Wielu kosmitów przybyło już na Ziemię i zostało przetransponowanych – tego słowa użył Philip – tak że właściwie każdy człowiek mógł być kosmitą. Pracownicy stacji benzynowej, kobiety spacerujące z wózkami, a nawet niemowlęta w wózkach. Wszyscy oni mogli dawać znaki.

Eve i Sophie zwykle urządzały sobie tę zabawę na ruchliwej szosie, gdzie nie było szansy, by ktoś je nakrył. (Tylko raz się zagalopowały i wjechały na czyjś podjazd.) Na wiejskich drogach, którymi Eve poruszała się dzisiaj, nie było to takie łatwe. Próbowała rozwiązać problem, mówiąc, że czasami trzeba przerzucić się ze śledzenia jednego pojazdu na inny, bo niektóre zostały podstawione dla zmyłki – wcale nie kierowały się do kryjówki kosmitów, tylko miały na celu mylić pościg.

– Nie, to nie tak – poprawił ją Philip. – Oni zasysają ludzi z jednego samochodu do drugiego, na wypadek gdyby ktoś ich śledził. Są tak jakby w jednym ciele, a sekundę potem ziiiiup i już są w innym ciele, w innym samochodzie. Ciągle przenoszą się z człowieka do człowieka, a ci ludzie w ogóle nie wiedzą, co w nich było.

– Naprawdę? – zapytała Eve. – To skąd wiemy, za którym autem mamy jechać?

– Szyfr jest w numerze rejestracyjnym – odparł Philip. – Zmienia go pole elektryczne, które wytwarzają w samochodzie. Żeby ich kontrolerzy stale wiedzieli, gdzie są. To taki jeden drobiazg, ale nie mogę ci go zdradzić.

– Oczywiście, rozumiem – powiedziała Eve. – Podejrzewam, że bardzo niewielu ludzi ma dostęp do tego szyfru.

– Obecnie w Ontario tylko ja – odparł Philip.

Wysunął się do przodu najdalej, jak pozwolił mu zapięty pas; czasami, napięty i skupiony, stukał paznokciem w zęby, a kiedy ostrzegał Eve, wydawał z siebie cichy melodyjny protest.

– Y-y! Tutaj uważaj – powiedział. – Myślę, że trzeba będzie zawrócić. Tak. Tak jest. To chyba ten.

Jechali za białą mazdą, a teraz najwyraźniej mieli śledzić starą zieloną furgonetkę, forda.

– Jesteś pewien? – zapytała Eve.

– Jestem pewien.

– Czułeś, jak ich zasysało?

– Oni są transponowani i to się odbywa w ułamku milisekundy. Powiedziałem „zasysani" tylko dlatego, żeby łatwiej było zrozumieć.

Eve najpierw planowała, żeby tajną siedzibę kosmitów umieścić w wiejskim sklepie, gdzie kupuje się lody, albo na placu zabaw. Można by wtedy wyjawić, że kosmici zgromadzili się tam pod postacią dzieci, bo zwabiły ich takie przyjemności jak lody, zjeżdżalnie czy huśtawki, i tymczasowo utracili swoją moc. A więc nie ma co się bać, że kogoś wtedy porwą – czy w kogoś wnikną – chyba że akurat wybierze się jeden jedyny niewłaściwy smak lodów albo będzie się huśtało pechową liczbę razy na wyznaczonej przez nich huśtawce. (Trzeba będzie pozostawić lekkie poczucie zagrożenia, bo inaczej Philip poczuje się rozczarowany, upokorzony.) Ale Philip przejął kontrolę nad zabawą i teraz trudno jej było wyreżyserować wynik. Furgonetka zjeżdżała z betonowej drogi głównej na boczną, żwirową. Było to rozklekotane auto z odkrytą paką, miało karoserię przeżartą rdzą – nie mogło jechać daleko. Najprawdopodobniej jakiś farmer wracał do domu. Pewnie zanim dotrą na miejsce, nie miną już żadnego innego pojazdu.

– Jesteś stuprocentowo pewien, że to ten samochód? – zapytała Eve. – Zobacz, kierowca jest sam. Wydawało mi się, że oni nigdy nie przemieszczają się w pojedynkę.

– Pies – rzucił Philip. Na pace rzeczywiście jechał pies; biegał z jednej strony na drugą, jakby wokół działo się coś, co na bieżąco trzeba było obserwować. – Pies też jest kosmitą.

Tego dnia rano, kiedy Sophie wybierała się po Iana na lotnisko, w pokoju dziecinnym Philip bawił Daisy. Dziewczynka dość dobrze zaaklimatyzowała się w obcym domu – poza tym, że co noc się moczyła – ale teraz po raz pierwszy podczas tych wakacji mama jechała gdzieś i nie brała jej ze sobą. Dlatego Sophie poprosiła Philipa, żeby zajął czymś uwagę siostry, a on wypełniał to polecenie z entuzjazmem (szczęśliwy, że wydarzenia przybrały taki, a nie inny obrót?). Puszczał po podłodze samochodziki, naśladując głośny ryk silnika, żeby zagłuszyć prawdziwy silnik samochodu z wypożyczalni, którego warkot świadczył o odjeździe Sophie. Niedługo potem krzyknął do Eve:

– Czy N.M. pojechała?

Eve była w kuchni, sprzątała po śniadaniu i powtarzała sobie, że musi się trzymać. Weszła do dużego pokoju. Leżała tam kaseta z filmem, który oglądały z Sophie poprzedniego wieczoru.

Co się wydarzyło w Madison County.

– Co to znaczy N.M.? – zapytała Daisy.

Pokój dziecinny łączył się z dużym. To był mały, ciasny domek, tanio urządzony do wynajmowania letnikom. Eve chciała wynająć domek nad jeziorem na te wspólne wakacje – pierwszą wizytę Sophie i Philipa od prawie pięciu lat, a Daisy – pierwszą w życiu. Wybrała ten kawałek wybrzeża jeziora Huron, bo kiedy była mała, jej rodzice przyjeżdżali tutaj z nią i jej bratem. Dużo się od tego czasu zmieniło – nie było już domków letnich, tylko solidne całoroczne domy, a ceny wynajmu stały się zupełnie nie dla ludzi. Ten dom, oddalony o pół mili od kamienistego, mniej popularnego północnego krańca publicznej plaży, był szczytem jej finansowych możliwości. Stał na polu, na którym rosło zboże. Powiedziała dzieciom to, co jej kiedyś powiedział ojciec: że w nocy słychać, jak zboże rośnie.

Codziennie po zdjęciu ze sznura ręcznie wypranej pościeli Daisy Sophie musiała wytrzepywać z niej robactwo.

– To znaczy „nie marudź" – powiedział Philip.

Eve stanęła w przejściu między pokojami. Wczoraj obie z Sophie oglądały Meryl Streep, jak siedziała w furgonetce męża, w strugach deszczu, trzymając dłoń na klamce, dławiąc się z tęsknoty, kiedy jej kochanek odjeżdżał na zawsze. Potem popatrzyły na siebie, zobaczyły, że obie mają łzy w oczach, potrząsnęły głowami i roześmiały się.

– To znaczy też „nasza mamusia" – dodał Philip, bardziej pojednawczym tonem. – Czasami tata tak na nią mówi.

– Aha. W takim razie, jeżeli o to pytasz – powiedziała Eve – to odpowiedź brzmi „tak".

Była ciekawa, czy chłopiec uważa Iana za swojego prawdziwego ojca. Nie pytała Sophie, co mu powiedzieli. Ona oczywiście nie zamierzała go uświadamiać. Jego prawdziwym ojcem był młody Irlandczyk, który podróżował po Ameryce Północnej, i próbował się zdecydować, co ma ze sobą zrobić po tym, jak postanowił jednak nie zostawać księdzem. Eve uważała go za zwykłego kolegę córki i wszystko wskazywało na to, że sama Sophie również, dopóki go nie uwiodła. („Był taki nieśmiały, że nawet mi się nie śniło, że coś może z tego wyjść", powiedziała potem.) Dopiero zobaczywszy Philipa po urodzeniu, Eve przypomniała sobie, jak wyglądał tamten chłopak. A potem dostrzegła, jak bardzo mały był podobny do swojego ojca – tego niewinnego, pedantycznego, wrażliwego, pełnego pogardy młodego Irlandczyka, który łatwo się czerwienił, łatwo się wycofywał i wdawał w sprzeczki. „Jest trochę podobny do Samuela Becketta" – powiedziała o wnuku. – Łącznie ze zmarszczkami". Oczywiście z czasem zmarszczki się wygładziły.

Sophie studiowała wtedy archeologię. Kiedy chodziła na zajęcia, Philipem opiekowała się Eve. Była aktorką; do dziś pracowała, jeśli tylko udało jej się coś dostać. Ale nawet wtedy zdarzały się okresy, kiedy była wolna, a jeśli miała próby w ciągu dnia, zabierała Philipa ze sobą. Przez kilka lat mieszkali razem – Eve, Sophie i Philip – w mieszkaniu Eve w Toronto. Eve woziła Philipa w wózku, a później w spacerówce po wszystkich ulicach w kwaterze między ulicami Queen, College, Spadina i Ossington i czasami podczas tych spacerów odkrywała idealny, choć zapuszczony domek na sprzedaż przy jakiejś nieznanej jej wcześniej długiej ślepej uliczce ocienionej drzewami. Wysyłała Sophie, żeby go obejrzała; zwiedzały dom z pośrednikiem nieruchomości, rozmawiały o kredycie, o tym, jakie prace remontowe musiałyby zlecić fachowcom, a jakie dałyby radę wykonać we własnym zakresie. Zwlekały i fantazjowały, aż dom kupował ktoś inny albo Eve dostawała jednego z rzadkich, lecz silnych napadów finansowego rozsądku, albo aż komuś udało się je przekonać, że te ciche boczne uliczki nie są nawet w przybliżeniu tak bezpieczne dla kobiet i dzieci jak jasno oświetlona brzydka i głośna ulica, przy której cały czas mieszkały.

Na Iana Eve zwróciła jeszcze mniejszą uwagę niż na tamtego Irlandczyka. Był kolegą Sophie; nigdy nie przychodził sam, zawsze w towarzystwie innych. Potem wyjechał do pracy w Kalifornii – był urbanistą – a Sophie wydzwoniła taki rachunek za telefon, że Eve musiała z nią o tym pomówić i atmosfera w mieszkaniu całkowicie się zmieniła. (Może nie powinna była wspominać o tym rachunku?) Wkrótce zaplanowano termin wizyty, a kiedy nadszedł, Sophie wzięła Philipa ze sobą, bo Eve grała w sztuce z letniego repertuaru jednego z zamiejscowych teatrów.

Niedługo potem z Kalifornii nadeszła wiadomość: Sophie i Ian zamierzali się pobrać.

– Nie byłoby rozsądniej, gdybyście najpierw trochę dłużej razem pomieszkali? – zapytała Eve przez telefon.

– Nie ma mowy – odparła Sophie. – On jest dziwny pod tym względem. Nie uznaje czegoś takiego.

– Ale ja nie dam rady wyrwać się na ślub. Gramy do połowy września.

– Nie ma sprawy – powiedziała Sophie. – To nie będzie ślub ściśle tradycyjny.

I od tamtego czasu aż do tego lata Eve jej nie widziała. Na początku była to kwestia braku pieniędzy po obu stronach. Kiedy Eve pracowała, musiała stale być na miejscu, a kiedy nie pracowała, nie mogła sobie pozwolić na ponadplanowe wydatki. Wkrótce Sophie też podjęła pracę – jako recepcjonistka w gabinecie lekarskim. Raz, kiedy Eve już miała rezerwować bilet, Sophie zadzwoniła z wiadomością, że zmarł ojciec Iana, więc Ian leci do Anglii na pogrzeb, a potem chce przywieźć matkę, żeby trochę z nimi pomieszkała.

– A mamy tylko jeden pokój dla gości – dodała.

– Dwie teściowe w jednym domu, do tego w jednym pokoju? – odparła Eve. – Niech nas Bóg broni!

– Może jak ona wyjedzie? – rzuciła Sophie.

Ale teściowa została do narodzin Daisy, do przeprowadzki do nowego domu, w sumie osiem miesięcy. Ian tymczasem zaczął pisać książkę i źle mu się pracowało, kiedy w domu byli goście. Nawet bez tego była to trudna praca. Minął czas, kiedy Eve czuła się na tyle pewnie, żeby przyjechać bez zaproszenia. Sophie przysyłała zdjęcia Daisy, ogrodu, wszystkich pomieszczeń w domu.

Potem zawiadomiła ją, że mogą przyjechać – ona, Philip i Daisy mogą przyjechać latem do Ontario. Spędzą trzy tygodnie z Eve, a Ian zostanie sam w Kalifornii. Potem przyjedzie po nich i razem polecą z Toronto do Anglii, żeby kolejny miesiąc spędzić z jego matką.

– Wynajmę domek nad jeziorem – powiedziała Eve. – Och, będzie cudownie.

– Będzie cudownie – przytaknęła Sophie. – To wariactwo, że nie widziałyśmy się tyle czasu.

I rzeczywiście było cudownie. Całkiem cudownie, zdaniem Eve. Sophie nie wydawała się zbyt przejęta ani zdziwiona tym, że Daisy moczyła się w nocy. Philip przez pierwszych kilka dni był kapryśny i oficjalny, chłodno przyjął stwierdzenie Eve, że znała go, kiedy był mały, i narzekał na komary, które opadały ich całymi chmarami, kiedy maszerowali na plażę przez przybrzeżny las. Chciał pojechać do Toronto i zwiedzić Centrum Nauki. Ale potem się oswoił, pływał w jeziorze bez marudzenia, że woda jest zimna, i wynajdował sobie samotne zajęcia – takie jak gotowanie martwego żółwia, którego przywlókł do domu, i czyszczenie z mięsa skorupy, żeby móc ją sobie zostawić na pamiątkę. W żołądku żółwia znalazł niestrawionego raka, a skorupa rozpadła się podczas gotowania, ale chłopcu nie zepsuło to nastroju.

Eve i Sophie z kolei wypracowały sobie przyjemny, powtarzalny rytm dnia – rano obowiązki domowe, po południu plaża, wino do kolacji, późnym wieczorem film. Zaprzątały je też wstępne spekulacje na temat domku. Co by można w nim zmienić, żeby się lepiej mieszkało? Przede wszystkim zedrzeć tapetę w salonie, lichą imitację lichej boazerii. Zerwać linoleum w idiotyczny wzór w złote lilie, zbrązowiałe od wcieranych w nie piasku i brudnej wody. Sophie te plany tak wciągnęły, że odwinęła kawałek poczerniałego linoleum koło zlewu i odkryła pod spodem sosnowe deski, które na pewno dałoby się wycyklinować. Rozmawiały o tym, ile by kosztowało wynajęcie cykliniarza (zakładając, rzecz jasna, że domek należałby do nich), na jaki kolor pomalowałyby drzwi i okiennice, i o tym, że w kuchni zamiast obskurnych szafek z płyty wiórowej lepiej by było zawiesić zwyczajne półki. A może by zainstalować kominek na gaz?

Kto miałby tam mieszkać? Eve. Klub miłośników skuterów śnieżnych, który korzystał z domku zimą, budował własny dom, a właściciel być może chciałby wynajmować ten budynek jednemu lokatorowi przez okrągły rok. Alboby sprzedał, bardzo tanio, zważywszy na stan, w jakim domek się znajduje. Na przyszłą zimę mógłby być dla Eve cichym ustroniem, gdyby teraz dostała rolę, na którą liczy. Albo mogłaby podnająć mieszkanie w mieście i zamieszkać tutaj na stałe. Miałaby do dyspozycji różnicę z wysokości czynszów tam i tutaj, emeryturę (zaczęła ją pobierać w październiku) oraz pieniądze wciąż jeszcze spływające do niej za reklamę suplementu diety, w której kiedyś wystąpiła. Poradziłaby sobie.

– A kiedy przyjeżdżalibyśmy latem, dokładalibyśmy się do czynszu – powiedziała Sophie.

Philip słyszał ich rozmowę.

– Każdego lata? – zapytał.

– Przecież już polubiłeś jezioro – powiedziała Sophie. – Już ci się tutaj podoba.

– A komary nie są co roku takie straszne jak teraz – dodała Eve. – Zazwyczaj dokuczają tak tylko na początku lata. W czerwcu, zanimbyście przyjeżdżali. Wiosną jest tu pełno wody i kałuż i tam się rozmnażają, ale potem słońce wszystko wysusza i koniec. W tym roku jednak wyjątkowo dużo padało, ziemia nie wyschła i komary dostały kolejną szansę. Dlatego mamy całe dodatkowe pokolenie.

Wiedziała już, jak Philip ceni sobie konkretne informacje, przedkłada je nad jej opinie i wspomnienia.

Sophie też nie przepadała za wspomnieniami. Na każdą wzmiankę o wspólnej przeszłości – nawet o tych kilku miesiącach po przyjściu na świat Philipa, które Eve uważała za jedne z najszczęśliwszych, najtrudniejszych, najbardziej sensownych i harmonijnych w swoim życiu – na twarzy Sophie pojawiał się wyraz powagi i skrytości, powściąganych cierpliwie sądów. Czasy wcześniejsze, dzieciństwo Sophie, to było wręcz pole minowe, co Eve odkryła, kiedy rozmawiały o szkole Philipa. Sophie uważała ją za nieco zbyt rygorystyczną, a zdaniem Iana była w sam raz.

– Co za kontrast z Blackbird – powiedziała Eve.

– A, Blackbird – odparła Sophie natychmiast, niemal nienawistnie. – Kompletna farsa. Pomyśleć, że za to płaciłaś. Płaciłaś!

Blackbird to była szkoła alternatywna nieuznająca systemu ocen, do której chodziła Sophie. (Nazwa wzięła się od hymnu *Morning Has Broken*.) Czesne wynosiło więcej, niż Eve mogła sobie pozwolić, ale według niej taka szkoła była najlepsza dla dziecka, którego matka jest aktorką, a ojciec nie istnieje nawet na papierze. Kiedy Sophie miała dziewięć czy dziesięć lat, szkołę rozwiązano z powodu sporów między rodzicami.

– Uczyłam się mitów greckich, a nie wiedziałam, gdzie leży Grecja – powiedziała Sophie. – Nie wiedziałam nawet, czy to państwo, czy miasto. Na lekcjach plastyki robiliśmy plakaty przeciwko wojnie nuklearnej.

– Chyba przesadzasz – zaprotestowała Eve.

– Tak było. I dosłownie zmuszali nas – zmuszali! – do mówienia o seksie. To było werbalne molestowanie. Jak pomyślę, że ty za to płaciłaś!

– Nie wiedziałam, że było aż tak źle.

– No nic – ucięła Sophie. – Jakoś przeżyłam.

– To najważniejsze – powiedziała Eve drżącym głosem. – Żeby przeżyć.

Ojciec Sophie pochodził z Kerali, południowego regionu Indii. Eve poznała go – i spędziła z nim cały czas – w podróży pociągiem z Vancouver do Toronto. Był młodym lekarzem, który przyjechał do Kanady na stypendium. W Indiach miał żonę i córeczkę.

Podróż trwała trzy dni. W Calgary był półgodzinny postój. Eve i młody doktor pobiegli szukać apteki, w której można było kupić prezerwatywy. Nie znaleźli. Kiedy dojechali do Winnipeg, gdzie pociąg miał postój godzinny, było już za późno. Tak naprawdę – mówiła Eve, opowiadając tę historię – prawdopodobnie było za późno, zanim wjechali w granice administracyjne Calgary.

Doktor miał miejsce siedzące – stypendium było skromne. Ale Eve szarpnęła się na jednoosobowy przedział sypialny. Właśnie ta rozrzutność – decyzja podjęta w ostatniej chwili – i prywatność, jaką zapewniał przedział na własny użytek, odpowiadały, jak mówiła, za istnienie Sophie i największą zmianę w jej, Eve, życiu. Plus to, że w okolicy dworca w Calgary nigdzie i za nic nie można było dostać prezerwatyw.

W Toronto pomachała na pożegnanie swojemu kochankowi z Kerali, jak macha się zwyczajnemu znajomemu z pociągu, ponieważ wyszedł po nią na stację mężczyzna, który był wówczas w jej życiu głównym obiektem zainteresowania i główną przyczyną kłopotów. Tym trzem wspólnie spędzonym dniom towarzyszyło nieustanne kołysanie pociągu – ruchy kochanków nigdy nie wychodziły im zgodnie z zamiarem i może dlatego wydawały się pozbawione winy, nie do powstrzymania. Ruch pociągu wpłynął też na pewno na uczucia i rozmowy ich dwojga. Eve wspominała je jako miłe i bezinteresowne, ani przez moment poważne czy naznaczone desperacją. Zresztą trudno by było o powagę na przestrzeni o wymiarach i proporcjach jednoosobowego przedziału sypialnego.

Powiedziała córce, jak miał na imię: Thomas, na cześć świętego Tomasza. Dopóki Eve go nie poznała, nie słyszała o wczesnych chrześcijanach na południu Indii. Kiedy Sophie była nastolatką, przez pewien czas interesowała się Keralą. Wypożyczała książki na jej temat z biblioteki, na imprezy ubierała się w sari. Mówiła, że kiedy będzie starsza, odszuka ojca. To, że zna jego imię i specjalizację (choroby krwi), wydawało jej się chyba do tego celu wystarczające. Eve uzmysłowiła jej ogrom populacji Indii i podkreśliła prawdopodobieństwo, że jej ojciec już tam nie mieszka. Nie mogła się przemóc, żeby wytłumaczyć córce, jak przypadkowe, niemal niewyobrażalne wydałoby się – co oczywiste, zważywszy na okoliczności – jej istnienie w życiu ojca. Na szczęście pomysł z czasem odszedł w zapomnienie, Sophie przestała też nosić sari, kiedy te pełne dramatyzmu stroje etniczne nazbyt spowszedniały. Później wspomniała o ojcu jeszcze tylko wtedy, kiedy była w ciąży z Philipem i zażartowała, że podtrzymuje rodzinną tradycję przelotnych ojców.

Teraz o takich żartach nie mogło być mowy. Sophie stała się stateczna, kobieca, pełna wdzięku i dystansu. Była taka chwila – szli przez las na plażę, Sophie schyliła się i wzięła Daisy na ręce, żeby mogli szybciej uwolnić się od komarów – kiedy Eve zdumiała się tą nową, późno rozkwitłą urodą córki. Urodą klasyczną, spokojną, o pełnych kształtach, uzyskaną nie wskutek próżności i dbania o siebie, lecz obowiązków i zapominania o sobie. Sophie bardziej niż kiedykolwiek wyglądała teraz jak Hinduska, jej cera barwy kawy z mlekiem pociemniała od kalifornijskiego słońca. Pod oczami miała fioletowe półksiężyce z chronicznego przemęczenia.

Ale wciąż doskonale pływała. Nigdy nie uznawała żadnych sportów poza pływaniem, a w pływaniu była teraz tak samo dobra jak zawsze. Z brzegu wydawało się, że zmierza na sam środek jeziora. Pierwszego dnia, wyszedłszy z wody po przepłynięciu takiej trasy, powiedziała: „To było cudowne. Czułam się całkowicie wolna". Nie powiedziała, że czuła się tak dlatego, że Eve pilnowała dzieci, ale Eve rozumiała, że nie trzeba tego mówić na głos. „Cieszę się", powiedziała, choć tak naprawdę, widząc Sophie w wodzie, czuła strach. Kilka razy pomyślała: „Zawróć, płyń z powrotem", ale ona płynęła dalej, nie zważając na tę naglącą telepatyczną prośbę. Jej ciemna głowa stała się kropką, potem punkcikiem, a potem iluzją na falach. Tym, czego Eve się bała i o czym nie chciała myśleć, nie była utrata sił, lecz chęci powrotu. Tak jakby ta nowa Sophie, ta dorosła kobieta tak mocno związana z życiem, w istocie mogła być wobec niego bardziej obojętna niż młoda dziewczyna, którą znała Eve, Sophie podejmująca kolejne ryzyko, przeżywająca kolejne miłości i dramaty.

– Musimy oddać ten film do wypożyczalni – powiedziała Eve do Philipa. – Może wstąpimy do wsi, zanim pojedziemy na plażę.

– Mam dosyć plaży – odparł Philip.

Eve nie miała ochoty wdawać się w dyskusję. Teraz, kiedy nie było Sophie, kiedy plany całkowicie się pozmieniały i oni wszyscy mieli wyjechać już po południu, sama też miała dosyć plaży. I tego domu – teraz widziała tylko, jak ten pokój będzie wyglądał jutro. Kredki, samochodziki, duże kawałki prostej układanki Daisy – wszystko zostanie uprzątnięte i wywiezione. Znikną książeczki, która znała już na pamięć. Za oknem nie będą się suszyć prześcieradła. Czeka ją tutaj aż osiemnaście dni w pojedynkę.

– A może dzisiaj pojedziemy gdzie indziej? – rzuciła.

– Gdzie? – zapytał Philip.

– Niech to będzie niespodzianka.

Poprzedniego dnia Eve wróciła z wioski obładowana zakupami. Kupiła świeże krewetki dla Sophie – sklep we wsi był teraz właściwie porządnym supermarketem, można było tam dostać prawie wszystko – kawę, wino, chleb żytni bez kminku, bo Philip nie cierpi kminku, dojrzałe melony, słodkie czereśnie, za którymi cała czwórka tak przepadała, chociaż Daisy trzeba było pilnować, żeby nie połknęła pestki, opakowanie lodów kawowo-karmelowych i wszystkie podstawowe produkty na najbliższy tydzień.

Sophie sprzątała po lunchu dzieci.

– Ojej – zmartwiła się. – Co zrobimy z taką furą zakupów?

Powiedziała, że dzwonił Ian. Przylatuje nazajutrz do Toronto. Praca nad książką poszła mu szybciej, niż zakładał, dlatego zmienił plany. Zamiast czekać, aż upłyną ich trzy tygodnie nad jeziorem, przyjeżdża jutro po Sophie i dzieci i zabiera ich na wycieczkę. Chce zobaczyć Quebec. Nigdy tam nie był, a uważał, że dzieci powinny zobaczyć tę część Kanady, gdzie mówi się po francusku.

– Stęsknił się – powiedział Philip.

Sophie się roześmiała.

– Tak – potwierdziła. – Stęsknił się za nami.

Dwanaście dni, pomyślała Eve. Z planowanych trzech tygodni upłynęło dwanaście dni. Domek musiała wynająć na cały miesiąc. W jej mieszkaniu zadekował się na ten czas jej kolega Dev, też aktor bez pracy. Dev był w takich tarapatach finansowych, rzeczywistych czy wyimaginowanych, że odbierając telefon, zawsze zmieniał głos. Lubiła go, ale nie mogła wrócić i mieszkać razem z nim.

Sophie powiedziała, że wypożyczonym samochodem pojadą do Quebecu, a stamtąd do Toronto, prosto na lotnisko, gdzie mają oddać auto. Ani słowa o tym, że Eve miałaby pojechać z nimi. Wypożyczony samochód nie pomieści ich wszystkich. Ale może mogłaby pojechać swoim? Może Philip mógłby jechać z nią, dla towarzystwa. Albo Sophie. Ian mógł wziąć dzieci, skoro tak się za nimi stęsknił, i pozwolić żonie odetchnąć. Eve i Sophie mogłyby jechać razem, jak kiedyś, kiedy latem podróżowały do nieznanego im dotąd miasta, w którym Eve akurat dostała angaż.

Absurdalny pomysł. Samochód Eve miał dziewięć lat i nie nadawał się na długą trasę. Zresztą Ian stęsknił się za Sophie, co można było poznać po jej zarumienionej twarzy i spuszczonym wzroku. A poza tym Eve nie została zaproszona.

– To cudownie – powiedziała. – Że tak szybko skończył pisać.

– Zgadza się – przytaknęła Sophie.

Kiedy rozmowa schodziła na książkę Iana, zawsze odpowiadała z wystudiowanym dystansem, a kiedy Eve zapytała o jej temat, powiedziała tylko: „Urbanistyka". Może to zachowanie przyjęte wśród żon naukowców – Eve nigdy nie miała takich znajomych.

– A tobie dobrze zrobi, że będziesz miała trochę czasu dla siebie – powiedziała Sophie. – Po tym cyrku, jaki my ci tu urządziliśmy. Przekonasz się, czy naprawdę chcesz mieć domek na wsi. Móc odcinać się od świata.

Eve musiała zacząć mówić o czymś innym, wszystko jedno o czym, żeby łamiącym się głosem nie zapytać Sophie, czy nadal zamierza przyjechać w przyszłe wakacje.

– Jeden z moich kolegów kiedyś naprawdę odciął się od świata. Pojechał na rekolekcje buddyjskie. Jest buddystą. Nie, chyba hinduistą. Ale nie pochodzi z Indii.

(Na wzmiankę o Indiach Sophie uśmiechnęła się tak, że było wiadomo, że to kolejny temat, którego lepiej nie ruszać.)

– Nieważne. Na tych rekolekcjach przez trzy miesiące musiał milczeć. Cały czas miało się wokół siebie ludzi, ale nie można było z nimi rozmawiać. I ten kolega mówił, że często zdarzało się tak, nawet ich przed tym ostrzegali, że człowiek się zakochiwał w jednej z tych osób, do których się nie odzywał. Miał poczucie, że mimo że nie może z tą osobą rozmawiać, w pewien sposób się z nią komunikuje. Oczywiście była to miłość czysto duchowa, nie wolno było jej okazać. Mieli co do tego surowe zasady. W każdym razie tak mówił.

– I co dalej? – zapytała Sophie. – Co było, kiedy takich dwoje ludzi w końcu mogło ze sobą rozmawiać?

– Ogromne rozczarowanie. Zazwyczaj ta osoba, z którą, jak ci się wydawało, wiąże cię porozumienie, wcale się z tobą nie porozumiewała. Mogło się zdarzyć tak, że była pewna, że porozumiewała się z jakąś inną, a ta inna z kolei...

Sophie roześmiała się z ulgą.

– Tak to już jest – powiedziała, zadowolona, że nie będzie mowy o okazywaniu rozczarowania, o urażonych uczuciach.

Może się posprzeczali, pomyślała Eve. Może ta cała wizyta to zagranie taktyczne. Może Sophie zabrała dzieci i wyjechała, żeby coś mu udowodnić. Może spędziła z matką wakacje tylko po to, żeby coś mu udowodnić. Planowała przyszłe wakacje bez niego, żeby udowodnić sobie, że potrafi. Dla rozrywki.

A palące pytanie brzmiało: które z nich zainicjowało rozmowę?

– Może zostaw dzieci tutaj? – zaproponowała. – Kiedy będziesz odbierać Iana z lotniska? Potem po prostu wpadniecie po nie i pojedziecie dalej. Dzięki temu miałabyś trochę czasu dla siebie i trochę czasu sam na sam z mężem. A z nimi na lotnisku będzie piekło.

– Chyba się skuszę – powiedziała Sophie.

I ostatecznie przyjęła propozycję.

A teraz Eve zastanawiała się, czy nie wmanipulowała córki w tę małą zmianę po to, żeby mieć okazję porozmawiać z Philipem.

(„Powiedz, bardzo się zdziwiłeś, kiedy tata zadzwonił z Kalifornii?"

„Tata nie zadzwonił. Mama zadzwoniła do niego".

„Tak? A widzisz, nie wiedziałam. I co powiedziała?"

„Powiedziała: «Nie wytrzymam tu, mam dosyć, wymyślmy coś, żeby mnie stąd wyciągnąć»".)

Eve zmieniła głos na rzeczowy, żeby zasygnalizować przerwę w zabawie.

– Philip. Philip, posłuchaj: uważam, że powinniśmy dać spokój. Tą furgonetką jedzie jakiś farmer, zaraz gdzieś skręci, nie możemy dalej go śledzić.

– Możemy – odparł Philip.

– Nie, nie możemy. Zapyta, dlaczego za nim jedziemy. Może się bardzo zdenerwować.

– To wtedy wezwiemy nasze helikoptery, przylecą i go zastrzelą.

– Nie bądź niemądry. Przecież wiesz, że to tylko zabawa.

– Zastrzelą go.

– Moim zdaniem nie są uzbrojone – rzuciła Eve, próbując innej taktyki. – Nie wymyślili broni, z której można zabijać kosmitów.

– Nieprawda – powiedział Philip i wdał się w zawiły opis jakichś rakiet. Nie słuchała.

Kiedy jako dziecko przyjeżdżała tutaj z rodzicami i bratem, czasami wybierała się z matką na przejażdżkę po okolicy. Nie mieli samochodu: trwała wojna, przyjeżdżali pociągiem. Właścicielka hotelu przyjaźniła się z jej matką, dlatego zapraszała ją wraz z rodziną, kiedy jechała na wieś po maliny czy pomidory. Czasami zatrzymywały się gdzieś na podwieczorek i oglądały stare naczynia i meble wystawione na sprzedaż w salonie jakiejś zaradnej żony farmera. Ojciec Eve wolał zostawać nad jeziorem i grać z innymi mężczyznami w warcaby. Był tam betonowy placyk z namalowaną szachownicą, nieosłonięty ścianami, ale zadaszony, i tam, nawet w deszczu, mężczyźni z namysłem przesuwali wielkie piony warcabów długimi kijami. Brat Eve przyglądał się tym rozgrywkom albo szedł popływać; był od niej starszy. Teraz po tym wszystkim nie zostało śladu, nawet po betonie. Zniknęły hotel z balkonami wychodzącymi na piaszczystą plażę, stacja kolejowa, na której kwiaty na klombach układały się w nazwę wioski. I tory kolejowe. Pojawił się za to budynek w niby-staroświeckim stylu, w którym mieścił się ciąg sklepów, między innymi ten dobrze zaopatrzony supermarket, a także sklep z winami i butiki z odzieżą sportową i rękodziełem.

Kiedy Eve była mała i głowę miała przystrojoną na czubku wielką kokardą, lubiła te eskapady. Jadła maleńkie kruche babeczki z dżemem i ciastka skute twardym lukrem i ozdobione krwistoczerwoną kandyzowaną wiśnią na wierzchu, a w środku miękkie. Nie wolno jej było dotykać naczyń ani koronkowo-satynowych poduszeczek do igieł, ani starych lalek o pożółkłych twarzach, a rozmowy dorosłych kobiet przechodziły nad nią, wywołując u niej na krótko lekkie przygnębienie, jak nieuniknione chmury. Ale lubiła jazdę na tylnym siedzeniu, wyobrażała sobie wtedy, że jedzie karetą albo konno. Później jednak straciła ochotę na te wyprawy. Zaczęła nienawidzić stałego towarzyszenia matce i bycia przedstawianą jako jej córka. „Moja córka, Eve". Jak protekcjonalnie, jak bezzasadnie zaborczo brzmiał w jej uszach głos matki. (Później przez długie lata miała wykorzystywać ten ton, a w każdym razie pewną jego wersję, jako stały motyw w swoich najbardziej przerysowanych, najmniej ambitnych rolach.) Nie cierpiała też tego, że matka zazwyczaj ubierała się na te wycieczki odświętnie, po wsi paradowała w dużych kapeluszach, w rękawiczkach i półprzezroczystych sukniach, na których, niczym brodawki, wyrastały flokowane kwiaty. Z kolei rozdeptane półbuty, noszone ze względu na nagniotki, prezentowały się żenująco i licho.

W pierwszym roku wolności od domu rodzinnego Eve grała z koleżankami w „czego najbardziej nienawidziłyśmy u swoich matek".

„Gorsetów", rzucała jedna. „Tego, że zawsze miała mokry fartuch", mówiła druga.

Siatki na włosach. Grubych ramion. Cytowania Biblii. Seplenienia.

Eve zawsze mówiła: „Nagniotków".

Całkowicie zapomniała o tej grze, przypomniała jej się niedawno. Myśl o niej przypominała dotykanie bolącego zęba.

Jadąca przed nimi furgonetka zwolniła, i nie włączając kierunkowskazu, skręciła w boczną dróżkę biegnącą między drzewami.

– Philip, nie mogę dalej go śledzić – powiedziała Eve i pojechała prosto.

Ale kiedy mijała zakręt, jej uwagę przykuły niepospolite słupki bramy. Kształtem z grubsza przypominały minarety, były obłożone bielonymi kamieniami i kolorowymi szkiełkami. Stały krzywo, na poły zakryte kępami nawłoci i marchwi zwyczajnej, tak że straciły realność elementów bramy, wyglądały raczej jak porzucone fragmenty scenografii do jakiejś jarmarcznej operetki. Ich widok natychmiast przywiódł Eve na myśl inne wspomnienie – bielonego muru, w który wprawiono kolorowe obrazki. Schematyczne, dziecinne widoczki. Kościoły i zamki o wysokich wieżach, kwadratowe domy o krzywych żółtych oknach. Trójkątne choinki i egzotyczne ptaki, niewiele ustępujące im rozmiarem; gruby koń na cienkich nogach, o płonących czerwono oczach, niebieskie rzeki falujące jak wstążki, księżyc i pijane gwiazdy, i wielgachne słoneczniki o ciężkich tarczach, górujące nad domami. Wszystko to z kolorowych szkiełek wciśniętych w beton czy gips. Pamiętała ten widok i wiedziała, że nie było to wspomnienie z żadnego miejsca publicznego. Widziała to na wsi, podczas jednej z wypraw z matką. Jej postać majaczyła we wspomnieniu na tle muru; rozmawiała ze starym farmerem. Oczywiście mógł on być zaledwie rówieśnikiem matki, ale w oczach małej Eve wyglądał staro.

Te wycieczki nie były dla jej matki i właścicielki hotelu tylko okazją do oglądania antyków; ciekawiło je wszystko, co niezwyczajne. Wybrały się na przykład zobaczyć krzew przycięty w kształt niedźwiedzia czy sad karłowatych jabłonek.

Eve zupełnie nie pamiętała tych słupków, ale pomyślała, że na pewno stanowiły część muru. Zawróciła i wjechała w wąską dróżkę wśród drzew. Były to rosłe, stare sosny, prawdopodobnie stwarzające zagrożenie – na poły uschłe gałęzie zwieszały się pod nienaturalnymi kątami, w gęstwinie traw i chwastów po obu stronach dróżki leżało dużo takich, które już spadły. Samochód kolebał się na boki w głębokich koleinach, a Daisy spodobał się ten ruch. Zaczęła podśpiewywać w jego takt. „Hopsa. Hopsa. Hopsa".

Możliwe, że właśnie to – tylko to – dziewczynka zapamięta z całego dnia. Drzewa tworzące tunel, nagły cień, przyjemne kołysanie samochodu. Może jeszcze białe baldachy marchwi ocierające się o szyby okien. Wyraźnie wyczuwaną obecność siedzącego obok Philipa – jego niezrozumiałe poważne podniecenie, drżenie dziecięcego głosu zmuszonego do nienaturalnego opanowania. I znacznie mniej wyraźnie wyczuwaną obecność Eve – jej nagie, piegowate ręce pomarszczone od słońca, siwoblond kręcone włosy przytrzymywane czarną opaską. Może też zapach. Już nie papierosów ani reklamowanych kremów i kosmetyków, na które Eve wydawała kiedyś tyle pieniędzy. Skóry starej kobiety? Czosnku? Wina? Płynu do płukania ust? Kiedy Daisy to sobie przypomni, Eve może już nie być na świecie. Daisy i Philip może zerwą ze sobą kontakt. Eve nie rozmawiała ze swoim bratem od trzech lat. Odkąd powiedział jej, kiedy rozmawiali przez telefon: „Nie powinnaś była zostawać aktorką, skoro nie miałaś dość talentu, żeby coś z tego wyszło".

Nic nie wskazywało na to, żeby przy końcu dróżki miał stać dom, ale w prześwicie między drzewami nagle ukazała się stodoła, bez ścian, za to z doskonale zachowanymi dźwigarami; dach był cały, tylko opadał na jedną stronę jak śmieszny kapelusz. Wokół stodoły, w morzu chwastów, leżały w nieładzie części maszyn, starych aut czy pikapów. Eve nie bardzo mogła przyjrzeć się dokładniej – jej uwagę pochłaniało kierowanie samochodem na tej nierównej dróżce. Zielona furgonetka zniknęła jej z oczu – ciekawe, czy ujechała daleko? Wtem Eve zobaczyła przed sobą zakręt. Pokonała go i z cienia sosen wyjechali z powrotem na słońce. Ta sama brudnobiała piana baldachów marchwi, takie samo rdzewiejące żelastwo, które walało się wszędzie. Po jednej stronie wysoki dziki żywopłot, a za nim nareszcie dom. Duży, dwa piętra z żółtawoszarej cegły, wyżej drewniany strych z mansardowymi oknami uszczelnionymi brudnym kitem. W jednym z okien na parterze błyszczała folia zasłaniająca je od wewnątrz.

Pomyliła się, to nie było tu. Zupełnie nie pamiętała tego domu. Nie było tutaj muru otaczającego skoszony trawnik. Wśród wysokich chwastów rosły gdzie popadło młode drzewa.

Furgonetka stanęła. Eve widziała, że kawałek dalej podwórze jest wyrównane i wysypane żwirem, mogłaby więc tam zawrócić. Ale furgonetka blokowała jej drogę. Wobec tego musiała się zatrzymać. Zastanawiała się, czy tamten kierowca specjalnie zaparkował tak, żeby nie mogła odjechać bez wyjaśnienia. Wysiadał teraz z kabiny, bez pośpiechu. Nie patrząc na obcy samochód, wypuścił psa, który dotychczas biegał po pace w tę i we w tę, szczekając z gniewnym animuszem. Kiedy znalazł się na ziemi, nadal szczekał, ale na krok nie odchodził od pana. Mężczyzna miał na głowie czapkę, która ocieniała mu twarz, więc Eve nie widziała jego miny. Stał przy furgonetce i patrzył na nich.

Eve odpięła pas bezpieczeństwa.

– Nie wysiadaj – powiedział Philip. – Zawróć i odjedź.

– Nie mogę – odparła Eve. – Nic się nie bój. Ten pies tylko dużo szczeka, nie zrobi mi krzywdy.

– Nie wysiadaj.

Nie powinna była do tego stopnia stracić kontroli nad zabawą. Dzieci w wieku Philipa czasami potrafią się zagalopować.

– To już nie należy do zabawy – powiedziała. – To zwyczajny człowiek.

– Wiem – odparł Philip. – Ale n i e   w y s i a d a j.

– Przestań – skarciła go Eve, wysiadła i zamknęła drzwi.

– Dzień dobry – przywitała się. – Zajechałam tutaj przez pomyłkę. Pomyliłam się.

Mężczyzna rzucił coś, co brzmiało jak „hej".

– Chodziło mi o inne miejsce – ciągnęła Eve. – Byłam tam kiedyś jako mała dziewczynka. Był tam mur z obrazkami z kawałków szkła. Chyba z betonu, bielony. Kiedy zobaczyłam z drogi te słupki bramy, przyszło mi na myśl, że to pewnie tutaj. A pan pewnie pomyślał, że pana śledzimy. Aż głupio to brzmi.

Usłyszała otwieranie drzwi. Philip wysiadł z samochodu, ciągnąc za rękę Daisy. Eve myślała, że chłopiec chce się znaleźć jak najbliżej niej, wyciągnęła więc rękę, gotowa go przytulić. Ale on puścił rękę Daisy, obszedł Eve i zwrócił się do mężczyzny. Opanował niepokój, jaki zdradzał jeszcze przed chwilą, i sprawiał wrażenie spokojniejszego niż Eve.

– Czy ten pies nie gryzie? – zapytał wyzywającym tonem.

– Nic ci nie zrobi – odpowiedział mężczyzna. – Jak jest przy mnie, to jest grzeczna. A szaleje, bo to jeszcze szczeniak jest. No, już nie taki mały, ale szczeniak.

Mężczyzna był niski, nie wyższy od Eve. Miał na sobie dżinsy i ażurową wielobarwną koszulkę, z Peru czy Gwatemali. Na jego bezwłosej, opalonej, umięśnionej piersi błyszczały złote łańcuchy i medaliony. Kiedy mówił, odrzucił głowę do tyłu i Eve dostrzegła, że twarz miał starszą niż ciało. Brakowało mu kilku przednich zębów.

– Nie będziemy panu dłużej zajmować czasu – powiedziała. – Philip, właśnie mówiłam panu, że wjechaliśmy w tę dróżkę, szukając domu, w którym byłam jako mała dziewczynka... w murze były obrazki z kolorowego szkła. Ale pomyliłam się, to nie tutaj.

– Jak ona się wabi? – zapytał Philip.

– Trixie – odpowiedział mężczyzna, a na dźwięk swojego imienia suczka zaczęła podskakiwać i trącać pana w ramię. Trzepnął ją, żeby przestała. – Nic nie wiem o żadnych obrazkach. Ja tu nie mieszkam. Harold – jak coś, to on będzie coś wiedział.

– Nieważne – powiedziała Eve, podniosła Daisy i posadziła ją sobie na biodrze. – Mógłby pan podjechać kawałek do przodu, żebym mogła zawrócić?

– Nigdy nic nie słyszałem o żadnych obrazkach. Ale znów jakby były we frontowej części domu, tobym ich nie widział, bo Harold tę część domu trzyma zamkniętą na klucz.

– Obrazki były na zewnątrz – sprostowała Eve. – Ale nieważne. To było wiele, wiele lat temu.

– Yhm. Yhm. Yhm – pomrukiwał mężczyzna, któremu rozmowa zaczynała się podobać. – Pani pójdzie i poprosi Harolda, to on pani powie. Zna pani Harolda? Nie? To jego dom. Znaczy się, dom jest Mary, ale Harold posłał ją do domu opieki, no i teraz jest jego. To nie była jego wina, trzeba było ją wysłać, jak nic. – Podszedł do furgonetki i wyjął dwie skrzynki piwa. – Byłem w mieście, Harold mnie wysłał. Pani idzie, pani idzie. Harold się ucieszy.

– Trixie, do nogi – zawołał Philip surowo.

Suka obiegała ich w kółko, szczekając i podskakując, Daisy piszczała ze strachu i zadowolenia i tak jakoś się stało, że poszli w stronę domu. Eve niosła Daisy, a Philip i Trixie plątali się jej pod nogami. Po krzywych wałkach udeptanej ziemi, które kiedyś były schodami, weszli do środka. Mężczyzna szedł tuż za nimi. Czuć było od niego piwem – widocznie popijał, prowadząc furgonetkę.

– Otwórzcie sobie drzwi i wejdźcie – powiedział. – Śmiało. Nie będzie wam przeszkadzało, że jest trochę bajzel, co? Mary jest w tym domu opieki, to nie ma komu sprzątać, jak kiedyś.

Musieli się przebić przez kolosalny bałagan, z tych, co to kumulują się całymi latami. Dolna warstwa składała się z krzeseł, stołów i kanap, i może kuchenki czy dwóch, wyżej piętrzyły się stare kołdry i pościel, gazety, rolety okienne i wyschłe kwiaty doniczkowe, kawałki drewna, puste butelki, zepsute lampy i powyginane karnisze, miejscami sięgając aż po sufit, tak że do środka prawie wcale nie przedostawało się światło dzienne. Dla rekompensaty paliła się żarówka przy drzwiach z korytarza.

Mężczyzna postawił skrzynki na podłodze, otworzył drzwi i zawołał Harolda. Trudno było poznać, w jakim pomieszczeniu się znaleźli – były tam szafki kuchenne o drzwiczkach wiszących na jednym zawiasie, na półkach w środku walały się jakieś puszki, ale stało też kilka prycz z gołymi materacami i skotłowanymi kocami. Okna musiały być szczelnie zastawione meblami czy zakryte kołdrami powieszonymi specjalnie w tym celu, bo nie sposób było ich wskazać. Pachniało starociami, zatkanym zlewem, a może zatkanym klozetem, gotowaniem, olejem, papierosami, ludzkim potem, psimi odchodami i niewynoszonymi śmieciami.

Na wołanie nikt nie odpowiedział. Eve obróciła się – tu było miejsce, żeby się obrócić, nie tak jak w sieni.

– Wie pan, myślę, że nie... – powiedziała, ale Trixie weszła jej pod nogi, a mężczyzna schylił się, ominął Eve i uderzył pięścią w następne drzwi.

– No, tu jest – powiedział; na cały głos, chociaż drzwi się otwarły. – Tu jest Harold.

W tym momencie do pokoju wpadła pędem Trixie. Inny męski głos powiedział:

– Psiakrew. Zabieraj stąd tego kundla.

– Przyszła jedna pani, chce zobaczyć obrazki.

Trixie zaskowytała z bólu – ktoś ją kopnął. Eve nie miała wyboru, musiała wejść do środka.

Była to jadalnia. Na środku stały masywny stary stół i solidne krzesła. Przy stole siedziało trzech mężczyzn, grali w karty. Czwarty przed chwilą wstał, żeby kopnąć psa. Było tam znacznie cieplej niż na zewnątrz.

– Zamknij drzwi, bo przeciąg – powiedział jeden z siedzących przy stole.

Niski mężczyzna wyciągnął Trixie spod stołu i wyrzucił z pomieszczenia, po czym wyszedł i zamknął drzwi, odcinając Eve i dzieci od wyjścia.

– Ożeż kurwa mać – powiedział mężczyzna, który wstał. Tors i ręce miał tak mocno wytatuowane, że wyglądał, jakby miał granatową skórę. Potrząsał jedną nogą, jakby go bolała. Może uderzył się, kopiąc Trixie.

Tyłem do wejścia siedział młody chłopak o ostrych, wąskich barkach i delikatnej szyi. Eve zgadywała, że jest młody, miał farbowane włosy postawione w złote kolce, w uszach złote kolczyki. Nie odwrócił się. Naprzeciwko niego siedział mężczyzna w wieku Eve. Miał ogoloną głowę, wypielęgnowaną siwą brodę i przekrwione niebieskie oczy. Patrzył na Eve bez życzliwości, ale z pewną dozą inteligencji czy zrozumienia, i pod tym względem różnił się od tego z tatuażami, który omiótł ją wzrokiem tak, jakby była halucynacją, którą postanowił zignorować.

W szczycie stołu, na miejscu gospodarza czy ojca rodziny, siedział mężczyzna, który wcześniej kazał zamknąć drzwi. Nawet na chwilę nie podniósł oczu znad kart ani w żaden inny sposób nie zwrócił uwagi na zakłócenie w grze. Był grubo-kościsty, otyły i blady, kręcone brązowe włosy miał pozlepiane potem i, o ile Eve mogła dostrzec, był zupełnie nagi. Ten wytatuowany i ten o blond włosach mieli na sobie dżinsy, a siwobrody dżinsy, zapiętą po szyję koszulę w kratę i meksykański krawat. Na stole stały szklanki i butelki. Ten siedzący na miejscu gospodarza – zapewne Harold – i siwobrody pili whisky, pozostali dwaj piwo.

– Mówiłem tej pani, że może we frontowej części domu są jakieś obrazki, ale że tam nie można wejść, bo żeś ją zamknął – powiedział niski mężczyzna.

– Ty się zamknij – warknął Harold.

– Bardzo przepraszam, naprawdę – powiedziała Eve.

Wyglądało na to, że nie ma wyjścia, musi powtórzyć całą śpiewkę od początku, poszerzając ją o rodzinne przyjazdy na wakacje do hotelu we wsi, przejażdżki z matką, obrazki w murze, to, jak dziś jej się przypomniały, słupki bramy, zrozumienie, że się pomyliła, przeprosiny. Kierowała swoją wypowiedź bezpośrednio do siwobrodego, ponieważ jako jedyny z zebranych sprawiał wrażenie kogoś, kto jest skłonny jej wysłuchać i zdolny zrozumieć. Ręka i bark bolały ją od ciężaru Daisy i od napięcia, jakie ogarnęło całe jej ciało. A mimo to pomyślała o tym, jak opisałaby komuś tę scenę – powiedziałaby, że czuła się, jakby ktoś umieścił ją w sztuce Pintera. Albo jakby nagle urzeczywistniły się wszystkie jej koszmary o powściągliwej, milczącej, wrogiej widowni.

Kiedy wyczerpała już pomysły na to, co czarującego czy przepraszającego mogłaby jeszcze dorzucić, odezwał się siwobrody.

– Ja nic o tym nie wiem – powiedział. – Musiałaby pani zapytać Harolda. Ej, Harold. Ej! Wiesz coś o jakichś obrazkach z kawałków szkła?

– Powiedz jej, że jak ona tu oglądała obrazki, to mnie jeszcze nie było na świecie – odparł Harold, nie podnosząc wzroku.

– Niestety, nie umiemy pani pomóc – powiedział siwobrody.

Wytatuowany mężczyzna gwizdnął.

– Ej, ty, mały – zwrócił się do Philipa. – Umiesz grać na pianinie?

W pokoju, za krzesłem Harolda, stało pianino. Nie było przy nim stołka ani ławki – przestrzeń między nim a stołem prawie w całości zajmował Harold – a na pianinie, jak na każdej przestrzeni w tym domu, piętrzyły się przedmioty, które nie powinny tam leżeć, takie jak talerze czy płaszcze.

– Nie – odpowiedziała Eve szybko. – Nie umie.

– Jego pytam – warknął wytatuowany mężczyzna. – No, umiesz coś zagrać?

– Daj mu spokój – wtrącił się siwobrody.

– Pytam tylko, czy umie grać, co w tym złego?

– Daj mu spokój.

– Problem polega na tym, że nie mogę zawrócić, dopóki ktoś nie przestawi furgonetki – powiedziała Eve.

Pomyślała: czuć tu zapach spermy.

Philip niemo tulił się do jej boku.

– Gdyby pan przestawił... – powiedziała, odwracając się, bo spodziewała się, że stoi za nią niski mężczyzna. Urwała, widząc, że go nie ma, że wyszedł z pokoju, nawet nie zauważyła kiedy. A jeśli zamknął drzwi na klucz?

Położyła rękę na klamce, która ustąpiła, drzwi z pewną trudnością się uchyliły, a po drugiej stronie rozległo się szuranie. Niski mężczyzna siedział w kucki pod drzwiami i podsłuchiwał.

Nie odzywając się do niego, Eve wyszła i szybkim krokiem przemierzyła kuchnię, a Philip truchtał u jej boku jak najgrzeczniejszy chłopiec na świecie. Przecisnęli się wąskim przejściem w sieni, przez tunel ze śmieci. Kiedy znaleźli się na zewnątrz, Eve głęboko zaczerpnęła powietrza, bo od dłuższego czasu nie oddychała normalnie.

– Pani pojedzie dalej tą drogą i zapyta u kuzyna Harolda – wołał za nią niski mężczyzna. – Oni mają ładny dom. Nowy, zadbany jak nie wiem. Ten kuzyn z żoną pokażą pani obrazki, czy co tam pani będzie chciała, pogoszczą. Posadzą panią i nakarmią, oni nikogo nie wypuszczają na pusty żołądek.

Najwyraźniej nie siedział pod drzwiami cały czas, bo przestawił furgonetkę. On czy ktoś inny. Zniknęła z podwórza, ktoś schował ją w jakiejś szopie albo zaparkował gdzieś tak, że nie było jej widać.

Eve udała, że nie słyszy. Zapięła pas Daisy. Philip zapinał sobie pas sam, bez przypominania. Nie wiadomo skąd zjawiła się Trixie. Obchodziła samochód, niepocieszona, i obwąchiwała koła.

Eve wsiadła za kierownicę, zamknęła drzwi i spoconą dłonią przekręciła kluczyk w stacyjce. Silnik zapalił. Ruszyła i wjechała na kawałek podwórza wysypany żwirem, otoczony gęstwiną bzów i chwastów. Miejscami krzewy były przygniecione stertami starych opon, butelek i puszek. Zważywszy na to wszystko, co piętrzyło się w domu, trudno było sobie wyobrazić, żeby cokolwiek z niego wyrzucano, a jednak. Zawracając, nad jedną z tych stert śmieci Eve dostrzegła kawałek muru, na którym trzymały się jeszcze resztki wapnia.

Wydawało jej się, że widzi osadzone w nim kawałki szkła, błyskające w słońcu.

Nie zwolniła, żeby przyjrzeć się im dokładniej. Miała nadzieję, że Philip ich nie zauważył – mógłby chcieć się zatrzymać. Skierowała samochód ku dróżce i minęła schody do domu. Stał na nich niski mężczyzna i machał obiema rękami, a Trixie machała ogonem, wytrącona z potulnego przestrachu na tyle, że obszczekała ich na do widzenia i kawałek za nimi pobiegła. Ten pościg był czystą formalnością; gdyby chciała, bez trudu dogoniłaby samochód. Wjeżdżając w koleiny, Eve musiała zwolnić.

Jechała tak wolno, że dla osoby ukrytej w wysokich chwastach po stronie pasażera możliwe a wręcz łatwe okazało się otwarcie drzwi, których Eve nie zablokowała, i wskoczenie do środka.

To był ten blondyn, który siedział przy stole tyłem do niej, tak że nie widziała jego twarzy.

– Nie bój się. Nie bójcie się, okej? Mogę się z wami kawałek przejechać, co?

To nie był mężczyzna ani młody chłopak, tylko dziewczyna. Dziewczyna ubrana w brudny męski podkoszulek.

– Okej – powiedziała Eve. Ledwo udało jej się nie zjechać z drogi.

– Nie mogłam zapytać tam, w domu – dodała dziewczyna. – Poszłam do łazienki, wylazłam przez okno i przybiegłam tutaj. Pewnie jeszcze nie wiedzą, że uciekłam. Są nagrzani. – Uniosła brzeg podkoszulka, o wiele na nią za dużego, i powąchała. – Ale śmierdzi. To koszulka Harolda, leżała w łazience, nie miałam czasu wybierać.

Eve wyjechała z kolein, z ciemności dróżki, i wjechała na zwykłą drogę.

– Jezu, ale się cieszę, że uciekłam – powiedziała dziewczyna. – W ogóle nie miałam pojęcia, w co się ładuję. Nawet nie wiem, jak się tam znalazłam, była noc. To nie miejsce dla mnie. Rozumiesz, nie?

– Panowie wyglądali na mocno pijanych – odparła Eve.

– No. Ale nic. Przepraszam, nie chciałam cię wystraszyć.

– Nie ma za co.

– Pomyślałam, że muszę wskoczyć, bo gdybym stała przy drodze, tobyś się nie zatrzymała. Mam rację?

– Nie wiem – powiedziała Eve. – Może bym się zatrzymała, gdybym się zorientowała, że jesteś dziewczyną. Tam tak naprawdę ci się nie przyjrzałam.

– No wiem, nie ma na co patrzeć. Beznadzieja. Wyglądam beznadziejnie. Nie mówię, że nie lubię się zabawić. Bo lubię. Ale jest zabawa i zabawa, rozumiesz, nie?

Półobróciła się na fotelu i patrzyła na Eve tak długo, że Eve musiała na moment odwrócić uwagę od drogi i odwzajemnić spojrzenie. I zobaczyła, że dziewczyna jest znacznie bardziej pijana, niż można by sądzić po głosie. Jej ciemnobrązowe oczy były zaszklone, ale wysiłkiem woli szeroko otwarte; wlepiała w Eve charakterystyczne, błagalne, lecz odległe spojrzenie pijaka, będące ostatnią próbą wciśnięcia rozmówcy kitu. Skóra dziewczyny miejscami była pokryta plamami, miejscami zszarzała, a twarz pomięta po ostro przebalowanych ostatnich dniach. Była naturalną brunetką – żółte kolce miała specjalnie, prowokacyjnie ciemne u nasady – na tyle ładną, pomijając obecne złachanie, że trudno było zgadnąć, jakim cudem znalazła się w towarzystwie Harolda i jego bandy. Ze względu na tryb życia i modę ważyła z dziesięć kilo mniej, niż powinna, ale nie była wysoka i tak naprawdę nie miała chłopięcej figury. Miała naturalną skłonność do bycia dziewczyną przy kości, apetycznym pączkiem.

– Herbowi chyba odbiło, że was przyprowadził – powiedziała. – On ma coś z głową.

– Domyśliłam się – mruknęła Eve.

– Nie wiem, co on tam w ogóle robi, chyba pracuje dla Harolda. A Harold niezbyt dobrze go traktuje.

Eve nigdy nie sądziła, że kobieta może wydawać jej się atrakcyjna w sensie seksualnym. A ta dziewczyna w brudnym, wymiętoszonym podkoszulku wyglądała tak, że nikt nie uznałby jej za atrakcyjną. Ale może uważała, że to niemożliwe – widocznie tak była przyzwyczajona do tego, że się podoba. W każdym razie przejechała dłonią po nagim udzie Eve, zatrzymując się kawałek za nogawką szortów. Był to ruch doskonale wyćwiczony i bezbłędny, choć wykonany po pijanemu. Gdyby chwyciła palcami kawałek ciała, uszczypnęła lekko za pierwszym podejściem, to byłaby przesada. Ruch mechaniczny, wyuczony, obliczony na ciąg dalszy, a zarazem tak całkowicie wyzbyty autentycznego partnerskiego pożądania, że Eve miała poczucie, że dłoń dziewczyny mogłaby równie dobrze chybić celu i pogładzić tapicerkę fotela.

– Ja jestem w porządku – powiedziała dziewczyna, starając się głosem, tak jak i dłonią, stworzyć nowy poziom zażyłości. – Rozumiesz, nie? Rozumiesz mnie, co nie?

– Oczywiście – odparła Eve rzeczowym tonem, na co dłoń powoli się cofnęła, przysługa znużonej dziwki została uznana za zakończoną. Ale nie pozostała bez echa, nie całkiem. Mimo że był to gest jawnie wymuszony, wystarczył, żeby wprawić stare struny w ruch.

To, że w ogóle wywołał efekt, napełniło Eve zwątpieniem, rzuciło cień na wszystkie hałaśliwe i impulsywne, ale także poważne, pełne nadziei zbliżenia w jej życiu, mniej lub bardziej stanowiące powód do żalu. Nie prawdziwy przypływ wstydu, poczucia grzechu – tylko brudny cień. To by dopiero była ironia losu, gdyby zapragnęła teraz czystszej przeszłości, nie tak gęsto zapisanego rejestru doświadczeń.

Ale możliwe też, że wciąż, tak jak zawsze, pragnęła miłości.

– Gdzie chcesz się dostać? – zapytała.

Dziewczyna oparła się wygodnie, patrzyła prosto przed siebie.

– A gdzie jedziesz? Mieszkasz gdzieś tu?

Uwodzicielski ton zmienił się, jak z pewnością zmieniłby się po seksie, w brutalny i butny.

– Przez wioskę przejeżdża autobus – powiedziała Eve. – Zatrzymuje się na stacji benzynowej. Widziałam znak.

– No ale jest mały problem – odparła dziewczyna. – Nie
mam kasy. Nie było czasu, żeby wziąć pieniądze. A co mi
z tego, że wsiądę do autobusu, jak nie mam pieniędzy.

Najważniejsze to nie dać po sobie poznać, że odczytuje się
w tych słowach groźbę. Można powiedzieć, że skoro nie ma
pieniędzy, to może łapać okazję. Mało prawdopodobne, żeby
w kieszeni dżinsów miała pistolet. Tylko po prostu mówi tak,
jakby miała.

Ale nóż?

Dziewczyna po raz pierwszy odwróciła się i spojrzała na tylne siedzenie.

– Jak wam tam z tyłu, dzieciaki, w porządku?

Cisza.

– Słodkie – powiedziała. – Wstydzą się obcych?

Co za głupota, myśleć o seksie, kiedy tu była rzeczywistość,
prawdziwe zagrożenie.

Jej torebka leżała na podłodze, u stóp dziewczyny. Eve nie
wiedziała, ile ma w portmonetce. Sześćdziesiąt, siedemdziesiąt dolarów. Raczej nie więcej. Jeśli zaproponuje pieniądze
na bilet, dziewczyna wymieni miasto, do którego podróż jest
droga. Montreal. Toronto. A jeśli powie: „Weź wszystkie pieniądze, jakie mam", dziewczyna wyczuje kapitulację. Wyczuje strach i może zażądać czegoś więcej. Ale co może zrobić,
tak naprawdę? Ukraść samochód? Jeśli zostawi Eve z dziećmi
przy drodze, raz dwa ruszy za nią policja. Gdyby wysadziła
ich w jakimś lesie, to ujechałaby dalej. Albo gdyby wzięła ich
ze sobą i wiozła, dopóki byliby potrzebni, przytykając nóż do
gardła Eve albo któregoś z dzieci.

Takie rzeczy się zdarzają. Ale nie nagminnie, nie tak jak w kinie czy w telewizji.

Eve wyjechała z drogi podporządkowanej na ważniejszą, na której panował dość duży ruch. Dlaczego na ten widok poczuła się lepiej? To złudzenie, że tu jest bezpieczniej. Mogłaby jechać nawet autostradą w porze największego ruchu, wioząc siebie i dzieci na śmierć.

– Ta droga to dokąd? – zapytała dziewczyna.

– Do głównej szosy.

– No to jedźmy tam.

– Tam właśnie jedziemy – powiedziała Eve.

– A szosa prowadzi dokąd?

– Na północ do Owen Sound albo do Tobermory, tam gdzie jest przystań promu. A na południe do... nie wiem. No, na pewno do innej szosy, którą można dostać się do Sarni. A nawet do Detroit czy Toronto, jak będzie się jechało wystarczająco długo.

Dopóki nie wjechali na szosę, nie padło już ani jedno słowo.

– Jesteśmy na głównej szosie – powiedziała Eve.

– W którą stronę teraz jedziesz?

– Na północ.

– Znaczy, tam mieszkasz?

– Jadę do wsi. Muszę zatankować.

– Przecież masz benzynę – powiedziała dziewczyna. – Masz ponad pół baku.

To było głupie. Mogła powiedzieć, że musi zrobić zakupy.

Dziewczyna wydała z siebie długi pomruk oznaczający gotowy plan, a może zarzucenie planu.

– Wiesz co? – odezwała się. – Jak mam łapać stopa, to mogę w sumie wysiąść tutaj. Wszystko jedno czy tu, czy gdzie indziej.

Eve zjechała na żwirowane pobocze. Ulga przeradzała się w coś w rodzaju zawstydzenia. To pewnie była prawda, że dziewczyna uciekła bez pieniędzy, że nie miała kompletnie niczego. Jak to jest, być pijaną, wycieńczoną, spłukaną i łapać na szosie okazję?

– Mówiłaś, że w którą stronę jechaliśmy?

– Na północ – powtórzyła Eve.

– A do Sarni to w którym kierunku?

– Na południe. Przejdź tylko na drugą stronę, tam każdy jedzie na południe. Uważaj, nie wpadnij pod samochód.

– Okej – powiedziała dziewczyna.

Jej głos już był nieobecny; obliczała, jakie ma szanse. Kiedy już prawie wysiadła z samochodu, odwróciła się i rzuciła:

– Na razie. – A do dzieci na tylnym siedzeniu: – Na razie, dzieciaki. Bądźcie grzeczne.

– Zaczekaj – powiedziała Eve. Schyliła się, wymacała w torebce portmonetkę i wyjęła z niej dwadzieścia dolarów. Wysiadła i podeszła do dziewczyny. – Weź to. Przyda ci się.

– Yhm. Dzięki – odparła dziewczyna. Włożyła banknot do kieszeni, nie odrywając wzroku od szosy.

– Słuchaj, gdybyś miała kłopoty, to na wszelki wypadek wytłumaczę ci, gdzie mieszkam. Około dwóch mil na północ od wioski, a wioska jest mniej więcej pół mili stąd. Na północ. Tam. Mieszka ze mną moja rodzina, ale nie krępuj się, do wieczora wyjadą. Na skrzynce na listy jest nazwisko Ford. To nie jest moje nazwisko, nie wiem, czemu tam widnieje. To samodzielny dom pośrodku pola. Po jednej stronie drzwi wejściowych ma zwykłe okno, a po drugiej takie śmieszne, małe. Tam zrobili łazienkę.

– Yhm – mruknęła dziewczyna.

– Bo tak pomyślałam, jeśli nie złapiesz okazji...

– Dobra – powiedziała dziewczyna. – Okej.

Kiedy ruszyli w dalszą drogę, Philip powiedział:

– Fu. Śmierdziała rzygami. – Kawałek dalej dodał: – Nawet nie wiedziała, że jak się chce określić strony świata, to trzeba popatrzeć na słońce. Jest głupia. Prawda?

– Chyba tak – zgodziła się Eve.

– Fu. Nigdy nie widziałem kogoś tak głupiego.

Kiedy przejeżdżali przez wioskę, zapytał, czy mogą się zatrzymać na lody. Eve zarządziła, że nie.

– Tyle osób zatrzymuje się na lody, że trudno znaleźć miejsce do parkowania – wyjaśniła. – Mamy dużo lodów w domu.

– Nie „w domu" – poprawił ją Philip. – To nie jest nasz dom, przecież nie mieszkamy tam na stałe.

Na polu na wschód od szosy wielkie bele siana były zwrócone podstawą do słońca, pozwijane tak ciasno, że wyglądały jak tarcze czy gongi, czy azteckie maski z metalu. Za nimi ciągnęło się pole delikatnych bladozłotych piór.

– To jęczmień, to złote zboże z piórami – powiedziała Eve do Philipa.

– Wiem.

Eve zaczęła recytować:

– „Tylko żniwiarze, co jęczmienia plon..."
– Co to znaczy „plą"? – chciała wiedzieć Daisy.
– Plon – poprawił ją Philip.
– „Tylko żniwiarze, co jęczmienia plon..." – powtórzyła Eve. Próbowała sobie przypomnieć, jak dokładnie brzmiały te wersy. – „Żniwiarze jedynie, co jęczmienia plon..."*. „Żniwiarze jedynie" brzmiało lepiej. Bardziej pasowało.

Sophie i Ian kupili na przydrożnym stoisku kukurydzę na kolację. Zmienili plan – mieli wyruszyć nazajutrz rano. Kupili też butelkę dżinu, tonik i limonki. Ian przyrządzał drinki, Eve i Sophie obierały kukurydzę.
– Ponad dwadzieścia kolb – powiedziała Eve. – To szaleństwo.
– Zobaczysz, ledwo wystarczy – odparła Sophie. – Ian uwielbia kukurydzę.
Ian z ukłonem podał Eve szklaneczkę, a ona upiła łyk i powiedziała:
– Smakuje niebiańsko.
Ian wcale nie był taki, jakim go zapamiętała i sobie wyobrażała. Nie był wysoki, germański, nudny. Był szczupłym jasnowłosym mężczyzną średniego wzrostu, o szybkich ruchach, przyjemnym w obyciu. Sophie stawała się przy nim

---

* Odwołanie do pierwszej części ballady Alfreda Tennysona *The Lady of Shalott*, zawierającej opis miejsca, gdzie w zamknięciu i odosobnieniu, w zamku o czterech wieżach stojącym na wyspie mieszka tytułowa pani na Shalott, której nikt nigdy nie widuje, tylko żniwiarze pracujący wczesnym rankiem na polu jęczmienia słyszą jej śpiew (przyp. tłum.).

mniej pewna siebie, ostrożniejsza w słowach i zachowaniach. Ale i bardziej radosna.

Eve opowiedziała im całą historię. Zaczęła od szachownicy nad jeziorem, hotelu, po którym nie został dziś ślad, i wypadów samochodem na wieś. Wspomniała o miejskich strojach swojej matki, półprzezroczystych sukniach i odpowiednio dobranych do nich halkach, ale nie o swoim ówczesnym uczuciu obrzydzenia. Potem opowiedziała o tym, co oglądały podczas takich wypraw – o karłowatym sadzie, półkach ze starymi lalkami, cudownych obrazkach z kolorowych szkiełek.

– Trochę w stylu Chagalla? – dodała z pytającą intonacją.

– Jasne – powiedział Ian. – Nawet my, urbaniści, wiemy, kto to był Chagall.

– O, pardon – pokajała się Eve.

Oboje się roześmiali.

Potem o słupkach bramy, o nagłym powrocie wspomnienia, zacienionej wąskiej dróżce, walącej się szopie, zardzewiałych maszynach i domu, całkowicie zabałaganionym.

– Właściciel był w domu, grał z kolegami w karty – powiedziała Eve. – Nie słyszał o tym, co opisałam. Nie słyszał albo wcale go to nie obchodziło. Boże, przecież mogłam tam być prawie sześćdziesiąt lat temu. Wyobrażacie to sobie?

– O, to szkoda, mamo – powiedziała Sophie. Aż pojaśniała od ulgi, że Ian i Eve tak dobrze się dogadują. – Ale jesteś pewna, że to był właśnie ten dom?

– Nie do końca – odparła Eve. – Możliwe, że nie.

Nie wspomniała o kawałku muru, który dostrzegła za zaroślami. Bo i po co, skoro było tyle innych rzeczy, które lepiej przemilczeć? Po pierwsze, zabawa z Philipem, w którą się wciągnęła, przez co doprowadziła chłopca do nadmiernego pobudzenia. Poza tym prawie wszystko, co wiązało się z Haroldem i jego kompanami. I wszystko, wszystko co do joty, o dziewczynie, która wskoczyła na przednie siedzenie samochodu.

Są ludzie, którzy emanują dobrocią i optymizmem, którzy, gdziekolwiek trafią, wydają się oczyszczać atmosferę – takim ludziom pewnych rzeczy nie można mówić, za bardzo by ich to wzburzyło. Ian wydał się Eve jedną z takich osób – mimo że teraz był bardzo miły i zachowywał się swobodnie – a Sophie kobietą, która dziękowała swojej szczęśliwej gwieździe, że znalazła takiego mężczyznę. Kiedyś ochroną tego rodzaju otaczało się starszych ludzi, teraz coraz częściej wydawało się, że potrzebują jej młodzi, ktoś taki jak Eve musiał się bardzo starać, żeby nie pokazać po sobie, jak czuje się zagubiony między starszym i młodszym pokoleniem. I jedno, i drugie mogłoby postrzegać jej życie jako żenujące miotanie się bez sensu, jedną wielką pomyłkę.

Mogłaby powiedzieć, że w tamtym domu cuchnęło, że właściciel i jego znajomi wyglądali na takich, co lubią sobie wypić, i takich, z którymi lepiej nie mieć nic wspólnego, ale już nie o tym, że Harold był nagi, a już na pewno nie o swoim strachu. I na pewno nie o tym, co wzbudziło ten strach.

Zadaniem Philipa było zbieranie liści kukurydzy, wynoszenie ich na zewnątrz i rozrzucanie na skraju pola. Daisy od czasu do czasu też brała liście do ręki i rozkładała po całym domu. Philip nie dodał niczego do opowieści snutej przez

Eve i nie wyglądało na to, by zwracał na nią uwagę. Ale kiedy dobiegła końca i Ian (chcąc ująć tę lokalną historyjkę w ramy swoich badań naukowych) pytał Eve, co wie na temat rozpadu dawnych wzorców życia na farmach i na wsi, o stopniu rozprzestrzenienia tego, co nazywa się agrobiznesem, Philip przerwał na chwilę swoje zajęcie, które wymagało schylania się i czołgania koło stóp dorosłych. Popatrzył na Eve. Spojrzenie bez wyrazu, chwila konspiracyjnej pustki, powściągnięty mimowolny uśmiech, który znikł, zanim ktoś mógł go dostrzec.

Co to znaczyło? Tylko to, że podjął już trud magazynowania i ukrywania, zaczął samodzielnie decydować o tym, co należy zachować i w jakiej postaci, i o tym, co te zachowane wspomnienia będą dla niego znaczyły w nieznanej przyszłości.

Gdyby dziewczyna przyszła, kierując się otrzymanymi wskazówkami, cała rodzina byłaby jeszcze na miejscu. I starania Eve okazałyby się płonne.

Ale ona nie przyjdzie. Na pewno nie stała przy szosie nawet dziesięciu minut, a już pojawiły się lepsze propozycje. Może bardziej niebezpieczne, ale ciekawsze i prawdopodobnie korzystniejsze.

Nie przyjdzie. Chyba że poznała jakiegoś bezdomnego nicponia, swojego rówieśnika, niemającego skrupułów. („Wiem, gdzie byśmy mogli się zatrzymać, tylko trzeba by się pozbyć jednej starej baby".)

Zatem nie dziś, ale jutro w nocy Eve będzie leżała w łóżku w tym opustoszałym domu, otoczona jego cienkimi ścianami jak papierową muszelką, i z całej siły będzie pragnęła stać się lekka, wolna od ciężaru konsekwencji, a w głowie nie mieć nic poza szumem wysokiego zboża, które może przestało już rosnąć, ale w ciemności wciąż słychać dźwięk, jaki wydaje, pełny życia.

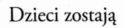

Dzieci zostają

Trzydzieści lat temu pewna rodzina spędzała wakacje na wschodnim wybrzeżu Vancouver Island. Młody ojciec i matka, ich dwie córeczki i starsze małżeństwo, rodzice męża.

Cóż za pogoda, idealna. Co dzień rano, co dzień, jest właśnie tak: pierwsze czyste światło słoneczne wpada przez wysokie gałęzie i osusza mgłę nad spokojną wodą cieśniny Georgia. Odpływ pozostawia po sobie wielką połać piasku, który pozostaje wilgotny, ale łatwo się po nim chodzi, jak po betonie w ostatniej fazie zastygania. Wbrew pozorom odpływ wcale nie jest taki znaczny; pole piasku codziennie się kurczy, ale i tak wydaje się dostatecznie rozległe. Zmiany w pływach to przedmiot wielkiego zainteresowania dziadka, pozostałych – niespecjalnie.

Pauline, młoda matka, plażę właściwie lubi mniej niż drogę za domkami, która mniej więcej przez milę biegnie na północ i urywa się nagle na brzegu rzeczki wpadającej do morza.

Gdyby nie pływy, można by zapomnieć, że to morze. Za wodą widać góry, pasma znaczące zachodnie wybrzeże Ameryki Północnej. Ich przełęcze i szczyty, które zaczynają się teraz wyraźnie rysować, wyłaniać z mgły i ukazywać gdzieniegdzie w przerwach między drzewami Pauline idącej drogą z wózkiem, interesują również dziadka. I jego syna Briana, męża Pauline. Ojciec i syn wciąż próbują ustalić, co jest czym. Które z tych kształtów to góry kontynentalne, a które to tylko niewiarygodnie wysokie wzniesienia na wyspach dzielących ich od wybrzeża. Przy tak skomplikowanej konfiguracji i perspektywie, niestabilnej w świetle zmieniającym się wielokrotnie w ciągu dnia, trudno jest o czymkolwiek przesądzić.

Ale między domkami a plażą znajduje się przeszklona tablica z mapą. Można stanąć przed nią i patrzeć to na mapę, to na widok, który ma się przed oczyma, to znów na mapę, aż wszystko uda się ustalić. Dziadek i Brian robią tak co dzień, zazwyczaj wdając się przy tym w sprzeczkę, choć ktoś mógłby pomyśleć, że nie za bardzo jest o co się sprzeczać, kiedy ma się mapę przed nosem. Brian twierdzi, że mapa jest niedokładna. A jego ojciec nie chce słyszeć ani jednego krytycznego słowa o miejscu, które wybrał na wspólny wakacyjny pobyt. Mapa – tak jak lokum i pogoda – jest idealna.

Matka Briana nie chce patrzeć na mapę. Mówi, że tylko robi jej mętlik w głowie. Mężczyźni śmieją się i zgodnie twierdzą, że ona w ogóle ma mętlik w głowie. Zdaniem jej męża dlatego, że jest kobietą. Zdaniem Briana dlatego, że jest jego matką. Ciągle interesuje ją to, czy ktoś już zgłodniał albo czy chce mu się pić, czy dzieci mają nakrycia głowy i czy zostały nasmarowane kremem ochronnym. I co to za dziwny bąbel na ramieniu Caitlin, bo nie wygląda jak ślad po ukąszeniu komara. Matka Briana każe mężowi wkładać miękki bawełniany kapelusz i uważa, że Brian też powinien nosić nakrycie głowy – przypomina, jak słońce mu zaszkodziło tego lata, kiedy pojechali do doliny Okanagan, jak był mały. Czasami Brian odpowiada:

– Oj, mamo, nie nudź już.

Zwykle mówi to serdecznym tonem, ale ojciec czasami pyta, czy jego zdaniem wolno mu się tak zwracać do rodzonej matki.

– Jej to nie przeszkadza – broni się Brian.

– Skąd wiesz? – docieka ojciec.

– Jezus, Maria – mówi matka.

Pauline codziennie rano wstaje z łóżka, kiedy tylko się obudzi, wyślizguje się z zasięgu długich, szukających jej sennie ramion i nóg Briana. Budzą ją pierwsze popiskiwania i pomruki młodszej córki dochodzące z pokoju dzieci, a potem skrzypienie łóżeczka, kiedy Mara – teraz szesnastomiesięczna, już prawie nie niemowlę – podnosi się, trzymając się poręczy, i próbuje stać. Nie przerywa swojej cichej, pogodnej przemowy, kiedy matka bierze ją na ręce – na łóżku obok druga córka, prawie pięcioletnia Caitlin, porusza się, ale się nie budzi – i idzie z nią do kuchni. Tam Pauline kładzie Marę na podłodze i przewija, potem wsadza do spacerówki, daje do ręki biszkopt i sok jabłkowy, a sama wkłada sukienkę i sandały, idzie do łazienki, czesze włosy – wszystko najszybciej i najciszej jak się da. Wychodzą; mijają sąsiednie domki, kierując się w stronę wyboistej nieasfaltowanej drogi, która wciąż jeszcze w większości kryje się w głębokim porannym cieniu, niczym tunel o sklepieniu z jodeł i cedrów.

Dziadek też wstaje wcześnie; widzi je z werandy domku, a Pauline widzi jego. Ale wystarczy, że sobie pomachają. Nigdy nie mają sobie zbyt wiele do powiedzenia (choć czasami odczuwają swego rodzaju pokrewieństwo – podczas przydługiego pajacowania Briana albo łagodzonego co rusz przeprosinami, ale uporczywego marudzenia babci; w pełni świadomie omijają się wtedy wzrokiem, żeby przypadkiem nie zdradzić się z przygnębieniem, które byłoby równoznaczne z krytyką tamtych dwojga).

Na tych wakacjach Pauline wykrada czas na to, żeby pobyć sama – przebywanie z Marą to wciąż prawie to samo co przebywanie w pojedynkę. Poranne spacery, przedpołudniowa pora prania i wywieszania pieluch. Wykroiłaby jeszcze godzinę po południu, w porze drzemki Mary, ale Brian zbudował na plaży wiatę i codziennie zanosi tam kojec, żeby mała mogła spokojnie odbyć drzemkę, a Pauline nie musiała ich opuszczać. Mówi, że jego rodzice mogą poczuć się urażeni, jeśli synowa będzie ciągle wymawiać się od ich towarzystwa. Ale rozumie, że Pauline potrzebuje trochę czasu na naukę roli do sztuki, w której ma wystąpić we wrześniu, kiedy wrócą do Victorii.

Pauline nie jest aktorką. Ma to być wprawdzie amatorska produkcja, ale ona nie gra nawet amatorsko. Nie starała się o tę rolę, choć tak się złożyło, że znała już sztukę, bo ją czytała. *Eurydykę* Jeana Anouilha. No ale ona czytała całe mnóstwo różnych rzeczy.

O to, czy chciałaby w tej sztuce wystąpić, zapytał mężczyzna poznany w czerwcu na przyjęciu z grillem. Byli tam przede wszystkim nauczyciele i ich współmałżonkowie; przyjęcie odbywało się u dyrektora liceum, w którym uczy Brian. Nauczycielka francuskiego, wdowa, przyszła ze swoim dorosłym synem, który przyjechał do niej na lato i pracował jako nocny portier w hotelu w centrum. Opowiadała wszystkim, że dostał posadę nauczyciela w college'u na zachodzie, Washington State, więc wyjeżdża tam jesienią.

Nazywał się Jeffrey Toom.

– „Toom", a nie „Tomb", z „b" na końcu jak „grób" – wyjaśnił takim tonem, jakby banalność tego żartu go bolała. Jego matka nosiła inne nazwisko, ponieważ owdowiała dwukrotnie, a to był jej syn z pierwszego małżeństwa. O swojej przyszłej posadzie Jeffrey powiedział:

– Nie wiadomo, co z tego będzie, mam umowę tylko na rok.

Czego miał uczyć?

– Drrrrrramatu – odpowiedział prześmiewczo dramatycznym tonem.

O swojej obecnej pracy też wyrażał się lekceważąco.

– To obskurna nora – powiedział. – Może słyszeliście, zimą zabili tam prostytutkę. No i jak zawsze meldują się na jedną noc kompletne ofiary losu, żeby przedawkować albo strzelić sobie w łeb.

Ludzie nie do końca wiedzieli, jak reagować na jego sposób prowadzenia rozmowy, więc się od niego odsuwali. Ale nie Pauline.

– Myślę o tym, żeby wystawić tu sztukę – powiedział.

– Chciałabyś w niej zagrać?

Zapytał, czy słyszała o dramacie zatytułowanym *Eurydyka*.

– Anouilha? – zapytała Pauline, a on mało pochlebnie się zdziwił.

Natychmiast zastrzegł, że nie wie, czy coś z tego wyjdzie.

– Ale pomyślałem, że fajnie byłoby zobaczyć, czy w krainie Noela Cowarda da się zrobić coś innego.

Pauline nie pamiętała, kiedy w Victorii ostatnio wystawiano sztukę Noela Cowarda, ale pewnie co jakiś czas to się zdarzało.

– Zimą w college'u widzieliśmy *Księżną d'Amalfi* – powiedziała. – A teatr kameralny wystawiał *A Resounding Tinkle*, ale na to już nie zdążyliśmy się wybrać.

– Aha. No, możliwe – odparł, rumieniąc się.

Najpierw wydawało jej się, że jest od niej starszy, co najmniej w wieku Briana (który miał trzydzieści lat, choć ludzie często mówili, że sądząc po jego zachowaniu, daliby mu mniej), ale kiedy zaczął z nią rozmawiać – w ten bezceremonialny, lekceważący sposób, ani razu nie patrząc jej w oczy – domyśliła się, że nie ma tylu lat, na ile chciałby wyglądać. Po tym jak się zarumienił, była tego pewna.

Okazało się, że był od niej o rok młodszy. Miał dwadzieścia pięć lat.

Powiedziała, że nie może przyjąć roli Eurydyki, bo nie potrafi grać. Ale w tym momencie podszedł do nich Brian, ciekaw, o czym rozmawiają, i od razu powiedział, że powinna spróbować.

– Jej zawsze trzeba dać lekkiego kopa w tyłek – zwrócił się do Jeffreya. – Jest jak osioł, trudno ją do czegokolwiek namówić. Nie, serio, za bardzo się kryguje, ciągle jej to powtarzam.

Jest bardzo inteligentna. Tak naprawdę jest dużo inteligent-
niejsza ode mnie.

W tym momencie Jeffrey spojrzał Pauline prosto w oczy –
impertynencko i pytająco – i teraz ona się zarumieniła.

Natychmiast zobaczył w niej Eurydykę ze względu na jej
wygląd. Ale nie dlatego, że była piękna.

– Nigdy nie obsadziłbym w tej roli pięknej dziewczyny –
powiedział. – Nie wiem, czy w ogóle chciałbym, żeby grała
u mnie piękna dziewczyna. Uroda rozprasza uwagę.

W takim razie co miał na myśli, mówiąc o jej wyglądzie?
Powiedział, że włosy – długie, ciemne i dość mocno kręcone
(co było wtedy niemodne) – bladą skórę („Unikaj słońca tego
lata"), a przede wszystkim brwi.

– Nigdy ich nie lubiłam – powiedziała Pauline, nie do końca szczerze.

Brwi miała proste, ciemne, gęste. Dominowały w jej twarzy.
Nie były modne, podobnie jak fryzura. Ale gdyby naprawdę
ich nie lubiła, to chybaby je wyregulowała?

Jeffrey sprawiał wrażenie, jakby nie słyszał jej odpowiedzi.

– Nadają twojej twarzy chmurny wyraz i to budzi pewien
niepokój – orzekł. – A szczękę masz dość ciężką, co jest z kolei
trochę greckie. Lepiej prezentowałabyś się w filmie, w zbli-
żeniach. W roli Eurydyki rutynowo obsadza się dziewczyny
eteryczne. Mnie eteryczność nie interesuje.

Spacerując tego ranka z Marą, Pauline rzeczywiście ćwiczyła rolę. Pod koniec sztuki miała powiedzieć monolog, który wciąż sprawiał jej kłopot. Pchała spacerówkę i powtarzała swoją kwestię: „Jesteś straszny, jesteś straszny jak anioły.

Myślisz, że wszyscy prą do przodu, odważni i mądrzy jak ty – może nie jestem taka, jak byś sobie życzył, ale jestem przy tobie i mam w sobie ciepło, i jestem dobra, i cię kocham. Dam ci tyle szczęścia, ile tylko będę mogła. Nie patrz na mnie. Nie patrz. Pozwól mi żyć".

Pominęła kawałek: „Może nie jestem taka, jak byś sobie życzył, ale czujesz, że jestem przy tobie, prawda? Mam w sobie ciepło i jestem dobra".

Powiedziała Jeffreyowi, że jej zdaniem ta sztuka jest piękna. Rzucił tylko: „Naprawdę?". Jej słowa ani go ucieszyły, ani zdziwiły, tak jakby uważał, że były przewidywalne, zbędne. Sam nigdy nie opisałby sztuki w ten sposób – ani tej, ani żadnej innej. Tę przedstawiał raczej jako przeszkodę do pokonania. A także jako kwestię rywalizacji z wrogami. Z tymi akademickimi gnojkami – jak ich nazwał – które wystawiły *Księżnę d'Amalfi*. I z tymi psychopatami – jak ich nazwał – z teatru kameralnego. Postrzegał siebie jako outsidera działającego wbrew tym ludziom, który wystawi swoją sztukę – tak ją nazwał: „swoją" – na ich żer, na przekór ich pogardzie i sprzeciwowi. Początkowo Pauline myślała, że to wszystko wytwory jego wyobraźni i bardziej prawdopodobne jest, że ci ludzie w ogóle nie zaprzątają sobie nim głowy. Ale co pewien czas wydarzało się coś, co mogło – ale nie musiało – być zbiegiem okoliczności. W salce kościelnej, gdzie sztuka miała zostać wystawiona, nagle trzeba było przeprowadzić remont. Koszty druku plakatów niespodziewanie wzrosły. Z czasem Pauline przyłapała się na tym, że interpretuje te zdarzenia tak samo jak on. Mając w perspektywie częste przebywanie w jego obecności, właściwie trzeba było interpretować to wszystko jak on – sprzeczanie się z nim było niebezpieczne i wyczerpujące.

„Sukinsyny – rzucał Jeffrey przez zęby, ale z niejaką satysfakcją. – Wcale mnie to nie dziwi".

Próby organizowano na piętrze starego budynku przy Fisgard Street. Jedynym terminem, który odpowiadał wszystkim, była niedziela po południu; w tygodniu odbywały się tylko próby poszczególnych części zespołu. Emerytowany pilot statków, grający Monsieur Henriego, miał czas przychodzić zawsze i irytująco dobrze nauczył się kwestii również pozostałych postaci. Z kolei fryzjerka, która miała doświadczenie tylko z repertuarem Gilberta i Sullivana, a teraz grała matkę Eurydyki, w tygodniu mogła się wyrwać z zakładu najwyżej na chwilę. Kierowca autobusu, partnerujący jej na scenie, też codziennie pracował, tak samo zresztą jak kelner, który grał Orfeusza (on jako jedyny z nich miał nadzieję zostać prawdziwym aktorem). Pauline była zależna od opiekunek do dzieci, licealistek, na których nie zawsze można było polegać; Brian przez pierwsze półtora miesiąca lata uczył w szkole letniej. Jeffrey musiał się stawiać do pracy w hotelu codziennie o ósmej wieczorem. Ale w niedzielne popołudnia zbierali się wszyscy. Inni ludzie w tym czasie pływali w jeziorze Thetis albo ciągnęli tłumnie do Beacon Hill Park, żeby spacerować w cieniu drzew i karmić kaczki, albo wyjeżdżali daleko za miasto, na plaże nad Pacyfikiem, a Jeffrey i jego zespół ciężko pracowali w zakurzonym wysokim pomieszczeniu przy Fisgard Street. Okna, zaokrąglone u góry niczym w jakimś kościele tchnącym prostotą i godnością, otwierali w tym upale na oścież i blokowali czymś, co akurat było pod ręką: księgami rachunkowymi z lat dwudziestych, które zostały po sklepie z kapeluszami mieszczącym się niegdyś na parterze, kawałkami drewna, resztkami ram obrazów pozbijanych przez artystę, którego płótna stały teraz pod jedną ze ścian, i najwyraźniej do nikogo nie należały. Szyby były brudne, ale na zewnątrz słońce odbijało się od chodników, pustych żwirowanych parkingów i niskich tynkowanych budynków wyjątkowym, jak się zdawało, niedzielnym blaskiem. Po ulicach w centrum prawie nikt nie chodził. Nic nie było otwarte z wyjątkiem paru klitek z kawą na wynos i sklepików spożywczych upstrzonych przez muchy.

Podczas przerwy Pauline wychodziła po kawę i zimne napoje. Najmniej ze wszystkich wypowiadała się o sztuce i – mimo że jako jedyna znała ją wcześniej – o postępie prac, ponieważ tylko ona nigdy przedtem nie grała. Uznała więc, że wypada jej zgłosić się na ochotnika. Lubiła te krótkie spacery po pustych ulicach – czuła się tak, jakby się stała osobą światową, zdystansowaną do codzienności i samotną, żyjącą ważnym, lśniącym marzeniem. Czasami myślała o Brianie, który został w domu, pracował w ogrodzie i pilnował dzieci. A może zabrał dziewczynki do Dallas Road – przypomniała sobie, że kiedyś im to obiecał – żeby pożeglować po stawie. Tamto życie wydawało jej się dojmująco prozaiczne i nudne w porównaniu z tym, co działo się w pomieszczeniu, gdzie odbywali próby – z godzinami wytężonego wysiłku, skupieniem, ostrymi wymianami zdań, ciężką pracą i napięciem. Odpowiadał jej nawet smak kawy, jej parząca gorycz i to, że prawie wszyscy wybierali właśnie kawę, a nie bardziej orzeźwiający, a może też zdrowszy napój chłodzący z lodówki. Lubiła również widok wystaw. To nie była jedna z odpicowanych ulic koło portu, tylko zwyczajna uliczka warsztatów szewskich i rowerowych, sklepów z tanią pościelą i tkaninami, ubraniami i meblami, które stały na wystawach tak długo, że wyglądały na używane, nawet jeśli były nowe. Niektóre okna wystawowe osłonięto płachtami złotego plastiku, cienkiego i pomiętego jak zużyty celofan, żeby chronić towar przed słońcem. Wszystkie lokale, opuszczone ledwie na ten jeden dzień, wyglądały, jakby zastygły w czasie, niczym malowidła naskalne czy pozostałości dawnych budowli.

Kiedy powiedziała, że musi wyjechać na dwa tygodnie na urlop, Jeffrey wyglądał, jakby raził go grom, tak jakby nigdy nie przeszło mu przez myśl, że w jej życiu może nastąpić coś takiego jak urlop. Potem traktował tę wiadomość ponuro i drwiąco, jakby to był kolejny cios, którego mógł się spodziewać. Pauline wyjaśniła, że opuści tylko jedną niedzielę – w środku tych dwóch tygodni – bo wyjeżdżają w poniedziałek i wracają w niedzielę rano. Obiecała wrócić tak, żeby zdążyć na próbę. W duchu zastanawiała się, jak dotrzyma słowa – pakowanie się i zbieranie do wyjazdu zawsze zajmowały więcej czasu niż się zakładało. Pomyślała, że może uda jej się wrócić samej, porannym autobusem. Ale nie, to niewykonalne. Nawet o tym nie wspomniała.

Nie mogła zapytać Jeffreya, czy chodziło o sztukę, czy też tę chmurę burzową ściągnęła tylko jej zapowiedziana nieobecność na próbie. W tamtej chwili najpewniej tak. Kiedy odzywał się do niej podczas prób, nigdy nic nie wskazywało na to, że kiedykolwiek mówił do niej inaczej. Jedyna różnica między traktowaniem jej a traktowaniem reszty zespołu polegała może na tym, że od niej oczekiwał mniej niż od innych. Każdy by to uznał za zrozumiałe. Jako jedyna została wybrana za podszeptem impulsu, ze względu na to, jak wyglądała; wszyscy inni zgłosili się na przesłuchanie, które ogłosił na kartkach rozwieszonych w kawiarniach i księgarniach w mieście. Wydawało się, że od niej oczekuje pewnej nieruchawości czy niezręczności, jakiej nie chciał od pozostałych. Może dlatego, że w drugiej części sztuki miała grać postać, która już nie żyje.

Ale jej się wydawało, że wszyscy wiedzą, że reszta obsady doskonale wie, co jest grane, mimo bezceremonialnego, szorstkiego, dalekiego od uprzejmości sposobu, w jaki Jeffrey się do niej zwracał. Wiedzą, że po tym jak oni się żegnają i idą do domu, Jeffrey przechodzi przez salę i rygluje drzwi wyjściowe. (Na początku Pauline udawała, że zbiera się razem z pozostałymi, wsiadała nawet do samochodu i robiła małe kółko po sąsiednich ulicach, ale później zaczęło jej się to wydawać obraźliwe nie tylko wobec niej samej i Jeffreya, ale też wobec pozostałych aktorów, którzy, była pewna, nigdy by jej nie zdradzili, tak mocno związał ich tymczasowy, lecz potężny czar sztuki.)

Jeffrey przechodził przez salę i ryglował drzwi. Dla Pauline za każdym razem było to jak decyzja, którą musiała podjąć na nowo. Nie patrzyła na niego. Na dźwięk zasuwanego rygla

– złowieszczy, może fatalistyczny odgłos metalu uderzającego o metal – odczuwała skoncentrowany w dole brzucha szok kapitulacji. Ale nie ruszała się z miejsca, czekała, aż on do niej wróci, z twarzy odpłynie mu historia pracy z całego popołudnia, zniknie wyraz rzeczowego i powszedniego rozczarowania i zastąpi go żywa energia, która zawsze ją zaskakiwała.

– To powiedz nam, o czym jest ta twoja sztuka – zażądał ojciec Briana. – To jedna z tych, w których rozbierają się na scenie?

– Nie drocz się z nią – upomniała go matka Briana.

Brian i Pauline położyli dzieci spać i przyszli do domku rodziców na wieczornego drinka. Za nimi ciągnęły się lasy Vancouver Island i zachodziło słońce, a góry przed nimi, wyraźne teraz i ostro odcinające się od nieba, świeciły różowym światłem. Kilka wysokich szczytów na wyspie przykrywał różowy letni śnieg.

– Nikt tam się nie rozbiera, tato – powiedział Brian swoim dudniącym nauczycielskim głosem. – A wiesz dlaczego? Bo od początku są goli. To najnowsza moda. Planują potem wystawić całkiem nagiego *Hamleta*. *Romea i Julię* gołych jak święci tureccy. O rany, scena balkonowa, w której Romeo wspina się na balkon i ładuje się w krzew róż...

– Brian... – wzdycha jego matka.

– Historia o Orfeuszu i Eurydyce mówi o tym, że Eurydyka umiera – powiedziała Pauline. – A Orfeusz schodzi do świata umarłych, żeby ją odzyskać. Jego życzenie ma się spełnić, ale musi przysiąc, że na nią nie spojrzy. Że się na nią nie obejrzy. Ona idzie za nim...

– W odległości trzech metrów, jak w krajach arabskich –
wtrącił Brian. – Tak jak powinno być.

– To grecki mit, ale przeniesiony w czasy współczesne – ciągnęła Pauline. – W każdym razie ta wersja. No, powiedzmy,
że współczesne. Orfeusz jest wędrownym muzykiem, który
podróżuje razem z ojcem (obaj są muzykami). Eurydyka jest
aktorką. Wszystko dzieje się we Francji.

– Sztuka jest tłumaczona? – zapytał ojciec Briana.

– Nie – odparł Brian. – Ale nic się nie martw, oryginał na
szczęście nie jest po francusku, tylko po transylwańsku.

– Tak trudno jest mi cokolwiek zrozumieć – odezwała się
matka Briana z przepraszającym śmieszkiem. – Przy Brianie.

– Sztuka jest po angielsku.

– A ty grasz tę... no...

– Eurydykę – dopowiedziała Pauline.

– I co, udaje mu się ciebie wyciągnąć?

– Nie. Ogląda się i muszę zostać nieżywa.

– Och, to smutny koniec – powiedziała matka Briana.

– Taka jesteś olśniewająco piękna? – spytał sceptycznie ojciec Briana. – Że nie może się powstrzymać, żeby się nie obejrzeć?

– Nie o to chodzi – zaoponowała Pauline.

Ale w tej samej chwili poczuła, że teść osiągnął jakiś cel,
dokonał czegoś, czego chciał dokonać, tego samego, czego
próbował dokonać prawie zawsze, w każdej rozmowie z nią
– przebić się przez strukturę jakiegoś wyjaśnienia, o które ją
poprosił, a które ona niechętnie, lecz cierpliwie podała, po
czym jednym kopnięciem, na pozór od niechcenia, obrócić

je w ruinę. Od dawna czuła to zagrożenie z jego strony, ale akurat tego wieczoru nie.

Brian nie miał o tym pojęcia. Wciąż kombinował, jak przyjść jej na ratunek.

– Pauline jest olśniewająco piękna – powiedział.

– To prawda – poparła go matka.

– Może gdyby poszła do fryzjera – odparował ojciec.

Ale długie włosy Pauline budziły jego obiekcje od tak dawna, że ten temat stał się rodzinnym żartem. Nawet Pauline się roześmiała.

– Nie stać mnie na fryzjera. Najpierw musimy naprawić dach na werandzie.

Brian roześmiał się gromko, z ulgą, zadowolony, że potrafiła obrócić to wszystko w żart. Tak właśnie zawsze jej radził.

„Po prostu traktuj to jako żart – mówił. – To na niego jedyny sposób".

– No tak, gdybyście mieli porządny dom... – powiedział ojciec.

Drażliwy temat domu, tak jak i włosów Pauline, znali już jednak doskonale – nikogo nie mógł poruszyć. Brian i Pauline kupili ładny dom w złym stanie stojący przy ulicy, na której stare domy były przerabiane na komunalne budynki wielorodzinne. Sam dom, ta ulica, rosnące dziko stare dęby oregońskie, brak piwnicy – wszystko to napawało ojca Briana zgrozą. Brian zwykle zgadzał się z krytyką ojca i starał się ją przebić. Jeżeli ojciec wskazywał na sąsiedni dom, cały w zygzakach zewnętrznych schodów przeciwpożarowych, i pytał, kto tam mieszka, Brian mówił: „Bardzo biedni ludzie, tato.

Narkomani". A kiedy ojciec zapytał go, jakiego typu jest ogrzewanie, powiedział: „Piec węglowy. Dziś już prawie nikt ich nie używa, więc można tanio dostać węgiel. Tyle że brudzi i trochę śmierdzi".

Tak więc to, co jego ojciec powiedział teraz o porządnym domu, mogło stanowić swego rodzaju sygnał pokoju. A przynajmniej tak można było uznać.

Brian był jedynakiem; pracował jako nauczyciel matematyki. Jego ojciec był inżynierem budownictwa i współwłaścicielem firmy budowlanej. Jeżeli liczył na to, że syn pójdzie w jego ślady i z czasem zostanie partnerem w firmie, to nigdy o tym nie wspomniał. Pauline zapytała kiedyś Briana, czy to ciągłe czepianie się o ich dom, o jej włosy i o książki, które czyta, może być przykrywką dla tego większego rozczarowania, ale Brian powiedział: „E, gdzie tam. U nas w rodzinie każdy psioczy na wszystko, na co tylko mu przyjdzie ochota psioczyć. Nie jesteśmy wybredni, proszpani".

Ale Pauline nie była do końca przekonana, szczególnie kiedy słyszała, jak matka Briana mówi, że nauczyciele powinni być najbardziej szanowanymi ludźmi na świecie, a nie oddaje im się nawet połowy należnych zasług, i że ona nie wie, jak Brian sobie daje radę. Ojciec zawsze wtedy dopowiadał: „No właśnie" albo: „Ja bym za nic nie chciał wykonywać takiej pracy, zaręczam wam. Nawet gdyby mi nie wiadomo ile zapłacili".

Brian zwykle ripostował: „Nic się nie martw, tato. Dużo by ci na pewno nie zapłacili".

Na co dzień Brian miał znacznie więcej wspólnego z aktorstwem niż Jeffrey. Panował nad klasą dzięki dowcipom i wygłupom, odgrywając tę samą rolę, którą, jak podejrzewała Pauline, zawsze odgrywał przed swoimi rodzicami. Robił z siebie głupka, po udawanej obrazie odzyskiwał humor, za zniewagę odpłacał zniewagą. Był zabijaką w słusznej sprawie – pokrzykującym, wesołym, niezniszczalnym zabijaką.

– Bez dwóch zdań, chłopak pokazał pazur – powiedział dyrektor szkoły w rozmowie z Pauline. – Nie tylko przetrwał, co już samo w sobie jest osiągnięciem. Ale i pokazał pazur.

Chłopak. Chłopiec. Mój chłopiec.

Brian nazywał swoich uczniów tępakami. Mówił o nich tonem ciepłym, fatalistycznym. O swoim ojcu mówił, że to król Filistynów, barbarzyńca w najczystszej, nieskażonej postaci. A o matce – że jest jak ścierka do naczyń: nieszkodliwa, stara i zniszczona. Ale niezależnie od tego, jak drwiąco wyrażał się o ludziach, nie mógł długo się bez nich obyć. Zabierał swoich uczniów na biwaki. I nie umiał wyobrazić sobie lata bez takiego wspólnego wyjazdu z rodzicami. Śmiertelnie się bał, co roku, że Pauline tym razem nie zgodzi się pojechać. Albo jeśli się zgodzi, to będzie nieszczęśliwa, obrazi się o coś, co powie jego ojciec, będzie narzekała na to, ile czasu musi spędzać z jego matką, będzie się dąsała, bo nie uda im się spędzić nawet odrobiny czasu bez teściów. Może postanowi, że przez cały dzień nie wyjdzie z domku, będzie czytała i udawała, że doznała oparzeń słonecznych.

Wszystko to się zdarzało podczas poprzednich wyjazdów. Ale w tym roku Pauline była bardziej wyrozumiała. Powiedział jej, że to dostrzega i że jest jej wdzięczny.

– Wiem, że to cię sporo kosztuje – powiedział. – Ze mną jest inaczej. To moi starzy i przyzwyczaiłem się nie traktować ich poważnie.

Pauline pochodziła z rodziny, która z kolei traktowała życie tak poważnie, że jej rodzice się rozwiedli. Jej matka teraz już nie żyła. Z ojcem i dwiema dużo starszymi siostrami łączyły Pauline stosunki życzliwe, lecz niezbyt bliskie. Mówiła, że nie ma z nimi nic wspólnego. Wiedziała, że on nie rozumie, jak można coś takiego uznawać za powód nieutrzymywania kontaktu. Widziała, jaką mu sprawia radość to, że w tym roku wszystko tak dobrze się układa. Kiedyś myślała, że Brian nie zmienia wakacyjnych zwyczajów z lenistwa czy tchórzostwa, ale teraz zrozumiała, że przyczyną było coś znacznie bardziej pozytywnego. Miał potrzebę, żeby jego żona, jego ojciec i matka i jego dzieci byli ze sobą związani, miał potrzebę włączenia Pauline do swojej więzi z rodzicami i skłonienia rodziców, żeby zaakceptowali synową, choć wiedział, że ze strony ojca ta akceptacja zawsze będzie tłumiona i krnąbrna, a ze strony matki tak nadmierna i wylewna, że mało znacząca. Zależało mu też na tym, żeby Pauline i dzieci byli złączeni z jego dzieciństwem, żeby te ich wspólne wyjazdy nawiązywały do jego wakacji z dzieciństwa – z ich udaną czy nieudaną pogodą, kłopotami z samochodem czy rekordami prędkości, napędzającymi stracha sytuacjami na łódkach, użądleniami pszczół, maratońskimi rozgrywkami w monopol; do tego wszystkiego, o czym, jak mówił matce, nie mógł już słuchać, bo go to śmiertelnie nudziło. Zależało mu na tym, żeby na tych wspólnych wakacjach robić zdjęcia i żeby trafiały do albumu prowadzonego przez matkę jako ciąg dalszy wszystkich tych zdjęć, na których samo wspomnienie wydawał jęk zgrozy.

Rozmawiać tylko we dwoje mogli dopiero późnym wieczorem, w łóżku. Ale wtedy rzeczywiście rozmawiali, więcej niż zwykle w domu, kiedy Brian był tak zmęczony po całym dniu, że często natychmiast zasypiał. A w świetle dziennym często trudno się z nim rozmawiało z powodu tych jego ciągłych żartów. Widziała, jak rozbłyskują mu oczy (mieli bardzo podobną urodę – bladą skórę, ciemne włosy i szare oczy – tyle że jej oczy były zamglone, a jego przejrzyste, jak czysta woda nad kamieniami). Widziała, jak unoszą mu się kąciki ust, gdy wypatruje wśród jej słów czegoś, z czego dałoby się zrobić kalambur albo od czego rozpocząć rymowankę, czegoś, co sprowadziłoby rozmowę do absurdu. Całe jego ciało, tyczkowate i nieskoordynowane, i wciąż prawie tak szczupłe jak ciało nastolatka, aż podrygiwało od gotowości do wygłupów. Kiedy jeszcze nie byli małżeństwem, Pauline przedstawiła go swojej koleżance o imieniu Gracie, dziewczynie dość gderliwej i negatywnie nastawionej do mężczyzn. Brian uważał, że przydałoby się trochę poprawić jej humor, dlatego starał się jeszcze bardziej niż zwykle. A Gracie zapytała potem Pauline: „Jak ty możesz wytrzymać ten nieustający popis?".

„To nie jest prawdziwy Brian – odpowiedziała Pauline. – Kiedy jesteśmy tylko we dwójkę, jest zupełnie inny". Potem jednak, patrząc z perspektywy czasu, zastanawiała się, w jakim stopniu była to prawda. Może powiedziała tak po prostu, żeby bronić swojego wyboru, jak to zwykle bywa, kiedy już podjęło się decyzję o ślubie?

Dlatego rozmowy w ciemności udawały się w pewnej mierze dzięki temu, że Pauline nie widziała wtedy twarzy męża. A on wiedział, że ona nie może zobaczyć jego twarzy.

Ale nawet wtedy, kiedy okno było otwarte na nieznajomą ciemność i ciszę nocy, trochę się z Pauline drażnił. Konsekwentnie nazywał Jeffreya „Monsieur le Directeur", przez co zdawał się wykpiwać sztukę czy też to, że była to sztuka francuska. A może kwestionował w ten sposób autentyczność Jeffreya i powagę jego podejścia do całego przedsięwzięcia.

Pauline to nie obchodziło. Co to była za radość i ulga, móc wypowiedzieć jego imię.

Zazwyczaj o nim nie wspominała; krążyła wokół tej przyjemności. Opisywała za to wszystkich pozostałych: fryzjerkę i pilota statków, i kelnera, i starszego mężczyznę, który twierdził, że występował kiedyś jako aktor radiowy. Grał ojca Orfeusza i sprawiał Jeffreyowi najwięcej kłopotu, bo jego przekonania o tym, jak należy grać, były najtrudniejsze do obalenia.

Impresaria Eurydyki, mężczyznę w średnim wieku, niejakiego Monsieur Dulaka, grał dwudziestoczteroletni pracownik biura turystycznego. A Mathiasa, byłego chłopaka Eurydyki, najpewniej w zbliżonym do niej wieku – kierownik sklepu obuwniczego, człowiek stateczny, żonaty, ojciec dzieciom.

Brian był ciekaw, dlaczego Monsieur le Directeur nie obsadził ich na odwrót.

– On tak właśnie pracuje – wyjaśniła Pauline. – Widzi w nas coś, czego nie widzi nikt poza nim.

– Na przykład – ciągnęła – Orfeusz w wykonaniu kelnera jest niezdarą. Ma dopiero dziewiętnaście lat, jest taki nieśmiały, że

Jeffrey musi go prowadzić za rękę. Mówi mu, żeby nie dotykał ukochanej tak, jakby była jego babcią. Bez przerwy musi mu mówić, co ma robić. „Potrzymaj ją w objęciach chwilę dłużej, pogłaskaj ją lekko, o tutaj". Nie wiem, co z tego wyjdzie. Muszę po prostu zaufać Jeffreyowi, wierzyć, że wie, co robi.

– „Pogłaskaj ją lekko, o tutaj"? – powtórzył Brian. – Oj, coś czuję, że będę musiał przychodzić na próby i mieć na was oko.

Kiedy zacytowała Jeffreya, poczuła się tak, jakby w jej żołądku czy macicy puściła jakaś tama, a to niespodziewane uczucie dziwnie przemieściło się w górę i uderzyło w struny głosowe. Musiała pokryć ich drżenie apodyktycznym warknięciem, które miało zabrzmieć jak przedrzeźnianie (choć Jeffrey nigdy nie warczał ani się nie wściekał, i w ogóle nie zachowywał się teatralnie).

– Ale właśnie specjalnie ma być niewinny, to ważne – dopowiedziała szybko. – Ma się nie do końca pewnie czuć ze swoją fizycznością. Ma być niezdarny i nie wierzyć w siebie.

I zaczęła mówić o postaci Orfeusza, nie o kelnerze. Orfeusz ma problem z miłością i z rzeczywistością. Nie zgadza się zaakceptować niczego poza doskonałością. Pragnie miłości, która nie ma nic wspólnego z codziennym życiem. Pragnie Eurydyki doskonałej.

– Eurydyka jest większą realistką. Była przez jakiś czas z Mathiasem i Monsieur Dulakiem. Miała mnóstwo okazji, żeby obserwować swoją matkę i jej kochanka. Wie, jacy są ludzie. Ale kocha Orfeusza. W pewnym sensie jej miłość jest lepsza od jego miłości. Lepsza dlatego, że Eurydyka nie jest taka naiwna. Kocha go jak człowieka.

– Ale sypiała z tamtymi – powiedział Brian.

– Z Monsieur Dulakiem musiała, nie mogła się z tego wyplątać. Nie chciała, ale pewnie po jakimś czasie sprawiało jej to przyjemność, bo się przyzwyczaiła i nic na to nie mogła poradzić. Dlatego winny jest Orfeusz – powiedziała Pauline zdecydowanym tonem. – Celowo ogląda się na Eurydykę, żeby ją zabić i się jej pozbyć, bo nie jest doskonała. Przez niego ona musi drugi raz umrzeć.

Brian, leżąc na plecach z otwartymi oczami (poznała to po tonie jego głosu), zapytał:

– Ale on też umiera, zgadza się?

– Tak. Z własnej woli.

– I odtąd są razem?

– Tak. Jak Romeo i Julia. „Orfeusz nareszcie jest z Eurydyką". Tak mówi Monsieur Henri. To ostatnia kwestia sztuki. Tak się kończy. – Pauline przewróciła się na bok i przytuliła policzek do ramienia Briana, nie żeby cokolwiek inicjować, tylko żeby podkreślić to, co miała powiedzieć za chwilę. – To piękna sztuka, z jednej strony, ale z drugiej niemądra. I tak naprawdę nie jest jak *Romeo i Julia*, bo tu śmierci nie powoduje nieszczęśliwy zbieg okoliczności. Oni zabijają się naumyślnie. Żeby nie musieć dalej żyć, nie musieć się pobierać, mieć dzieci, kupować starego domu i go remontować...

– I romansować na boku – wtrącił Brian. – W końcu to Francuzi. – A później dodał: – Być tacy jak moi rodzice.

Pauline się roześmiała.

– To oni romansują na boku? Już to widzę.

– No jasne – powiedział Brian. – Nie, mówię ogólnie. Logicznie rzecz biorąc, rozumiem, że można chcieć się zabić, żeby nie zmienić się w swoich rodziców. Ale nie wierzę, żeby ktoś naprawdę to zrobił.

– Każdy ma możliwość wyboru – odparła Pauline rozmarzonym głosem. – Jej matka i jego ojciec są na swój sposób podli, ale Orfeusz i Eurydyka nie muszą przecież być tacy jak oni. Nie są zepsuci. To, że Eurydyka spała z innymi, wcale nie znaczy, że jest zepsuta. Wtedy nie była zakochana. Nie znała jeszcze Orfeusza. W którymś monologu on mówi, że wszystko, co zrobiła, przylgnęło do niej na zawsze, i to jest wstrętne. Kłamstwa, jakie mu wciskała. Inni mężczyźni. To wszystko przylgnęło do niej na zawsze. Potem oczywiście Monsieur Henri to wykorzystuje. Mówi Orfeuszowi, że to wszystko przejdzie też na niego i że pewnego dnia będzie szedł z Eurydyką po ulicy i wyglądał, jakby szedł z psem, którego najchętniej by się pozbył.

Ku jej zdziwieniu Brian się roześmiał.

– Właśnie to jest głupie – powiedziała. – To nie jest coś nieuniknionego. To wcale nie jest coś nieuniknionego.

Dyskutowali dalej i przyjaźnie się sprzeczali, co było niecodzienne, ale też niezupełnie im obce. Zdarzało im się to wcześniej, w okresach dzielonych długimi przerwami – przegadać pół nocy o Bogu, o lęku czy o śmierci, o tym, jak powinno się kształcić dzieci albo o tym, czy pieniądze są ważne. W końcu przyznali, że są tak zmęczeni, że już mówią bez sensu, ułożyli się w przyjacielskiej pozycji i zasnęli.

Nareszcie deszczowy dzień. Brian z rodzicami wybrali się do Campbell River po zakupy i dżin, i żeby odstawić samochód ojca Briana do mechanika z powodu problemu, który dał o sobie znać w drodze z Nanaimo. Problem był błahy, ale samochód miał jeszcze ważną gwarancję, więc ojciec Briana chciał go naprawić najszybciej, jak się dało. Brian musiał pojechać swoim, na wypadek gdyby samochód ojca musiał zostać w naprawie. Pauline powiedziała, że nie jedzie ze względu na drzemkę Mary.

Namówiła Caitlin, żeby też się położyła – pozwoliła jej wziąć do łóżka magnetofon, pod warunkiem że będzie go słuchała bardzo cicho. Potem rozłożyła scenariusz na stole w kuchni, zrobiła sobie kawę i przestudiowała scenę, w której Orfeusz mówi, że to nie do zniesienia, istnieć w dwóch skórach, dwóch osobnych powłokach, z których każda ma osobną krew i osobny tlen, szczelnie zamknięte w swojej samotności, a Eurydyka prosi go:

„Nie mów nic. Nie myśl. Po prostu daj swojej dłoni wędrować swobodnie, pozwól jej, by była szczęśliwa".

Twoja dłoń jest moim szczęściem, mówi Eurydyka. Zaakceptuj to. Zaakceptuj swoje szczęście.

On oczywiście odpowiada, że nie może.

Caitlin często wołała z pytaniem, która godzina. W końcu pogłośniła muzykę. Pauline natychmiast poszła do sypialni dziewczynek i ostrym szeptem kazała ściszyć, żeby nie obudzić Mary.

– Jeśli jeszcze raz zrobisz tak głośno, zabiorę ci magnetofon. Jasne?

Ale Mara już przewracała się w łóżeczku, a przez najbliższych kilka minut było słychać cichy, zachęcający monolog Caitlin, który miał wytrącić siostrę ze snu. A także muzykę, pogłośnioną i zaraz ściszoną. A później odgłosy szarpania za szczebelki łóżeczka, podciągania się na rękach do stania, wyrzucania butelki na podłogę i pierwszych ptasich pisków, coraz bardziej żałościwych, które wreszcie przywołały matkę.

– Ja jej nie obudziłam – powiedziała Caitlin. – Sama się obudziła, naprawdę. Już nie pada. Pójdziemy na plażę?

Miała rację. Deszcz przestał padać. Pauline przewinęła Marę, kazała Caitlin przebrać się w kostium kąpielowy i znaleźć łopatkę i wiaderko. Sama też włożyła kostium, a potem jeszcze szorty, na wypadek gdyby reszta rodziny wróciła, kiedy one będą na plaży. („Tacie się nie podoba, że niektóre kobiety wychodzą z domków w samych kostiumach kąpielowych – powiedziała jej kiedyś mama Briana. – Chyba dlatego, że myśmy się jednak wychowali w innych czasach".) Wzięła ze stołu scenariusz, żeby zabrać go ze sobą, ale zaraz odłożyła. Bała się, że za bardzo ją wciągnie i że spuści dzieci z oka na chwilę za długo.

Nachodzące ją myśli o Jeffreyu tak naprawdę wcale nie były myślami, raczej zmianami, które odczuwała w ciele. Zdarzały się, kiedy siedziała na plaży (starając się nie wychodzić z półcienia i w ten sposób zachować bladość, jak życzył sobie tego Jeffrey) albo kiedy wyżymała pieluchy, albo kiedy siedzieli z Brianem u jego rodziców. W samym środku gry w monopol, w scrabble, w karty. Normalnie rozmawiała, słuchała, pracowała, pilnowała, co robią dzieci, gdy nagle jakieś wspomnienie tajemnego życia pojawiało się jak eksplozja jasności. Potem rozlewało się po jej ciele ciężkie ciepło, solidna pewność wypełniała wszystkie zagłębienia. Ale nigdy nie trwało to długo, uczucie zadowolenia wyciekało i była niczym skąpiec, którego bogactwo otrzymane w darze od losu znikło i który jest pewien, że takie szczęście nigdy więcej go nie spotka. Tęsknota zdyscyplinowała ją do liczenia upływających dni. Czasami nawet dzieliła dni na części, żeby wiedzieć dokładniej, ile czasu upłynęło.

Myślała o tym, żeby pod jakimś pretekstem wybrać się do Campbell River, tam znaleźć budkę i do niego zadzwonić. W tutejszych domkach nie było telefonów – jedyny aparat do użytku publicznego znajdował się w recepcji. Ale nie miała numeru hotelu, w którym pracował Jeffrey. Poza tym za nic nie dałaby rady wyrwać się do Campbell River wieczorem. A bała się, że jeśli zadzwoni do niego do domu, w dzień, może odebrać jego matka, nauczycielka francuskiego. Jeffrey mówił, że tego lata prawie w ogóle nie wychodziła. Jeden jedyny raz wybrała się promem do Vancouver na cały dzień. Jeffrey zadzwonił wtedy do Pauline i poprosił, żeby przyszła. Brian był tego dnia w szkole, a Caitlin u koleżanek.

– Nie mogę. Jest Mara – powiedziała.

– Kto? – zapytał. – A, tak, Mara. – Po chwili dodał: – A nie możesz przyjść z nią?

Powiedziała, że nie.

– Dlaczego? Mogłabyś wziąć zabawki i by się bawiła.

– Nie – powiedziała Pauline. – Nie mogę. Po prostu nie mogę.

Zabranie małej na tak bezwstydną wycieczkę wydawało jej się zbyt niebezpieczne. Bała się pójść z nią do domu, w którym płyny do czyszczenia nie są powierzone najwyższym półkom, a wszelkie tabletki, syropy na kaszel, papierosy i guziki pochowane bezpiecznie, tak żeby dziecko nie mogło się do nich dostać. Zresztą nawet gdyby Mara uniknęła zatrucia czy zakrztuszenia, mogłaby zmagazynować w pamięci bombę z opóźnionym zapłonem – wspomnienie obcego domu, gdzie nikt jej nie pilnował, zamkniętych drzwi, dochodzących zza nich odgłosów.

– Pragnę cię – powiedział Jeffrey. – Bardzo chciałem cię mieć we własnym łóżku.

Powtórzyła słabym głosem:

– Nie.

Często przypominały jej się te słowa. „Bardzo chciałem cię mieć we własnym łóżku". W jego głosie brzmiała na poły żartobliwa niecierpliwość, ale też determinacja i pewna praktyczność, tak jakby „we własnym łóżku" znaczyło coś więcej niż dosłownie, tak jakby łóżko, o którym mówił, nie było tylko fizycznie istniejącym przedmiotem, ale też nabierało szerszego znaczenia.

Czy odmawiając, popełniła wielki błąd? Czy unaoczniła sobie, jak jest ograniczona w tym, co każdy nazwałby jej prawdziwym życiem?

Na plaży nie spotkały prawie nikogo – ludzie przyzwyczaili się do myśli, że dzień jest deszczowy. Piasek był tak ciężki, że Caitlin nie mogła zbudować zamku ani wykopać kanału;

zresztą do takich przedsięwzięć brała się tylko z ojcem, bo czuła, że on autentycznie się nimi interesuje, a Pauline nie. Chodziła przy linii wody, nieco zagubiona. Pewnie brakowało jej obecności innych dzieci, bezimiennych kolegów i koleżanek, i zdarzających się co jakiś czas wrogów, chlapiących wodą i rzucających kamieniami, krzyków, opryskiwania się, gonienia i przewracania. Kawałek dalej chłopiec trochę większy od niej, i chyba sam, stał po kolana w wodzie. Gdyby ci dwoje zaczęli bawić się razem, wszystko mogłoby się ułożyć; udałoby się ocalić to wyjście na plażę. Pauline nie umiała ocenić, czy Caitlin wbiegała teraz na kilka kroków do morza, rozbryzgując wodę, ze względu na tego chłopca, i czy on przyglądał się jej z zaciekawieniem czy też z pogardą.

Mara nie potrzebowała towarzystwa, przynajmniej na razie. Niepewnym krokiem ruszyła w stronę wody, ale kiedy poczuła jej dotyk na stopach, zmieniła zdanie. Stanęła, obejrzała się i zobaczyła Pauline. – Pau. Pau – powiedziała, zadowolona, że ją poznała. Mówiła do Pauline „Pau" zamiast „mama". Oglądając się za siebie, straciła równowagę i usiadła częściowo na piasku, częściowo w wodzie, wydała z siebie pisk zdziwienia, który przeszedł w oznajmienie zamiaru, po czym, wykonując serię zdecydowanych, niezgrabnych ruchów, wśród których znalazło się podparcie całego ciężaru ciała na rękach, podniosła się i stanęła, chwiejnie i z poczuciem triumfu. Chodziła już od pół roku, ale poruszanie się po piasku wciąż sprawiało jej trudność. Teraz wracała do Pauline, rzucając po drodze rozsądne luźne uwagi w swoim języku.

– Piasek – powiedziała Pauline, nabierając go w garść i pokazując córce. – Popatrz. Mara. Piasek.

Mara poprawiła ją, nazywając go jakoś inaczej; brzmiało to jak „siap". Przez ceratowe majtki i frotowy pajacyk, skrywające grubą pieluchę, miała dużą pupę, co w połączeniu z pulchnymi policzkami i ramionami i władczym spojrzeniem z ukosa nadawało jej wygląd szelmowskiej matrony.

Pauline zorientowała się nagle, że ktoś ją woła. Jej nazwisko padło dwa czy trzy razy, ale nie zareagowała na nie, bo głos był nieznajomy. Wstała i pomachała do wołającej – kobiety, która pracowała w sklepiku w recepcji. Wychylała się przez balkon i wołała:

– Pani Keating! Pani Keating? Telefon do pani.

Pauline podniosła Marę i posadziła ją sobie na biodrze, po czym zawołała starszą córkę. Już się nawzajem zauważyli z nieznajomym chłopcem – oboje podnosili kamienie z dna i rzucali do wody. Caitlin początkowo nie usłyszała Pauline albo udała, że nie słyszy.

– Sklepik! – zawołała Pauline. – Caitlin. Sklepik.

Kiedy była pewna, że Caitlin za nią pójdzie – gwarantowało to słowo „sklepik", wizja małego stoiska w budynku recepcji, gdzie można było kupić lody, słodycze, papierosy i gotowe drinki w butelkach – ruszyła w trasę, która wiodła przez piach i wysokie drewniane schody nad plażą i krzewami golterii. W połowie drogi przystanęła.

– Mara, ważysz chyba tonę – powiedziała i przełożyła ją na drugie biodro.

Caitlin waliła patykiem w ogrodzenie.

– Kupisz mi lizaka? Mamo? Kupisz?

– Zobaczymy.

– Kup mi lizaka, proszę.

– Zaczekaj.

Telefon do użytku publicznego wisiał koło tablicy ogłoszeń po drugiej stronie holu recepcji, naprzeciwko drzwi jadalni, w której ze względu na deszcz urządzono grę w bingo.

– Mam nadzieję, że się nie rozłączył – zawołała kobieta, która pracowała w sklepiku, ale której teraz nie było widać za ladą.

Pauline, wciąż trzymając Marę na rękach, podniosła dyndającą słuchawkę i rzuciła szybkie: – Halo? – Spodziewała się usłyszeć Briana, który powie, że coś ich zatrzymało w Campbell River albo zapyta, co miał kupić w aptece. Poprosiła go o tylko jedną rzecz, maść cynkową, więc sobie tego nie zapisał.

– Pauline – odezwał się Jeffrey. – To ja.

Mara podskakiwała i szamotała się w uścisku Pauline, bo chciała zejść. Caitlin przeszła przez hol i weszła do sklepiku. Pauline powiedziała:

– Sekundę, sekundę.

Pozwoliła Marze zjechać na ziemię i podbiegła zamknąć drzwi, którymi weszła. Nie przypominała sobie, żeby podawała Jeffreyowi nazwę tego kempingu, chociaż mówiła mu, gdzie mniej więcej leży. Usłyszała, jak sprzedawczyni ze sklepiku zwraca się do Caitlin, tonem ostrzejszym niż ten, którym mówiła do dzieci, kiedy byli przy nich rodzice:

– Zapomniałaś opłukać stopy pod kranem?

– Przyjechałem tu – powiedział Jeffrey. – Dość kiepsko mi było bez ciebie. Zupełnie kiepsko.

Mara ruszyła w kierunku jadalni, tak jakby męski głos, wo-
łający „Pod literą N", był zaproszeniem skierowanym bezpośrednio do niej.

– Tu? To znaczy gdzie? – zapytała Pauline.

Czytała mimochodem kartki przyczepione pinezkami do
tablicy ogłoszeń koło telefonu.

ZABRANIA SIĘ PRZEBYWAĆ W ŁODZIACH I KAJAKACH OSOBOM
PONIŻEJ CZTERNASTEGO ROKU ŻYCIA NIEPRZEBYWAJĄCYM POD
OPIEKĄ OSOBY DOROSŁEJ

LOKALNE ZAWODY WĘDKARSKIE

JARMARK WYROBÓW CUKIERNICZYCH I RĘKODZIEŁA, KO-
ŚCIÓŁ ST. BARTHOLOMEW'S

TWOJE ŻYCIE W TWOICH RĘKACH. CZYTANIE Z DŁONI I KART.
ROZSĄDNE I PRECYZYJNE. PROSIĆ CLAIRE

– W motelu. W Campbell River.

Pauline wiedziała, gdzie się znajduje, jeszcze zanim otworzyła
oczy. Nic jej nie zaskoczyło. Spała wprawdzie, ale nie na tyle
głęboko, żeby stracić kontrolę nad biegiem wydarzeń.

Poprzedniego dnia razem z dziećmi zaczekała na Briana na parkingu przed recepcją i poprosiła go o kluczyki.
W obecności jego rodziców powiedziała, że potrzebuje jeszcze czegoś z Campbell River. Zapytał czego. I czy ma pieniądze.

– Czegoś – odpowiedziała, żeby pomyślał, że chodzi o tam-
pony albo tabletki antykoncepcyjne, o których nie chciała
głośno mówić.

– No dobra, ale będziesz musiała zatankować.

Później musiała porozmawiać z nim przez telefon. Jeffrey powiedział, że musi.

– Bo ode mnie tego nie przyjmie. Pomyśli, że cię porwałem czy coś. Nie uwierzy.

Ale najdziwniejsze ze wszystkiego, co zdarzyło się tego dnia, było to, że Brian sprawiał wrażenie, jakby natychmiast uwierzył. Stojąc tam, gdzie tak niedawno stała ona, w publicznym holu recepcji – gra w bingo już się skończyła, ale koło telefonu, jak słyszała, przechodzili ludzie wychodzący z jadalni po kolacji – powiedział: „Aha. Aha. Okej". Z pewnością na bieżąco kontrolował głos, ale równocześnie zdawał się czerpać z zasobów fatalizmu czy wiedzy znacznie przekraczających potrzeby tej chwili.

Tak jakby od zawsze, od samego początku, wiedział, do czego jest zdolna jego żona.

– Okej – powtórzył. – A co z samochodem?

Powiedział jeszcze coś, coś niemożliwego, i odłożył słuchawkę. Pauline wyszła z budki telefonicznej, która znajdowała się w pobliżu dystrybutorów paliwa w Campbell River.

– Szybko poszło – skomentował Jeffrey. – Łatwiej, niż się spodziewałaś.

– Nie wiem – odpowiedziała Pauline.

– Może podświadomie wiedział. Takie rzeczy się wie.

Potrząsnęła głową na znak, żeby już nic nie mówił, na co on mruknął „przepraszam". Szli ulicą, nie dotykając się i nie odzywając do siebie.

Musieli wyjść i poszukać budki, bo w pokoju w motelu nie było telefonu. Teraz, wczesnym rankiem, rozglądając się wokół siebie – w pierwszej chwili prawdziwego spokoju i swobody, odkąd tam weszła – Pauline zobaczyła, że w ogóle niewiele było sprzętów. Licha toaletka, łóżko bez wezgłowia, tapicerowane krzesło bez podłokietników, a w oknie żaluzja ze złamaną listewką i zasłona z pomarańczowego plastiku, która miała imitować firankę i która nie wymagała obrębienia, wystarczyło po prostu obciąć ją na dole. Był też głośno pracujący klimatyzator – Jeffrey wyłączył go w nocy, a ponieważ okno się nie otwierało, zostawił uchylone drzwi, zabezpieczywszy je od środka łańcuchem. Teraz były zamknięte. Widocznie wstał w nocy i je zamknął.

To było wszystko, nie miała niczego więcej. Więź z domkiem, w którym leżał teraz Brian i spał, albo i nie, została zerwana, tak jak więź z domem, który odzwierciedlał jej wspólne życie z Brianem, sposób, w jaki chcieli żyć. Nie miała już mebli. Odcięła się od wszystkich dóbr trwałych stanowiących własność jej i męża, takich jak pralka i suszarka, jak dębowy stół i odnowiona szafa, i żyrandol – kopia żyrandola z obrazu Vermeera. Tak samo odcięła się od rzeczy, które należały wyłącznie do niej – takich jak kryształowe szklanki, które zbierała, i dywanik modlitewny, nie autentyczny, oczywiście, ale piękny. W szczególności od tych właśnie rzeczy. Nawet książki straciła może na zawsze. Nawet ubrania. Możliwe, że spódnica, bluzka i sandały – to, co miała na sobie, jadąc do Campbell River – są całym jej majątkiem. Nie zamierzała wracać, żeby się o cokolwiek upomnieć. Jeśli Brian skontaktuje się z nią i zapyta, co ma zrobić z jej rzeczami, powie, żeby zrobił, co zechce – niech powrzuca wszystko do worków i wyniesie na śmietnik, jeżeli tak będzie mu się podobało. (W istocie wiedziała, że prawdopodobnie zapakuje wszystko do walizy, co rzeczywiście zrobił – przesłał jej, z pełną skrupulatnością, nie tylko zimowy płaszcz i kozaki, ale też takie rzeczy jak gorset, który miała na sobie w dniu ślubu i już nigdy później, a wszystko nakrył starannie dywanikiem modlitewnym, w geście ostatecznie potwierdzającym jego wspaniałomyślność, czy to naturalną, czy wyrachowaną.)

Była pewna, że już nigdy nie będzie jej obchodziło, w jakich pokojach będzie mieszkała ani w co będzie się ubierała. Że nie będzie w ten sposób podpowiadać ludziom, kim jest, jakim jest człowiekiem. Nawet sobie samej tego nie podpowie. Najzupełniej wystarczy jej to, co zrobiła – to wszystko.

To, co zrobiła, znała ze słyszenia i z książek. To samo zrobiła Anna Karenina i to samo chciała zrobić madame Bovary. To samo zrobił jeden z nauczycieli ze szkoły Briana, z sekretarką. Odszedł do niej. Tak się o tym mówiło. Lekceważąco, humorystycznie, z lekką zawiścią. Było to cudzołóstwo posunięte o krok dalej. Ludzie, którzy się tego dopuszczali, prawie na pewno wcześniej mieli romans, cudzołożyli ze sobą dłużej lub krócej, zanim zdobyli się na ten desperacki czy odważny kolejny ruch. Raz na jakiś czas, ale niezmiernie rzadko, zdarzało się, że zakochani twierdzili, że ich miłość pozostała nieskonsumowana i czysta, ale o takich osobach myślało się – jeżeli ktokolwiek w ogóle wierzył ich słowom – nie tylko jako o bardzo powściągliwych i wysublimowanych, ale i zatrważająco nierozsądnych. Aż chciało się ich postawić w jednym rzędzie z tymi, którzy rezygnowali ze wszystkiego i podejmowali ryzyko wyjazdu do pracy w jakimś biednym i niebezpiecznym kraju.

Tych pierwszych, cudzołożników, postrzegano jako nieodpowiedzialnych, niedojrzałych, samolubnych, nawet okrutnych. Ale też jako szczęściarzy. Uważano ich za szczęściarzy, bo seks, który uprawiali w zaparkowanych samochodach czy w wysokiej trawie, czy w skalanych łożach małżeńskich, czy, co najbardziej prawdopodobne, w motelach takich jak ten, na pewno był fantastyczny. Inaczej przecież nie czuliby tak przemożnej potrzeby, żeby być ze sobą za wszelką cenę, ani takiej wiary, że ich wspólna przyszłość będzie zdecydowanie lepsza i jakościowo różna od tego, co mieli w przeszłości.

Jakościowo różna. W to właśnie musi wierzyć teraz Pauline: że istnieją zasadnicze różnice między jednym ludzkim życiem a drugim, między jednym małżeństwem a drugim, między poszczególnymi związkami. Że niektóre charakteryzuje swoista konieczność, niby piętno losu, którego innym brak. Oczywiście, rok wcześniej powiedziałaby to samo. Ludzie tak mówili i wydawali się w to wierzyć, tak jak zawsze wydawali się wierzyć w to, że ich przypadek jest pierwszy i wyjątkowy, nawet jeśli wszyscy wokół widzieli jasno, że nie i że tamci nie rozumieją, o czym mówią. Pauline sama by wtedy nie rozumiała, o czym mówi.

W pokoju było za ciepło. Ciało Jeffreya było za ciepłe. Biła od niego jakby siła przekonania i kłótliwość, nawet we śnie.

Miał potężniejszy tors niż Brian i większy brzuch. I więcej ciała, ale w dotyku było ono jędrne. Niezbyt przystojny – na pewno tak oceniłaby go większość ludzi. I niezbyt schludny. Brian w łóżku nie pachniał niczym. Skóra Jeffreya wydzielała lekko tłustawy czy orzechowy zapach. Zeszłego wieczoru się nie mył, ona zresztą też. Nie było czasu. Czy chociaż miał ze sobą szczoteczkę do zębów? Ona nie. No ale ona nie wiedziała, że zostanie.

Kiedy spotkała się tu z Jeffreyem, wciąż pamiętała, że musi wymyślić jakieś kolosalne kłamstwo, żeby wytłumaczyć się po powrocie. I że musi – muszą – się spieszyć. Kiedy Jeffrey powiedział jej, że uznał, że muszą być razem, że ona pojedzie z nim na uniwersytet, że trzeba będzie zarzucić pracę nad inscenizacją sztuki, bo w Victorii będą mieli zbyt duże trudności, spojrzała na niego takim pustym spojrzeniem, jakim spojrzałoby się na kogoś w chwili, gdy zaczęłoby się trzęsienie ziemi. Mogłaby od ręki wyliczyć mu mnóstwo powodów, dla których było to niemożliwe; wciąż myślała, że mu o nich powie, ale jej życie zaczęło już płynąć nowym, nieznanym nurtem. Powrót byłby jak zawiązanie sobie worka na głowie.

Zapytała więc tylko: „Jesteś pewien?".

On odpowiedział: „Jasne". I dodał z uczuciem: „Nigdy cię nie opuszczę".

To jej do niego nie pasowało. Nagle zdała sobie sprawę, że cytuje – być może ironicznie – zdanie z ich sztuki. Te słowa Orfeusz wypowiadał do Eurydyki kilka chwil po tym, jak się poznali w dworcowym bufecie.

Jej życie więc się załamało; stała się jedną z tych osób, które odchodzą do kogoś innego. Kobietą, która w szokujący i niepojęty sposób wyrzeka się wszystkiego, co miała. Dla miłości, powiedziałby sucho bezstronny obserwator. To znaczy dla seksu. Nie doszłoby do tego, gdyby nie seks.

A czy tutaj może być mowa o jakiejś wielkiej różnicy? Przecież to nie jest procedura o ogromnej różnorodności, wbrew temu, co się nam wmawia. Skóra na skórze, ruchy, kontakt, wynik. Pauline nie należy do kobiet, od których trudno jest uzyskać wyniki. Brian je uzyskiwał. Uzyskiwałby je prawdopodobnie każdy, kto nie byłby skrajnie niewprawny czy moralnie odstręczający.

Ale tak naprawdę nic nie jest takie samo. W bliskości z Brianem – z Brianem, którego darzyła swego rodzaju egoistyczną życzliwością, z którym żyła w małżeńskiej komitywie – nie mogło być tego odzierania się, nieuchronnej ucieczki, uczuć, o które nie trzeba się starać, tylko się im poddać, tak jak nie trzeba się starać, żeby oddychać i żeby umrzeć. Jest pewna, że to może się stać tylko wtedy, kiedy ta druga skóra należy do Jeffreya, kiedy ruchy wykonuje Jeffrey i kiedy ciężar, który na niej spoczywa, ma w sobie serce Jeffreya, a także jego przyzwyczajenia, myśli, osobliwości, jego ambicję i samotność (która, o ile wie, może wynikać głównie z jego młodości).

O ile wie.

Bardzo wielu rzeczy nie wie. Nie wie prawie nic o tym, co on lubi jeść, jakiej muzyki słucha czy jaką rolę odgrywa w jego życiu matka (niewątpliwie tajemniczą, lecz ważną, tak jak rodzice w życiu Briana). Jednego jest za to całkowicie pewna:

niezależnie od tego, co on lubi, a czego nie lubi, ona będzie się z tym liczyła do końca życia.

Wyślizguje się spod dłoni Jeffreya i spod prześcieradła, które ostro pachnie wybielaczem. Zsuwa się z łóżka na podłogę, podnosi narzutę, kawałek szmaty z zielonkawożółtej szenili, i szybko się nią owija. Nie chce, żeby Jeffrey otworzył oczy, zobaczył ją od tyłu i zauważył, jak obwisłe ma pośladki. Widywał już ją nagą, ale zazwyczaj w bardziej łaskawych okolicznościach.

Płucze usta i myje się, używając kawałka mydła wielkości dwóch cienkich kostek czekolady, twardego jak kamień. Między nogami jest obolała, opuchnięta i nieświeża. Z trudem opróżnia pęcherz, wygląda też na to, że ma zatwardzenie. Poprzedniego wieczoru, kiedy wyszli na hamburgera, nie mogła jeść. Zapewne nauczy się znów wykonywać te wszystkie czynności, z powrotem zajmą w jej życiu naturalnie ważne miejsce. Chwilowo jest jednak tak, jakby szkoda jej było tracić na nie uwagę.

W portmonetce ma trochę pieniędzy. Musi wyjść po szczoteczkę i pastę do zębów, dezodorant, szampon. I żel antykoncepcyjny. W nocy za pierwszym i drugim razem używali prezerwatyw, za trzecim już niczego.

Nie wzięła ze sobą zegarka, a Jeffrey nie uznaje zegarków. W pokoju nie ma zegara, oczywiście. Wydaje jej się, że jest wcześnie – mimo upału światło wygląda na wczesnoporanne. Sklepy pewnie nie są jeszcze otwarte, ale znajdzie się miejsce, gdzie będzie można napić się kawy.

Jeffrey przewrócił się na drugi bok. Widocznie go obudziła, ale tylko na chwilę.

Będą mieli swoją sypialnię. I kuchnię, i adres. On będzie chodził do pracy. Ona będzie chodzić do pralni. Może też pracować. Sprzedawała już coś, obsługiwała stoliki jako kelnerka, uczyła. Zna francuski i łacinę – czy w amerykańskich liceach uczy się francuskiego i łaciny? Czy można dostać pracę, jeżeli nie jest się Amerykaninem? Jeffrey nie jest.

Zostawia mu klucz. Żeby potem wejść, będzie musiała go obudzić. Nie ma niczego, czym – ani na czym – można by napisać dwa słowa.

Rzeczywiście jest wcześnie. Motel stoi przy autostradzie na północnym skraju miasteczka, koło mostu. Nie ma jeszcze ruchu. Pauline idzie powoli pod szpalerem topól. Dopiero po dłuższej chwili po moście przetacza się pierwszy pojazd, chociaż od ruchu na tym moście ich łóżko trzęsło się nieustannie do późna w nocy.

Teraz coś się zbliża. Ciężarówka. Ale nie tylko – w tym samym czasie do Pauline dociera ważny, ponury fakt. Nie przychodzi znikąd – czekał, poszturchiwał ją bezlitośnie, odkąd się obudziła, a może nawet przez całą noc.

Caitlin i Mara.

Poprzedniego wieczoru, pod koniec rozmowy, podczas której mówił równym, kontrolowanym, niemal uprzejmym głosem – jakby wręcz szczycił się tym, że nie jest zszokowany, nie protestuje ani nie błaga – Brian pękł. Z pogardą, wściekłością i bez hamowania się ze względu na to, że ktoś może usłyszeć, zapytał:

– No dobrze, a co z dziewczynkami?

Słuchawka przy uchu Pauline zaczęła się trząść.

– Porozmawiamy... – zaczęła, ale on jakby jej nie słyszał.

– Dzieci – powiedział, tym samym drżącym i mściwym tonem. Zmiana słowa „dziewczynki" na „dzieci" była jak uderzenie czymś ciężkim, poważną, oficjalną groźbą, pełną moralnej wyższości. – Dzieci zostają. Pauline. Słyszałaś, co powiedziałem?

– Nie. Tak, słyszałam, ale...

– To dobrze. Słyszałaś, co powiedziałem. Zapamiętaj to sobie. Dzieci zostają.

To była jego jedyna szansa. Jedyny sposób, żeby unaocznić jej, co chce zrobić, co chce zakończyć, i żeby ją ukarać, jeżeli rzeczywiście to zrobi. Nikt by go nie winił. Mógł się targować, z całą pewnością mógł ją upokorzyć, ale zamiast tego – tylko te słowa jak gładki, zimny kamień w jej gardle, jak kula armatnia. Która pozostanie tam na stałe, jeżeli ona, Pauline, nie zmieni podjętej decyzji.

Dzieci zostają.

Ich samochód – jej i Briana – wciąż stał na motelowym parkingu. Brian będzie dziś musiał poprosić któreś z rodziców o podwiezienie go tutaj. Kluczyki miała w torebce. Mieli też zapasowe – na pewno Brian weźmie je ze sobą. Otworzyła samochód, rzuciła swoje kluczyki na siedzenie, wcisnęła przycisk na drzwiach i zatrzasnęła je.

Teraz nie miała już odwrotu. Nie mogła wsiąść do samochodu, wrócić i powiedzieć, że chyba coś w nią wstąpiło. Gdyby tak zrobiła, Brian by jej przebaczył, ale nigdy by nie zapomniał, i ona też. Ale jakoś by z tym żyli, jak inni.

Wyszła z parkingu i ruszyła chodnikiem do centrum.

Ciężar Mary na biodrze wczoraj. Widok śladów stóp Caitlin na podłodze.

Pau. Pau.

Nie są jej potrzebne kluczyki, żeby do nich wrócić, nie jest jej potrzebny samochód. Może złapać okazję na autostradzie. Poddać się, poddać, wrócić do nich wszystko jedno jak. Jak może tego nie zrobić?

Worek na głowie.

Płynny wybór – wytwór fantazji – wylewa się na ziemię i natychmiast twardnieje, w jednej chwili przybiera ostateczny kształt.

*

To ostry ból. Z czasem przerodzi się w przewlekły. Przewlekły – to znaczy, że będzie stały, ale może nie bezustanny. Może to również znaczyć, że się od niego nie umrze. Nie będzie się można od niego uwolnić, ale się od niego nie umrze. Nie będzie się go czuło w każdej minucie, ale niewiele będzie dni wolnych od niego. Z czasem opanuje się kilka sztuczek, żeby go stłumić czy przegnać, starając się nie zniszczyć tego, co się kosztem bólu zyskało. To nie jest jego wina. On jest wciąż nie-winiątkiem albo dzikusem, który nie wie, że na świecie istnieje ból tak długotrwały. Powtarzaj sobie: w końcu przecież i tak je tracimy. Dorastają i odchodzą. Kobietę, która jest matką, zawsze czeka to prywatne, lekko żałosne poczucie opuszczenia. Zapomną o czasie spędzonym razem, wyrzekną się ciebie w taki czy inny sposób. Albo będą się pałętać koło maminej spódnicy tak długo, że nie będzie wiadomo, co z nimi począć, tak jak Brian.

Ale – mimo wszystko – jak to boli. A trzeba będzie nosić w sobie ten ból i przyzwyczaić się do niego, aż wreszcie żal będzie dotyczył jedynie przeszłości, a nie możliwej teraźniejszości.

Jej dzieci dorosły. Nie nienawidzą jej. Ani za to, że odeszła, ani za to, że nie wróciła. Ale też nie wybaczają. Może nie wybaczyłyby jej tak czy owak, ale czegoś innego.

Caitlin pamięta trochę z tamtego lata na kempingu, Mara nic. Pewnego dnia Caitlin wspomina o nim Pauline, określając go miejscem, „gdzie spędzali wakacje babcia i dziadek".

– Tam byliśmy, kiedy odeszłaś – mówi. – Tyle że dopiero później dowiedziałyśmy się, że odeszłaś z Orfeuszem.

– Nie z Orfeuszem – prostuje Pauline.

– Nie? Tata twierdził, że tak. Mówił: „A potem wasza matka odeszła z Orfeuszem".

– W takim razie żartował – mówi Pauline.

– Zawsze myślałam, że z Orfeuszem. Czyli to był ktoś inny.

– Inny mężczyzna związany z tą sztuką. Z którym przez jakiś czas dzieliłam życie.

– Nie Orfeusz.

– Nie. Nie Orfeusz.

Kurewski majątek

Tego letniego wieczoru 1974 roku, gdy samolot wyhamowywał pod bramką, Karin sięgnęła do plecaka i wyjęła z niego kilka rzeczy. Czarny beret, który włożyła na bakier, tak że niemal całkowicie przysłaniał jedno oko, czerwoną szminkę, którą pomalowała usta, wykorzystując w charakterze lustra samolotowe okno – w Toronto było już ciemno – i długą czarną cygaretkę, którą chciała mieć pod ręką, żeby w odpowiedniej chwili włożyć ją między zęby. Beret i cygaretkę podwędziła z kostiumu Irmy la Douce, za którą jej macocha przebrała się na bal, a szminkę kupiła sobie sama, za swoje pieniądze.

Wiedziała, że nie ma szans, żeby wyglądać jak dorosła kusicielka. Ale nie zamierzała wyglądać jak dziesięciolatka, która wsiadła do samolotu pod koniec zeszłego lata.

Nikt w tłumie nie zwracał na nią szczególnej uwagi, nawet kiedy wetknęła sobie cygaretkę w usta i zrobiła posępno-lubieżną minę. Wszyscy byli zbyt podenerwowani, rozkojarzeni, ucieszeni lub oszołomieni. Wiele osób wyglądało tak, jakby też były w przebraniu. Czarni mężczyźni sunęli z szelestem, ubrani w barwne szaty i małe wyszywane czapeczki, a stare kobiety siedziały na walizkach, zgarbione, z szalami zarzuconymi na głowy. Hipisi byli obdarci i poobwieszani koralikami. Na kilka chwil Karin otoczyła też grupka mężczyzn o poważnych minach. Mieli na głowach czarne kapelusze, a przy policzkach zwieszały im się kręcone kosmyki włosów. Ludziom oczekującym na pasażerów nie wolno było tutaj wchodzić, ale wchodzili, przedostając się przez automatycznie otwierane drzwi. W tłumie po drugiej stronie stanowiska odbioru bagażu Karin dostrzegła swoją matkę Rosemary, która jeszcze jej nie zauważyła. Rosemary była ubrana w długą granatową sukienkę w złote i pomarańczowe księżyce, miała bardzo czarne włosy, świeżo ufarbowane, upięte na czubku głowy w kształt ptasiego gniazda. Wyglądała na starszą, niż pamiętała ją Karin, i nieco zagubioną. Spojrzenie dziewczyny przeniosło się dalej – w poszukiwaniu Dereka. Łatwo było wypatrzyć go w tłumie ze względu na wzrost, lśniące czoło i jasne, falujące włosy do ramion. A także ze względu na spokojne, błyszczące oczy i ironiczne usta, i umiejętność trwania w bezruchu. Nie to co Rosemary – ta kręciła się teraz, wspinała na palce i rozglądała dokoła w sposób zdradzający oszołomienie i zniechęcenie.

Dereka nie było u boku Rosemary ani nigdzie w pobliżu. Jeżeli nie poszedł akurat do toalety, to w ogóle nie przyjechał.

Karin wyjęła z ust cygaretkę i wyprostowała beret. Skoro nie było Dereka, to kawał nie miał sensu. Zrobienie takiego kawału Rosemary spowodowałoby tylko dezorientację, a ona i bez tego wyglądała na dostatecznie zdezorientowaną i opuszczoną.

– Masz umalowane usta! – powiedziała Rosemary, oszołomiona, z wilgotnymi oczami. Otuliła Karin rękawami przypominającymi skrzydła i zapachem masła kakaowego. – Nie mów mi, że ojciec pozwala ci malować usta.

– Chciałam was nabrać – wyjaśniła Karin. – Gdzie Derek?

– Nie ma go.

Karin zauważyła swoją walizkę. Schyliła się, prześliznęła między ciałami dorosłych i zdjęła ją z pasa. Rosemary chciała jej pomóc ją nieść, ale Karin zapewniła, że jest okej. Przepchały się do wyjścia i minęły oczekujących, którzy nie mieli odwagi czy cierpliwości przedostać się dalej. Nie odzywały się do siebie, dopóki nie wyszły na gorący wieczór i nie skierowały się na parking. Wtedy Karin zapytała:

– Co się stało? Jakaś awanturka?

Rosemary i Derek nazywali awanturkami swoje kłótnie, które przypisywali trudnościom wynikającym ze wspólnej pracy nad jego książką.

– Już się nie spotykamy – odpowiedziała Rosemary z przerażającym spokojem. – Nie pracujemy razem.

– Serio? To znaczy, że ze sobą zerwaliście?

– Jeżeli tacy ludzie jak my mogą ze sobą zerwać.

Światła samochodów wciąż napływały zewsząd do miasta i jednocześnie z niego wypływały po wielkich łukowatych estakadach i gęstym strumieniem pod nimi. Rosemary nie miała klimatyzacji – nie dlatego, że nie było jej na nią stać, tylko dlatego, że nie była do niej przekonana – więc musiały otworzyć okna, przez które szum samochodów wpadał niczym rzeka płynąca w mieszaninie spalin i powietrza. Rosemary nie cierpiała prowadzić w okolicy Toronto. Kiedy zjawiała się tu raz w tygodniu, żeby spotkać się z wydawcą, dla którego pracowała, jeździła autobusem, a przy innych okazjach zazwyczaj woził ją Derek. Karin milczała, kiedy zjeżdżały z autostrady prowadzącej na lotnisko i kierowały się na wschód drogą 401, po czym, mniej więcej po osiemdziesięciu milach nerwowej koncentracji Rosemary, skręciły w mniej uczęszczaną drogę, która miała doprowadzić je prosto do celu.

– To jak, Derek wyjechał? – zapytała Karin. – Wyjechał na wycieczkę? – dodała za chwilę.

– Nie wiem – powiedziała Rosemary. – No ale skąd miałabym wiedzieć.

– A Ann? Jest w domu?

– Pewnie tak. Ona nigdy się z niego nie rusza.

– Zabrał od ciebie swoje rzeczy i w ogóle?

Derek trzymał w przyczepie Rosemary więcej rzeczy, niż było potrzebne do pracy nad grubymi plikami jego maszynopisu. Książki, co oczywiste – nie tylko te niezbędne w pracy, ale też książki i pisma do czytania w przerwach, kiedy kładł się na łóżku Rosemary. Płyty. Ubrania i buty z cholewkami, gdyby naszła go ochota na wędrówkę po lesie, tabletki od bólu żołądka i głowy, a nawet narzędzia i drewno, z którego zbudował altanę. W łazience leżały jego przybory do golenia, szczoteczka do zębów i specjalna pasta do wrażliwych dziąseł. Na blacie w kuchni stał jego młynek do kawy. (Nowy, nowocześniejszy, kupiony przez Ann, stał na blacie kuchennym w domu, który wciąż był jego domem.)

– Sprzątnął wszystko – powiedziała Rosemary.

Skręciła na parking przy otwartej jeszcze budce z pączkami, na skraju pierwszej miejscowości przy tej drodze.

– Kawa dla podtrzymania życia – wyjaśniła.

Zwykle jak się tutaj zatrzymywali, Karin zostawała z Derekiem w samochodzie. On takiej kawy nie pijał. „Twoja matka jest uzależniona od takich miejsc jak to ze względu na swoje straszne dzieciństwo" – powiedział kiedyś. Nie znaczyło to, że rodzice zaciągali Rosemary do tego rodzaju miejsc, tylko że nie wolno jej było nawet do nich wchodzić, podobnie jak nie wolno jej było jeść nic smażonego ani słodkiego, tylko warzywa i oślizłą owsiankę. Nie dlatego, że jej rodzice byli biedni – byli bogaci – tylko dlatego, że byli wyznawcami zdrowego żywienia, zanim nadeszła na nie moda. Derek znał Rosemary krótko – w porównaniu, powiedzmy, z czasem, jaki spędził z nią ojciec Karin, Ted – ale chętniej niż Ted mówił o jej wcześniejszym życiu i wyjawiał jego szczegóły, takie jak rytuał cotygodniowych lewatyw, które sama Rosemary pomijała w swoich opowieściach.

Nigdy, przenigdy w swoim życiu niewakacyjnym, życiu z Tedem i Grace, Karin nie znalazłaby się w miejscu, gdzie tak cuchnęło przypalonym cukrem, tłuszczem, dymem papierosowym i kwaśną kawą. Ale oczy Rosemary z przyjemnością obejmowały ladę, na której za szkłem leżały pączki z bitą śmietaną (pisaną z francuska, *crème*) i dżemem, z nadzieniem toffi i polewą czekoladową, obwarzanki i eklery, i drożdżówki z rodzynkami, i rogale francuskie z nadzieniem, i kruche ciastka monstrualnych rozmiarów. Nie widziała powodu, dla którego należałoby odmawiać sobie takich pyszności, może z wyjątkiem obawy przed przytyciem, i nie chciało jej się wierzyć, że nie każdy ma nieustanną ochotę na takie jedzenie.

Przy ladzie – gdzie, jak głosił napis na tabliczce, nie wolno było przebywać dłużej niż dwadzieścia minut – siedziały dwie tłuste kobiety w mocno natapirowanych fryzurach, a między nimi chudy mężczyzna o chłopięcym wyglądzie, ale pomarszczony na twarzy, który szybko mówił; wyglądało na to, że opowiada dowcipy. Kiedy rozbawione panie chichotały i kręciły głowami, a Rosemary zamawiała rogala francuskiego z migdałami, mężczyzna puścił do Karin oko, obleśnie i konspiracyjnie. Wtedy dziewczyna zdała sobie sprawę, że wciąż ma uszminkowane usta.

– Nie można się im oprzeć, co? – powiedział do Rosemary, a ona się roześmiała, biorąc jego słowa za przyjazne zagajenie mieszkańca małej miejscowości.

– Ja nie umiem – odpowiedziała. – Na pewno nie masz na nic ochoty? – zwróciła się do Karin.

– Mała dba o linię? – zapytał pomarszczony mężczyzna.

Na północ od tej miejscowości ruch prawie zamarł. Powietrze się ochłodziło i nabrało bagiennego zapachu. Gdzieniegdzie żaby kumkały tak głośno, że zagłuszały szum silnika. Jednopasmowa droga wiła się między kępami poczerniałych drzew zimozielonych i jaśniejszą czernią pól nakrapianych jałowcem i farm graniczących z lasem. W pewnej chwili, na zakręcie, samochód omiótł światłami pierwsze grupy skał, niektóre szaroróżowe i błyszczące, a niektóre koloru zaschłej krwi. Wkrótce zaczęło ich przybywać, a tu i ówdzie skały nie były skupione bezładnie, tylko poukładane niczym ludzką ręką – w grubsze i cieńsze warstwy, i te miały kolor szary albo zielonkawobiały. Wapień, przypomniała sobie Karin. Wapienne podłoże występujące tu naprzemiennie z kamieniem z platformy prekambryjskiej. Derek ją o tym uczył. Mówił, że chciałby być geologiem, bo kocha skały. Ale nie byłby zadowolony, że zarabia pieniądze w firmach zajmujących się wydobyciem zasobów. Pociągała go również historia – dziwne to było połączenie. „Historia dla faceta, który lubi siedzieć w domu, a geologia dla faceta, który czasem lubi wyjść z domu", powiedział kiedyś z powagą, po której Karin poznała, że z siebie żartuje.

Teraz chciała się pozbyć – chciała, żeby po prostu wyleciało przez okno z pędem północnego powietrza – tego przewrażliwienia i wyższości w związku z rogalem z migdałami, niedobrą kawą, którą Rosemary popijała niemal ukradkowo, z mężczyzną przy ladzie, a nawet z młodzieńczą, hipisowską sukienką Rosemary i jej włosami spiętymi byle jak na czubku głowy. Chciałaby też pozbyć się tęsknoty za Derekiem, poczucia, że została po nim pustka, którą trzeba będzie jakoś wypełnić, i że zawęził się krąg możliwości. Na głos powiedziała:

– Cieszę się. Cieszę się, że odszedł.

– Naprawdę? – zapytała Rosemary.

– Będziesz szczęśliwsza – odparła Karin.

– Tak. Odzyskuję szacunek do siebie. Wiesz, człowiek nawet nie zdaje sobie sprawy, w jakim stopniu go stracił i jak bardzo mu go brakuje, dopóki nie zacznie go odzyskiwać. Chcę, żebyśmy spędziły razem cudowne lato. Możemy nawet jeździć na wycieczki. Jeżeli trasy nie będą niebezpiecznie, to mogę prowadzić. Możemy też chodzić na spacery po lesie, tam gdzie zabierał cię Derek. Mam na to ochotę.

Karin odpowiedziała „yhm", choć trochę się bała, że bez Dereka się zgubią. Trudno jej było myśleć o wędrówkach, bo była myślami przy obrazku z zeszłego lata.

Rosemary na łóżku, zawinięta w kołdrę, cała we łzach, wpycha sobie do ust róg kołdry i poduszki, gryzie je w rozpaczliwej furii, a Derek siedzi przy stole, przy którym pracowali, i czyta stronę maszynopisu.

– Możesz coś zrobić, żeby ją uspokoić? – zapytał.

– Ona chce, żebyś to ty coś zrobił – odpowiedziała Karin.

– Nie mam do niej siły, kiedy tak się zachowuje. – Derek odłożył skończoną stronę i wziął następną. Między jedną a drugą popatrzył na Karin, z grymasem milczącego cierpienia na twarzy. – Nie mogę tego znieść. Przykro mi.

Karin poszła więc do sypialni i głaskała Rosemary po plecach, i w końcu Rosemary też powiedziała, że jest jej przykro.

– Co robi Derek? – zapytała.

– Siedzi w kuchni – powiedziała Karin. Nie chciała odpowiedzieć: „Czyta".

– Co mówił?

– Że mam przyjść i z tobą porozmawiać.

– Och, Karin. Tak strasznie mi wstyd.

Co spowodowało taką awanturę? Rosemary, spokojna już i umyta, powiedziała, że praca, różnice zdań w związku z pracą.

– To rzuć pracę nad tą jego książką – powiedziała Karin. – Przecież masz tyle innych rzeczy do roboty.

Rosemary była redaktorką – dzięki temu poznała Dereka. Nie dlatego, że wysłał swoją książkę do wydawnictwa, dla którego pracowała – tego jeszcze nie zrobił – tylko dlatego, że znała jednego z jego kolegów, a ten kolega powiedział mu: „Znam babkę, która może ci pomóc". I niedługo potem Rosemary przeprowadziła się na wieś, do przyczepy, która stała niedaleko jego domu, żeby być bliżej niego podczas pracy. Początkowo nie rezygnowała z mieszkania w Toronto, ale potem je sprzedała, bo spędzała w przyczepie coraz więcej czasu. Wciąż wykonywała też inne zlecenia, ale coraz mniej, a jeden dzień w tygodniu, który musiała spędzić w Toronto, organizowała tak, że wyjeżdżała o szóstej rano i wracała po jedenastej w nocy.

– O czym jest ta książka? – chciał wiedzieć Ted.

– O tym odkrywcy La Salle'u i o Indianach – powiedziała Karin.

– Czy ten gość jest historykiem? Wykłada na uniwersytecie?

Tego Karin nie wiedziała. Derek zajmował się wieloma różnymi rzeczami – był fotografem, pracował też w kopalni i jako geodeta, ale jeśli chodzi o uczenie, to wydawało jej się, że uczy w liceum. Ann mówiła, że Derek pracuje „poza ramami systemu".

Ted wykładał na uniwersytecie. Był ekonomistą.

Oczywiście, nie mówiła Tedowi i Grace o rozpaczy, do jakiej najwyraźniej doprowadzała Rosemary praca nad tą książką. Rosemary winiła samą siebie. Tłumaczyła, że to duży stres. Czasami mówiła, że to przez menopauzę. Karin słyszała, jak powiedziała do Dereka: „Wybacz mi", a on odparł: „Nie ma czego wybaczać" głosem, w którym brzmiała chłodna satysfakcja.

Na te słowa Rosemary wyszła z kuchni. Nie słyszeli, żeby znów się rozpłakała, ale czekali na to. Derek popatrzył przeciągle Karin w oczy – zrobił zabawną minę wyrażającą cierpienie i niezrozumienie: No i o co jej poszło tym razem?

– Jest bardzo wrażliwa – powiedziała Karin.

W jej głosie było słychać zawstydzenie. Czyżby z powodu zachowania Rosemary? Czy też dlatego, że Derek włączył ją, Karin, w odczuwanie swego rodzaju satysfakcji i pogardy, które wykraczały daleko poza bieżącą chwilę? I dlatego, że wbrew sobie czuła się wyróżniona?

Czasami po prostu wychodziła z przyczepy. Szła odwiedzić Ann, a Ann zawsze wydawała się zadowolona z jej wizyty. Nigdy nie pytała Karin o przyczynę, a jeśli Karin mówiła: „kolejna głupia kłótnia", czy – później, kiedy mieli na to stałe słowo – „kolejna awanturka", nigdy nie wydawała się zdziwiona czy niezadowolona. „Derek jest bardzo wymagający", mówiła na przykład, albo: „No cóż, podejrzewam, że jakoś to rozwiążą". Jeśli jednak Karin próbowała powiedzieć coś więcej, rzucając: „Rosemary płacze", Ann ucinała rozmowę: „O niektórych rzeczach moim zdaniem lepiej jest nie rozmawiać. Zgodzisz się ze mną?".

Ale o niektórych chętnie słuchała, choć czasami z rezerwą i lekkim uśmieszkiem. Ann była miłą, zaokrągloną kobietą o siwych włosach do ramion, z grzywką zasłaniającą czoło. Kiedy mówiła, często mrugała i nie do końca patrzyła rozmówcy w oczy. (Rosemary mówiła, że to nerwowe.) Jej wargi

– wargi Ann – były tak wąskie, że prawie znikały, kiedy się uśmiechała. Zawsze uśmiechała się z zamkniętymi ustami, jakby coś powstrzymywała.

– Wiesz, jak Rosemary poznała Teda? – zagaiła Karin. – Na przystanku autobusowym. Padał deszcz, a ona malowała sobie usta.

Potem musiała dopowiedzieć, że Rosemary malowała usta na przystanku, bo robiła to w tajemnicy przed rodzicami – ich religia zakazywała makijażu; zakazane były też filmy, wysokie obcasy, taniec, cukier i kawa, i oczywiście, nie trzeba chyba dodawać, alkohol i papierosy. Rosemary studiowała na pierwszym roku i nie chciała wyglądać jak religijna trusia. Ted był młodym asystentem.

– Ale znali się już wcześniej – dodała Karin i wyjaśniła, że mieszkali przy tej samej ulicy. Ted w domku ogrodnika przy największym z bogatych domów, gdzie jego ojciec pracował jako szofer i ogrodnik, matka zaś jako gospodyni, a Rosemary w jednym ze zwyczajnie bogatych domów po drugiej stronie ulicy (choć życie, jakie wiedli jej rodzice, wcale nie było życiem zwyczajnych bogaczy, bo nie uznawali zabaw, nigdy nie chodzili na przyjęcia ani nie jeździli na wycieczki i, nie wiedzieć czemu, zamiast zwykłej lodówki używali lodówek turystycznych, dopóki firma nie przestała ich produkować).

Ted miał samochód kupiony za sto dolarów, zrobiło mu się żal moknącej Rosemary i zatrzymał się, żeby ją podwieźć.

Opowiadając tę historię, Karin przypomniała sobie, jak opowiadali ją rodzice, śmiejąc się i przerywając sobie nawzajem w przećwiczony wielokrotnie sposób. Ted zawsze wspominał o cenie samochodu, jego marce i roku produkcji (Studebaker, 1947), a Rosemary o tym, że drzwi od strony pasażera się nie otwierały i Ted musiał wysiąść i wpuścić ją od strony kierowcy. Mówił też, jak szybko po tym – tego samego popołudnia – zabrał ją na pierwszy w jej życiu film i że ten film nosił tytuł *Mężczyźni wolą blondynki*, i że on, Ted, wyszedł z kina w biały dzień z twarzą całą w szmince, bo tego, co inne dziewczęta umiały robić ze szminką, osuszać ją chusteczką, pudrować czy co tam jeszcze, Rosemary jeszcze się nie nauczyła. „Była pełna entuzjazmu", dodawał zawsze na koniec.

Potem się pobrali. Poszli do domu pastora; jego syn był kolegą Teda. Rodzice nie wiedzieli o ich planie. Tuż po ceremonii Rosemary dostała okresu, więc pierwsze, co zrobił Ted jako małżonek, to poszedł kupić koteks.

– Czy twoja mama wie, że mówisz mi o takich rzeczach, Karin?

– Nie miałaby nic przeciwko temu. A jej matka, kiedy się dowiedziała, musiała się położyć do łóżka, tak źle się czuła z tym, że się pobrali. Gdyby jej rodzice wiedzieli, że zamierza wyjść za niewiernego, zamknęliby ją w kościelnej uczelni w Toronto.

– Użyli słowa „niewierny"? – zapytała Ann. – Naprawdę? Co za szkoda.

Może chodziło jej o to, że szkoda, zważywszy na tyle trudności, że to małżeństwo się rozpadło.

Karin skuliła się w fotelu. Głowa opadła jej na ramię Rosemary.

— Przeszkadzam ci? – zapytała.

— Nie – odpowiedziała Rosemary.

— Nie zasnę tak naprawdę – zapewniła Karin. – Chcę widzieć, jak wjeżdżamy w dolinę.

Rosemary zaczęła śpiewać:

— *Wake up, wake up, Darlin' Cory.*

Śpiewała powoli, niskim głosem, naśladując Pete'a Seegera z płyty. Następnie świadomość Karin zarejestrowała, że samochód się zatrzymał; wjechały pod górkę po krótkiej wyboistej drodze i stanęły pod drzewami koło przyczepy. Nad drzwiami świeciło się światło. Ale w środku nie było Dereka. Nie było jego rzeczy. Karin nie chciało się ruszyć. Tupała nogami i protestowała z rozkosznym grymaszeniem, co byłoby niemożliwe, gdyby był z nimi ktoś jeszcze.

— Wysiadaj, wysiadaj – rozkazała Rosemary. – Za minutę będziesz w łóżku. No chodź – powiedziała ze śmiechem, ciągnąc ją za rękę. – Myślisz, że dam radę cię zanieść? – Kiedy wyciągnęła Karin z samochodu i doprowadziła, ledwo powłóczącą nogami, do drzwi, powiedziała: – Popatrz na gwiazdy. Popatrz, jakie cudowne.

Karin nie uniosła głowy i burczała coś pod nosem.

— No to już, do łóżka, do łóżka! – zawołała Rosemary. W środku trochę pachniało Derekiem – marihuaną, ziarnami kawy, drewnem. Pachniało też niewietrzonym pomieszczeniem, chodnikami i gotowaniem. Karin padła w ubraniu na swoje wąskie łóżko, a Rosemary rzuciła jej zeszłoroczną piżamę. – Przebierz się, żebyś rano nie czuła się okropnie – powiedziała. – Walizkę wniesiemy jutro.

Karin zdobyła się na największy, jak jej się wydawało, wysiłek, jakiego życie mogło od niej wymagać: podniosła się, usiadła i ściągnęła z siebie ubranie, po czym włożyła piżamę. Rosemary chodziła po przyczepie i otwierała okna. Ostatnie słowa, jakie usłyszała Karin, brzmiały: „Szminka – co ci strzeliło do głowy, żeby umalować sobie usta?", a ostatnie, co poczuła, to dotyk ścierki na twarzy. Splunęła, żeby pozbyć się jej zapachu, napawając się dziecinnością tego gestu i chłodną przestrzenią łóżka, i swoim zachłannym pragnieniem snu.

*

To było w sobotę w nocy. W nocy z soboty na niedzielę. W poniedziałek rano Karin zapytała: „Mogę iść odwiedzić Ann?", a Rosemary odparła: „Jasne, idź".

W niedzielę spały do późna i przez cały dzień nie wychodziły z przyczepy. Rosemary była skonsternowana tym, że pada deszcz.

– W nocy było widać gwiazdy, było widać gwiazdy, jak wchodziłyśmy do domu – powiedziała. – Że też musi padać w pierwszy dzień twoich wakacji.

Karin musiała zapewnić matkę, że to nic nie szkodzi, jest tak rozleniwiona, że nie chce jej się wychodzić. Rosemary zrobiła jej kawę z mlekiem i pokroiła na cząstki melona, który nie był całkiem dojrzały (Ann zwróciłaby na to uwagę, ale Rosemary nie zauważyła). O czwartej po południu zrobiły sobie obfity posiłek, składający się z bekonu i gofrów z truskawkami i bitą śmietaną z proszku. Słońce wyszło zza chmur koło szóstej, ale one były jeszcze w piżamach; dzień spisany na straty.

– Ale przynajmniej nie oglądałyśmy telewizji – powiedziała Rosemary. – Tego możemy sobie pogratulować.

– Aż do teraz – powiedziała Karin i włączyła telewizor.

Siedziały wśród stert starych czasopism, które Rosemary powyciągała z jakiejś szafki. Czasopisma były już w przyczepie, kiedy się do niej wprowadziła, i teraz powiedziała, że wreszcie je wyrzuci – ale najpierw przejrzy, żeby sprawdzić, czy czegoś nie warto zatrzymać. Z segregowania niewiele wyszło, bo ciągle trafiała na coś, czym trzeba było się podzielić. Słuchanie najpierw nudziło Karin, ale potem dziewczyna dała się wciągnąć w dawne czasy, niegdysiejsze przedziwne reklamy i nietwarzowe fryzury.

Zauważyła, że na telefonie leży złożony koc, i zapytała:

– Nie umiesz wyłączyć telefonu?

– Nie chcę go wyłączyć – odpowiedziała Rosemary. – Chcę słyszeć, jak dzwoni, i nie odbierać. Zignorować dzwonek. Po prostu nie chcę, żeby dzwonił za głośno.

Ale telefon nie zadzwonił przez cały dzień.

W poniedziałek rano koc wciąż leżał na telefonie, a czasopisma wylądowały z powrotem w szafce, bo Rosemary ostatecznie nie zdobyła się na to, żeby je wyrzucić. Niebo było zachmurzone, ale nie padał deszcz. Znów wstały bardzo późno, bo do drugiej w nocy oglądały film.

Rosemary rozłożyła kartki maszynopisu na kuchennym stole. Nie był to maszynopis Dereka – wielki stos kartek zniknął.

– Ta książka Dereka była ciekawa? – zapytała Karin.

Nigdy wcześniej nie przyszło jej do głowy, żeby porozmawiać o tym z Rosemary. Dla niej ten maszynopis był jak wielki, splątany kłąb drutu kolczastego, który cały czas leżał na stole, a Derek i Rosemary próbowali go rozplątać.

– Ciągle wprowadzał w niej zmiany – odpowiedziała Rosemary. – Była ciekawa, ale chaotyczna. Najpierw interesował go tylko La Salle, potem wciągnął go Pontiak; chciał objąć za dużo i stale był niezadowolony.

– Czyli jesteś szczęśliwa, że masz to z głowy – powiedziała Karin.

– Ogromnie. To były niekończące się komplikacje.

– A nie tęsknisz za Derekiem?

– Nasza przyjaźń się przeżyła – powiedziała Rosemary smutno, pochylając się nad kartką papieru i stawiając na marginesie znaczek.

– A za Ann?

– Ta przyjaźń też się chyba przeżyła. Wiesz co? – Odłożyła pióro. – Myślałam o tym, żeby się wyprowadzić. Ale uznałam, że zaczekam na ciebie. Nie chciałam, żebyś przyjechała i zastała same zmiany. Ale powodem, dla którego tu zamieszkałam, była książka Dereka. A tak naprawdę Derek. Przecież wiesz.

– Derek i Ann – powiedziała Karin.

– Derek i Ann. Tak jest. A teraz tego powodu już nie ma.

Wtedy właśnie Karin zapytała: – Mogę iść odwiedzić Ann?

A Rosemary odparła: – Jasne, idź. Nie musimy podejmować decyzji natychmiast. Po prostu wpadł mi do głowy taki pomysł.

*

Karin szła szutrową drogą i zastanawiała się, co się zmieniło. Poza chmurami, których nigdy nie było w jej wspomnieniach z doliny. Nagle zrozumiała: na łąkach nie pasło się bydło i przez to trawa wybujała, krzewy jałowca się rozpleniły, nie było już widać potoku.

Dolina była długa i wąska; biały dom Ann i Dereka stał przy jej końcu. Dno doliny, służące za pastwisko, w zeszłym roku było płaskie i równe, a wijący się potok – wyraźnie widoczny. (Ann wydzierżawiła ziemię właścicielowi krów rasy Black Angus.) Po obu stronach stromo wznosiły się zalesione zbocza, które zbiegały się u samego końca doliny, za domem. Przyczepa, którą wynajęła Rosemary, pierwotnie była przeznaczona dla rodziców Ann – przenosili się tu, kiedy zimą dolinę zasypywał śnieg. Chcieli mieć bliżej do sklepu, znajdującego się wówczas przy drodze do miasteczka. Teraz nie było tu niczego poza betonową platformą z dwoma otworami, w których mieściły się zbiorniki z paliwem, i starym autobusem z flagami zamiast zasłon w oknach, w którym mieszkali hipisi. Czasami siadywali na platformie i z powagą odmachiwali Rosemary, która pozdrawiała ich, kiedy tamtędy przejeżdżała.

Derek dowiedział się, że hodują w lesie zioło. Ale nie kupował od nich, bo im nie ufał.

Rosemary nie chciała palić z Derekiem.

– Jestem przy tobie zbyt pobudliwa – powiedziała. – Myślę, że nie wynikłoby z tego nic dobrego.

– Jak uważasz – odparł Derek. – Ale mogłoby ci pomóc.

Ann też nie chciała z nim palić. Powiedziała, że czułaby się głupio. Nigdy w życiu niczego nie paliła, nawet nie umiała się zaciągać.

Nie wiedziały, że raz Derek dał spróbować Karin. Ona też nie umiała się zaciągać, musiał ją tego nauczyć. Tak bardzo chciała się dobrze spisać, że zaciągnęła się zbyt mocno i musiała strasznie się starać, żeby nie zwymiotować. Byli w stodole, gdzie Derek trzymał próbki skał zebrane w górach. Usiłował uspokoić Karin, każąc jej na nie patrzeć.

– Po prostu na nie patrz – powiedział. – Patrz w ich głąb. Zobacz kolory. Nie staraj się za bardzo. Po prostu patrz i czekaj.

Ale ostatecznie ukojenie przyniosły jej litery na kartonie. W stodole stały kartony, w które Ann zapakowała ich rzeczy, kiedy przed kilku laty przeprowadzali się tutaj z Toronto. Na boku jednego z nich widniał rysunek okrętu wojennego, zabawki, a pod nim podpis *DREADNOUGHT*, nie bój się niczego. Pierwszą część słowa – *DREAD* – wydrukowano na czerwono. Litery świeciły, jakby były zrobione z jarzeniówek, i wydawały Karin rozkaz, który nie ograniczał się jedynie do znaczenia słowa. Miała je rozłożyć na czynniki pierwsze i znaleźć słowa kryjące się wewnątrz.

– Z czego się śmiejesz? – zapytał Derek, a ona mu powiedziała. Słowa wylewały się z niej jak za sprawą cudu. *Read. Red. Dead. Dare. Era. Ear. Are. Add. Adder. Adder* było najlepsze, wykorzystywało wszystkie litery.

– Niesamowite – powiedział Derek. – Niesamowita Karin. *Dread the Red Adder*. Strzeż się czerwonej żmii.

Nie musiał jej mówić, żeby nie wspominała o tym matce ani Ann. Kiedy wieczorem Rosemary całowała ją na dobranoc, powąchała jej włosy, roześmiała się i powiedziała:

– Boże, ten zapach jest wszędzie, Derek nie może żyć bez zioła.

To był jeden z okresów, kiedy Rosemary czuła się szczęśliwa. Poszły do Dereka i Ann na kolację, którą zjedli we czwórkę na przeszklonej werandzie. Potem Ann powiedziała:

– Chodź, Karin, pomożesz mi wyjąć mus z formy.

Karin poszła z nią, ale wróciła – pod pretekstem, że zapomniała zabrać ze stołu sos miętowy. Rosemary i Derek nachylali się ku sobie przez stół i przekomarzali się, układając usta w dzióbki jak do pocałunku. Nie widzieli jej.

Możliwe, że właśnie tego wieczoru, kiedy się żegnały, Rosemary roześmiała się na widok dwóch krzeseł ustawionych przy wejściu od strony ogrodu, dwóch starych ciemnoczerwonych metalowych krzeseł z poduszkami. Stały skierowane na zachód, ku ostatnim resztkom słońca.

– Te stare graty... – powiedziała Ann. – Wiem, wyglądają jak straszydła. Należały do moich rodziców.

– Nawet nie są zbyt wygodne – dodał Derek.

– Nie, nie – zaprotestowała Rosemary. – Są piękne, są częścią tego, kim jesteście. Uwielbiam je. Prawie na głos mówią: Derek i Ann. Derek i Ann. Derek i Ann patrzą na zachód słońca po trudach całego dnia.

– Mimo że widok zasłania pnący groszek – powiedział Derek.

Kiedy Karin poszła do nich następnym razem, żeby przynieść Ann warzywa z ogrodu, zauważyła, że krzeseł nie ma. Nie zapytała Ann, co się z nimi stało.

Kuchnia Ann mieściła się w suterenie, częściowo pod ziemią, cztery stopnie w dół. Karin zeszła i przybliżyła twarz do szyby w drzwiach. Kuchnia była ciemna, za umieszczonymi wysoko oknami rosły krzewy – Karin nigdy wcześniej nie wchodziła tam, kiedy nie paliło się światło. A teraz się nie paliło i początkowo myślała, że wewnątrz nikogo nie ma. Potem zobaczyła, że ktoś siedzi przy stole, i była to Ann, ale jej głowa miała inny kształt. Siedziała plecami do drzwi.

Obcięła włosy. Były teraz krótkie i wymodelowane jak u każdej siwej starszej pani. Była czymś zajęta – jej łokcie się ruszały. Pracowała w tym półmroku, ale Karin nie widziała, co robi.

Spróbowała telepatycznie zmusić Ann, żeby się odwróciła, wbijając wzrok w tył jej głowy. Ale sztuczka nie wyszła. Potem przejechała opuszkami palców po drzwiach z moskitierą. Wreszcie zawołała:

– Hop, hop! Hop, hop!

Ann wstała i obróciła się tak niechętnie, że Karin naszło nagłe podejrzenie, że może wiedziała od początku, że ona stoi za drzwiami; może nawet widziała, jak Karin tu zmierza i specjalnie usiadła w ten sposób.

– To ja, to ja. Dziecko, które się odnalazło – zaanonsowała się Karin.

– W rzeczy samej – powiedziała Ann, otwierając drzwi. Nie przytuliła Karin na powitanie, ale też ani ona, ani Derek nie mieli takiego zwyczaju.

Przytyła – albo przez tę krótką fryzurę wyglądała na grubszą – a jej twarz była usiana czerwonymi plamami, jakby pokąsały ją owady. Do tego miała opuchnięte oczy.

– Bolą cię oczy? – zapytała Karin. – Dlatego siedzisz po ciemku?

– Ach, nie zauważyłam – powiedziała Ann. – Nie zauważyłam, że światło nie jest włączone. Czyściłam srebra i wydawało mi się, że dobrze widzę. – Nagle jakby podjęła wysiłek, żeby poweseleć, i zwróciła się do Karin jak do znacznie młodszego dziecka: – Czyszczenie srebra to takie nudne zajęcie, widocznie wpadłam w trans. Jak dobrze, że przyszłaś, pomożesz mi.

Karin podjęła grę i weszła w rolę tego znacznie młodszego dziecka. Rozparła się wygodnie na krześle przy stole i zapytała rezolutnie:

– No, a gdzie się podziewa Derek?

Myślała, że to dziwne zachowanie Ann może znaczyć, że Derek wyruszył na jedną ze swoich wypraw w góry i nie wrócił, zostawiając i Ann, i Rosemary. Albo że jest chory. Albo że cierpi na depresję. Ann powiedziała kiedyś: „Odkąd wyjechaliśmy z miasta, Derek co najmniej dwa razy rzadziej cierpi na depresję". Karin zastanawiała się, czy „cierpieć na depresję" to było najwłaściwsze wyrażenie. Derek wydawał jej się krytyczny, a czasami sprawiał wrażenie, jakby miał wszystkiego dość. Czy to była depresja?

– Pewnie gdzieś tu się kręci – powiedziała Ann.

– Przestali się widywać z Rosemary, wiesz?

– Tak, Karin. Wiem.

– Nie żal ci?

– Mam nową metodę czyszczenia srebra. Popatrz. Bierzesz widelec, łyżkę czy co tam masz, zanurzasz w roztworze w misce, odczekujesz dosłownie chwilę, wyjmujesz, opłukujesz w misce z wodą i wycierasz do sucha. Widzisz? Błyszczy tak samo, jak po długich godzinach czyszczenia i polerowania. Tak myślę. Myślę, że błyszczy tak samo. Przyniosę świeżej wody do płukania.

Karin zanurzyła widelec w roztworze i powiedziała:

– Wczoraj przez cały dzień robiłyśmy z Rosemary, na co miałyśmy ochotę. Nawet się nie ubrałyśmy, chodziłyśmy w piżamach. Usmażyłyśmy sobie gofry i czytałyśmy stare czasopisma. Bardzo stare numery „Ladies' Home Journal".

– Należały do mojej matki – powiedziała Ann, lekko usztywniona.

– Jest śliczna – powiedziała Karin. – Jest zaręczona. Używa kremu Pond's.

Ann się uśmiechnęła – co za ulga – i powiedziała:

– Tak, pamiętam.

– Czy to małżeństwo uda się ocalić? – ciągnęła Karin, nadając głosowi głęboki, złowieszczy ton. Po czym zmieniła go na płaczliwy. – Problem polega na tym, że mój mąż jest naprawdę okropny i nie wiem już, co robić. Po pierwsze, wziął i pożarł wszystkie nasze dzieci. I to nie dlatego, że nie karmię go jak należy, bo karmię. Całymi dniami haruję przy kuchni, gotuję mu pyszne obiady, a on przychodzi do domu i pierwsze, co robi, to odrywa nogę najmłodszemu...

– Przestań – powiedziała Ann. – Przestań, Karin.

– Kiedy ja naprawdę chcę wiedzieć – odparła Karin przytłumionym, ale upartym głosem. – Czy to małżeństwo uda się ocalić?

Przez cały ubiegły rok, kiedy myślała o tym, gdzie najbardziej na świecie chciałaby być, myślała o tej kuchni. O tym dużym pomieszczeniu, w którego kątach panuje półmrok, nawet przy zapalonym świetle. Zielone liście ocierają się o szyby. Tyle gratów, które właściwie nie powinny znajdować się w kuchni. Maszyna do szycia na pedał i duży, nadmiernie wypchany fotel z bordową tapicerką, na podłokietnikach dziwnie wytartą do koloru zielonkawoszarego. Duży obraz przedstawiający wodospad, namalowany przez matkę Ann dawno temu, kiedy jeszcze nie była mężatką i miała czas, którego nie miała już nigdy potem.

(„Całe szczęście", skomentował to Derek.)

Jakiś samochód wjechał na podwórze i Karin pomyślała: Może to Rosemary? Czy Rosemary cierpiała na depresję, kiedy została sama? Czyżby przyjechała za Karin, dla towarzystwa?

Kiedy usłyszała kroki na kuchennych schodach, wiedziała już, że to Derek.

– Niespodzianka! – zawołała. – Zobacz, kto przyszedł!

– Cześć, Karin – powiedział Derek bez śladu radości na jej widok.

Postawił na stole kilka toreb. Ann zapytała uprzejmie:

– Udało ci się dostać odpowiedni film?

– Tak. A co to za pomyje?

– Do czyszczenia srebra – odparła Ann. – Był w mieście po filmy – powiedziała do Karin, niemal przepraszająco. – Żeby sfotografować swoją kolekcję skał.

Karin pochyliła się nad nożem, który wycierała. To by było najgorsze na świecie, gdyby się rozpłakała (rok temu nie było takiej obawy). Ann zapytała o jeszcze kilka rzeczy z zakupów, które przywiózł Derek, a Karin nakazała sobie podnieść wzrok i wbiła go w piec. Takich pieców już się nie robi, jak powiedziała jej kiedyś Ann. Był to piec na drewno i elektryczność, z żaglowcem na drzwiczkach. Nad żaglowcem widniały słowa CLIPPER STOVES.

To też pamiętała.

– Myślę, że Karin może ci się przydać – powiedziała Ann. – Może na przykład pomóc z ustawianiem.

Nastąpiła krótka chwila milczenia, podczas której może wymienili spojrzenia. Wreszcie Derek powiedział:

– No dobra. Chodź, Karin, pomożesz mi robić zdjęcia.

*

Duża część jego zbiorów leżała po prostu na podłodze stodoły, jeszcze nieposegregowana i nieopisana, część – poukładana porządnie na półkach, z nazwami wypisanymi drukowanymi literami na kartonikach. Przez dłuższy czas Derek milczał; przesuwał eksponaty, majstrował przy aparacie, szukając najlepszego ujęcia i ustawiając przesłonę. Kiedy zaczął robić zdjęcia, wydawał Karin krótkie polecenia, kazał jej przesuwać czy przechylać wskazane kawałki skał, a niektóre podnosić z podłogi, bo chciał je sfotografować mimo braku podpisów. Nie wydawało jej się, by tak naprawdę potrzebował – czy chciał – jej pomocy. Kilka razy zaczerpywał oddechu, jakby miał zamiar to powiedzieć – albo coś innego, jednocześnie ważnego i nieprzyjemnego – ale w końcu mówił tylko: „Przesuń go trochę w prawo" albo „Pokaż, jak wygląda z drugiej strony".

Przez całe zeszłe lato Karin marudziła jak rozpieszczony bachor i prosiła jak poważna osoba, żeby Derek zabrał ją na jedną ze swoich wypraw, i w końcu się zgodził. Utrudnił tę wycieczkę, jak tylko się dało, miała być sprawdzianem. Spryskali się offem, ale nie uchroniło ich to przed owadami, które wplątywały się we włosy i znajdowały sposoby, żeby przedostać się do skóry przez kołnierzyk czy rękaw. Brnęli przez mokradła, na których ślady ich butów natychmiast wypełniała woda, a potem wchodzili po stromych brzegach zarośniętych jeżynami, krzewami dzikiej róży i sztywną winoroślą, podcinającą nogi. Musieli też wspinać się po gładkich, pochyłych wychodniach skał. Na szyi oboje mieli dzwonki, żeby się odnaleźć, gdyby się rozdzielili, a także by słyszały ich niedźwiedzie i nie podchodziły za blisko.

Raz natknęli się na dużą kupę niedźwiedzich odchodów, jeszcze wilgotną, z widocznym na wpół strawionym gniazdem nasiennym jabłka.

Derek mówił wcześniej, że kiedyś w okolicy było pełno kopalń. Tutejsza ziemia skrywała prawie wszystkie znane człowiekowi minerały, ale na ogół w za małych ilościach, żeby wydobycie się opłacało. Dotarł do wszystkich tych opuszczonych, niemal zapomnianych kopalń i pobrał próbki: czasem skuwał ściany, a czasem po prostu podnosił z ziemi odłamki skał.

„Kiedy po raz pierwszy przyprowadziłam go do domu, zaraz przepadł w górach i odkrył kopalnię – powiedziała kiedyś Ann. – Wtedy wiedziałam już, że prawdopodobnie się ze mną ożeni".

Kopalnie rozczarowały Karin, choć nigdy nie przyznałaby tego na głos. Wyobrażała sobie coś podobnego do jaskini Ali Baby, w której w ciemnościach kamienie mienią się blaskiem. A Derek pokazał jej wąskie wejście, prawie naturalną szczelinę w skale, zasłoniętą teraz przez topolę, która zapuściła korzenie w tym absurdalnym miejscu i wyrosła krzywo. Drugie wejście, jak mówił Derek, najbardziej dostępne ze wszystkich, to była po prostu dziura w zboczu wzgórza, a za nią zwyczajna jama, gdzie przegniłe belki leżały na ziemi albo miejscami wciąż jeszcze podtrzymywały sklepienie, a murek z cegieł powstrzymywał napór ziemi i kamieni. Pokazał jej ledwo widoczne tory dla wózków z rudą. Na ziemi leżały kawałki miki i Karin wzięła sobie kilka. Przynajmniej one były piękne i wyglądały jak prawdziwy skarb. Wyglądały jak płatki ciemnego szkła, które zmieniały się w srebro, kiedy trzymało się je pod światło.

Derek powiedział, że ma wziąć tylko jeden kawałek i nikomu nie pokazywać.

– Dobrze go schowaj i nikomu się nie chwal – nakazał. – Nie chcę, żeby ludzie gadali o tym miejscu.

– Chcesz, to mogę przysiąc na Boga – zaproponowała Karin.

– Wystarczy, że będziesz pamiętać, co powiedziałem.

Potem zapytał, czy chce zobaczyć zamek.

Kolejne rozczarowanie, ponury żart. Zaprowadził ją do ruiny okolonej sypiącym się murem, która, jak powiedział, służyła zapewne jako skład rudy. Pokazał jej wyrwę w wysokich drzewach, zarośniętą młodymi drzewkami; kiedyś biegła tędy linia kolejowa. Żart polegał na tym, że kilka lat wcześniej zgubiła się w tej okolicy grupka hipisów, a po wyjściu z lasu rozpowiadała o zamku. Derek nie cierpiał, kiedy ludzie popełniali takie błędy: nie widzieli czegoś, co mieli tuż przed oczyma albo co można było wydedukować, dysponując odpowiednimi danymi.

Karin przeszła po walącym się murze na całej jego długości, a Derek nie mówił jej, żeby uważała czy patrzyła pod nogi.

W drodze powrotnej złapała ich burza i musieli ją przeczekać w gęstej kępie cedrów. Karin nie mogła usiedzieć w miejscu – nie mogła zdecydować, czy ze strachu, czy z euforii. Z euforii, uznała wreszcie, i zaczęła podskakiwać i biegać w kółko, wyrzucać ręce w górę i krzyczeć ile sił w jasnym świetle błyskawic. Derek kazał jej się uspokoić, usiąść i po każdym rozbłysku liczyć do piętnastu, sprawdzać, czy w tym czasie rozlegnie się grzmot.

Ale uważała, że jest z niej zadowolony. Nie myślał, że się boi.

Są ludzie, dla których zrobiłoby się wszystko, żeby tylko im się przypodobać. Derek był jednym z nich. Jeżeli się takiego kogoś zawiodło, mógł zaliczyć człowieka do kategorii dupków i już na zawsze go tam trzymać i mieć w pogardzie. Strach przed błyskawicami, strach na widok niedźwiedzich odchodów czy pragnienie wiary w to, że ruina, którą widzieli, to ruina zamku, a nawet niezdolność rozróżnienia miki, pirytu, kwarcu, srebra i skalenia – każda z tych rzeczy mogła sprawić, że Derek dałby sobie z nią spokój. Tak jak dał sobie spokój, choć na różne sposoby, z Rosemary i Ann. Tutaj, z Karin, był bardziej sobą, wszystko zaszczycał swoją uwagą. Kiedy był z nią, a nie z jedną z tamtych.

– Zauważyłaś ten grobowy nastrój? – zapytał Derek.

Karin pogładziła kawałek kwarcu, który wyglądał jak bryłka lodu z zapaloną świeczką w środku.

– Przez Rosemary? – zapytała.

– Nie. To poważna sprawa. Ann dostała ofertę na dom. Przyjechał tu jeden rekin finansowy ze Stoco i powiedział, że jakaś japońska firma chce kupić od niej dom. Interesuje ich mika. Chcą z niej produkować elementy do silników samochodowych. Ann się zastanawia. Może sprzedać ten dom, jeśli zechce. Jest jej.

– Ale dlaczego miałaby chcieć? Go sprzedać?

– Odpowiedź jest prosta – powiedział Derek. – Pieniądze.

– Rosemary płaci za niski czynsz?

– Jak długo jeszcze? W tym roku nie wydzierżawiliśmy łąki na pastwisko, ziemia jest zbyt wilgotna. W dom trzeba ładować pieniądze, inaczej się rozwali. Ja cztery lata pracowałem nad książką, która nie jest jeszcze gotowa. Zaczyna być ciężko. Wiesz, co jej powiedział ten facet od nieruchomości? Powiedział: „To może być drugie Sudbury". Nie rzucił tego ot tak.

Karin nie wiedziała, co to jest Sudbury.

– Gdybym była bogata, to ja bym go mogła kupić – powiedziała. – Wtedy nie musielibyście niczego zmieniać.

– Kiedyś będziesz bogata – powiedział Derek rzeczowym tonem. – Ale dla nas to będzie za późno. – Schował aparat do futerału. – Trzymaj z matką – poradził. – Ona ma kurewski majątek.

Karin poczuła, jak gorąco bucha jej na twarz, odczuła te słowa jak uderzenie. Kurewski majątek. Brzmiało to nienawistnie.

– No dobra, to teraz z powrotem do miasta. Zobaczę, na kiedy dadzą radę to wywołać.

Nie zapytał, czy chce pojechać z nim, zresztą chyba i tak nie mogłaby odpowiedzieć; oczy katastrofalnie napełniały jej się łzami. Uderzyło ją i oślepiło to, co powiedział.

Musiała iść do łazienki.

Z kuchni dolatywał ładny zapach – zapach mięsa duszonego na wolnym ogniu.

Jedyna łazienka znajdowała się na piętrze domu. Karin słyszała ruchy Ann, która kręciła się po swoim pokoju. Nie odezwała się ani nie zajrzała do niej. Ale potem, kiedy schodziła na dół, Ann zawołała ją.

Umalowała się, na jej twarzy nie było już tak mocno widać plam.

Na łóżku i na podłodze leżały sterty ubrań.

– Próbuję wszystko jakoś ogarnąć – powiedziała Ann. – Nawet nie pamiętałam, że mam niektóre z tych rzeczy. Muszę część wyrzucić i już.

To znaczyło, że poważnie myśli o wyprowadzce. Zamierzała pozbyć się wcześniej części rzeczy. Kiedy Rosemary przygotowywała się do wyprowadzki, spakowała walizkę, gdy Karin była w szkole. Karin nie uczestniczyła w wybieraniu rzeczy, które miały trafić do walizki. Po prostu zobaczyła je później, w mieszkaniu w Toronto, a jeszcze później w przyczepie. Ozdobną poduszkę, dwa świeczniki, duży talerz – wprawdzie znajome, ale już na zawsze nie na miejscu. Gdyby ktoś ją pytał o zdanie, powiedziałaby, że lepiej by było, gdyby Rosemary niczego ze sobą nie zabierała.

– Widzisz tę walizę na szafie? – zapytała Ann. – Jak myślisz, mogłabyś wejść na krzesło i wysunąć ją trochę za krawędź, żebym mogła ją złapać? Próbowałam sama ją zdjąć, ale zakręciło mi się w głowie. Tylko ją przesuń, a ja ją złapię.

Karin weszła na krzesło i przesunęła walizę na krawędź szafy tak, że straciła stabilność i Ann ją złapała. Podziękowała Karin głosem zmienionym od wysiłku i rzuciła walizę na łóżko.

– Mam kluczyk. Mam tu do niej kluczyk – powiedziała.

Zamek był zapieczony, klamry otworzyły się z trudem. Karin pomagała. Kiedy podniosły wieko, z kłębu wiotkiego materiału uniósł się zapach naftaliny. Karin dobrze go znała ze sklepów z używaną odzieżą, w których Rosemary lubiła kupować ciuchy.

– To stare ubrania twojej mamy? – zapytała.

– Karin! To moja suknia ślubna – żachnęła się Ann ze śmiechem. – To stare prześcieradło to tylko opakowanie. – Zdjęła leżący na wierzchu szarawy materiał i wyciągnęła tobołek z koronki i tafty. Karin zrobiła dla sukni miejsce na łóżku. Wtedy Ann zaczęła bardzo ostrożnie wywracać suknię na prawą stronę. Tafta szeleściła jak liście.

– I welon – powiedziała Ann, podnosząc mgiełkę klejącą się do tafty. – Och, mogłam lepiej o nią zadbać.

W spódnicy było długie rozdarcie, które wyglądało, jakby ktoś przeciął tkaninę żyletką.

– Powinnam była trzymać ją na wieszaku – mówiła Ann. – W takim worku jak z pralni chemicznej. Tafta jest taka delikatna. Rozdarcie zrobiło się w miejscu, gdzie materiał był zgięty. A przecież wiedziałam o tym. Tafty nie wolno składać.

Teraz zaczęła oddzielać od siebie kawałki materiału, unosząc je kolejno z cichymi, osobistymi słowami zachęty, aż wreszcie można było całość strzepnąć i sprawić, że odzyskała kształt sukni. Welon opadł na podłogę. Karin go podniosła.

– To firanka – powiedziała. Chciała coś mówić, żeby nie słyszeć w głowie słów Dereka.

– Tiul – sprostowała Ann. – Tiul i koronka. Szkoda, że nie zabezpieczyłam ich lepiej. Cud, że przetrwały chociaż w takim stanie. Cud, że w ogóle przetrwały.

– Tiul – powtórzyła Karin. – Nigdy nie słyszałam o tiulu. O tafcie zresztą chyba też.

– Kiedyś często się jej używało. Dawno temu.

– Masz swoje zdjęcie w tej sukni? Zdjęcie ze ślubu?

– Moi rodzice mieli, ale nie mam pojęcia, co się z nim stało. Derek nie jest zwolennikiem zdjęć ślubnych. Ślubów zresztą też. Sama nie wiem, jak mi się udało. Pobraliśmy się w kościele w Stoco, wyobraź sobie. Były ze mną moje trzy najlepsze przyjaciółki, Dorothy Smith, Muriel Lifton i Dawn Challeray. Dorothy grała na organach, Dawn była druhną, a Muriel śpiewała.

– Jakiego koloru suknię miała druhna? – zapytała Karin.

– Jabłkowozielonego. Koronkową z szyfonowymi wstawkami. Nie, na odwrót. Szyfonową z koronkowymi wstawkami.

Ann mówiła to wszystko lekko sceptycznym tonem, przebiegając palcami po szwach sukni.

– A co śpiewała ta, która śpiewała?

– Muriel. *O Perfect Love*. „O Perfect Love, all human love transcending...". To tak naprawdę kościelny hymn. O miłości Boga. Nie wiem, kto go wybrał.

Karin dotknęła tafty. Była sucha i chłodna.

– Włóż ją – poprosiła.

– Ja? Została uszyta dla dziewczyny, która ma w talii dwadzieścia cztery cale. Derek pojechał do miasta? Z filmami?

Nie słuchała, jak Karin odpowiada „tak". Oczywiście słyszała odjeżdżający samochód.

– Wydaje mi się, że musi stworzyć katalog zdjęć – powiedziała. – Nie wiem, skąd ten pośpiech. Potem chce spakować całą kolekcję do pudeł i opisać. Tak jakby myślał, że już nigdy jej nie zobaczy. Czy z waszej rozmowy wynikało, że dom jest sprzedany?

– Jeszcze nie – odpowiedziała Karin.

– No właśnie. Jeszcze nie. I nie sprzedam go, jeżeli nie będę musiała. Jeżeli się nie okaże, że muszę. Chociaż myślę, że będę musiała. Czasami tak się zdarza, że coś jest koniecznością. Nie trzeba robić z tego tragedii czy brać tego do siebie i uważać za karę.

– Mogę ją przymierzyć? – spytała Karin.

Ann przyjrzała się jej bacznie.

– Ale musimy bardzo uważać – powiedziała.

Karin zdjęła buty, szorty i koszulkę. Ann powoli wkładała jej suknię przez głowę, zamykając ją na chwilę w białej chmurze. Koronkowe rękawy trzeba było delikatnie obciągać na rękach, dopóki ich spiczaste zakończenia nie spoczęły na wierzchach dłoni. W zetknięciu z nimi dłonie wyglądały na brązowe, choć Karin nie zdążyła jeszcze się opalić. Na boku trzeba było zapiąć długi rząd haftek, i jeszcze haftki na karku. Żeby je zapiąć, musiały ciasno opiąć koronkową stójką szyję Karin. Pod suknią miała na sobie tylko majtki i czuła na skórze drapanie koronki. Jej dotyk ani na chwilę nie pozwalał o sobie zapomnieć, bardziej niż dotyk jakiegokolwiek innego materiału, który znała. Przygarbiła się na myśl, że miałaby poczuć ją na sutkach, ale na szczęście suknia była w tym miejscu luźniejsza, skrojona na biust Ann. Karin wciąż jeszcze była prawie całkiem płaska, ale czasami jej sutki nabrzmiewały i bolały, jakby miały się rozdąć i pęknąć.

Trzeba było wyciągnąć taftę spomiędzy nóg i ułożyć spódnicę w kształt dzwonu. Wtedy koronka z gorsetu ułożyła się na niej w pętle.

– Jesteś wyższa, niż myślałam – powiedziała Ann. – Możesz nawet w niej chodzić, jeśli trochę uniesiesz spódnicę.

Wzięła z toaletki szczotkę do włosów i zaczęła czesać włosy Karin, opadające na ramiona okryte koronką.

– Kasztanowe włosy – powiedziała. – Pamiętam, że w książkach włosy młodych dziewcząt często opisywano jako kasztanowe. Ale do farbowania używało się wtedy orzechów, wiesz? Moja mama opowiadała, jak dziewczęta gotowały orzechy w wodzie, a potem zabarwioną wodą koloryzowały sobie włosy. Oczywiście, jeżeli któraś poplamiła sobie przy tym ręce, sekret wychodził na jaw. Takie plamy strasznie trudno było wywabić. Nie ruszaj się teraz – nakazała. Ułożyła welon na gładkich włosach Karin, po czym stanęła przed nią, żeby go upiąć. – Stroik gdzieś przepadł. Pewnie włożyłam go przy jakiejś innej okazji albo dałam komuś, kto wychodził za mąż. Nie pamiętam. Zresztą dziś wyglądałby śmiesznie. Był w stylu Marii Stuart.

Rozejrzała się i wyjęła z wazonu na toaletce gałązkę z jedwabnym kwieciem jabłoni. Teraz musiała wyjąć szpilki i zacząć upinanie od nowa. Zgięła gałązkę tak, żeby mogła posłużyć jako stroik. Była sztywna, ale w końcu udało się ułożyć ją w zadowalający kształt i upiąć welon na głowie Karin. Ann cofnęła się o krok i lekko popchnęła dziewczynę w stronę lustra.

– Och. Będę mogła ją włożyć, jak będę brała ślub?

To nie był wyraz jej myśli. Nigdy nie zastanawiała się nad zamążpójściem. Powiedziała tak po to, żeby sprawić przyjemność Ann, wynagrodzić jej starania, i po to, żeby pokryć zażenowanie, które poczuła na widok swojego odbicia w lustrze.

– Wtedy modne będzie coś zupełnie innego – powiedziała Ann. – To jest niemodne już dzisiaj.

Karin odwróciła wzrok, po czym znów spojrzała w lustro, tym razem lepiej przygotowana na to, co zobaczy. A zobaczyła świętą. Jasne kwiaty w lśniących włosach, lekkie cienie koronki na policzkach, ogromne przejęcie, jak z opowieści dla dzieci, uroda traktująca siebie z taką powagą, że pojawia się w niej coś jakby zapowiedź tragedii i coś niemądrego zarazem. Zrobiła śmieszną minę, żeby trochę otworzyć tę twarz, ale się nie udało – wyglądało na to, że teraz ta panna młoda, ta dziewczyna urodzona w lustrze jest górą.

– Ciekawe, co powiedziałby Derek, gdyby cię teraz zobaczył – rzuciła Ann. – Ciekawe, czyby w ogóle poznał, że to moja suknia ślubna.

Mrugała szybko powiekami w charakterystyczny dla siebie sposób, wyrażający nieśmiałość i zgnębienie. Podeszła do Karin, żeby odpiąć welon. Karin poczuła zapach mydła spod jej pach i czosnku na palcach.

– Powiedziałby: „Co to za kretyński ciuch?" – odparła Karin, pierwszorzędnie naśladując głos Dereka, kiedy Ann zdejmowała jej z głowy welon.

Usłyszały, że doliną nadjeżdża samochód.

– O wilku mowa – powiedziała Ann. Tak się spieszyła z rozpinaniem haftek, że ręce jej drżały i palce poruszały się niezgrabnie. Kiedy ściągała z Karin suknię, coś się zahaczyło.

– A niech to...

– Zaczekaj – powiedziała Karin głosem stłumionym przez materiał. – Zaczekaj, ja odhaczę. Dobra, już.

Kiedy się wynurzyła z koronek, zobaczyła na twarzy Ann grymas, chyba smutku.

– Z tym komentarzem Dereka to był żart – powiedziała. Ale może Ann była po prostu zaaferowana swoją suknią.

– Z jakim komentarzem? – zapytała. – A, tak. Nieważne. Nie przejmuj się tym.

*

Karin stała bez ruchu na schodach, nasłuchując głosów z kuchni. Ann zbiegła na dół pierwsza.

– Dobre to będzie? Co gotujesz? – zapytał Derek.

– Mam nadzieję. To *osso buco.*

Derek mówił teraz innym głosem. Już nie był zły. Chciał się pogodzić. W głosie Ann pobrzmiewały ulga, podekscytowanie, gotowość dopasowania się do jego nowego nastroju.

– Wystarczy też dla gości?

– Jakich gości?

– Tylko Rosemary. Mam nadzieję, że wystarczy, bo ją zaprosiłem.

– Rosemary i Karin – powiedziała spokojnie Ann. – Jedzenia wystarczy, ale nie mamy wina.

– Mamy – powiedział Derek. – Kupiłem w mieście.

Potem było słychać, że coś mruczy czy szepcze. Pewnie stał bardzo blisko Ann i mówił jej do ucha albo we włosy. Brzmiało to tak, jakby się z nią drażnił, błagał ją, pocieszał, obiecywał nagrodę, wszystko naraz. Karin tak bardzo się bała, że wypłyną z tego na powierzchnię słowa – wyraźne słowa, których nigdy nie zapomni – że z rumorem zbiegła po schodach i weszła do kuchni, wołając:

– Jaka Rosemary? Czy słyszałam imię „Rosemary"?

– Nie skradaj się tak, *enfant* – powiedział Derek. – Narób trochę hałasu, żebyśmy słyszeli, że idziesz.

– Czy słyszałam imię „Rosemary"?

– To imię twojej matki – odparł. – Klnę się na wszystkie świętości, to imię twojej matki.

Po niezadowoleniu pełnym napięcia nie został nawet ślad. Derek był w dobrym humorze, tak jak czasami zeszłego lata.

Ann popatrzyła na etykietę i powiedziała:

– To świetne wino, Derek, będzie doskonale pasowało do obiadu. Zastanówmy się, jak by się zorganizować. Karin, możesz mi pomóc. Nakryjemy długi stół na werandzie. Weźmiemy niebieską zastawę i lepsze sztućce... Zobacz, jak się dobrze złożyło, że akurat wyczyściłyśmy srebra. Postawimy dwa rodzaje świec. Te wysokie żółte w środku, a wokół nich wianuszek białych.

– Jak margerytki – powiedziała Karin.

– Zgadza się. To będzie uroczysta kolacja. Na cześć twojego przyjazdu na wakacje.

– A co ja mogę zrobić? – zapytał Derek.

– Zaraz, pomyślę. A, już wiem, możesz przynieść zieleniny. Sałaty, szczawiu, może też rzeżuchy? Jak myślisz, znajdzie się jej trochę w potoku?

– Tak, jest, widziałem.

– To przynieś.

Derek pogładził ją po ramionach i powiedział:

– Wszystko będzie dobrze.

Kiedy kolacja był prawie gotowa, Derek nastawił płytę. Jedną z tych, które trzymał u Rosemary, a teraz widocznie przywiózł z powrotem. Nazywała się *Muzyka dawna na lutnię*, okładkę zdobił rysunek dam tańczących w kole, cudownie szczupłych, ubranych staromodnie w suknie z wysokim stanem, z włosami upiętymi tak, że tylko przy uszach zwieszały się pojedyncze loki. Ta muzyka często budziła u Dereka ochotę, żeby puścić się w dostojny, prześmieszny taniec, a Karin i Rosemary do niego dołączały. Karin umiała dostroić się do niego w tańcu, Rosemary nie. Rosemary zbyt usilnie się starała, wszystkie ruchy wykonywała odrobinę za późno – próbowała naśladować coś, co mogło być wyłącznie spontaniczne.

Karin zaczęła tańczyć wokół kuchennego stołu, przy którym Ann przygotowywała sałatę, a Derek otwierał wino.

– Muuu-zyka daaaw-na na luuuuut-nię – śpiewała w uniesieniu. – Moja maaa-ma przychodzi na kolację, moja mama przychodzi na kolaaaaa-cję.

– Coś mi się zdaje, że mama Karin przychodzi na kolację – powiedział Derek. – Ćśśśśśś. – Uniósł dłoń. – To jej samochód?

– Ojej, muszę przynajmniej umyć twarz – powiedziała Ann. Zostawiła zieleninę i pobiegła na górę.

Derek podszedł do adaptera i zdjął igłę z płyty. Nastawił ją znów na początek nagrania. Kiedy rozległa się muzyka, wyszedł na spotkanie Rosemary, czego normalnie nie robił. Karin też chciała wybiec, ale kiedy wyszedł Derek, zmieniła zdanie. Śladem Ann poszła na górę, ale nie na piętro. Na podeście było małe okienko, przy którym nikt się nigdy nie zatrzymywał i przez które nie wyglądał. Zasłaniała je firanka, więc z zewnątrz raczej nie dało się zobaczyć, że ktoś przez nie patrzy.

Wbiegła po schodach na tyle szybko, że zobaczyła, jak Derek przecina trawnik i przechodzi przez dziurę w żywopłocie. Idzie niecierpliwie, długimi, ukradkowymi krokami. Zdąży się ukłonić i otworzyć drzwi samochodu, otworzyć je z szarmanckim rozmachem i podać rękę wysiadającej Rosemary. Karin nigdy nie widziała, żeby to robił, ale wiedziała, że teraz właśnie tak chce ją przywitać.

Ann była jeszcze w łazience, Karin słyszała szum prysznica. Miała kilka minut na to, żeby spokojnie poobserwować.

Teraz usłyszała trzaśnięcie zamykanych drzwi samochodu. Ale nie słyszała głosów. Zresztą nie mogła słyszeć, bo dom zalewała muzyka. I nie pokazali się jeszcze w przejściu w żywopłocie. Jeszcze nie. I jeszcze. I jeszcze.

Po tym jak Rosemary odeszła od Teda, raz wróciła. Nie do domu – do domu nie miała wstępu. Ted przywiózł Karin do restauracji, w której już czekała Rosemary. Zjadły razem lunch. Karin zamówiła napój Shirley Temple i frytki. Rosemary powiedziała, że wyjeżdża do Toronto, dostała tam pracę w wydawnictwie. Karin nie wiedziała, co to jest wydawnictwo.

Idą. Przeciskają się razem przez żywopłot, mimo że przejście jest na szerokość jednej osoby. Rosemary ma na sobie haremki z lekkiej, cienkiej bawełny w kolorze malinowym. Prześwitują przez nią jej nogi. Bluzkę ma z grubszej bawełny, wyszywanej i ozdobionej maleńkimi lusterkami. Wygląda, jakby drażniły ją upięte włosy – sięga do nich w geście czarującej nerwowości, by wyjąć jeszcze kilka kosmyków, które okolą jej twarz. (Trochę tak jak loki przy uszach pań z okładki *Muzyki dawnej na lutnię*.) Paznokcie ma pomalowane na kolor spodni.

Derek nie dotyka Rosemary, ale cały czas wygląda, jakby zaraz miał to zrobić.

– Ale jak, będziesz tam m i e s z k a ć? – zapytała Karin w restauracji.

Wysoki Derek nachyla się do włosów Rosemary, ślicznie rozrzuconych w nieładzie, jakby były gniazdem, do którego ma ochotę wpaść. Jest wcieloną intensywnością. Czy jej dotyka, czy nie, czy do niej mówi, czy nie. Przyciąga ją do siebie, poświęca temu całą uwagę. Ale i sam jest przyciągany, rozkosznie kuszony. Karin przywodzi to na myśl cudowne uczucie, kiedy się mówi: „Nie, wcale nie jestem śpiąca, coś ty, nie chce mi się spać...".

W tej chwili Rosemary nie wie, co robić, ale myśli, że jeszcze nie musi podejmować żadnego działania. Patrz, jak tańczy w klatce z odcieni różu. W klatce z waty cukrowej. Patrz, jak świergocze i czaruje.

A on powiedział „kurewski majątek".

Ann wychodzi z łazienki, jej siwe włosy, pociemniałe i mokre, przylegają płasko do głowy, twarz jest zaczerwieniona od ciepła prysznica.

– Karin. Co ty tu robisz?

– Patrzę.

– Na co?

– Na parę gołąbeczków.

– Och, Karin – mówi Ann, schodząc po schodach.

I zaraz rozlegają się wesołe wołania od drzwi (uroczysta okazja) i z przedpokoju:

– Co tak cudownie pachnie? (Rosemary). – A, Ann wrzuciła do garnka jakieś gnaty (Derek).

– A to – piękne – zachwyca się Rosemary, kiedy towarzyska rozmowa przenosi się do salonu. Mówi o bukiecie z liści, traw i wczesnych pomarańczowych lilii, który Ann ułożyła w kremowym wazonie stojącym przy drzwiach salonu.

– A, Ann przywlokła z łąki jakieś chwasty – rzuca Derek.

– Podobały mi się – mówi Ann.

– Są piękne – powtarza Rosemary.

Po tamtym lunchu w restauracji Rosemary powiedziała, że chce kupić Karin prezent. Nie urodzinowy i nie gwiazdkowy, tylko po prostu wspaniały prezent bez okazji.

Poszły do domu towarowego. Za każdym razem, kiedy Karin zwalniała kroku, żeby się czemuś przyjrzeć, Rosemary wykazywała natychmiastowy entuzjazm i gotowość, żeby to coś kupić. Z chęcią kupiłaby jej aksamitny płaszczyk z futrzanym kołnierzem i mankietami, konia na biegunach malowanego w staroświeckim stylu, różowego pluszowego słonia, który wyglądał na ledwo parę razy mniejszego niż prawdziwy. Żeby położyć kres tej męczącej wędrówce, Karin wybrała tani bibelot: figurkę baletnicy na lusterku. Baletnica nie robiła piruetów, nie tańczyła do muzyki – nic nie tłumaczyło tego wyboru. Można by się spodziewać, że Rosemary zrozumie, co on znaczy. Powinna była zrozumieć, że Karin nie chce być uszczęśliwiona, że zadośćuczynienie jest niemożliwe, przebaczenie nie wchodzi w rachubę. Ale ona tego nie rozumiała. Albo nie chciała rozumieć. Powiedziała:

– Tak. Podoba mi się. Jest pełna wdzięku. Ładnie będzie wyglądała na twojej toaletce. Tak.

Karin włożyła baletnicę do szuflady. Kiedy znalazła ją Grace, Karin powiedziała, że dostała ją od koleżanki ze szkoły i nie chciała tej koleżance sprawić przykrości, mówiąc, że podarunek nie jest w jej guście.

Grace nie była wtedy jeszcze obyta z dziećmi, inaczej nie uwierzyłaby w tę historyjkę.

– Rozumiem – powiedziała. – Wiesz co, zaniosę ją na aukcję w szpitalu. Tam ta koleżanka prawie na pewno jej nie zobaczy. Zresztą pewnie identycznych figurek są setki.

Z pokoju na dole dobiegł trzask kostek lodu, które Derek wrzucił do drinków. Ann powiedziała:

– Karin gdzieś się tu kręci, na pewno zaraz się zjawi.

Karin weszła cicho, cichutko na samą górę, do pokoju Ann. Na łóżku leżał kłąb ubrań, a na wierzchu, znów zawinięta w prześcieradło, suknia ślubna. Karin zdjęła szorty, koszulkę i buty i zabrała się do żmudnego wkładania sukni. Zamiast włożyć ją przez głowę, weszła w szeleszczącą spódnicę, a potem podciągnęła koronkowy gorset. Wsunęła ręce w rękawy, pilnując, żeby nie zaciągnąć koronki paznokciem. Paznokcie miała właściwie na tyle krótkie, że nie powinny sprawić kłopotu, niemniej uważała. Naciągnęła na dłonie koronkowe szpice. Potem zapięła rząd haftek w talii. Najtrudniej było jej dosięgnąć haftek na karku. Pochyliła głowę i skuliła ramiona, żeby to sobie ułatwić. Mimo to wydarzył jej się wypadek – koronka trochę się rozpruła pod pachą. Trzask materiału spowodował, że Karin na chwilę zamarła. Uznała jednak, że zaszła już za daleko, żeby zrezygnować. Resztę haftek zapięła bez niechcianych przygód. Najwyżej zaszyje rozdarcie, kiedy zdejmie suknię. Albo skłamie, powie, że widziała je, zanim jeszcze ją włożyła. Zresztą możliwe, że Ann wcale go nie zauważy.

Teraz welon. Musi bardzo uważać. Na nim nie da się ukryć rozdarcia. Strzepnęła go i spróbowała przyczepić za pomocą gałązki jabłoni, tak jak wcześniej Ann. Ale nie udało jej się zgiąć gałązki w odpowiedni kształt ani sprawić, żeby śliskie szpilki przytrzymywały ją w miejscu. Pomyślała, że lepiej będzie, jeśli przewiąże welon wstążką. Podeszła do szafy Ann, żeby zobaczyć, czy znajdzie się tam coś odpowiedniego. Odkryła wieszak na krawaty, męskie krawaty. Krawaty Dereka, choć nigdy nie widziała go pod krawatem.

Zdjęła z wieszaka krawat w prążki, założyła go na głowę jak opaskę i zawiązała z tyłu. Welon się trzymał. Zrobiła to przed lustrem, a kiedy skończyła, zobaczyła, że uzyskała efekt cygańskiego stroju, raczej komiczny. Przyszedł jej do głowy nowy pomysł – porozpinała z mozołem wszystkie haftki, po czym wypchała przód sukni ciasno zwiniętymi ubraniami z łóżka Ann. Wypełniła, wręcz przepełniła koronkę, która wcześniej zwisała luźno, uszyta na wymiar biustu Ann. Tak, teraz lepiej; lepiej, żeby jej widok ich rozśmieszył. Nie dała rady zapiąć wszystkich haftek, ale zapięła dość, żeby absurdalne piersi tkwiły na swoim miejscu. Zapięła też stójkę na karku. Kiedy skończyła, była cała spocona.

Ann nie malowała ust ani oczu, ale na jej toaletce stał, o dziwo, słoiczek różu w kamieniu. Karin splunęła i roztarła sobie na policzkach okrągłe placki.

Za drzwiami wejściowymi do domu znajdował się przedpokój, skąd wchodziło się na schody, boczne drzwi prowadziły z przedpokoju na werandę, a drugie, po tej samej stronie, do salonu. Można było też przejść do salonu bezpośrednio z werandy. Dom był dziwnie rozplanowany – czy też wcale, jak mawiała Ann. Zmiany wprowadzano na bieżąco, kiedy przychodziły komuś na myśl. Długa, wąska weranda nie była nasłoneczniona, ponieważ ciągnęła się wzdłuż wschodniej ściany domu, a poza tym znajdowała się w cieniu młodych topól, które wymknęły się spod kontroli i szybko wystrzeliły w górę, jak to topole. W dzieciństwie Ann weranda służyła głównie do przechowywania jabłek, choć i ona, i jej siostry uwielbiały korzystać z możliwości, jakie stwarzały trzy pary drzwi. Teraz też lubiła tę werandę, nakrywała tu latem do kolacji. Przy stole wysuniętym na środek prawie nie zostawało miejsca na przejście między krzesłami a ścianą domu, ale jeżeli posadziło się gości po jednej stronie, twarzą do okna, i w obu szczytach stołu – tak jak nakryto dzisiaj – szczupła osoba, a już na pewno dziewczynka postury Karin, mogła się w przejściu zmieścić.

Karin zeszła na dół boso. Z salonu nie było jej widać. Postanowiła nie wchodzić tam zwykłymi drzwiami, tylko wejść na werandę, przejść wzdłuż stołu i pojawić się z zaskoczenia, ze strony, skąd na pewno nie będą się jej spodziewali.

Na werandzie panował już półmrok. Paliły się dwie wysokie żółte świece zapalone przez Ann, otaczające je małe świeczki jeszcze nie. Te żółte wydzielały cytrynowy zapach, którym Ann pewnie chciała przytłumić ewentualny zaduch. Otworzyła też okno w szczycie stołu. Nawet w bezwietrzny wieczór zawsze dochodził tu lekki wietrzyk od topól.

Karin trzymała spódnicę oburącz, przechodząc obok stołu. Musiała ją trochę unieść, żeby na nią nie nadepnąć. Poza tym nie chciała, żeby tafta szeleściła. Zamierzała zaintonować piosenkę *Patrzcie, oto panna młoda*, kiedy tylko pokaże się w drzwiach.

Patrzcie, oto panna młoda,
Ach, przecudna jej uroda.
Patrzą na nią wszystkie oczy
Gdy się przez sam środek toczy.

Uderzył w nią mocniejszy podmuch wiatru i trochę ściągnął welon. Ale umocowała go porządnie, nie martwiła się, że spadnie.

Kiedy już miała wejść do salonu, welon uniósł się na wietrze tak, że musnął płomienie świec. Zgromadzeni w pokoju zobaczyli równocześnie dziewczynkę i ścigający ją ogień. Ona zdążyła tylko poczuć zapach tlącej się koronki – dziwny, trujący dodatek do aromatu gotujących się kości ze szpikiem. Potem błyskawicznie nonsensowne gorąco i krzyki, i zapadanie się w ciemność.

Rosemary dobiegła do niej pierwsza i zaczęła uderzać ją poduszką po głowie. Ann pobiegła do przedpokoju po wazon i wylała na płonący welon i włosy całą jego zawartość: wodę, lilie, trawy. Derek zerwał z podłogi chodnik, przewracając krzesła, stoły i drinki, owinął nim ciasno Karin i zdusił ostatnie płomienie. W jej mokrych włosach tliły się jeszcze kawałki koronki i Rosemary poparzyła sobie palce, wyplątując je aż do ostatniego.

Skóra na ramionach, na górnej połowie pleców i jednej stronie szyi Karin była oszpecona od poparzenia. Krawat Dereka odsunął trochę welon od jej twarzy, a tym samym uchronił od najbardziej widocznych śladów. Ale nawet kiedy znów zapuściła włosy i szczesywała je do przodu, nie do końca udawało jej się zakryć blizny na szyi.

Po kilku przeszczepach skóry wyglądała lepiej. Kiedy szła na studia, mogła już pokazywać się w kostiumie kąpielowym.

*

Kiedy pierwszy raz otworzyła oczy w szpitalu Belleville, zobaczyła całe mnóstwo margerytek. Różnych – białych, żółtych, różowych i fioletowych. Stały nawet na parapecie.

– Piękne, prawda? – zapytała Ann. – Stale je przysyłają. Przysyłają nowe, choć pierwsze są wciąż jeszcze świeże, a w każdym razie niegotowe do wyrzucenia. Wysyłają bukiet z każdego postoju w podróży. Powinni być już w Cape Breton.

– Sprzedałaś farmę? – zapytała Karin.

– Karin – powiedziała Rosemary.

Karin zamknęła oczy i spróbowała jeszcze raz.

– Myślałaś, że ja to Ann? – zapytała Rosemary. – Ann i Derek wyjechali w podróż. Właśnie ci o tym opowiadałam. Ann sprzedała farmę, a w każdym razie taki ma zamiar. Zabawne, że o tym myślisz.

– Pojechali w podróż poślubną – powiedziała Karin.

To była sztuczka, która miała spowodować ujawnienie się Ann, jeśli to była naprawdę ona – żeby powiedziała z przyganą w głosie: „Och, Karin".

– To ta suknia ślubna nasunęła ci takie myśli – powiedziała Rosemary. – Pojechali szukać miejsca, gdzie chcieliby teraz zamieszkać.

A zatem to naprawdę Rosemary. A Ann jest w podróży. W podróży z Derekiem.

– To by musiała być druga podróż poślubna – dodała Rosemary. – Jakoś nigdy się nie słyszy, żeby ktoś się wybierał w trzecią. Albo osiemnastą.

Wszystko było w porządku, wszyscy znajdowali się znów na właściwych miejscach. Karin miała poczucie, jakby to ona to sprawiła, wielkim wysiłkiem. Wiedziała, że powinna się czuć usatysfakcjonowana. Czuła się usatysfakcjonowana. Ale w pewnym sensie to wszystko wydawało się nieważne. Tak jakby Ann i Dereka, i może nawet Rosemary, oddzielał od niej żywopłot, zbyt gęsty i wysoki, żeby dało się przez niego przejść.

– Ale ja jestem przy tobie – powiedziała Rosemary. – Cały czas tutaj byłam. Ale nie pozwolili mi cię dotykać.

Ostatnie słowa wypowiedziała tak, jakby miało jej z tego powodu pęknąć serce.

Później powtarza to od czasu do czasu.

– Najwyraźniej pamiętam to, że nie wolno mi było cię dotykać i zastanawiałam się, czy to rozumiesz.

Karin mówi, że tak. Rozumie. Nie chce się przyznawać, że wtedy uważała jej smutek za absurdalny. Tak jakby Rosemary skarżyła się, że nie może sięgnąć ręką na drugi kraniec kontynentu. Bo tym właśnie Karin w swoim odczuciu się stała: czymś rozległym, migotliwym i samowystarczalnym, miejscami wypiętrzonym w bólu, ale poza tym ciągnącym się długimi, nudnymi połaciami. Daleko, na samym krańcu, stała Rosemary i Karin umiała zredukować ją, kiedy tylko chciała, do zbioru niewyraźnych czarnych kropek. A ona sama, Karin, mogła rozciągać się na całą szerokość i jednocześnie kurczyć tak, że tkwiła w centralnym punkcie swojego terytorium, zwarta w sobie jak koralik czy biedronka.

Wyszła z tego, oczywiście, i znowu była Karin. Wszyscy myśleli, że jeśli nie liczyć skóry, jest zupełnie taka sama. Nikt nie wiedział, jak się zmieniła i jak naturalne wydawało jej się to, że jest odrębna, uprzejma i samodzielna. Nikt nie wiedział o głębokim poczuciu zwycięstwa, które rodziło się w niej czasami, kiedy zdawała sobie sprawę, w jak dużym stopniu polega na sobie.

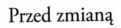

Przed zmianą

Drogi R. Oglądaliśmy z ojcem debatę Kennedy – Nixon. Jakiś czas po twojej wizycie ojciec kupił sobie telewizor. Mały ekran i królicze uszy. Stoi w jadalni, zastawia kredens, tak że niełatwo teraz się dostać do lepszych sztućców czy obrusów, gdyby ktoś przypadkiem chciał się do nich dostać. Dlaczego akurat w jadalni, gdzie nie ma ani jednego wygodnego krzesła? Bo już od dłuższego czasu nie pamiętają, że mają salon. A może dlatego, że pani Barrie chce oglądać telewizję przy kolacji.

Pamiętasz jadalnię? Oprócz telewizora nie ma tu nic nowego. Po obu stronach okna ciężkie zasłony w liście koloru wina na beżowym tle, a w środku firanka. Obrazek przedstawiający sir Galahada prowadzącego konia i widok Glencoe, z tym że zamiast masakry są rude jelenie. Stara szafa na dokumenty przeniesiona z gabinetu ojca lata temu, która wciąż nie ma wyznaczonego miejsca, więc po prostu stoi, nawet nieprzysunięta do ściany. I zamknięta maszyna do szycia mojej matki („maszyna do szycia twojej matki" to jedyny kontekst, w którym mój ojciec mówi o matce), a na niej, w glinianych doniczkach i blaszanych puszkach, ten sam co zawsze zestaw kwiatów czy czegoś, co wygląda jak kwiaty, które ani nie kwitną, ani nie umierają.

A zatem – wróciłam do domu. Nie rozmawialiśmy o tym, na jak długo. Po prostu władowałam do mini wszystkie swoje książki, papiery i ubrania i przyjechałam tu z Ottawy w jeden dzień. Ojcu powiedziałam przez telefon, że skończyłam pisać pracę (tak naprawdę ją zarzuciłam, ale nie chciałam mu o tym mówić) i że chyba potrzebuję się zregenerować.

– Zregenerować? – zapytał, jakby nigdy o czymś takim nie słyszał. – Byle tylko nie nerwowo.

– Proszę?

– Po załamaniu – wyjaśnił z ostrzegawczym chichotem.

Wciąż nazywa załamaniem nerwowym ataki paniki, ostry lęk i depresję. Pewnie radzi swoim pacjentom, żeby wzięli się w garść.

Jestem niesprawiedliwa. Raczej dostają od niego jakieś otępiające pigułki i kilka suchych, uprzejmych słów. Wady innych ludzi toleruje z większą łatwością niż moje.

Kiedy dotarłam na miejsce, nie było wielkiego powitania, ale i konsternacji. Ojciec obszedł mini dookoła, odchrząknął i sprawdził kopnięciem stan opon.

– Aż dziw, że dojechałaś – skwitował.

Myślałam o tym, żeby go ucałować – bardziej z brawury niż w przypływie uczuć, tak by pokazać, że jestem teraz kimś, kto zachowuje się właśnie tak. Ale jeszcze zanim postawiłam nogę na żwirowym podjeździe, wiedziałam, że się na to nie zdobędę. W połowie drogi między podjazdem a drzwiami do kuchni stała pani B. Podeszłam więc do niej, objęłam ją i ucałowałam dziwaczne czarne włosy, obcięte jakby na Chinkę, okalające jej drobną, zwiędłą twarz. Poczułam zapach nieświeżego swetra i wybielacza od prania fartucha; w uścisku jej stare kości wydały mi się jak wykałaczki. Sięgała mi ledwo do obojczyka.

Zmieszana, powiedziałam:

– Taki piękny dziś dzień, przepiękną miałam drogę.

Tak rzeczywiście było. Drzewa nie zmieniły jeszcze barw, dopiero brzeżki liści pokrywały się rdzą, ścierniska wyglądały jak złoto. Dlaczego więc ta hojność krajobrazu blaknie w obecności mojego ojca i na jego terytorium (nie zapominajmy, że także w obecności pani Barrie i na jej terytorium)? Dlaczego to, że wspomniałam o pięknie dnia – albo że wspomniałam o nim z autentycznym uczuciem, nie zdawkowo – wydaje się tu czynem niemal tej samej kategorii, co uściskanie pani B.? Jedno zakrawa na bezczelność, drugie na pretensjonalny pokaz czułości.

Kiedy debata dobiegła końca, ojciec wstał i wyłączył telewizor. Reklam z zasady nie ogląda, chyba że jest pani B. i mówi na przykład, że ma ochotę zobaczyć tego słodkiego szczerbatego dzieciaka albo kurczaki goniące tego tam (nie chce użyć słowa „struś", a może go nie pamięta). Wtedy to, co sprawia jej przyjemność, jest dozwolone, nawet tańczące płatki kukurydziane, a on mówi czasem: „No cóż, na swój sposób to nawet niegłupie". Myślę, że to ostrzeżenie pod moim adresem.

Co sądzi o Kennedym i Nixonie?

– A, to tylko dwóch Amerykanów.

Usiłowałam trochę pociągnąć rozmowę.

– To znaczy?

Kiedy się go prosi o zagłębienie się w temat, na który jego zdaniem nie ma co rozmawiać, albo podaje się racje, których słuszności nie trzeba potwierdzać, unosi z jednej strony górną wargę, pokazując kilka dużych, zażółconych od tytoniu zębów.

– To tylko dwóch Amerykanów – powtórzył, tak jakbym za pierwszym razem nie dosłyszała.

Nie rozmawiamy więc, ale też nie siedzimy w ciszy, bo, jak może pamiętasz, mój ojciec głośno oddycha. Jego oddech przedziera się przez brukowane zaułki i skrzypiące furtki, a potem przechodzi w coś w rodzaju świergotu i gulgotania, tak jakby w klatce piersiowej ojca krył się jakiś nieludzki aparat. Plastikowe rurki i kolorowe retorty. Nie powinnam zwracać na to uwagi i niedługo się przyzwyczaję. Ale te odgłosy zabierają dużo przestrzeni. On sam też zajmuje jej sporo, przez ten swój wysoki, twardy brzuch, długie nogi i charakterystyczny wyraz twarzy. Jaki? Taki, jakby dysponował całą listą przewinień, zarówno pamiętanych, jak i przewidywanych, i dawał do zrozumienia, że jego cierpliwość wystawiasz na próbę nie tylko tym, co wiesz, że robisz źle, ale też tym, czego nawet nie podejrzewasz. Myślę, że wielu ojców i dziadków dąży do tego, żeby wyrażać mimiką właśnie taką postawę – nawet tacy, którzy w przeciwieństwie do mojego ojca nie mają władzy poza domem – ale tylko on wyraża to idealnie i permanentnie.

R. Mam tu sporo do roboty, więc nie mam kiedy – jak to się mówi – rozdzierać szat. Ściany poczekalni są porysowane, widać, że pokolenia pacjentów szorowały po nich oparciami krzeseł. Na stole leżą numery „Reader's Digest", całe w strzępach. Karty pacjentów upchnięto w kartonach pod leżanką do badań, a kosze na odpadki – wiklinowe – mają poharatane brzegi, jakby poobgryzały je szczury. W domu jest nie lepiej. W zlewie w dolnej łazience rysy jak pojedyncze brązowe włosy, w klozecie żenująca plama rdzy. Na pewno zauważyłeś. To głupie, ale najbardziej przeszkadzają mi ulotki i reklamy. Jest ich pełno w szufladach, leżą pod spodkami albo walają się luzem, a wyprzedaże czy rabaty, których dotyczyły, są nieaktualne od tygodni, miesięcy czy nawet lat.

Chodzi nie o to, że się poddali czy że się nie starają. Ale wszystko jest skomplikowane. Pranie oddają do pralni, co jest rozsądne, szkoda by było, żeby stale miała się tym zajmować pani B., ale mój ojciec nie pamięta, którego dnia pranie ma wrócić i jest diabelne zamieszanie o to, czy wystarczy czystych fartuchów i tak dalej. A pani B. jest przekonana, że pralnia ją oszukuje, odrywa plakietki z nazwiskami i przeszywa na rzeczy gorszej jakości. Dlatego kłóci się z człowiekiem, który rozwozi pranie, i zarzuca mu, że do niej specjalnie przyjeżdża na samym końcu, co zresztą pewnie jest prawdą.

Trzeba też wyczyścić okapy. Siostrzeniec pani B. miał przyjść i się tym zająć, ale nadwyrężył sobie kręgosłup, obiecał więc przysłać syna. Ale jego syn musiał przyjąć tyle zleceń, że jest z robotą do tyłu i tak dalej, i tak dalej.

Syna tego siostrzeńca mój ojciec nazywa imieniem siostrzeńca. Tak samo obchodzi się z każdym innym. Sklepy i zakłady w miasteczku nazywa nazwiskami byłych właścicieli albo nawet ich poprzedników. To coś więcej niż zwykła luka w pamięci; coś bliższego arogancji. Jakby rozgrzeszał siebie z konieczności starania się o to, żeby nazywać wszystko jak należy. Z konieczności dostrzegania zmian. Czy ludzi.

Zapytałam, jaki kolor wolałby mieć na ścianach poczekalni, jasnozielony czy jasnożółty. A on na to:

– Ciekawe, kto je będzie malował.

– Ja.

– Nie wiedziałem, że jesteś malarzem.

– Malowałam mieszkania, w których mieszkałam.

– Możliwe. Ale nie widziałem, jak to wyszło. Co zrobisz z pacjentami, kiedy będziesz malowała?

– Wezmę się do tego w niedzielę.

– Niektórym z nich to się nie spodoba, kiedy o tym usłyszą.

– Żartujesz. W dzisiejszych czasach?

– Może czasy nie są dokładnie takie, jak ci się wydaje. W każdym razie tutaj.

Wtedy powiedziałam, że mogę zabrać się do malowania w nocy, ale on odparł, że na drugi dzień zapach farby i tak będzie wywoływał nudności. Ostatecznie pozwolił mi jedynie wyrzucić stare numery „Reader's Digest" i wyłożyć w poczekalni „Maclean's", „Chatelaine", „Time" i „Saturday Night". A potem wspomniał, że były skargi. Ludzie narzekali, że nie mogą zajrzeć do starych „Reader's Digest" i wrócić do czytanych niegdyś dowcipów. A niektórzy nie lubią współczesnych pisarzy. Takich jak Pierre Berton.

– Przykro mi – powiedziałam i nie mogłam uwierzyć, że drży mi głos.

W następnej kolejności zabrałam się do szafy z dokumentami w jadalni. Myślałam, że pęka od kart pacjentów, którzy już dawno nie żyją i jeżeli je wyrzucę, to zrobi się miejsce na karty z kartonów i szafę można będzie przenieść z powrotem do gabinetu, gdzie jest jej miejsce.

Pani B. tylko spojrzała, co robię, i poszła po ojca. Do mnie ani słowa.

On zapytał:

– Czy ktoś ci pozwolił tam grzebać? Ja nie.

R. Kiedy tu byłeś, pani B. spędzała Boże Narodzenie ze swoją rodziną. (Jej mąż choruje na rozedmę płuc chyba od połowy życia; dzieci nie ma, ma za to całą hordę siostrzeńców, bratanków i krewnych.) Chyba jej nawet nie widziałeś. Ale ona ciebie widziała. Zapytała mnie wczoraj:

– A gdzie jest ten pan Jak-mu-tam, z którym niby byłaś zaręczona?

Oczywiście zauważyła, że nie noszę pierścionka.

– Pewnie w Toronto – odpowiedziałam.

– W zeszłe święta byłam u bratanicy i widziałyśmy, jak mijacie hydrant, i moja bratanica powiedziała: „Ciekawe, dokąd oni idą?".

Ona właśnie w ten sposób mówi i już mi to brzmi całkiem normalnie, chyba że jest zapisane, jak teraz. Rozumiem, że w domyśle było, że idziemy gdzieś, żeby pofiglować, ale trzymał wtedy silny mróz, jak może pamiętasz, i wybraliśmy się na spacer tylko po to, żeby wyjść z domu. Chociaż nie. Wyszliśmy, żeby podjąć naszą kłótnię, której nie dawało się hamować zbyt długo.

Pani B. zaczęła pracować u mojego ojca mniej więcej wtedy, kiedy wyjechałam do internatu. Przed nią mieliśmy kilka młodych kobiet, które lubiłam, ale odchodziły, bo albo wychodziły za mąż, albo szły do fabryki pracować na potrzeby wojny. Kiedy miałam dziewięć czy dziesięć lat i bywałam w domach swoich koleżanek, zapytałam ojca: „Dlaczego nasza służąca musi jeść z nami? U innych ludzi służący jedzą osobno".

Ojciec odparł wtedy: „Masz nazywać panią Barrie panią Barrie. A jeśli nie podoba ci się jedzenie z nią przy jednym stole, to możesz jadać w drewutni".

Później przez jakiś czas kręciłam się koło niej i naciągałam ją na rozmowę. Często nie chciało jej się do mnie odzywać. Ale kiedy się odezwała, rekompensowało mi to wszystkie trudy. Świetnie się bawiłam, naśladując ją później w szkole.

(Ja) Ma pani bardzo czarne włosy, pani Barrie.

(Pani B.) U nas w rodzinie to każdy ma czarne włosy. Każdy jeden. Czarne włosy, które w ogóle nie siwieją. Wszyscy ze strony matki. Ani jednego siwego włosa, nawet w trumnie. Kiedy umarł mój dziadek, przez całą zimę trzymali go w kaplicy na cmentarzu, dopóki ziemia była zmarznięta na kość, a jak przyszła wiosna, to żeśmy sobie pomyśleli, że trzeba by zobaczyć, jak nieboszczyk przetrwał zimę. Kazaliśmy otworzyć wieko, i co? On sobie zwyczajnie leżał tam w środku i bardzo dobrze wyglądał, twarz mu nie ściemniała, policzki się nie zapadły ani nic, a włosy to miał czarne. Czarne jak węgiel.

Umiałam nawet naśladować jej śmiech – właściwie serię krótkich śmiechów jak szczeknięcia – który nie oznaczał, że coś ją bawi, tylko odgrywał rolę swego rodzaju interpunkcji. Jeszcze zanim cię poznałam, znudziło mnie wyśmiewanie się z niej.

Po tym jak pani B. opowiedziała mi o swoich włosach, któregoś dnia natknęłam się na nią, kiedy wychodziła z łazienki na piętrze. Spieszyła się, żeby odebrać telefon, którego mnie nie wolno było odbierać. Włosy miała zawinięte w ręcznik, a po twarzy spływała jej ciemna strużka. Ciemnofioletowa. Pomyślałam, że krwawi.

Tak jakby jej krew mogła być ekscentryczna i ciemna od wrogości, taka, jaki czasem wydawał się charakter pani B.

Powiedziałam: „Krwawi pani", a ona: „Ech, zejdź mi z drogi" i odsunęła mnie, żeby dotrzeć do telefonu. Kiedy poszłam do łazienki, zobaczyłam fioletowe plamy na zlewie i farbę do włosów na półce. Nie padło później na ten temat ani jedno słowo, a ona nadal opowiadała, jak to wszyscy w jej rodzinie ze strony matki mieli czarne włosy, nawet w trumnie, i że ona będzie pod tym względem taka sama.

Mój ojciec miał w tamtych latach dziwny sposób zwracania na mnie uwagi. Na przykład przechodził przez pokój, w którym siedziałam, i mówił, jakby mnie nie widział:

Największą wadą króla Henryka
Było żucie kawałków łyka.

Czasami zagadywał mnie teatralnie ochrypłym głosem:

– Dzień dobry, dziewczynko. Chciałabyś dostać cukierka?

Nauczyłam się odpowiadać mu proszącym dziecięcym głosikiem:

– Tak, bardzo bym chciała, proszę pana.

– Thudno. – Przesadzone arystokratyczne „r". – Thudno. Nie dostaniesz.

Albo zaczynał:

– „Solomon Grundy, born on a Monday..." – Tu dźgał mnie palcem, żebym recytowała dalej.

Christened on Tuesday
Married on Wednesday
Sick on Thursday
Worse on Friday
Died on Saturday
Buried on Sunday

I na koniec oboje razem, na cały głos:

And that was the end of Solomon Grundy!

Nigdy ani słowa wstępu czy komentarza do tych dialogów. Dla zabawy próbowałam mówić do niego Solomon Grundy*. Za czwartym czy piątym razem powiedział:

---

* Solomon Grundy to nie tylko bohater przytoczonej dziewiętnastowiecznej angielskiej rymowanki, ale także fikcyjna postać komiksowa (od 1944 roku), potężny zły zombie, wróg wielu superbohaterów (przyp. tłum.).

– Już dosyć. Nie nazywam się tak. Jestem twoim ojcem.

Po tym chyba już nie recytowaliśmy tej rymowanki.

Kiedy się poznaliśmy, na kampusie, ty byłeś sam i ja byłam sama, wyglądałeś, jakbyś mnie pamiętał, ale jakbyś nie mógł się zdecydować, czy chcesz się do tego przyznać. Prowadziłeś z nami raz zajęcia, zastępstwo, kiedy nasz wykładowca był chory. Musiałeś zrobić nam wykład z pozytywizmu logicznego. Żartowałeś, że rzadko się zdarza, żeby ściągać kogoś z Kolegium Teologicznego akurat w tym celu.

Wydawało mi się, że nie jesteś pewien, czy powiedzieć mi „dzień dobry", więc ja odezwałam się pierwsza: „Były król Francji jest łysy".

To był podany nam przez ciebie przykład twierdzenia, które nie jest ani prawdziwe, ani fałszywe, ponieważ jest empirycznie nieweryfikowalne. Ale spojrzałeś na mnie z autentycznym zaskoczeniem i poczuciem osaczenia, które pokryłeś profesjonalnym uśmiechem. Co sobie o mnie pomyślałeś?

Przemądrzała prymuska.

R. Brzuch wciąż mam trochę obrzmiały. Nie mam rozstępów, ale mogę chwytać i ugniatać fałdki jak ciasto. Poza tym czuję się w porządku, waga wróciła do normy, może trochę poniżej. Ale myślę, że wyglądam starzej. Myślę, że wyglądam na więcej niż dwadzieścia cztery lata. Włosy wciąż mam długie i niemodnie uczesane; szczerze mówiąc, zaniedbane. Czy dlatego, że ty nie chciałeś, żebym je ścinała? Nie mam pojęcia.

Zaczęłam chodzić na długie spacery po miasteczku, żeby się trochę poruszać. Kiedyś latem wypuszczałam się daleko, gdzie tylko chciałam. Byłam zupełnie nieświadoma tego, że mogą istnieć jakieś zasady, jacyś ludzie inni niż my. Może dlatego, że nigdy nie chodziłam do szkoły w miasteczku. Albo dlatego, że nasz dom stoi poza nim, tu, przy końcu długiej drogi. Właściwie nie jest jego częścią. Chodziłam do stajni przy torze wyścigowym, gdzie mężczyźni byli właścicielami koni albo płatnymi trenerami, a pozostałe dzieci to byli chłopcy. Nie znałam ich imion, ale oni wszyscy znali moje. Innymi słowy, musieli się ze mną zadawać ze względu na to, czyją byłam córką. Pozwolono nam dawać koniom paszę i czyścić stajnię. Dla mnie to była przygoda. Nosiłam starą czapkę golfową ojca i workowate szorty. Kiedy właziliśmy na dach, chłopcy mocowali się i usiłowali spychać się nawzajem, ale mnie zostawiali w spokoju. Mężczyźni od czasu do czasu kazali nam spływać. Mnie pytali: „A ojciec wie, że tu jesteś?". Potem chłopcy zaczynali się drażnić, a ten, którego drażnili, udawał, że wymiotuje, i wiedziałam, że chodzi o mnie. Dlatego przestałam tam chodzić. Rozstałam się z wizją dziewczyny Dzikiego Zachodu. Chodziłam na nabrzeże i patrzyłam na łódki na jeziorze, ale chyba nie marzyłam o tym, żeby ktoś mnie wziął na pokład jako majtka. Poza tym nie mogłam ich oszukać, byłam tylko dziewczyną. Jakiś mężczyzna przechylił się za burtę i krzyknął do mnie: „Ej, mała! Masz już tam włosy?".

O mało nie odparłam: „Słucham?". Byłam nie tyle wystraszona czy upokorzona, ile zdumiona. Że dorosły mężczyzna z odpowiedzialną pracą interesuje się swędzącą kępką włosów między moimi nogami. Że chce mu się czuć do niej obrzydzenie, na co z całą pewnością wskazywał ton jego głosu.

Stajnie potem zburzono. Droga w dół do portu nie jest już taka stroma. Postawiono nowy silos na zboże. I wyrosły nowe przedmieścia, które mogłyby być przedmieściami dosłownie wszędzie, i to się wszystkim w nich podoba. Nikt dziś nie chodzi pieszo; wszyscy poruszają się samochodami. Na przedmieściach nie ma chodników, a chodniki przy starych bocznych ulicach są nieużywane, popękane od mrozu i powykrzywiane, przykrywają je ziemia i trawa. Długa ścieżka pod sosnami, biegnąca wzdłuż naszej drogi, znikła teraz pod zwałami sosnowych igieł, pojedynczych gałązek i łodyg dziko rosnących malin. Przez dziesiątki lat ludzie chodzili tędy do lekarza – za granicą miasta krótkim przedłużeniem chodnika wzdłuż szosy (za tę granicę wychodził poza tym jeszcze tylko jeden kawałek chodnika, który prowadził na cmentarz). Bo od końca zeszłego wieku w tym domu zawsze mieszkał lekarz.

Przez całe popołudnie – najróżniejsi hałaśliwi, kłopotliwi pacjenci, dzieci z matkami i starsi ludzie; spokojniejsi przychodzili pojedynczo wieczorami. Siadywałam na zewnątrz, tam gdzie rosła grusza uwięziona w kępie bzów, i podglądałam ich, bo dziewczynki lubią podglądać. Tego bzu dzisiaj już nie ma, został wykarczowany, żeby syn siostrzeńca pani B. miał łatwiejsze zadanie, kiedy jeździł kosiarką elektryczną. Podglądałam kobiety, które w tamtych czasach ubierały się elegancko, wybierając się do lekarza. Pamiętam ubrania, jakie nosiło się tuż po wojnie. Długie sute spódnice, paski mocno ściskające w talii, bluzki z bufiastymi rękawami i czasami krótkie białe rękawiczki, bo wtedy latem nosiło się rękawiczki, i to nie tylko do kościoła. Kapelusze też nie tylko do kościoła. Jasne słomkowe kapelusze, które ładnie okalały twarz. Sukienki z falbankami, kryzą niczym pelerynka na ramionach, szarfą wokół talii. Taką pelerynkowatą kryzę czasami podwiewał podmuch wiatru, kobieta unosiła wtedy dłoń w szydełkowanej rękawiczce i wygładzała materiał na ramieniu. Dla mnie ten gest był symbolem niedościgłej kobiecej cudowności. Doskonałe aksamitne usta muśnięte tkaniną delikatną jak pajęczyna. Możliwe, że na moje odczucia wpływało to, że nie miałam matki. Ale nie znałam nikogo, kto miałby matkę, która wyglądała jak tamte panie. Kucałam pod krzewami bzu, jadłam nakrapiane żółte gruszki i patrzyłam z uwielbieniem.

Nauczycielka w szkole czytała z nami na lekcji stare ballady, takie jak *Patrick Spens* i *The Twa Corbies*, i opanowała nas gorączka układania ballad.

Koniec lekcji, zaraz znikam
Do kolegów na boisko
Wcześniej tylko się wysikam
Bo inaczej będzie ślisko

Ballada siłą rozpędu sama naprowadzała mówiącego na rym, zanim miało się czas pomyśleć, co znaczą jej słowa. Więc układałam ballady, a gruszki rozpływały mi się w ustach.

Piękna pani idzie drogą,
Nie ma chyba żadnych trosk.
Pożegnała ojca srogość
By odnaleźć móc swój los.

Kiedy osy zaczynały mi za bardzo dokuczać, wracałam do domu. Pani Barrie siedziała w kuchni, paliła papierosa i słuchała radia, dopóki mój ojciec jej nie wezwał. Zostawała do wyjścia ostatniej pacjentki, żeby posprzątać gabinet. Jeżeli z gabinetu dobiegał skowyt, zanosiła się tym swoim szczekliwym śmiechem i mówiła: „A krzycz se, krzycz". Nigdy nie opisywałam jej ubrań ani wyglądu kobiet, które widziałam, bo wiedziałam, że nigdy by nikogo nie podziwiała za to, że jest piękny czy dobrze ubrany. Tak samo jak nikogo nie podziwiała za wiedzę, nikomu niepotrzebną, na przykład znajomość obcego języka. Podziwiała tych, którzy dobrze grali w karty i szybko robili na drutach – i to wszystko. Do wielu ludzi kompletnie nie miała cierpliwości. Mój ojciec mówił to samo. Że nie ma do kogoś cierpliwości. Miałam ochotę zapytać, na co by czekali, gdyby mieli cierpliwość. Ale wiedziałam, że żadne z nich nie odpowie. Kazaliby mi tylko przestać się wymądrzać.

Wuj ukarał Fryderyka,
Co się w błocie taplał śmiało.
Wziął za ucho i sprał smyka
Tak, by mocno zabolało.

Gdybym postanowiła ci to wysłać, to dokąd? Kiedy sobie wyobrażam, że miałabym na kopercie napisać pełny adres, ogarnia mnie paraliż. Za bardzo boli myśl, że mieszkasz w tym samym miejscu, twoje życie toczy się tak samo, tyle że beze mnie. A myśl o tym, że cię tam nie ma, że jesteś gdzieś indziej, a ja nie wiem gdzie, jest jeszcze gorsza.

*

Drogi R., drogi Robinie, jak myślisz, jak to możliwe, że nie wiedziałam? Przecież przez cały czas wszystko działo się na moich oczach. Gdybym chodziła do szkoły w miasteczku, na pewno bym się dowiedziała. Gdybym miała koleżanki i kolegów. Nie wierzę, że jakaś koleżanka w liceum, ze starszej klasy, nie postarałaby się, żebym na pewno się dowiedziała.

Ale przecież miałam mnóstwo czasu, kiedy przyjeżdżałam na wakacje. Gdybym nie była tak pochłonięta sobą, włóczeniem się po miasteczku i układaniem ballad, to może bym się domyśliła. Kiedy teraz się nad tym zastanawiam, przypominam sobie, że wiedziałam, że niektóre wieczorne pacjentki, te piękne kobiety, przyjeżdżały pociągiem. Kojarzyłam je i ich piękne stroje z wieczornym pociągiem. Był też jeden nocny, którym pewnie wracały. Oczywiście równie dobrze do końca drogi mógł je ktoś podwozić samochodem.

Wiedziałam też – chyba powiedziała mi to pani B., nie on – że przyjeżdżały do mojego ojca po zastrzyki witaminowe. Tak, bo za każdym razem, kiedy słyszałam kobiecy krzyk, myślałam: teraz dostaje zastrzyk, i trochę się dziwiłam, że tak eleganckie i opanowane kobiety nie podchodzą bardziej stoicko do igły ze strzykawką.

Nawet teraz zajęło mi to kilka tygodni. Przez cały okres, kiedy przyzwyczajałam się do funkcjonowania tego domu, aż do czasu, kiedy nawet przez myśl mi już nie przechodziło, że można by pomalować ściany, i wahałam się, czy domknąć nie do końca wsuniętą szufladę albo czy wyrzucić stary rachunek, nie spytawszy o zgodę pani B. (która zresztą nigdy nie umiała podejmować takich decyzji). Do czasu, kiedy przestałam próbować ich nakłonić, żeby się przekonali do kawy z ekspresu. Wolą rozpuszczalną, bo zawsze smakuje tak samo.

Ojciec położył mi koło talerza czek. Dziś, w niedzielę, podczas lunchu. Pani Barrie nigdy nie ma w niedziele. Po powrocie ojca z kościoła jemy na zimno coś, co ja przygotowuję: wędliny, chleb, pomidory, pikle i ser. Nigdy nie prosi, żebym poszła z nim; pewnie myśli, że byłaby to dla mnie tylko okazja do podzielenia się z nim jakimiś myślami, których on nie życzyłby sobie słuchać.

Czek opiewał na pięć tysięcy dolarów.

– To dla ciebie – powiedział. – Żebyś coś miała. Możesz to wpłacić do banku albo zainwestować w co chcesz. Sprawdź, jaki proponują procent. Ja tego nie śledzę. Oczywiście dom też dostaniesz. Wszystko w swoim czasie, jak to się mówi.

Łapówka? – pomyślałam. Pieniądze na założenie małej firmy, na podróż? Pieniądze na zaliczkę na własny mały dom albo na powrót na uniwersytet, gdzie mogłabym zdobyć jeszcze jakiś, jak to określał, dyplom z wiedzy nieprzydatnej.

Pięć tysięcy dolarów, żeby mieć mnie z głowy.

Podziękowałam mu i głównie dla podtrzymania rozmowy zapytałam, co on robi z pieniędzmi. Powiedział, że to nie ma nic do rzeczy.

– Jeśli potrzebujesz rady, zapytaj Billy'ego Snydera. – Ale przypomniał sobie, że Billy Snyder już się nie zajmuje księgowością; przeszedł na emeryturę. – Jest tu jakiś nowy, o dziwacznym nazwisku – dodał. – Ypsilanti, jakoś tak. Podobnie. Ale nie Ypsilanti.

– Ypsilanti to miasto w Michigan – powiedziałam.

– Owszem, to miasto w Michigan, ale zanim powstało to miasto w Michigan, Ypsilanti funkcjonowało jako nazwisko – odparł mój ojciec.

Okazało się, że tak się nazywał przywódca Greków, którzy walczyli z Turkami na początku dziewiętnastego wieku.

– Aha, w wojnie Byrona – wyrwało mi się.

– W wojnie Byrona? – powtórzył ojciec. – Z jakiego powodu tak ją nazywasz? Byron nie brał udziału w żadnej wojnie. Zmarł na tyfus. Ale umarł i nagle proszę, jest wielkim bohaterem, poległ za Greków i tak dalej.

Powiedział to zaczepnym tonem, jakbym to ja odpowiadała za ten błąd, za tę aferę wokół Byrona. Ale uspokoił się zaraz i opowiedział mi, a może przypomniał samemu sobie, koleje wojny z Imperium Osmańskim. Wspomniał o Porcie i chciałam się przyznać, że nigdy nie byłam pewna, czy to tak naprawdę znaczy „brama" czy „Konstantynopol", czy „sułtański dwór". Ale w takich razach lepiej mu nie przerywać. Kiedy tak się rozgaduje, mam poczucie, że w niewypowiedzianej podziemnej wojnie następuje rozejm, moment oddechu. Siedziałam twarzą do okna i przez firankę widziałam sterty żółtobrązowych liści w mocnym, szczodrym słońcu (może na dłuższy czas był to ostatni z takich dni, jeśli sądzić po tym, jak w nocy wył wiatr), i przypomniała mi się ulga z dzieciństwa, skrywana przyjemność, jaką odczuwałam, kiedy jakimś pytaniem czy przez przypadek udało mi się go tak sprowokować do mówienia.

Na przykład trzęsienia ziemi. Dochodzi do nich w regionach wulkanicznych, ale jedno z największych miało miejsce w środku kontynentu, w New Madrid („wymawia się New Mad-RID, pamiętaj") w stanie Missouri w 1811 roku. Wiem to od niego. Rowy tektoniczne. Niestabilność, na którą na powierzchni nic nie wskazuje. Jaskinie utworzone w wapieniu, woda pod ziemią, góry, kruszejące po upływie odpowiedniego czasu i zmieniające się potem w stertę kamieni.

A także liczby. Zapytałam go kiedyś o liczby i odpowiedział: „Nazywamy je liczbami arabskimi, każdy głupi to wie. Ale Grecy mogli wymyślić dobry system. Grekom mogłoby się to udać, tyle że nie mieli koncepcji zera".

Koncepcja zera. Zachowałam to skrzętnie w pamięci, odłożyłam jak paczkę na półkę, żeby otworzyć ją później.

Jeżeli była z nami pani B., oczywiście nie było szans na uzyskanie od niego tego rodzaju odpowiedzi.

Nieważne, powiedziałby tylko, jedz.

Tak jakby każde moje pytanie miało jakiś ukryty motyw. Chyba zresztą tak było. Zarzucałam przynętę, żeby pokierować rozmową. A wykluczenie z niej pani B. byłoby nieuprzejmością. Należało więc uszanować jej stosunek do tego, co powoduje trzęsienia ziemi czy do historii liczb (stosunek nie tyle obojętny, ile pogardliwy) i uznać go za wartość nadrzędną.

*

Wróciliśmy więc do pani B. A zatem: pani B., teraźniejszość.

Wczoraj wróciłam koło dziesiątej wieczorem. Byłam na zebraniu Towarzystwa Historycznego, a właściwie na zebraniu w celu zorganizowania takiego towarzystwa, jeżeli się uda. Przyszło pięć osób, w tym dwie o lasce. Po powrocie do domu, kiedy otworzyłam drzwi kuchni, zobaczyłam sylwetkę pani B. w przejściu, które prowadzi z gabinetu do łazienki i frontowej części domu. Trzymała oburącz nakrytą miskę. Szła do łazienki i mogła się nie zatrzymywać, tylko minąć kuchnię, kiedy do niej wchodziłam. Prawie bym jej nie zauważyła. Ale ona stanęła i stała, zwrócona bokiem do mnie; wykrzywiła się w grymasie strachu.

Przyłapana. Wielkie rety.

W końcu czmychnęła do ubikacji.

To była gra. Jej zdziwienie, strach, pospieszna ucieczka. Trzymała miskę w taki sposób, że nie mogłam nie zwrócić na nią uwagi. To wszystko było umyślne.

Z gabinetu dobiegał monotonny głos ojca rozmawiającego z pacjentką. Widziałam z zewnątrz, że w gabinecie pali się światło, widziałam też samochód pacjentki zaparkowany przed domem. Dzisiaj już nikt nie musi chodzić pieszo.

Zdjęłam płaszcz i poszłam na górę. Chyba myślałam głównie o tym, żeby nie dać pani B. postawić na swoim. Żadnych pytań, żadnego szoku i nagłego zrozumienia. Żadnego „Co ma pani w tej misce, pani B., och, co się wyrabia w gabinecie mojego tatusia?". (Nie żebym kiedykolwiek nazywała go tatusiem.) Natychmiast zajęłam się przeszukiwaniem jednego z kartonów z książkami, które od mojego przyjazdu stały nierozpakowane. Szukałam dzienników Anny Jameson. Obiecałam pożyczyć je drugiej osobie poniżej siedemdziesiątki, która była na zebraniu. Mężczyźnie, który jest fotografem i orientuje się w historii północnej Kanady. Chciał zostać nauczycielem historii, ale się jąka, co przekreśliło te plany. Opowiedział mi to podczas półgodziny, którą spędziliśmy na chodniku, zamiast wykonać bardziej zdecydowany ruch i pójść na kawę. Kiedy się żegnaliśmy, powiedział, że chętnie by mnie zaprosił na kawę, ale musi wracać do domu i zmienić żonę, bo dziecko ma kolkę.

Rozpakowałam cały karton. Czułam się, jakbym patrzyła na relikty zamierzchłej epoki. Przeglądałam książki tak długo, aż pacjentka wyszła, ojciec odwiózł panią B., wrócił, wszedł na górę, skorzystał z łazienki i poszedł spać. Podczytywałam fragment tu, fragment tam, aż doprowadziłam się do stanu takiej nieprzytomności, że o mało co nie zasnęłam na podłodze.

Dzisiaj przy lunchu ojciec rzucił:
– Ale kogo obchodzą Turcy? Stare dzieje.
A ja czułam, że muszę powiedzieć:
– Chyba wiem, co się tutaj odbywa.
Potrząsnął głową i prychnął. Naprawdę, jak stary koń.
– Tak? To co takiego chyba wiesz?
– Nie oskarżam cię – powiedziałam. – Ani nie potępiam.
– Co ty powiesz.
– Popieram aborcję. Uważam, że powinna być legalna.
– Nie życzę sobie więcej słyszeć w tym domu tego słowa.
– Dlaczego?

– Ponieważ to ja decyduję o tym, jakich słów można używać w tym domu.

– Nie rozumiesz, co mówię.

– Rozumiem, że masz za długi język. Za długi język, a za mały rozum. Za dużo nauk, a za mało zwyczajnego rozsądku.

A ja wciąż nie milkłam.

– Ludzie na pewno wiedzą – powiedziałam.

– Tak? Jest różnica między wiedzą a paplaniem. Wbij to sobie do głowy raz na zawsze.

Przez resztę dnia nie rozmawialiśmy. Na kolację jak zwykle przyrządziłam pieczeń i zjedliśmy ją w milczeniu. Wydaje mi się, że jemu nieodzywanie się nie sprawia trudności. Zresztą mnie też nie, bo to wszystko wydaje się takie głupie i oburzające, i czuję złość, ale nie będzie to trwało wiecznie i możliwe, że za jakiś czas ojca przeproszę. (Pewnie cię nie zdziwi to, że tak mówię.) Naprawdę najwyższa pora, żebym stąd wyjechała.

Ten mężczyzna, którego wczoraj poznałam, powiedział, że kiedy czuje się swobodnie, prawie wcale się nie jąka. „Tak jak teraz, kiedy rozmawiam z tobą", dodał. Pewnie mogłabym go w sobie rozkochać, do pewnego stopnia. Mogłabym, ot tak, dla rozrywki. Oto jakie życie mogłabym tutaj wieść.

Drogi R. Nie wyjechałam, mini nie nadawał się do użytku. Odstawiłam go do mechanika. Poza tym zmieniła się pogoda, wiatr wpadł w jesienny szał, podnosi jezioro wielkimi falami i chłoszcze plażę. Panią Barrie dopadł na jej własnych schodach – wiatr, znaczy – przewrócił ją i roztrzaskał jej łokieć. Lewej ręki, więc, jak zadeklarowała, prawą mogłaby pracować, ale mój ojciec uznał, że to skomplikowane pęknięcie, i zarządził, żeby miesiąc odpoczęła. Zwrócił się do mnie z pytaniem, czy mogłabym odłożyć wyjazd. Użył dokładnie tych słów: „odłożyć wyjazd". Nie zapytał, dokąd zamierzam wyjechać; wie tylko o naprawie auta.

Ja też nie wiem, dokąd zamierzam wyjechać.

Zgodziłam się, powiedziałam, że zostanę, dopóki będę potrzebna. Znów więc ze sobą rozmawiamy; właściwie nawet całkiem wygodnie nam się żyje. Staram się robić w domu mniej więcej to, co robiłaby pani B. Koniec z próbami reorganizacji, koniec mówienia o naprawach. (Okapy zostały wyczyszczone – byłam zdumiona i wdzięczna, kiedy krewniak pani B. wreszcie się zjawił.) Drzwi do pieca zamykam tak jak pani B., przystawiając do nich taboret obciążony kilkoma grubymi podręcznikami do medycyny. Przyrządzam mięso i warzywa na jej sposób i nigdy nie przychodzi mi na myśl, żeby przynieść do domu awokado czy słoiczek karczochów, czy główkę czosnku, chociaż widzę, że wszystkie te artykuły są teraz w supermarkecie przecenione. Kawę robię z proszku ze słoika. Sama też spróbowałam ją pić, żeby sprawdzić, czy dam radę się przyzwyczaić i, oczywiście, dałam radę. Pod koniec każdego dnia sprzątam gabinet i wysyłam pranie do pralni. Kurier z pralni mnie lubi, bo o nic go nie oskarżam.

Wolno mi odbierać telefon, ale jeżeli dzwoni kobieta, prosi do telefonu mojego ojca i nie podaje nazwiska, mam poprosić ją o numer i powiedzieć, że doktor oddzwoni. Tak też robię, ale zdarza się, że kobieta się rozłącza. Kiedy mówię o tym ojcu, odpowiada:

– Pewnie jeszcze zadzwoni.

Nie ma tych pacjentek wiele – tych, które on nazywa wyjątkowymi. Nie wiem, może jedna na miesiąc. Przeważnie ojciec zajmuje się bolącymi gardłami, zatwardzeniami, zatkanymi uszami i tak dalej. Nerwowymi sercami, kamieniami nerkowymi, nadkwasotą.

R. Dziś wieczorem zapukał do mojego pokoju. Zapukał, mimo że drzwi były uchylone. Czytałam. Zapytał – oczywiście nie tonem proszącym, ale, powiedziałabym, z rozsądną dawką szacunku – czy mogłabym mu pomóc w gabinecie.

Pierwsza wyjątkowa, odkąd nie ma pani B.

Zapytałam, co mam robić.

– Tylko przytrzymywać tak, żeby była mniej więcej unieruchomiona – powiedział. – Jest młoda i jeszcze nieprzyzwyczajona. I porządnie umyj ręce, mydłem z butelki w łazience na dole.

Pacjentka leżała na leżance na wznak, od pasa w dół przykryta prześcieradłem. Od pasa w górę była kompletnie ubrana, w granatowy zapinany sweter i białą bluzkę z kołnierzykiem obrębionym koronką. Ubrania leżały luźno na jej ostrych obojczykach i niemal płaskim biuście. Włosy miała czarne, splecione ciasno w warkocz i upięte na czubku głowy. Ta pruderyjna, surowa fryzura wydłużała jej szyję i podkreślała królewski układ kości bladej twarzy, tak że z daleka można by ją wziąć za kobietę czterdziestopięcioletnią. Ale z bliska było widać, że jest całkiem młoda, ma prawdopodobnie około dwudziestu lat. Jej plisowana spódnica wisiała na haczyku na drzwiach. Widać było też brzeżek białych majtek, które dyskretnie powiesiła pod spodem.

Kobieta mocno drżała, mimo że w gabinecie nie było zimno.

– No, Madeleine – powiedział mój ojciec. – Najpierw musimy unieść kolana.

Przeszło mi przez myśl pytanie, czy ją zna. Czy po prostu zapytał, jak ma na imię, i zwracał się do niej tym, które podała?

– Spokojnie – mówił do niej. – Spokojnie, spokojnie.

Ustawił strzemiona i umieścił w nich stopy pacjentki. Jej nagie nogi wyglądały tak, jakby nigdy nie widziały słońca. Nie zdjęła butów.

W tej nowej pozycji kolana tak jej się trzęsły, że aż się ze sobą zderzały.

– No, ale za chwilę będziesz musiała postarać się wytrzymać bez ruchu – powiedział mój ojciec. – Wiesz, mój wysiłek na nic się nie zda, jeżeli ty też się trochę nie wysilisz. Przykryć cię kocem? Przynieś jej koc – zwrócił się do mnie. – Są tam, na dolnej półce.

Przykryłam kocem górną połowę ciała Madeleine. Nie patrzyła na mnie. Szczękała zębami. Zacisnęła usta.

– Teraz zsuń się trochę – powiedział mój ojciec. A do mnie: – Trzymaj jej kolana. Rozchyl i trzymaj, żeby się nie ruszały.

Położyłam dłonie na kolanach dziewczyny i rozchyliłam je najłagodniej, jak umiałam. Oddech mojego ojca wypełniał pomieszczenie nieprzerwanymi, niezrozumiałymi komentarzami. Musiałam trzymać kolana Madeleine dość mocno, żeby się ze sobą nie złączyły.

– Gdzie jest ta starsza pani? – zapytała.

– W domu – odpowiedziałam. – Potłukła się. Ja ją zastępuję.

Czyli była tu już wcześniej.

– Jest niedelikatna.

Jej niski głos brzmiał rzeczowo, nie tak nerwowo, jak się spodziewałam po wstrząsach jej ciała.

– Mam nadzieję, że będę delikatniejsza.

Nie odpowiedziała. Mój ojciec wziął do ręki cienki pręt podobny do drutu, takiego od pary do robienia na drutach.

– No, przed nami najtrudniejsza część – powiedział. Mówił swobodnym tonem, jakby prowadził rozmowę towarzyską, i łagodniejszym, jeśli się nie mylę, niż kiedykolwiek słyszałam z jego ust. – Im bardziej będziesz napięta, tym będzie nam trudniej. Postaraj się rozluźnić. Tak jest. Jeszcze trochę. Bardzo dobrze. Bardzo dobrze.

Zastanawiałam się, co mogłabym powiedzieć, żeby ją rozluźnić albo zająć jej uwagę. Widziałam teraz, co robi mój ojciec. Na stole obok niego na białej tkaninie leżał zestaw prętów, tej samej długości, ale stopniowanej grubości. Używał ich, kolejno, do otwarcia i poszerzania szyjki macicy. Z mojego stanowiska za barierą z prześcieradła za kolanami dziewczyny nie było widać faktycznego, intymnego postępu tych narzędzi. Ale czułam go w przechodzących przez jej ciało falach bólu, które pokonały spazmy lęku i sprawiły, że stała się spokojniejsza.

Skąd pochodzisz? Gdzie chodziłaś do szkoły? Masz pracę? (Zauważyłam, że na palcu miała obrączkę, ale możliwe, że one wszystkie nosiły obrączki.) Lubisz swoją pracę? Masz może rodzeństwo?

Dlaczego miałaby mi odpowiadać na te pytania, nawet gdyby nie cierpiała?

Syknęła cicho i wstrzymała oddech, i wbiła w sufit szeroko otwarte oczy.

– Ja wiem, że boli – powiedziałam. – Ja wiem.

– Już niedługo – powiedział mój ojciec. – Ładnie leżysz. Spokojnie. Bardzo dobrze. Zaraz będzie po wszystkim.

– Chciałam odmalować ten gabinet – rzuciłam – ale jakoś mi nie wyszło. Gdyby pani miała go malować, to na jaki kolor?

– Ho – powiedziała Madeleine. – Ho. – Nagły, pełen przestrachu wydech. – Ho. Ho.

– Może na żółto – ciągnęłam. – Myślałam o jasnożółtym. A może lepszy byłby jasnozielony?

Zanim doszliśmy do najgrubszego pręta, Madeleine odrzuciła głowę w tył, napięła długą szyję i rozciągnęła usta, aż rozpłaszczone wargi przywarły do zębów.

– Pomyśl o swoim ulubionym filmie. Jaki jest twój ulubiony film?

Tak zwróciła się do mnie pielęgniarka, kiedy dotarłam na niewiarygodny, niekończący się płaskowyż bólu i byłam pewna, że go nie pokonam, nie tym razem. Czy na świecie mogą jeszcze istnieć filmy? A teraz tak samo odezwałam się do Madeleine, a ona obrzuciła mnie chłodno nieobecnym spojrzeniem kogoś, kto widzi, że człowiek może być równie użyteczny jak zegar, który przestał chodzić.

Zaryzykowałam, na chwilę przestałam trzymać jedno kolano i dotknęłam jej dłoni. Zdziwiłam się, jak szybko i łapczywie złapała mnie za rękę i zgniotła mi palce w uścisku. Może jednak okazałam się jakoś użyteczna.

– Wie-ee... – wydusiła przez zaciśnięte gardło. – Ersz.

– No – powiedział mój ojciec. – Wreszcie dochodzimy do celu.

Chce, żebym powiedziała wiersz.

Ale jaki? *Hickory Dickory Dock*?

Przyszedł mi do głowy ten, który ty recytowałeś, *Piosenka Aengusa Wędrowca*.

Schowałem się w cień leszczyny,
Bo mi ogień palił głowę,

Nie mogłam sobie przypomnieć, jak to szło dalej. Zanik pamięci. Ale po chwili wróciła do mnie, jakżeby inaczej, cała przedostatnia zwrotka.

Choć posiwiałem wśród drogi
Po nizinach, po wyżynach,
Dowiem się, gdzie mi uciekła,
Ucałuję i przytrzymam.*

---

* Cytat z wiersza Wiliama Butlera Yeatsa *Piosenka Aengusa Wędrowca* w przekładzie Ewy Życieńskiej (przyp. tłum.).

Pomyśl tylko, recytowałam wiersz w obecności mojego ojca. Co ona myślała, nie wiem. Miała zamknięte oczy.

Wydawało mi się, że będę się bała, że umrę, bo tak umarła moja matka, przy porodzie. Ale kiedy pokonałam płaskowyż, odkryłam, że umieranie i życie to pojęcia zupełnie nieistotne, tak jak i ulubione filmy. Byłam napięta do granic możliwości i przekonana, że nie dam rady zrobić nic, żeby ruszyć to, co wydawało mi się olbrzymim jajem czy gorącą planetą, a nie dzieckiem. Ono utknęło i ja utknęłam, w przestrzeni i czasie, które mogły się po prostu ciągnąć w nieskończoność – nie było powodu, dla którego miałabym wyjść, a wszelkie moje protesty już wcześniej zostały unieważnione.

– Teraz będziesz mi potrzebna – powiedział mój ojciec. – Podejdź tutaj. Podaj miskę.

Trzymałam w odpowiedniej pozycji tę samą miskę, którą widziałam w rękach pani Barrie. Ja trzymałam, a on łyżeczkował macicę tej dziewczyny sprytnym, niby-kuchennym narzędziem. (Nie mówię, że to było narzędzie kuchenne, tylko że wyglądało trochę domowo.)

Nawet u chudej dziewczyny ta część ciała może w takim stanie wyglądać na dużą i mięsistą. Na oddziale położniczym kobiety po porodzie leżały w bezwstydnych, wręcz perwersyjnych pozach, odsłaniając wraz z rozognionymi ranami czy rozdarciami zaszytymi czarną nicią żałosne płaty narządów rodnych i duże, bezradne pupy. To był widok, mówię ci.

Z macicy wypływały teraz galaretowate skrzepy w kolorze wina i krew, a gdzieś w tym wszystkim był płód. Jak zabawka w opakowaniu muesli czy nagroda w kartonie popcornu.

Mała plastikowa laleczka, nieistotna jak paznokieć. Nie wypatrywałam jej. Odwracałam głowę jak najdalej od zapachu ciepłej krwi.

– Do łazienki – nakazał mój ojciec. – Przykryj tym.

Chodziło mu o złożoną gazę, która leżała przy wykorzystanych prętach. Nie chciałam pytać, czy wrzucić zawartość do klozetu i spłukać, uznałam za oczywiste, że tak należy zrobić. Zaniosłam miskę do łazienki na dole, opróżniłam, dwa razy spuściłam wodę, opłukałam i przyniosłam z powrotem. Mój ojciec już bandażował dziewczynę i wydawał jej jakieś zalecenia. Jest w tym dobry – dobrze to robi. Ale jego twarz wyglądała na znużoną, tak ociężałą, jakby miała zaraz zsunąć się z kości. Pomyślałam, że chciał, żebym tam była, żebym towarzyszyła mu podczas całego zabiegu, na wypadek gdyby zasłabł. O ile wiem, pani B., przynajmniej kiedyś, zawsze czekała w kuchni do chwili, kiedy ojciec skończy. Może teraz towarzyszy mu przy całym zabiegu.

Nie wiem, co bym zrobiła, gdyby zasłabł.

Poklepał Madeleine po nogach i kazał na razie nie wstawać.

– Poleż kilka minut, nie ruszaj się. Przyjeżdża ktoś po ciebie?

– Miał czekać na zewnątrz cały czas – odpowiedziała słabym, ale pogardliwym głosem. – Miał się nigdzie nie ruszać.

Ojciec zdjął fartuch i podszedł do okna w poczekalni.

– Zgadza się – powiedział. – Czeka. – Wydał z siebie złożony jęk. – Gdzie jest kosz na brudy? – zapytał, ale zaraz sobie przypomniał, że w jasno oświetlonym pomieszczeniu, w którym pracował. Wrócił i wrzucił fartuch do kosza. – Byłbym ci wdzięczny, gdybyś mogła posprzątać – zwrócił się do mnie.

Sprzątanie polegało na sterylizacji narzędzi i przetarciu wszystkiego na mokro.

Powiedziałam, że posprzątam.

– Dobrze. To ja się już pożegnam. Moja córka odprowadzi cię do drzwi, jak już się poczujesz na siłach, żeby wstać.

Trochę się zdziwiłam, że powiedział „moja córka", zamiast posłużyć się moim imieniem. Oczywiście, słyszałam już wcześniej z jego ust te słowa. Na przykład kiedy mnie komuś przedstawiał. Ale tak czy owak się zdziwiłam.

Madeleine usiadła na leżance, ledwo zamknęły się za nim drzwi. Zachwiała się, więc podeszłam, żeby ją podtrzymać.

– W porządku, nic się nie dzieje – powiedziała. – Po prostu za szybko się podniosłam. Gdzie położyłam spódnicę? Chcę się ubrać.

Z haczyka na drzwiach zdjęłam jej spódnicę i majtki, podałam. Ubrała się bez mojej pomocy, ale bardzo drżącymi rękami.

– Może chwilę pani odpocznie – powiedziałam. – Mąż zaczeka.

– Mój mąż pracuje w lasach koło Kenory – odparła. – Jadę do niego w przyszłym tygodniu. Ma tam mieszkanie. No, jeszcze płaszcz. Też go gdzieś tutaj położyłam.

Mój ulubiony film, o którym mogłam pomyśleć, kiedy pielęgniarka mi to zaproponowała, to *Gdzie rosną poziomki*, co powinieneś wiedzieć. Pamiętam zapyziałe małe kino, w którym widzieliśmy te wszystkie szwedzkie, japońskie, hinduskie i włoskie filmy, pamiętam też, że wcześniej specjalizowało się w komediach z serii *Carry On* i w Martinie i Lewisie, ale nie mogę sobie przypomnieć jego nazwy. Ponieważ uczyłeś filozofii przyszłych duchownych, twoim ulubionym filmem powinna być *Siódma pieczęć*, ale czy tak było? Wydaje mi się, że raczej jakiś japoński film, nie pamiętam o czym. W każdym razie wracaliśmy z tego kina piechotą, kilka mil, i prowadziliśmy żarliwe dysputy o ludzkiej miłości i egoizmie, i o Bogu, o wierze, o rozpaczy. Kiedy docieraliśmy do mojej stancji, musieliśmy umilknąć. Musieliśmy cicho wchodzić po schodach do mojego pokoju.

„Aaach", wzdychałeś z wdzięcznością i zachwytem, wchodząc.

Bardzo bym się denerwowała przyjazdem tu z tobą w zeszłe święta, gdyby nie to, że już byliśmy poważnie skłóceni. Moje uczucia opiekuńcze nie pozwoliłyby mi narazić cię na kontakt z ojcem.

– Robin? To jest imię męskie?

Tak, powiedziałeś. Tak masz na imię.

Udawał, że nigdy wcześniej go nie słyszał.

Ale w gruncie rzeczy dogadywaliście się całkiem nieźle. Odbyliście dyskusję na temat jakiegoś wielkiego konfliktu między różnymi zakonami w siódmym wieku, zgadza się? Mnisi spierali się o to, jak należy golić głowę.

Nazywał cię kędzierzawą tyczką. Od takiego człowieka jak on to był prawie komplement.

Kiedy poinformowałam go przez telefon, że ostatecznie się nie pobieramy, rzucił: „Ojej. Myślisz, że jeszcze uda ci się złapać jakiegoś innego?". Gdybym powiedziała, że nie podoba mi się to, co usłyszałam, naturalnie obróciłby to w żart. I to był żart. Nie udało mi się złapać innego, ale może nie byłam w najlepszej formie, żeby próbować.

Pani Barrie wróciła. Po niecałych trzech tygodniach, chociaż miało jej nie być miesiąc. Ale ma pracować mniej godzin niż wcześniej. Tak dużo czasu zabiera jej ubieranie się i ogarnięcie własnego domu, że rzadko dociera tutaj, przywieziona przez siostrzeńca lub jego żonę, wcześniej niż koło dziesiątej.

– Twój ojciec źle wygląda – brzmiały jej pierwsze słowa do mnie.

Uznałam, że ma rację.

– Może powinien odpocząć.

– Za dużo ludzi zawraca mu głowę – powiedziała.

Mój mini wrócił od mechanika, pieniądze leżą na koncie. Powinnam się stąd zabrać. Ale przychodzą mi do głowy głupie myśli. Myślę: a co będzie, jeśli trafi się kolejna wyjątkowa? Jak pani B. mu pomoże? Lewą ręką nie może jeszcze niczego podnosić, a w samej prawej nie utrzyma miski.

*

R. Ten dzień. Ten dzień nastąpił po pierwszych dużych opadach śniegu. Padało w nocy, a rano niebo zrobiło się czyste, niebieskie; było bezwietrznie i niedorzecznie jasno. Przeszłam się na wczesny spacer, ścieżką pod sosnami. Sypał przez nie śnieg, prościutko w dół, lśniący jak to, czym się ozdabia choinkę, jak diamenty. Szosa została już odśnieżona i nasza droga też, żeby ojciec mógł pojechać do szpitala. Albo żebym ja mogła wyjechać, kiedy tylko zechcę.

Minęło mnie kilka samochodów jadących do miasta albo z miasta, jak każdego ranka.

Zanim wróciłam do domu, chciałam sprawdzić, czy mini zapali – i zapalił. Na siedzeniu pasażera leżał pakunek. Kilogramowe opakowanie czekoladek, takie jakie kupuje się w drugstorze. Nie umiałam zgadnąć, skąd się tam wzięło – zastanawiałam się, czy to nie prezent od tego mężczyzny z Towarzystwa Historycznego. To była głupia myśl. No ale od kogo by innego?

Tupiąc mocno, otrzepałam botki ze śniegu pod drzwiami od podwórza i pomyślałam, że trzeba wystawić na zewnątrz miotłę. Kuchnia jaśniała porannym światłem.

Myślałam, że wiem, co powie mój ojciec.

„Wyszłaś kontemplować przyrodę?"

Siedział przy stole, w płaszczu i kapeluszu. Zwykle o tej porze już go nie było, wyjeżdżał wcześniej do szpitala.

– Odśnieżyli już szosę? – zapytał. – I drogę do nas?

Powiedziałam, że obie są odśnieżone i czarne. Gdyby wyjrzał przez okno, zobaczyłby, że droga została odśnieżona. Wstawiłam wodę i zapytałam, czy przed wyjściem napije się jeszcze kawy.

– Dobrze – odparł. – Byle droga była odśnieżona, żebym dał radę wyjechać.

– Co za dzień – powiedziałam.

– Dobrze, że nie trzeba samemu brać się do łopaty, żeby się odkopać.

Zrobiłam dwa kubki kawy rozpuszczalnej i postawiłam na stole. Usiadłam twarzą do okna i wpadającego przez nie światła. On siedział naprzeciwko, przesunął krzesło tak, że światło miał za sobą. Nie widziałam, jaką ma minę, ale jak zwykle dotrzymywał mi towarzystwa jego oddech.

Zaczęłam mówić mu o sobie. Zupełnie nie miałam takiego zamiaru. Chciałam powiedzieć coś o wyjeździe. Otworzyłam usta i zaczęły się z nich wydobywać słowa, których słuchałam równocześnie z przerażeniem i zadowoleniem, tak jak się słucha swoich słów, kiedy jest się pijanym.

– Nie wiesz, że urodziłam dziecko. Siedemnastego lipca. W Ottawie. Myślałam ostatnio o tym, że to ironia losu.

Powiedziałam mu, że dziecko zostało natychmiast adoptowane i że nie wiem, czy to był chłopiec, czy dziewczynka. Poprosiłam, żeby mi nie mówiono. Poprosiłam też, żeby nie pokazywać mi dziecka.

– Mieszkałam u Josie – ciągnęłam. – Pamiętasz, opowiadałam ci o mojej przyjaciółce Josie. Teraz jest w Anglii, ale wtedy miała dla siebie cały dom rodziców. Zostali wysłani na placówkę do RPA. Dobrze się złożyło.

Powiedziałam, kto jest ojcem dziecka. Powiedziałam, że ty, na wypadek gdyby miał wątpliwości. I że skoro byliśmy zaręczeni, nawet oficjalnie zaręczeni, wydawało mi się, że musimy tylko się pobrać.

Ale ty byłeś innego zdania. Powiedziałeś, że musimy znaleźć lekarza. Lekarza, który dokona aborcji.

Nie zwrócił mi uwagi, że miałam nie wypowiadać tego słowa w jego domu.

Powiedziałam, że uznałeś, że nie możemy tak po prostu wziąć ślubu, bo każdy, kto umie liczyć, będzie wiedział, że byłam w ciąży przed ślubem. Możemy się pobrać dopiero wtedy, kiedy z całą pewnością nie będę już w ciąży.

Inaczej mógłbyś stracić posadę w Kolegium Teologicznym.

Mogliby cię wezwać przed komisję, która oceniłaby cię jako osobę niemającą moralnych kwalifikacji do wykonywania tej pracy. Do nauczania młodych duchownych. Mógłbyś zyskać opinię złego człowieka. A nawet gdyby założyć, że do tego by nie doszło, że nie straciłbyś pracy, tylko dostał naganę, a nawet nie dostałbyś nagany, tylko nigdy byś nie awansował – byłbyś skalany. Nawet gdyby nikt ci słowa nie powiedział na ten temat, ludzie zawsze mieliby coś na ciebie, a ty nie mógłbyś tego znieść. Nowe roczniki dowiadywałyby się o tym od starszych; krążyłyby o tobie dowcipy. Inni wykładowcy mieliby pretekst do traktowania cię z góry. Albo do wyrozumiałości, co byłoby równie okropne. Byłbyś człowiekiem, którym się milcząco lub nie do końca milcząco gardzi, człowiekiem przegranym.

„Niemożliwe" – powiedziałam.

„Ależ tak. Nigdy nie lekceważ małości w ludzkich duszach".

Dla mnie też miało to być niszczące. Żony profesorów o wszystkim wiedzą, wszystkim sterują. Nie dałyby mi zapomnieć. Nawet gdyby były dla mnie miłe – szczególnie gdyby były dla mnie miłe.

„Ale możemy po prostu spakować się i wyjechać – powiedziałam. – Gdzieś, gdzie nikt by nie wiedział".

Dowiedzieliby się. Zawsze znajdzie się ktoś, kto dopilnuje, żeby ludzie się dowiedzieli.

Poza tym znów musiałabyś zaczynać od zera. Musiałabyś pracować za niższą pensję, żałosne pieniądze, i jak wtedy dalibyśmy sobie radę, z dzieckiem?

Zdumiewały mnie te argumenty, wydawały mi się niespójne z poglądami człowieka, którego kochałam. Książki, które czytaliśmy, filmy, które oglądaliśmy, wszystko, o czym rozmawialiśmy... Zapytałam, czy to dla ciebie nic nie znaczy. Znaczy, odpowiedziałeś, ale to jest życie. Zapytałam, czy jesteś osobą, która nie może znieść myśli o tym, że ktoś się z niej śmieje, która boi się języków kilku profesorskich żon.

„Nie o to chodzi – powiedziałeś. – Wcale nie o to chodzi".

Zdjęłam z palca pierścionek z brylantem i cisnęłam. Potoczył się pod zaparkowany samochód. Kłócąc się, szliśmy ulicą nieopodal mojej stancji. Była zima, jak teraz. Styczeń czy luty. Walka toczyła się dalej. Chciałeś, żebym zapytała o aborcję koleżankę, która podobno miała taki zabieg za sobą. Poddałam się; powiedziałam, że zapytam. Ty nie mogłeś ryzykować nawet zadawania pytań. Ale potem skłamałam, powiedziałam, że ten lekarz się wyprowadził. Później przyznałam ci się do kłamstwa. Powiedziałam, że nie mogę tego zrobić.

Czy to ze względu na dziecko? Nie, nigdy. Ze względu na pewność, że miałam w tym sporze rację.

Gardziłam tobą. Gardziłam tobą, widząc, jak kucasz i zaglądasz pod ten samochód, a poły twojego płaszcza rozchylają się i trzepoczą. Macałeś dłonią w śniegu, żeby znaleźć pierścionek, i ucieszyłeś się, kiedy się udało. Byłeś gotów mnie przytulić i śmiać się ze mnie, myśląc, że mnie też ulżyło i natychmiast się pogodzimy. Powiedziałam ci, że w całym swoim życiu nie zrobisz niczego, co będzie godne podziwu.

„Hipokryta – rzuciłam. – Mięczak. Nauczyciel filozofii".

Ale to jeszcze nie był koniec. Pogodziliśmy się. Ale sobie nawzajem nie wybaczyliśmy. I nic z tym nie zrobiliśmy. A potem już było za późno; zorientowaliśmy się, że każde z nas zbyt mocno wierzy we własną rację, i rozeszliśmy się, i to przyniosło nam ulgę. Tak, jestem pewna, że wtedy dla nas obojga była to ulga i swego rodzaju zwycięstwo.

– I co, nie uważasz, że to ironia losu? – zapytałam ojca.

Słyszałam, że na zewnątrz pani Barrie otrzepuje buty ze śniegu, więc powiedziałam to szybko. Ojciec przez cały czas siedział sztywny, z zażenowania, jak mi się wydawało, czy z wielkiego niesmaku.

Pani Barrie otworzyła drzwi ze słowami:

– Trzeba wystawić miotłę... – Po czym krzyknęła: – Czego tak siedzisz jak kołek? Ślepa jesteś czy co? Nie widzisz, że twój ojciec nie żyje?

Ale on żył. Oddychał tak głośno jak zawsze, może nawet głośniej. Ona zobaczyła, i ja bym zobaczyła, nawet pod światło, gdybym nie odwracała od niego wzroku, snując swoją opowieść, że doznał udaru, który poskutkował ślepotą i paraliżem. Siedział pochylony lekko w przód, blat stołu wbijał się w twardą krzywiznę jego brzucha. Próbując podnieść go z krzesła, tylko trochę go poruszyłam, tak że głowa opadła mu na stół, z majestatyczną powolnością. Wciąż trzymał się na niej kapelusz. A kubek z kawą stał może cal od jego niewidzącego oka. Był mniej więcej w połowie pełen.

Powiedziałam, że nie damy rady nic z ojcem zrobić; okazał się za ciężki. Podeszłam do telefonu, zadzwoniłam do szpitala i poprosiłam, żeby przyjechał któryś z lekarzy. W miasteczku nie było jeszcze karetki. Pani B. zignorowała moje słowa, szarpała ojca za ubrania, odpinała guziki płaszcza i usiłowała zdjąć go z niego, stękając i pojękując z wysiłku. Wybiegłam na drogę, nie zamykając za sobą drzwi. Biegiem wróciłam do domu, wzięłam miotłę i postawiłam na zewnątrz przy drzwiach. Dotknęłam ręki pani B. „Nie da pani rady..." – powiedziałam (może innymi słowami), a ona spojrzała na mnie jak rozwścieczona kocica.

Przyjechał lekarz. Pomogłam mu zanieść ojca do samochodu i umieścić na tylnym siedzeniu. Usiadłam koło niego, żeby się nie przewrócił. Jego oddech brzmiał bardziej apodyktycznie niż kiedykolwiek i zdawało mi się, że krytykuje każdy nasz ruch. Ale teraz można było go dotykać, przenosić z miejsca na miejsce i zarządzać jego ciałem według własnego uznania, i to wydawało się bardzo dziwne.

Pani B. wycofała się i uspokoiła, kiedy tylko zobaczyła lekarza. Nawet nie wyszła za nami z domu, żeby popatrzeć, jak ładujemy ojca do samochodu.

Po południu zmarł. Około piątej. Powiedziano mi, że w tej sytuacji dla wszystkich zainteresowanych było to wielkie szczęście.

Miałam ojcu do powiedzenia jeszcze mnóstwo innych rzeczy, kiedy przyszła pani Barrie. Chciałam go zapytać: A gdyby prawo się zmieniło? Prawo może niedługo się zmienić, zamierzałam powiedzieć. Może nie, a może jednak tak. Skończy mu się wtedy praktyka. W każdym razie część praktyki. Czy będzie to dla niego duża zmiana?

Jakiej odpowiedzi mogłam oczekiwać?

Pewnie: „To nie twoja sprawa".

Albo: „Dam radę się utrzymać".

Ale nie, sprostowałabym. Nie chodzi mi o pieniądze. Pytałam o ryzyko. O tajemnicę. O władzę.

Czy gdyby zmieniło się prawo i zmieniła się natura jego zajęcia, to zmieniłby się też sam człowiek?

Czy znalazłby sobie jakieś inne ryzykowne zajęcie, jakiś inny supeł, którym skomplikowałby sobie życie, jakiś inny nielegalny i problematyczny akt miłosierdzia?

A jeśli to prawo się zmieni, może się zmienić dużo innych rzeczy. Myślę teraz o tobie – może zdarzyć się tak, że nie będziesz się wstydził ożenić z kobietą w ciąży. Nie będzie w tym nic gorszącego. Za kilka lat, raptem za kilka lat, może będzie to nawet powód do świętowania. Ciężarna panna młoda, ustrojona i prowadzona uroczyście do ołtarza, nawet w kaplicy Kolegium Teologicznego.

Ale wtedy pewnie znalazłby się jakiś inny powód do wstydu czy strachu, pojawiłyby się inne błędy, których trzeba by unikać.

A co ze mną w takim razie? Czy zawsze będę musiała trwać przy ideałach? Mieć moralną satysfakcję, wybijać się ponad przeciętność, mieć słuszność, dzięki której będę mogła obnosić się ze swoimi stratami?

Zmienić człowieka. Wszyscy mówimy, że mamy nadzieję, że to wykonalne.

Zmienić prawo, zmienić człowieka. A jednak nie chcemy, żeby wszystko – cała historia – było nam dyktowane z zewnątrz. Nie chcemy, żeby to, kim jesteśmy, wszystko, czym jesteśmy, było w ten sposób preparowane.

O kim mówię, powtarzając „my"?

R. Prawnik mojego ojca mówi: „To bardzo dziwne". Rozumiem, że dla niego jest to słowo dość mocne. I wystarczające.

Na rachunku bankowym mojego ojca znajduje się dość pieniędzy, żeby pokryć wydatki związane z pogrzebem. Na pochówek wystarczy, jak to się mówi. (Ale prawnik ojca nie używa takiego języka.) Poza tym jednak niewiele więcej. W sejfie nie ma dokumentów własności akcji, nie ma ani śladu inwestowania. Nic. Żadnej darowizny na szpital czy na kościół, czy na liceum w celu ustanowienia stypendium. Co najbardziej szokujące, nie ma pieniędzy dla pani Barrie. Dom i jego wyposażenie są moje. A poza tym nie ma nic. Mam jeszcze te pięć tysięcy dolarów.

Prawnik wygląda na zażenowanego, boleśnie zażenowanego i zmartwionego tym stanem rzeczy. Może myśli, że będę podejrzewać go o oszustwo. Szkalować jego nazwisko. Pyta, czy w moim domu (domu ojca) jest sejf czy jakikolwiek inny schowek, w którym można by ukryć dużą sumę w gotówce. Mówię, że nie. Próbuje dać mi do zrozumienia – w sposób tak dyskretny i oględny, że początkowo nie wiem, o czym mówi – że ojciec mógł mieć powody, dla których chciał utrzymać wysokość swoich zarobków w tajemnicy. Dlatego możliwe, że gdzieś w domu, porządnie schowana, znajduje się duża suma. Mówię mu, że kwestia pieniędzy niespecjalnie mnie obchodzi.

Co za postawa. Nieszczęsny, prawie nie może patrzeć mi w oczy.

– Może proszę wrócić do domu i dobrze poszukać – radzi.

– Nie pomijając najbardziej oczywistych miejsc. Pieniądze mogą być schowane w puszce po herbatnikach. Albo w pudełku pod łóżkiem. Ludzie wybierają czasem zaskakujące miejsca. Nawet najbardziej rozsądni i inteligentni.

– Albo w poszewce na poduszkę – dodaje, kiedy wychodzę.

*

Dzwoni kobieta i prosi o rozmowę z doktorem.

– Przykro mi. Nie żyje.

– Chodzi mi o doktora Strachana. Dobrze się dodzwoniłam?

– Tak, ale przykro mi, on nie żyje.

– A czy jest ktoś... czy mogłabym może rozmawiać z jego wspólnikiem? Jest ktoś taki?

– Nie. Nie ma wspólników.

– To mogłaby mi pani podać inny numer? Innego lekarza, który...

– Nie mam takiego numeru. Nie znam innych lekarzy.

– Na pewno wie pani, o co chodzi. To bardzo ważne. Zupełnie wyjątkowa sytuacja...

– Przykro mi.

– Pieniądze nie są przeszkodą.

– Rozumiem.

– Proszę mi kogoś polecić. Jeżeli przyjdzie pani ktoś na myśl, może pani do mnie zadzwonić? Zostawię numer.

– Nie powinna pani, to ryzykowne.

– Co z tego. Mam do pani zaufanie. Zresztą nie chodzi o mnie. Wiem, że pewnie wszyscy tak mówią, ale naprawdę nie chodzi o mnie. Chodzi o moją córkę, która jest w bardzo złym stanie. Psychicznie jest w bardzo złym stanie.

– Przykro mi.

– Gdyby pani wiedziała, ile mnie kosztowało zdobycie tego numeru, toby mi pani pomogła.

– Nie mogę pomóc, niestety.

– Proszę!

– Przykro mi.

*

Madeleine była ostatnią z jego wyjątkowych. Widziałam ją na pogrzebie. Nie pojechała do Kenory. Albo już wróciła. Najpierw jej nie poznałam, bo miała na głowie czarny kapelusz z szerokim rondem, który zdobiło przyczepione poziomo pióro. Pewnie pożyczony – nie była przyzwyczajona do tego pióra, co chwila opadało jej na oczy. Podczas przyjęcia w salce kościelnej ustawiła się w kolejce do kondolencji. Odpowiedziałam jej to samo, co mówiłam wszystkim:

– Bardzo dziękuję za przybycie.

Dopiero później zdałam sobie sprawę z tego, że odpowiedziała coś dziwacznego:

— Liczyłam na to, że lubi pani słodycze.

— Może nie zawsze pobierał opłatę — mówię. — Może czasami pracował za darmo. Niektórzy tak robią, z miłości do bliźniego.

Prawnik już się do mnie przyzwyczaił.

— Może — odpowiada.

— Albo pomagał bliźnim w szerszym sensie — mówię. — Działał charytatywnie, nie zostawiając żadnych dokumentów.

Prawnik przeciągle patrzy mi w oczy.

— Działał charytatywnie — powtarza.

— No cóż, nie zerwałam jeszcze podłogi w piwnicy — mówię, a on krzywi się na ten marny żart.

Pani Barrie nie złożyła wypowiedzenia. Po prostu przestała przychodzić. Nie było dla niej nic szczególnego do roboty, bo pogrzeb był w kościele, a stypa w salce przykościelnej. Na pogrzeb też nie przyszła. Nie przyszedł nikt z jej rodziny. Było tak dużo ludzi, że nie zwróciłabym na to uwagi, gdyby ktoś nie rzucił: „Nie widziałam nikogo z rodziny Barrie, a ty?".

Zadzwoniłam do niej kilka dni później, a ona powiedziała:

— Nie przyszłam do kościoła, bo byłam za mocno zaziębiona.

Wyjaśniłam, że nie dlatego dzwonię. Powiedziałam, że radzę sobie w domu, ale chciałam zapytać o jej plany.

— A, nie ma potrzeby, żebym teraz wracała.

Zaproponowałam, żeby przyszła i wzięła sobie z domu coś na pamiątkę. Wtedy wiedziałam już o stanie finansów po ojcu i chciałam jej powiedzieć, że jest mi przykro. Ale nie wiedziałam jak.

– Zostawiłam trochę swoich rzeczy – powiedziała. – Przyjdę po nie kiedyś przy okazji.

Przyszła nazajutrz rano. Te rzeczy, które chciała zabrać, to były szczotki, wiadra, ścierki i kosz na brudy. Trudno mi było uwierzyć, że zależało jej na odzyskaniu takich przedmiotów. Trudno mi też było uwierzyć, że chciała je odzyskać z powodów sentymentalnych, ale kto wie. Ostatecznie posługiwała się nimi przez lata – przez tyle, tyle lat spędzała tutaj więcej godzin niż we własnym domu, jeśli nie liczyć czasu przeznaczonego na sen.

– Na pewno nie chce pani wziąć jeszcze czegoś? – zapytałam. – Na pamiątkę?

Rozejrzała się po kuchni, zagryzając dolną wargę. Możliwe, że w ten sposób maskowała uśmieszek.

– Nie ma tu nic, co by mi się przydało – powiedziała.

Miałam dla niej przygotowany czek. Musiałam jeszcze tylko wpisać kwotę. Nie mogłam się zdecydować, jaką część z tych pięciu tysięcy jej przekazać. Tysiąc? To mi się wydawało żenująco małą sumą. Postanowiłam, że dam jej dwa razy tyle.

Wyjęłam książeczkę czekową, którą trzymałam w szufladzie. Wzięłam do ręki pióro. Wypisałam czek na cztery tysiące dolarów.

– To dla pani – powiedziałam. – I dziękuję za wszystko.

Przyjęła ode mnie czek, rzuciła na niego okiem i wsadziła do kieszeni. Myślałam, że może nie odczytała, na jaką sumę opiewa. Ale zaraz dostrzegłam ciemniejący rumieniec, przypływ zawstydzenia, to, jak trudno było jej okazać wdzięczność.

Wszystko, co wynosiła, udało jej się wziąć sprawną ręką. Otworzyłam jej drzwi. Tak bardzo chciałam, żeby coś powiedziała, że o mało nie dodałam: „Przepraszam, że tylko tyle".

Ale zapytałam tylko:

– Pani łokieć jeszcze nie wydobrzał?

– Nigdy nie wydobrzeje – odparła. Pochyliła głowę, jakby się bała, że znów ją ucałuję. – Notodziękujębardzodowidzenia.

Patrzyłam, jak idzie do samochodu. Myślałam, że przywiozła ją żona siostrzeńca.

Ale to nie był jej samochód. Przemknęło mi przez myśl, że może pani Barrie ma nowego pracodawcę. Niesprawna ręka jej nie przekreśla. Nowego, bogatego pracodawcę. To by tłumaczyło jej pośpiech, jej zażenowanie połączone z irytacją.

A jednak za kierownicą siedziała żona siostrzeńca, co się okazało, kiedy wysiadła, żeby pomóc pani Barrie włożyć rzeczy do bagażnika. Pomachałam jej, ale była pochłonięta układaniem szczotek i wiader.

– Wspaniałe auto! – zawołałam, bo pomyślałam, że obie kobiety ucieszą się z komplementu. Nie wiedziałam, jaka to marka, ale samochód lśnił nowością, był duży i efektowny. Koloru srebrnoliliowego.

– No ba! – odkrzyknęła żona siostrzeńca, a pani Barrie pochyliła głowę na znak, że słyszała, co powiedziałam.

Bez okrycia wierzchniego drżałam z zimna, ale oszołomiona i skruszona, stałam w progu i machałam na do widzenia, dopóki samochód nie znikł mi z oczu.

Potem nie mogłam się do niczego zabrać. Zrobiłam sobie kawę i usiadłam w kuchni. Wyjęłam z szuflady czekoladki od Madeleine i zjadłam kilka, choć tak naprawdę – mimo że bardzo lubię słodycze – nie smakowało mi ich nadzienie, chemicznie barwione na żółto i pomarańczowo. Żałowałam, że jej nie podziękowałam. A teraz nie będę miała jak – nie wiedziałam nawet, jak się nazywa.

Postanowiłam pójść na narty. Przy końcu naszej działki znajdują się żwirowiska, o których ci chyba mówiłam. Przypięłam stare drewniane narty, których ojciec używał w czasach, kiedy zimą nie odśnieżano bocznych dróg i czasami musiał iść przez pola, żeby przyjąć poród czy usunąć wyrostek. Do stóp mocowało się je tylko paskami zapinanymi na krzyż.

Pobiegłam na nartach do żwirowisk, których zbocza z biegiem lat porosła trawa, a teraz dodatkowo przykrywał je śnieg. Widniały na nim ślady psów, ptaków, ledwo widoczne koła, jakie zostawiają smyrgające norniki, ale nigdzie w zasięgu wzroku nie było człowieka. Podchodziłam pod górę i zjeżdżałam, podchodziłam i zjeżdżałam, początkowo po łagodnej przekątnej, a później przeszłam do bardziej stromych tras. Co jakiś czas się przewracałam, ale na grubej warstwie świeżego śniegu nic się nie czuje. Między jednym z upadków a chwilą, kiedy wstałam, coś zrozumiałam.

Wiedziałam już, co się stało z pieniędzmi.

Z miłości do bliźniego.

Wspaniałe auto.

I do tego jeszcze cztery tysiące dolarów z pięciu.

Od tamtej chwili jestem szczęśliwa.

Zostało mi dane uczucie patrzenia, jak pieniądze zostają wyrzucone do rzeki czy wysoko w powietrze. Pieniądze, nadzieje, listy miłosne – wszystko to można rzucić w powietrze, a spadnie zmienione, lekkie i wyzute z kontekstu.

Nie umiem sobie wyobrazić, by mój ojciec uległ szantażowi. A już na pewno nie ze strony ludzi, którzy nie byliby zbyt wiarygodni czy inteligentni. Nie w sytuacji, kiedy całe miasteczko było po jego stronie, a przynajmniej po stronie milczenia.

Umiem za to wyobrazić sobie hojny, ekscentryczny gest. Może aby ubiec żądania albo żeby udowodnić, że mu nie zależy. Satysfakcję na myśl o tym, że jeszcze usilniej będę próbowała go zrozumieć po jego śmierci, i o osłupieniu prawnika.

Nie. Nie sądzę, że o tym myślał. Nie sądzę, żebym zajmowała w jego myślach aż tyle miejsca. Nigdy tyle, ile bym chciała.

Dotychczas unikałam myśli, że mógł to zrobić z miłości.

A zatem z miłości. Jak to nigdy nie można tego wykluczyć.

Gdy tylko wyszłam ze żwirowisk na pola, uderzył we mnie podmuch wiatru. Śnieg zawiewał ślady psów i cienki łańcuszek tropu norników, i szlak, który zapewne będzie ostatnim, jaki przetrą narty mojego ojca.

Drogi R., Robinie – co powinnam ci powiedzieć na koniec? Żegnaj, życzę ci szczęścia.

Przesyłam ci miłość.

(Co by było, gdyby ludzie naprawdę to robili – wysyłali w listach miłość, żeby się jej pozbyć? Co takiego by wysyłali? Pudełka czekoladek z nadzieniem jak żółtko indyczego jaja. Glinianą lalkę z pustymi oczodołami. Snop róż tylko odrobinę bardziej wonnych niż zbutwiałych. Paczkę owiniętą w zakrwawiony papier, której nikt by nie chciał otworzyć.)

Uważaj na siebie.

Pamiętaj – obecnie panujący król Francji jest łysy.

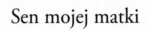

Sen mojej matki

Nocą – w każdym razie wtedy, kiedy spała – spadł obfity śnieg.

Matka wyjrzała przez duże okno zwieńczone łukiem, takie, jakie spotyka się w rezydencjach bogaczy czy staroświeckich budynkach publicznych. Popatrzyła na trawnik i krzewy, na żywopłoty, rabaty kwiatowe i drzewa – wszystko zniknęło pod śniegiem, czapy i zaspy nie były nawet muśnięte przez wiatr. Biel nie raziła jednak oczu tak, jak w świetle słońca. Była to biel śniegu pod bezchmurnym niebem tuż przed świtem. Panowała głęboka cisza; było jak w kolędzie *O Little Town of Bethlehem*, tyle że bez gwiazd.

Coś tu jednak nie grało. W tej scenerii tkwił błąd. Wszystkie drzewa, krzewy i rośliny znajdowały się w pełni letniego rozkwitu. Trawa, widoczna w miejscach osłoniętych przed śniegiem, była świeża i zielona. Przez jedną noc śnieg okrył bujność lata. Niespodziewana, niewytłumaczalna zmiana pory roku. Poza tym wszyscy wyjechali – choć kim byli ci „wszyscy", matka nie umiałaby wyjaśnić – i została sama w wysokim, przestronnym domu, w otoczeniu starannie poprzycinanych drzew i zadbanych ogrodów.

Pomyślała, że wkrótce pewnie dowie się, co się stało. Ale nikt nie przychodził, nie dzwonił telefon; nie stukała otwierana furtka. Matka nie słyszała szumu samochodów, nie wiedziała zresztą, z której strony domu biegnie ulica – czy też droga, jeżeli byli na wsi. Musiała wyjść z tego domu, w którym powietrze było tak ciężkie i zastałe.

Kiedy wyszła na zewnątrz, nagle jej się przypomniało. Przypomniało jej się, że gdzieś tutaj zostawiła dziecko, zanim spadł śnieg. Jakiś czas przed tym, zanim spadł śnieg. Ta świadomość, ta pewność, napełniła ją zgrozą. Poczuła się tak, jakby się budziła ze snu. We śnie zbudziła się do świadomości swojego błędu i jego konsekwencji. Zostawiła dziecko na noc na dworze, zapomniała o nim. Zostawiła je gdzieś na pastwę pogody i niepogody, jakby było lalką, którą się znudziła. A może to wcale nie stało się wczoraj wieczorem, tylko tydzień albo i miesiąc temu? Zostawiła własne dziecko na dworze na całą porę roku, a może aż na kilka pór roku. Miała inne zajęcia. Może nawet wyjechała stąd i teraz dopiero wróciła, nie pamiętając, do czego wraca.

Zaczęła przeszukiwać ogród, podchodziła pod każdy żywopłot i zaglądała pod rośliny o dużych liściach. Wyobrażała sobie, że dziecko będzie pomarszczone i wyschłe. Będzie martwe, suche i brązowe, główkę będzie miało jak orzech, a na jego drobnej, ściągniętej buzi będzie się malował wyraz nie przedśmiertnego cierpienia, lecz opuszczenia, bólu znoszonego cierpliwie, od dawna. Nie będzie wyglądać, jakby ją, matkę, oskarżało, tylko jakby cierpliwie i bezradnie czekało na ratunek lub na śmierć.

Smutek, który poczuła, był smutkiem jej dziecka, które czekało i nie wiedziało, że czeka na nią, swoją jedyną nadzieję, a ona zupełnie o nim zapomniała. Dziecko było takie małe, że nie umiało się nawet odwrócić od padającego na nie śniegu. Smutek dławił moją matkę tak, że oddychała z największym trudem. Nigdy już nie będzie w niej miejsca na nic innego. Nie będzie miejsca na nic poza świadomością tego, co zrobiła.

Cóż to więc była za ogromna ulga, kiedy znalazła dziecko w łóżeczku. Leżało na brzuchu, głowę miało odwróconą na bok, skórę bladą i gładką jak płatki przebiśniegu, a puszek na głowie czerwonawy jak świt. Rude włosy, tego samego koloru co jej, na główce doskonale bezpiecznego, niezaprzeczalnie jej własnego dziecka. Radość z uzyskanego przebaczenia.

Śnieg, ogrody w rozkwicie i obcy dom znikły. Jedyną pozostałością wielkiej bieli był kocyk w dziecięcym łóżeczku. Kocyk z lekkiej białej wełny, teraz przykrywający plecy dziecka zaledwie do połowy. Z powodu upału, upału prawdziwego lata, dziecko nie miało na sobie niczego poza pieluchą i plastikowymi majtkami, które miały chronić prześcieradło przed przemoczeniem. Majtki były w motyle.

Moja matka, zapewne wciąż myśląc o śniegu i o chłodzie, który zwykle mu towarzyszy, podciągnęła kocyk i przykryła nagie plecy i ramiona dziecka, a potem także głowę porosłą rudym puszkiem.

Kiedy to się wydarza w świecie rzeczywistym, w lipcu 1945 roku, jest wczesny ranek. W porze, o której każdego innego ranka domagałoby się pierwszego karmienia, dziecko jeszcze śpi. Matka, mimo że stoi i ma otwarte oczy, jest wciąż na tyle głęboko pogrążona we śnie, że się nad tym nie zastanawia. Dziecko i matka są zmęczeni długą walką, ale matka w tej chwili nie pamięta nawet o tym. Niektóre obwody są powyłączane; na jej umyśle i umyśle dziecka osiadł nieubłagany spokój. Matka – moja matka – nie rozumie, że właśnie wstaje słońce. Nie pamięta niczego z zeszłego dnia ani z tego, co zdarzyło się koło północy, nie przypomina sobie niczego, co mogłoby ją wytrącić ze snu. Nakrywa kocykiem głowę dziecka, jego spokojny, zadowolony, śpiący profil. Wraca boso do swojego pokoju, pada na łóżko i znów traci świadomość, natychmiast.

Miejsce, w którym to się dzieje, niczym nie przypomina domu z jej snu. To niski, biały, drewniany budynek, mały, ale szacowny, z gankiem, który prawie dosięga chodnika, i oknem wykuszowym w jadalni, wychodzącym na małe podwórko ogrodzone żywopłotem. Dom stoi przy spokojnej uliczce w małej miejscowości, dla przyjezdnego nie do odróżnienia od wielu innych małych miejscowości, oddalonych od siebie o dziesięć, piętnaście mil w tej niegdyś gęsto zaludnionej rolniczej okolicy nieopodal jeziora Huron. Mój ojciec i jego siostry wychowali się w tym domu, a obie siostry z matką nadal w nim mieszkały, kiedy dołączyła do nich moja matka – i ja też, jako duża i energiczna osoba w jej brzuchu – po tym jak ojciec zginął w ostatnich tygodniach wojny w Europie.

Późnym słonecznym popołudniem moja matka – Jill – stoi koło stołu w jadalni. Dom jest pełen ludzi, zaproszonych tu po nabożeństwie żałobnym w kościele. Piją herbatę albo kawę i trzymają w palcach miniaturowe kawałki tortu cytrynowego, ciasta bananowego, keksu, babki piaskowej. Tartaletki z kremem i rodzynkami na kruchym cieście powinno się jeść widelczykiem deserowym z jednego z porcelanowych talerzyków, które teściowa Jill pomalowała w fiołki jako młodziutka mężatka. Jill wszystko je palcami. Okruchy ciasta upstrzyły zielony aksamit jej sukni, lepki rodzynek spadł na dekolt i zostawił plamę. Dzień jest za ciepły na tę suknię i nie jest to ubiór ciążowy, tylko luźna szata, uszyta na publiczne występy, podczas których Jill gra na skrzypcach. Z przodu suknia podjeżdża w górę, z mojego powodu. Ale jest to jej jedyne ubranie, które jest odpowiednio duże i odpowiednio porządne jak na nabożeństwo żałobne po śmierci męża.

Co ma znaczyć to opychanie się? Ludzie oczywiście zauważyli. „Je za dwoje", mówi Ailsa do grupki swoich gości, żeby pozbawić ich szansy zyskania nad nią przewagi czymś, co powiedzą albo czego nie powiedzą o jej bratowej.

Jill przez cały dzień mdliło, aż nagle w kościele, kiedy myślała o tym, jak rozstrojone są organy, zdała sobie sprawę, że jest głodna jak wilk. Przez całą pieśń *O Valiant Hearts* marzyła o ogromnym hamburgerze, ociekającym sokiem z mięsa i roztopionym majonezem, a teraz próbuje sprawdzić, jakie połączenie orzechów włoskich, rodzynków i cukru trzcinowego, jaka kłująca w zęby słodycz lukru kokosowego, kojący kęs ciasta bananowego czy czubata łyżka kremu sprawdzi się jako jego zamiennik. Nic się nie sprawdzi, oczywiście, ale ona próbuje dalej. Kiedy zaspokaja już prawdziwy głód, wciąż odczuwa wyobrażony, a jeszcze silniejsze jest rozdrażnienie, graniczące niemal z paniką, które każe jej wpychać sobie do ust jedzenie, którego smaku już nie czuje. Nie umiałaby o tym rozdrażnieniu powiedzieć nic poza tym, że ma coś wspólnego z włochatością i skrępowaniem. Żywopłot za oknem, gęsty i błyszczący w słońcu, aksamitna suknia klejąca się do spoconych pach, misterne kiście loków – tego samego koloru co rodzynki w tartaletkach – spiętrzone na głowie jej szwagierki Ailsy, nawet te malowane fiołki na talerzykach, jak strupy, które chciałoby się zdrapać – wszystko to wydaje się jej wyjątkowo okropne i przytłaczające, chociaż wie, że jest całkiem zwyczajne. Tak jakby komunikowało jej coś o czekającym ją nowym i niespodziewanym życiu.

Dlaczego niespodziewanym? O mnie wiedziała już od jakiegoś czasu, wiedziała też, że George Kirkham może zginąć. W końcu służył w lotnictwie. (I w domu Kirkhamów tego popołudnia ludzie mówią – choć nie do niej, wdowy po nim, ani do jego sióstr – że należał do tych, o których od zawsze wiadomo, że umrą młodo. Bo był przystojny, wesoły i cała rodzina była z niego dumna, pokładała w nim wszystkie nadzieje.) Jill wiedziała o tym, ale żyła jak zwykle, w ciemne zimowe poranki pakowała się ze skrzypcami do tramwaju i jechała do konserwatorium, gdzie godzinami ćwiczyła, otoczona dźwiękami innych instrumentów, ale sama w obskurnym pomieszczeniu; towarzyszył jej tylko jazgot kaloryfera. Skórę na dłoniach miała najpierw ścierpniętą z zimna, a potem spierzchłą od suchego ciepła wewnątrz. Nadal mieszkała w wynajmowanym pokoju z nieszczelnym oknem – latem przepuszczało muchy, a zimą śnieg, który gromadził się na parapecie wewnętrznym – i kiedy akurat nie miała nudności, marzyła o kiełbasach, pasztetach i ciemnych kostkach czekolady. W konserwatorium jej ciążę traktowano taktownie, jakby to był nowotwór. Długo zresztą nic nie było po niej widać, jak to zwykle bywa z pierwszą ciążą u solidnie zbudowanych dziewczyn o szerokiej miednicy. Koncertowała publicznie, nawet kiedy wywijałam w niej koziołki. Tęga i majestatyczna, z długimi i gęstymi rudymi włosami okrywającymi ramiona, o twarzy szerokiej i błyszczącej, wyrażającej poważne skupienie, grała partię solową w swoim najważniejszym dotychczas recitalu. W *Koncercie skrzypcowym* Mendelssohna.

Trochę orientowała się w sytuacji na świecie – wiedziała, że wojna dobiega końca. Myślała, że może niedługo po moich narodzinach wróci George. Wiedziała, że wtedy nie będzie już mogła mieszkać w swoim pokoju – będzie musiała zamieszkać gdzieś razem z mężem. I wiedziała, że będę ja, ale o moim przyjściu na świat myślała raczej jak o końcu czegoś niż początku. Miało ono stanowić koniec kopania w stale bolące miejsce po jednej stronie brzucha i koniec bólu w genitaliach przy wstawaniu, kiedy napływa do nich krew, jakby ktoś jej tam przykładał gorący okład. Jej sutki nie będą już duże, ciemne i sterczące i nie będzie musiała co rano przed wstaniem z łóżka obowiązywać sobie bandażami nóg o nabrzmiałych żyłach. Nie będzie musiała co pół godziny chodzić siku, a stopy wrócą do normalnego rozmiaru i będą się mieściły w butach. Myślała, że kiedy już z niej wyjdę, nie będę jej sprawiać tyle kłopotu.

Kiedy już wiedziała, że George nie wróci, przez jakiś czas brała pod uwagę to, że zostanie ze mną w wynajmowanym pokoju. Kupiła sobie książkę o opiece nad niemowlęciem. Kupiła podstawowe rzeczy, które miały mi być potrzebne. W tym samym budynku mieszkała starsza pani, która mogłaby się mną zajmować podczas godzin poświęcanych grze na skrzypcach. Jill dostawałaby rentę wdowy wojennej i za pół roku ukończyłaby konserwatorium.

Ale przyjechała Ailsa i zabrała ją ze sobą. Powiedziała: „Nie możemy pozwolić, żebyś tu siedziała sama jak palec. Wszyscy się dziwili, dlaczego nie przyjechałaś wcześniej, kiedy George wyjechał do Europy. Najwyższa pora, żebyś przyjechała teraz".

„Moja rodzina to dom wariatów – powiedział kiedyś George. – Iona to kłębek nerwów, Ailsa powinna być kapralem. A matka ma demencję".

Powiedział też: „Ailsie Bozia dała mózg, ale musiała bidula rzucić naukę i iść do roboty na poczcie, kiedy umarł ojciec. Mnie Bozia dała urodę, a dla biednej Iony już nic nie zostało, tylko problemy ze skórą i z nerwami".

Jill poznała jego siostry, kiedy przyjechały do Toronto pożegnać George'a przed wyjazdem na wojnę. Nie były na ślubie, który odbył się dwa tygodnie wcześniej. Uczestniczyli w nim tylko George i Jill, pastor i żona pastora, i sąsiad, którego państwo młodzi poprosili na drugiego świadka. Aha, byłam jeszcze ja, schowana głęboko we wnętrzu Jill, ale to nie przeze mnie wzięli ślub, wtedy nikt jeszcze nie wiedział o moim istnieniu. Później George się uparł, żeby zrobić sobie, w takiej budce, gdzie samemu robi się zdjęcia, zdjęcia ślubne, na których oboje mieliby kamienne, pokerowe twarze. Był niezmiennie w dobrym humorze. „No, to ich ustawi", powiedział, kiedy zobaczył gotowe zdjęcia. Jill zastanawiała się, czy chciał „ustawić" kogoś konkretnego. Ailsę? A może te wszystkie ładne, miłe i wesołe dziewczyny, które za nim latały, pisały do niego sentymentalne listy i przysyłały mu skarpetki w romby robione na drutach? Skarpetki nosił, prezenty przyjmował, a listy czytał na głos w barze, żeby kumple mogli się pośmiać.

Jill nie zjadła przed ślubem śniadania i w trakcie uroczystości myślała o naleśnikach i boczku.

Siostry George'a wyglądały normalniej, niż się spodziewała. Chociaż to prawda, że uroda przypadła George'owi. Jego ciemnoblond włosy były jedwabiste i lekko falujące, w oczach miał twardy błysk złośliwego rozbawienia i budzące zazdrość czyste rysy twarzy. Miał tylko jedną wadę: nie był zbyt wysoki. Ale w sam raz, żeby móc spojrzeć Jill prosto w oczy. I zostać pilotem wojskowym.

„Dryblasów nie biorą na pilotów – mówił. – Tu mam przewagę nad tymi cholernymi tyczkami. A w filmie niskich facetów jest na pęczki. Do scen z całowaniem stają na skrzynkach".

(W kinie George'owi zdarzały się różne wybryki. Na przykład sykanie na scenach pocałunków. W życiu też specjalnie nie przepadał za całowaniem. „Przejdźmy od razu do konkretów" – mawiał.)

Jego siostry też były niskie. Nosiły imiona na pamiątkę wysp w Szkocji, gdzie ich rodzice wyjechali w podróż poślubną, zanim rodzina straciła majątek. Ailsa była od George'a starsza o dwanaście lat, Iona o dziewięć. W tłumie na Union Station wyglądały jak zdezorientowane panie z prowincji. Obie włożyły nowe kostiumy i kapelusze, jakby to one niedawno wyszły za mąż. I obie wysiadły w kiepskich humorach, bo Iona zostawiła w pociągu swoje porządne rękawiczki. Prawdą było, że Iona miała problemy ze skórą, ale teraz wypryski zniknęły i możliwe, że czasy trądziku już się skończyły. Cerę miała nierówną, poznaczoną starymi bliznami, wyblakłą pod różowym pudrem. Spod kapelusza zwisały smętnie oklapnięte kosmyki włosów. W zaczerwienionych oczach błyszczały łzy – albo z powodu sztorcowania przez Ailsę, albo dlatego, że jej brat wyruszał na wojnę. Ailsa ułożyła włosy w kok z ciasno skręconych loków, na jego czubku umocowała kapelusz. Miała bystre blade oczy za szkłami w błyszczących oprawkach, krągłe różowe policzki i dołeczek w podbródku. Obie były zgrabne – miały wysokie piersi, wąską talię i rozszerzające się biodra – ale Iona wyglądała tak, jakby nabyła te atuty przez pomyłkę i usiłowała je ukryć, garbiąc się i zakładając ręce na piersiach. Ailsa natomiast eksponowała swoją figurę, lecz nie prowokacyjnie, tak jakby była zrobiona z solidnej ceramiki. Obie miały włosy tego koloru co George, ciemnoblond, brakowało im jednak jego błysku w oku. I wyglądało na to, że poczucia humoru też.

– No, to jadę – powiedział George. – Jadę zginąć śmiercią bohatera na polach pod Passchendaele.

– Och, proszę cię, nie mów tak – żachnęła się Iona. – Nie opowiadaj takich rzeczy.

Ailsa wykrzywiła malinowe usta.

– Widzę szyld biura rzeczy znalezionych – powiedziała. – Ale nie wiem, czy przechowują tam przedmioty, które się gubi na dworcu, czy te, które znajdują w pociągach. Passchendaele to była pierwsza wojna światowa.

– Naprawdę? Na pewno? Czyli co, spóźniłem się? – pytał George, uderzając się w pierś.

A kilka miesięcy później spłonął podczas lotu szkoleniowego nad Morzem Irlandzkim.

Ailsa cały czas się uśmiecha. Mówi:

– Tak, jestem dumna, oczywiście. Ale przecież nie ja jedna straciłam kogoś bliskiego. Postąpił tak, jak wymagał tego obowiązek.

Niektórzy odbierają jej bohaterstwo jako nieco szokujące. A inni mówią: „Biedna Ailsa". Tyle lat koncentrowała się na bracie i oszczędzała na czym się dało, żeby go wysłać na studia prawnicze, a on jej zagrał na nosie, zaciągnął się do wojska i wyjechał, i dał się zabić. Wprost nie mógł się tego doczekać.

Siostry zrezygnowały na jego rzecz z nauki. Nie wyprostowały sobie zębów – poświęciły nawet to. Iona poszła wprawdzie do szkoły pielęgniarskiej, ale z perspektywy czasu widać, że lepiej by zrobiła, gdyby wyprostowała sobie zęby. A teraz jej i Ailsie co zostało? Bohater. Wszyscy zgodnie to przyznają: bohater. Młodsi z obecnych myślą, że mieć bohatera w rodzinie to jest coś. Myślą, że ta chwila zostanie w pamięci Ailsy i Iony na zawsze, że jej waga będzie trwała wiecznie. Że siostrom George'a zawsze będzie towarzyszyć wzniosła pieśń *O Valiant Hearts*. Starsi, którzy pamiętają poprzednią wojnę, wiedzą, że zostało im jedynie imię na nagrobku. Bo emeryturę po zmarłym dostanie wdowa, ta dziewczyna, która tak nieprzyzwoicie się opycha.

Ailsa jest jak rozgorączkowana po części dlatego, że nie spała dwie noce z rzędu, bo sprzątała. Co nie znaczy, że wcześniej dom nie był należycie czysty. Niemniej czuła potrzebę, żeby umyć każde naczynie, garnek i ozdobę, wypucować szkło na każdej fotografii, wysunąć lodówkę i wyszorować podłogę za nią, zmyć schody do piwnicy i zdezynfekować kosz na śmieci. Nawet żyrandol nad stołem w jadalni trzeba było rozebrać na części, z których każda została zanurzona w wodzie z mydłem, po czym wypłukana, wysuszona i złożona wraz z innymi z powrotem w całość. A ze względu na pracę na poczcie Ailsa brała się do sprzątania dopiero po kolacji. Jest teraz kierowniczką, mogłaby sobie przyznać dzień wolny, ale ponieważ jest, jaka jest, nigdy by tego nie zrobiła.

Teraz jest zgrzana, co kryje róż, i niespokojna. Ma na sobie granatową suknię z krepy z koronkowym kołnierzykiem. Jest stale w ruchu. Napełnia tace z przekąskami i krąży z nimi po pokoju, ubolewa nad tym, że herbata gości mogła wystygnąć, biegnie, żeby nastawić wodę na świeżą. Troszczy się o komfort przybyłych, pyta o ich reumatyzm czy inne, pomniejsze dolegliwości, uśmiecha się dzielnie i wielokrotnie powtarza, że strata, jakiej doznała, to los wielu ludzi, że nie powinna się skarżyć, skoro tyle innych osób znajduje się w takim samym położeniu, że George chciałby, żeby jego przyjaciele nie rozpaczali, tylko cieszyli się, że wspólnymi siłami udało się zakończyć wojnę. Wszystko to dobitnym tonem wesołej przygany, który ludzie znają z poczty. Zostają więc z niejasnym poczuciem, że może powiedzieli coś niewłaściwego, tak jak na poczcie odbierają niekiedy komunikat, że swoim charakterem pisma fundują pracownikom drogę przez mękę, a przesyłki zapakowali rażąco niedbale.

Ailsa zdaje sobie sprawę z tego, że mówi za wysokim głosem i za dużo się uśmiecha, i że nalała herbaty gościom, którzy mówili, że już dziękują. W kuchni, ogrzewając imbryk na świeżą porcję herbaty, mówi:

– Nie wiem, co się ze mną dzieje. Jestem jak nakręcona.

Kieruje te słowa do doktora Shantza, którego dom sąsiaduje przez podwórko z ich domem.

– Niedługo będzie po wszystkim – odpowiada doktor. – Może zażyjesz bromek?

W jego głosie zachodzi zmiana, kiedy otwierają się drzwi jadalni. Słowo „bromek" brzmi stanowczo i profesjonalnie.

Głos Ailsy także się zmienia, z rozżalonego na mężny.

– Nie, nie, dziękuję – mówi. – Spróbuję dać radę o własnych siłach.

Zadaniem Iony jest pilnować matki, czuwać, żeby nie oblała się herbatą – co mogłoby się zdarzyć nie z powodu niezdarności, tylko przez zapomnienie – i odseparować ją od gości, gdyby zaczęła pociągać nosem i ronić łzy. Ale okazuje się, że pani Kirkham raczej trzyma fason i łatwiej niż Ailsa wprowadza gości w swobodny nastrój. Zwykle mniej więcej przez kwadrans rozumie sytuację, a w każdym razie takie sprawia wrażenie – odważnie i spójnie mówi, że zawsze będzie tęsknić za synem, ale jest wdzięczna za to, że przecież ma córki: Ailsa jest taka pracowita i rzetelna, istny skarb, już od dziecka, a Iona to wcielona dobroć. Wspomina nawet o młodej synowej, czyli pamięta, że ktoś taki istnieje. Daje jednak subtelny sygnał, że nie jest w pełni władz umysłowych, kiedy rzuca słowa, jakich większość kobiet w jej wieku nie wymówiłaby na spotkaniu towarzyskim, i to w zasięgu słuchu mężczyzn. Patrząc na Jill i na mnie, mówi:

– No i niedługo przyjdzie do nas pociecha.

Potem, przechodząc z jednego pokoju do drugiego czy od gościa do gościa, całkowicie wszystko zapomina, rozgląda się po własnym domu i mówi:

– Dlaczego jest tu tyle ludzi? Taki tłum... Co to za święto?
– Kojarzy mgliście, że powodem jest George. – Czy to wesele George'a? – pyta.

Wraz z bieżącym kontaktem z rzeczywistością traci po części takt i dyskrecję.

– To nie twoje wesele, prawda? – zwraca się do Iony. – No tak, tak myślałam. Nigdy nie miałaś chłopca, prawda? – W jej głosie pobrzmiewa nuta wskazująca na postawę „kawę na ławę, a tam, do diaska, nie ma co się cackać". Na widok Jill wybucha śmiechem. – To chyba nie jest panna młoda, co? Uuuuuuu! No, to teraz wszystko jasne.

Prawda powraca do niej równie nagle, jak ją opuściła.

– Są jakieś wieści? – pyta. – Są wieści o George'u?

I zaraz potem zaczyna się płacz, którego obawiała się Ailsa.

„Jak zacznie robić sceny, zejdź z nią ludziom z oczu" – powiedziała.

Ionie nie udaje się zejść z matką ludziom z oczu – w całym swoim życiu nie potrafiła narzucić nikomu swojej woli – ale starszą panią bierze pod rękę żona doktora Shantza.

– George nie żyje? – pyta pani Kirkham lękliwie.

– Tak – odpowiada pani Shantz. – Ale, wie pani, jego żona spodziewa się dziecka.

Pani Kirkham opiera się na niej; garbi się i pyta cicho:

– Czy mogę poprosić o filiżankę herbaty?

Moja matka na każdym kroku widzi w tym domu zdjęcia George'a. Ostatnie, oficjalne, na którym jest on w mundurze, stoi we wnęce okiennej w jadalni, na haftowanym bieżniku na zamkniętej maszynie do szycia. Iona postawiła koło fotografii zmarłego kwiaty, ale Ailsa je stamtąd zabrała. Powiedziała, że za bardzo przypominało to ołtarzyk katolickiego świętego. Przy schodach wisi jego zdjęcie jako sześciolatka, na chodniku, z ciężarówką zabawką, a w pokoju, w którym śpi Jill, znajduje się zdjęcie z rowerem i przypiętą do niego torbą na gazety z napisem *Free Press*. W sypialni pani Kirkham stoi fotografia jej syna w kostiumie do operetki wystawianej w szkole, kiedy chodził on do ósmej klasy. Ma na głowie złotą koronę z kartonu. Ponieważ nie miał głosu, nie mógł dostać głównej roli, ale oczywiście został obsadzony w najlepszej roli drugoplanowej, roli króla.

Na ręcznie barwionej fotografii z profesjonalnego atelier wiszącej nad kredensem George jako trzylatek, lekko rozmazany jasnowłosy brzdąc, trzyma za nogę szmacianą lalę. Ailsa zastanawiała się, czy nie lepiej byłoby tę fotografię zdjąć i schować, bo mogłaby wydać się gościom nazbyt wzruszająca, ale ostatecznie wolała zostawić ją na miejscu, niż odsłonić jasny prostokąt na tapecie. I nikt ani słowem jej nie skomentował, poza panią Shantz, która stanęła przed nią na chwilę i powiedziała coś, co mówiono już na widok tego zdjęcia kilka razy, ale nie łzawo, tylko z lekko rozbawionym uznaniem:

– Ach, Krzyś z *Puchatka*.

Ludzie przywykli nie zwracać większej uwagi na to, co mówi pani Shantz.

Na wszystkich zdjęciach George wygląda na w pełni zadowolonego z siebie. Na czoło zawsze opada mu słoneczna grzywka, chyba że ma na głowie czapkę oficerską lub koronę. Nawet kiedy ledwo co wyrósł z niemowlęctwa, wyglądał tak, jakby doskonale wiedział, że jest z niego rozbrykany, bystry, czarujący zuch. Chłopak, który nikomu nie odpuści, każdego rozbawi. Własnym kosztem – od czasu do czasu, zazwyczaj jednak kosztem innych. Patrząc na niego, Jill pamięta, jak dużo pił, ale nigdy nie wydawał się pijany, i jak upijał ludzi, żeby wyjawiali mu swoje lęki, uniki, dziewictwo czy oszustwa, z których on później stroił sobie żarty albo wymyślał związane z nimi upokarzające przezwiska, a jego ofiary udawały, że je to bawi. Miał bowiem zastępy wielbicieli i przyjaciół, którzy może trzymali się go ze strachu, a może po prostu dlatego, że jak się zawsze mówiło, w jego towarzystwie nigdy nie było nudno. Gdzie znajdował się George, tam był główny ośrodek zainteresowania, a rozmowy iskrzyły od ryzyka i śmiechu.

Co Jill sobie myślała o takim amancie? Kiedy go poznała, miała dziewiętnaście lat i nikt wcześniej nie okazywał jej zainteresowania. Nie rozumiała, dlaczego mu się spodobała, i widziała, że inni też nie mogą tego pojąć. Dla większości rówieśników była zagadką, ale nudną zagadką. Dziewczyną, która całe życie poświęciła skrzypcom i której nie interesowało nic poza tym.

To nie była do końca prawda. Czasami, kuląc się pod swoją lichą kołdrą, wyobrażała sobie, że jest z kochankiem. Ale nigdy nie był to piękny półbóg z żurnala, taki jak George. Myślała o ciepłym, misiowatym mężczyźnie albo o dziesięć lat starszym muzyku, żywej legendzie o dzikiej potencji. Wyobrażenia o miłości miała operowe, choć muzyka operowa nie należała do jej ulubionych gatunków. Tymczasem George opowiadał kawały, kiedy się z nią kochał; paradował nago po jej pokoju, kiedy było po wszystkim; wydawał z siebie nieprzyzwoite, dziecinne odgłosy. Jego krótkie występy dawały jej niewiele przyjemności, jaką znała z ataków na siebie samą, ale nie można powiedzieć, by była rozczarowana.

Raczej oszołomiona tempem, w jakim to wszystko się działo. I pewna, że będzie szczęśliwa – wdzięczna i szczęśliwa – kiedy dogoni umysłem swoją nową rzeczywistość fizyczną i społeczną. Zaloty George'a i małżeństwo – to wszystko przypominało wspaniałą przybudówkę do jej życia, jasno oświetlone pokoje, które pojawiły się w pełni gotowe, urządzone z oszałamiającym przepychem. A potem huragan czy bomba, jakieś wcale nie nieprawdopodobne nieszczęście zmiotło przybudówkę z powierzchni ziemi. Przybudówka zniknęła, a ona, Jill, została z tą samą przestrzenią i z tymi samymi możliwościami co przedtem. Coś straciła, bez wątpienia. Ale nie było to coś, co odczuwała jako swoją realną własność albo w czym widziała coś więcej niż hipotetyczny zarys przyszłości.

Wreszcie najadła się do syta. Nogi ją bolą od tak długiego stania. Pani Shantz pyta ją:

– Miałaś już okazję poznać tutejszych przyjaciół George'a?

Ma na myśli grupkę młodych ludzi, którzy rozmawiają w przedpokoju, trzymają się we własnym gronie. Kilka ładnych dziewcząt, młody człowiek jeszcze w mundurze żołnierza marynarki wojennej, inni mężczyźni. Patrząc na nich, Jill wyraźnie zdaje sobie sprawę z tego, że nikt tutaj tak naprawdę nie odczuwa żalu. Może Ailsa, ale ona ma swoje powody. Nikt tak naprawdę nie żałuje, że George nie żyje. Nawet ta dziewczyna, która w kościele płakała i wygląda, jakby miała płakać jeszcze nieraz. Teraz może wspominać, że była w George'u zakochana, i myśleć, że on w niej też – mimo wszystko – i nie bać się już, co takiego on zrobi czy powie, żeby udowodnić jej, że się myli. Żaden z jego znajomych nie będzie już musiał się zastanawiać, z kogo śmieją się ludzie zgromadzeni wokół George'a czy co takiego George im opowiada, skoro wybuchają śmiechem. Nikt już nie będzie musiał się wysilać, żeby dotrzymać mu kroku ani martwić się, żeby nie wypaść z jego łask.

Nie przychodzi jej na myśl, że gdyby George przeżył, mógłby stać się innym człowiekiem, ponieważ nie myśli o tym, że sama może stać się kimś innym.

Odpowiada przecząco, z brakiem entuzjazmu, dlatego pani Shantz mówi:

– Rozumiem. Trudno jest poznawać nowych ludzi. Szczególnie... Na twoim miejscu poszłabym się położyć.

Jill była prawie pewna, że powie: „poszłabym się czegoś napić". Ale tutaj nie ma nic do picia, tylko herbata i kawa. Zresztą Jill prawie nie pije alkoholu. Umie za to poznać jego zapach i wydawało jej się, że poczuła go z ust pani Shantz.

– Idź, połóż się – mówi. – Takie uroczystości to wielki wysiłek. Powiem Ailsie. Idź, idź.

Pani Shantz to drobna kobieta o cienkich siwych włosach, błyszczących oczach i pomarszczonej trójkątnej twarzy. Co roku zimą spędza sama miesiąc na Florydzie. Ma sporo pieniędzy. Dom, który wybudowali sobie z mężem, na tyłach domu Kirkhamów, jest długi, niski i oślepiająco biały, na rogach zaokrąglony, a jego ściany w sporej części wykonano z luksferów. Doktor Shantz, krępy mężczyzna o miłej aparycji, gładkim wysokim czole i jasnych kręconych włosach, jest od żony młodszy o dwadzieścia, dwadzieścia pięć lat. Nie mają dzieci. Mówi się, że ona ma dzieci z pierwszego małżeństwa, ale nigdy nie przyjeżdżają do niej w odwiedziny. Właściwie historia jest taka, że doktor Shantz był kolegą jej syna, przyjechał kiedyś spędzić z nim wakacje i zakochał się w jego matce, a ona zakochała się w nim, nastąpił rozwód i proszę, teraz są małżeństwem i żyją sobie na luksusowym, dyskretnym wygnaniu.

Jill słusznie wyczuła zapach whisky. Pani Shantz zawsze ma przy sobie piersiówkę, kiedy wybiera się na przyjęcie, co do którego – jak mówi – rozsądna osoba nie robi sobie najmniejszych nadziei. Po alkoholu nie traci równowagi i się nie przewraca, nie wywołuje awantur ani nie rzuca się ludziom na szyję, nie plącze jej się język. Może zawsze jest lekko podpita, ale nigdy pijana. Przywykła przyjmować alkohol w rozsądnych ilościach dodających otuchy, tak że komórki mózgowe nigdy nie są ani nim przesączone, ani też wysuszone. Zdradza ją jedynie zapach (wielu mieszkańców tego abstynenckiego miasteczka przypisuje go lekarstwu, które widocznie stosuje pani Shantz, czy maści, którą naciera klatkę piersiową). Zapach i może jeszcze pewna miarowość mowy, to, jak oczyszcza przestrzeń wokół każdego słowa. Poza tym jak gdyby nigdy nic mówi rzeczy, jakich kobieta wychowana w tych stronach nie powiedziałaby za nic w świecie. Wyraża się nieprzychylnie o sobie. Przyznaje, że co jakiś czas ktoś bierze ją za matkę męża. Opowiada, że kiedy większość ludzi odkrywa swoją pomyłkę, ma ochotę zapaść się ze wstydu pod ziemię. Ale niektóre kobiety – na przykład kelnerki – obrzucają wtedy panią Shantz wrogim spojrzeniem, jakby mówiły: „Dlaczego taki mężczyzna marnuje się przy tobie?".

A pani Shantz odpala im prosto z mostu: „Wiem. To niesprawiedliwe. Ale życie w ogóle jest niesprawiedliwe i trzeba się do tego przyzwyczaić".

Tego popołudnia nie ma najmniejszej możliwości, żeby rozłożyć popijanie w odpowiednich odstępach czasu. Do kuchni i nawet do ciasnej spiżarni, która do niej przylega, w każdym momencie może ktoś wejść. Musi chodzić do łazienki na piętrze, a i to nie za często. Kiedy wymyka się tam późnym popołudniem, niedługo po tym, jak z przyjęcia zniknęła Jill, zastaje drzwi łazienki zamknięte. Myśli, czy nie zakraść się do którejś sypialni i zastanawia się, która jest pusta, a którą zajęła Jill. Wtem słyszy głos Jill z łazienki. „Chwileczkę" czy coś takiego. Jakieś zupełnie zwyczajne słowo, ale w tonie słychać napięcie i strach.

Pani Shantz pociąga szybki łyk na miejscu, w korytarzu, usprawiedliwiając się sytuacją wyjątkową.

– Jill? Źle się czujesz? Możesz otworzyć mi drzwi?

Jill na czworakach usiłuje zetrzeć kałużę z podłogi w łazience. Czytała o odchodzeniu wód – tak jak i o skurczach, i o krwawieniu śluzowym, o przechodzeniu dziecka przez kanał rodny, o łożysku – ale mimo to strumień ciepłej cieczy ją zaskoczył. Do wycierania musi używać papieru toaletowego, bo Ailsa pochowała wszystkie normalne ręczniki i wyłożyła gładkie skrawki haftowanego płótna zwane ręcznikami dla gości.

Żeby się podnieść, przytrzymuje się brzegu wanny. Odryglowuje drzwi i w tej właśnie chwili zaskakuje ją pierwszy ból. Jak się okazuje, nie będzie łagodnych bólów ani bólów zwiastunowych, ani pierwszego etapu porodu stopniowo przybierającego na intensywności – ma to być jeden wielki bezpardonowy szturm, siła rozrywająca od środka gwałtownie i na oślep.

– Spokojnie – mówi pani Shantz, starając się ją podtrzymać.
– Pokaż, który pokój jest twój, zaraz cię położymy.

Zanim docierają do łóżka, palce Jill wbijają się w szczupłe ramię pani Shantz i zostawiają ciemnosine ślady.

– Och, strasznie szybko to idzie – mówi pani Shantz. – Jak na pierwsze dziecko to istna torpeda. Idę zawołać męża.

Tym oto sposobem urodziłam się w tamtym domu, mniej więcej dziesięć dni przed terminem, jeżeli wierzyć obliczeniom Jill. Ledwo Ailsa zdążyła wyprosić gości, dom napełnił się odgłosami wydawanymi przez Jill, jej niedowierzającym krzykiem, a potem przeciągłymi, bezwstydnymi jękami.

Nawet jeśli kobieta nie miała czasu przygotować się do porodu i rodziła w domu, już wtedy było zwyczajem, że i matkę, i dziecko przewożono później do szpitala. Ale w miasteczku szalała wtedy jakaś letnia grypa i do szpitala trafiły najcięższe przypadki, więc doktor Shantz uznał, że Jill i mnie lepiej będzie w domu. Ostatecznie przecież Iona częściowo ukończyła kurs pielęgniarski i mogła wykorzystać przysługujące jej dwa tygodnie urlopu, żeby się nami zaopiekować.

Jill tak naprawdę nie miała pojęcia o życiu w rodzinie. Wychowała się w sierocińcu. Od szóstego do szesnastego roku życia spała we wspólnym pokoju. Światło włączano i gaszono o wyznaczonej porze, w piecu nigdy nie palono przed wyznaczoną datą ani po niej. Długi stół nakryty ceratą, przy którym dzieci jadły i odrabiały lekcje, po drugiej stronie ulicy fabryka. George'owi się to podobało. Mówił, że dziewczyna po takich doświadczeniach to musi być twarda sztuka. Opanowana, odporna i stroniąca od ludzi. Nie jedna z tych, które oczekują jakichś romantycznych bzdur. Ale placówki nie prowadzono w taki bezduszny sposób, jak może myślał, a kierujący nią ludzie nie byli bez serca. Gdy Jill miała dwanaście lat, zaprowadzono ją, wraz z kilkoma innymi wychowankami, na koncert. Wtedy właśnie postanowiła, że musi się nauczyć grać na skrzypcach. Wcześniej już trochę brzdąkała na pianinie. Ktoś zainteresował się jej pragnieniem na tyle, że dostała używane, mocno wysłużone skrzypce i kilka lekcji, co ostatecznie zaowocowało stypendium do konserwatorium. Urządzono recital dla dobroczyńców i dyrektorów, przyjęcie, na którym były najlepsze stroje, poncz owocowy, przemowy i ciasta. Jill też musiała wygłosić krótką mowę i wyrazić w niej wdzięczność różnym osobom, ale w gruncie rzeczy uważała, że to wszystko jej się właściwie należało. Była przekonana, że ona i jakiś egzemplarz skrzypiec byli sobie naturalnie przeznaczeni i odnależliby się także bez ludzkiej pomocy.

W sierocińcu miała koleżanki, ale one szybko się wyprowadziły, poszły do pracy w fabrykach i biurach, i zapomniała o nich. W szkole średniej, do której posyłano wychowanki, jedna z nauczycielek odbyła z nią poważną rozmowę. Padły w niej takie słowa, jak „normalność" i „wszechstronny rozwój". Nauczycielka sądziła najwyraźniej, że muzyka była dla Jill ucieczką od czegoś albo substytutem czegoś lub kogoś. Rodzeństwa, przyjaciółek, sympatii. Poradziła jej, żeby realizowała się w różnych sferach życia, a nie skupiała tylko na jednej. Żeby nie brała wszystkiego tak poważnie, żeby zaczęła grać w siatkówkę albo, skoro koniecznie chce zajmować się muzyką, wstąpiła do szkolnej orkiestry.

Jill zaczęła tej nauczycielki unikać, wchodzić na inne piętro albo obchodzić cały budynek, żeby nie musieć się z nią spotkać. Przestała też czytać wszystko, z czego stronic atakowały ją słowa „realizować się" czy „sympatia rówieśników".

W konserwatorium było łatwiej. Tam poznała ludzi równie mało wszechstronnie rozwiniętych i równie ambitnych jak ona. Nawiązała kilka dość nieuważnych przyjaźni naznaczonych rywalizacją. Jedna z jej przyjaciółek miała starszego brata w lotnictwie i tenże brat był ofiarą i wyznawcą George'a Kirkhama. Razem z George'em wpadł w pewną niedzielę na rodzinną kolację, na której Jill była gościem. Szli do miasta się upić, a było im akurat po drodze. Tak właśnie George poznał Jill. Mój ojciec poznał moją matkę.

W domu przez cały czas musiał ktoś być, żeby pilnować pani Kirkham. Iona pracowała więc w piekarni na nocną zmianę. Dekorowała ciasta – nawet najbardziej wymyślne torty weselne – i wkładała do pieca pierwszą partię bochenków chleba o piątej rano. Jej ręce, które drżały tak mocno, że nie umiała podać nikomu filiżanki herbaty, przy pracy w samotności były silne, zręczne i cierpliwe, nawet natchnione.

Pewnego ranka, kiedy Ailsa wyszła do pracy – było to podczas krótkiego okresu, który matka spędziła w tym domu przed moim przyjściem na świat – Iona psyknięciem przywołała Jill, przechodzącą akurat korytarzem, do swojego pokoju. Tak jakby chodziło o jakiś sekret. Ale przed kim, skoro nie było Ailsy, trzeba by trzymać coś w sekrecie? Przecież nie przed panią Kirkham.

Iona musiała szarpać szufladę komody, żeby się otworzyła.

– Psiakość – zaklęła i zachichotała. – Psiakość. No, nareszcie.

Szuflada była pełna dziecięcych ubranek – nie zwyczajnych, niezbędnych koszulek i pajacyków, jakie kupiła Jill w sklepie z towarem drugiej jakości i odpadami fabrycznymi w Toronto, lecz robionych na drutach czapeczek, sweterków, skarpetek i śliniaków, ręcznie szytych maleńkich sukienek. Ubranek we wszystkich możliwych pastelowych kolorach i ich połączeniach – bez faworyzowania błękitu czy różu – z brzeżkami obrębionymi szydełkiem i z wyszywanymi kwiatami, ptaszkami i owieczkami. Ubranek, o jakich istnieniu Jill nie miała pojęcia. Miałaby pojęcie, gdyby porządnie porozglądała się po działach z artykułami dla niemowląt albo zaglądała do wózków, ale tego nie robiła.

– Oczywiście nie wiem, co już masz – powiedziała Iona. – Może masz już aż za dużo ciuszków, a może nie lubisz takich szytych w domu, nie wiem... – Jej chichot pełnił funkcję znaków przestankowych i stanowił przedłużenie przepraszającego tonu. Wszystko, co mówiła, każde spojrzenie i gest wydawały się nie docierać do odbiorcy czysto, tylko jakby ubrudzone lepkim miodem czy umazane śluzem przeprosin. Jill nie wiedziała, jak sobie z tym radzić.

– Bardzo ładne – powiedziała bezbarwnym głosem.

– Nie, nie wiedziałam nawet, czy będziesz je chciała. Nie wiedziałam, czy w ogóle ci się spodobają.

– Są śliczne.

– Nie wszystkie są mojej roboty, niektóre kupiłam. Poszłam na kiermasz dobroczynny organizowany przez kościół i na kiermasz szpitalny, i pomyślałam sobie, że przyda ci się coś takiego, ale jeśli ci się nie podoba albo jeśli nie potrzebujesz, to mogę po prostu przekazać to na dary na misje.

– Potrzebuję, naprawdę – zapewniła Jill. – Nie mam niczego podobnego.

– Tak? Te, które sama uszyłam, nie są zbytnio udane, ale może te, które zrobiły panie z kościoła czy szpitala, może przypadną ci do gustu.

Czy to miał George na myśli, mówiąc, że Iona to kłębek nerwów? (Zdaniem Ailsy załamanie Iony w szkole pielęgniarskiej było spowodowane tym, że miała ona trochę zbyt delikatną skórę, a nauczycielka była dla niej odrobinę za ostra.) Można by pomyśleć, że prosi o to, żeby dodać jej otuchy, ale choćby się próbowało nie wiadomo jak bardzo, zawsze wydawało się albo że to za mało, albo że wcale do niej nie dociera. Jill miała takie poczucie, jakby słowa Iony, jej chichot, jej wieczne siąkanie i zakatarzony wygląd (na pewno miała też wilgotne dłonie) były czymś, co ją, Jill, obłazi, mikroorganizmami, które chcą dostać się pod jej skórę.

Z czasem się do tego przyzwyczaiła. Albo może Iona spuściła z tonu. Kiedy rano drzwi zamykały się za Ailsą, obydwie odczuwały ulgę – tak jakby z klasy wychodziła nauczycielka. Weszło im w nawyk picie drugiej filiżanki kawy, a pani Kirkham zmywała wtedy naczynia. Robiła to bardzo powoli – szukała szuflad i półek, gdzie należało odłożyć każdą wytartą rzecz – i czasami się myliła. Ale miała też swoje rytuały, których nigdy nie pomijała, tak jak wysypywanie fusów od kawy na krzak rosnący przy wejściu do kuchni.

– Uważa, że on od tej kawy rośnie – szepnęła Iona. – Nawet jeśli posypie fusami liście, a nie ziemię. Codziennie musimy brać szlauch i je spłukiwać.

Jill pomyślała, że Iona mówi tak jak dziewczyny, którym w sierocińcu najbardziej dokuczano. Zawsze były pierwsze do czepiania się innych. Ale kiedy już się przebrnęło przez jej przydługie przeprosiny czy pokonało barykady pokornych oskarżeń („Oczywiście w pracy jestem ostatnią osobą, którą pytają o zdanie", „Oczywiście Ailsa nie chce słuchać, co myślę", „Oczywiście George nigdy nie ukrywał, jak mną gardzi"), można było ją nakłonić do rozmowy na dość ciekawe tematy. Opowiedziała Jill o domu, który należał kiedyś do ich dziadka, a teraz stanowił główną część gmachu szpitala, o szemranych interesach, przez które ich ojciec stracił pracę, o rozgrywającym się w piekarni romansie między dwojgiem ludzi, z których każde jest po ślubie. Wspomniała też o domniemanej historii państwa Shantzów, a nawet o tym, że Ailsa ma słabość do doktora. Tak jakby elektrowstrząsy, zaaplikowane jej po załamaniu nerwowym, zrobiły wyrwę w jej dyskrecji, a głos, który się z tej wyrwy przedostawał – po usunięciu maskującego gruzu – był szczwany i nienawistny.

A Jill mogła plotkować bez poczucia, że traci czas – palce miała zbyt spuchnięte, by grać na skrzypcach.

A potem urodziłam się ja i wszystko się zmieniło, przede wszystkim w życiu Iony.

Jill musiała przez tydzień leżeć, a kiedy po tym czasie wstała, poruszała się jak stara kobieta o zesztywniałych stawach i za każdym razem, kiedy siadała, ostrożnie wstrzymywała oddech. Bolała ją pozszywana rana, a brzuch i piersi miała skrępowane bandażami, jak mumia – taki był wtedy zwyczaj. Miała dużo pokarmu; przeciekał przez bandaże i moczył pościel. Iona czasami poluzowywała bandaż i próbowała włożyć mi sutek matki do ust. Ale ja się broniłam. Nie chciałam przyjąć piersi matki. Wrzeszczałam jak obdzierana ze skóry. Wielka, twarda pierś mogła być równie dobrze zwierzem, obwąchującym mi ryjem twarz. Iona mnie tuliła, dawała trochę przegotowanej ciepłej wody i powoli się uspokajałam. Ale traciłam na wadze. Nie mogłam żyć samą wodą. Iona przygotowała więc mleko w proszku i zabrała mnie z ramion matki, w których sztywniałam i wyłam wniebogłosy. Kołysała mnie i dotknęła mojego policzka gumowym smoczkiem, i okazało się, że wolę go od sutka. Wypiłam chciwie mleko i nie zwymiotowałam. Ramiona Iony i sutek, którym ona zarządzała, stały się moim domem z wyboru. Piersi Jill trzeba było odtąd obwiązywać jeszcze ciaśniej, musiała też wstrzymać się od przyjmowania płynów (a była to, przypominam, pora upałów) i wytrzymać ból, dopóki pokarm nie wysechł.

– Niegrzeczne stworzenie, niegrzeczne – gruchała Iona. – Niegrzeczne stworzenie, nie chcesz dobrego mleka mamy.

Szybko nabrałam ciała i sił. Umiałam płakać głośniej. A płakałam, kiedy próbował mnie brać na ręce ktokolwiek poza Ioną. Odrzucałam Ailsę i doktora Shantza, mimo że rozcierał dłonie, żeby były ciepłe, ale oczywiście największą uwagę zwracała moja awersja do Jill.

Kiedy Jill wstała z połogu, Iona kazała jej usiąść w fotelu, w którym sama zwykle siadała, kiedy mnie karmiła; okryła Jill swoją bluzką i dała jej do ręki butelkę.

Ale nic z tego, nie dałam się oszukać. Z całej siły odtrącałam butelkę policzkiem, prostowałam nogi i spinałam brzuch, aż zbijał się w twardą kulę. Nie chciałam się zgodzić na zamianę. Płakałam. Nie zamierzałam ulec.

Mój płacz to był wciąż słaby płacz noworodka, ale zakłócał spokój w domu, a Iona była jedyną osobą władną go uciszyć. Kiedy dotykała mnie albo mówiła do mnie nie-Iona, płakałam. Jeżeli do snu nie ukołysała mnie Iona, zasypiałam ze zmęczenia płaczem, spałam dziesięć minut i budziłam się gotowa znów uderzyć w płacz. Moje dni nie składały się z chwil zadowolenia i chwil grymaszenia. Składały się z chwil spędzonych z Ioną i chwil, kiedy byłam przez Ionę opuszczona, co mogło oznaczać – ach, co za rozpacz, jakby już brak Iony nie był wystarczającym złem – czas spędzany z kimś innym, zazwyczaj z Jill.

Jak więc Iona mogła wrócić do pracy, kiedy skończył się jej dwutygodniowy urlop? Nie mogła. Nawet nie było o tym mowy. Piekarnia musiała poszukać innego pracownika. Iona z najbardziej pomijanej osoby w domu stała się najbardziej niezbędną – to ona chroniła tych, którzy go zamieszkiwali, przed ciągłą dysharmonią, skargą, której nie można było oddalić. Żeby utrzymać w domu jaki taki spokój, musiała być stale na nogach. Doktor Shantz wyraził swoje zaniepokojenie; nawet Ailsa się martwiła.

„Iona, tylko żebyś się nie zamęczyła" – mówiła do siostry.

Ale dokonała się cudowna przemiana. Iona była blada, lecz cerę miała promienną, tak jakby wreszcie wyrosła z okresu pokwitania. Każdemu potrafiła spojrzeć w oczy. A w jej głosie nie słyszało się już drżenia, prawie nie było chichotu ani przebiegłej uniżoności. Stał się on równie apodyktyczny jak głos Ailsy – i bardziej radosny. (A najbardziej wtedy, kiedy ganiła mnie za moją postawę wobec Jill.)

„Iona jest w siódmym niebie, wprost uwielbia to dziecko" – mówiła ludziom Ailsa. Ale w rzeczywistości zachowanie Iony wydawało się zbyt obcesowe jak na uwielbienie. Nie obchodziło jej, jakiego narobi rabanu, uciszając ten, którego sprawczynią byłam ja. Wbiegała po schodach i wołała zdyszana: „Już lecę, już lecę, minutę chyba możesz zaczekać!". Chodziła ze mną zarzuconą na ramię, przytrzymywaną tylko jedną ręką, bo druga w tym czasie wykonywała jakieś zadanie związane z moją pielęgnacją. Komenderowała w kuchni, żądała zwolnienia kuchenki, bo trzeba było wyparzyć moje butelki, stołu, bo trzeba było przygotować mleko, zlewu, bo kąpiel. Kiedy coś jej upadło czy się rozlało, przeklinała z satysfakcją, nawet w obecności Ailsy.

Wiedziała, że jest jedyną osobą, która się nie kuli, która nie czuje, że grozi jej unicestwienie, kiedy wydawałam pierwszy sygnałowy płacz. Przeciwnie, miała ochotę tańczyć, serce zaczynało jej bić dwa razy szybciej z rozsadzającego ją poczucia własnej mocy – i z wdzięczności.

Jill, kiedy zdjęto jej bandaże, sprawdziła, czy znów ma płaski brzuch, a zaraz potem popatrzyła na dłonie. Wyglądało na to, że po obrzęku nie został ślad. Zeszła na dół, wyciągnęła z szafy skrzypce i zdjęła z nich pokrowiec. Była gotowa pograć gamy na rozgrzewkę.

Było to w niedzielę po południu. Iona pozwoliła sobie na krótką drzemkę, z jednym uchem jak zwykle nastawionym na dźwięk mojego płaczu. Pani Kirkham też się położyła. Ailsa malowała paznokcie w kuchni. Jill zaczęła stroić skrzypce.

Mój ojciec i jego rodzina tak naprawdę nie interesowali się muzyką. Ale właściwie o tym nie wiedzieli. Myśleli, że nietolerancja czy wręcz wrogość, jakie budziła w nich pewnego rodzaju muzyka (co przejawiało się nawet w sposobie wymawiania słowa „poważna"), wynika po prostu z siły charakteru, wierności zasadom i postanowienia, żeby nie dać zrobić z siebie głupca. Tak jakby muzyka inna niż prosta melodia była oszustwem i wszyscy mieli tego świadomość, w głębi duszy, ale niektórzy – przez pretensjonalność, nieszczerość i brak prostolinijności – za nic by nie przyznali, że tak jest. I właśnie z tego fałszu i mięczakowatej tolerancji narodził się cały świat orkiestr symfonicznych, opery i baletu, i koncertów, na których ludzie zasypiają z nudów.

Pogląd ten podzielała większość mieszkańców miasteczka. Ale Jill, która się tu nie wychowała, nie rozumiała, jak głęboko było zakorzenione to poczucie, które wydawało się uniwersalne i oczywiste. Mój ojciec nigdy się nim nie chwalił, nie przypisywał go sobie jako cnoty, bo cnotami gardził. Podobało mu się to, że Jill zajmowała się muzyką – nie ze względu na samą muzykę, tylko dlatego, że była przez to dziwną kandydatką na żonę, tak samo jak przez swój sposób ubierania się, styl życia i rozpuszczone długie włosy. Wybierając ją, pokazał wszystkim, co o nich myśli. Tym wszystkim dziewczynom, które miały nadzieję go złapać na haczyk. Ailsie.

Jill zamknęła przeszklone drzwi salonu przyozdobione firankami i dość cicho stroiła instrument. Możliwe, że poza pokój nie wydostał się żaden dźwięk. Albo jeśli Ailsa coś w kuchni usłyszała, mogła pomyśleć, że to jakiś odgłos z zewnątrz, radio gdzieś w sąsiedztwie.

Teraz Jill zaczęła grać gamy. Owszem, z palców zszedł jej obrzęk, ale czuła, że są zesztywniałe. Czuła sztywność całego ciała, nie stała w naturalnej pozie, czuła, że skrzypce przyciskają się do niej nieufnie. Ale to nic, mówiła sobie, że musi się rozegrać. Była pewna, że zdarzało jej się już tak czuć, po grypie albo kiedy była bardzo zmęczona, przeciążona ćwiczeniem, a nawet bez powodu.

Obudziłam się z lamentem niezadowolenia. Pominęłam sygnały ostrzegawcze. Od razu wrzask – na dom spadła kaskada wrzasku, płaczu niepodobnego do żadnego, jaki zaprezentowałam do tej pory. Dałam upust nowej fali udręki, której istnienia nikt nie podejrzewał, cierpieniu, które karało świat gradem ostrych kamieni, salwami bólu z izby tortur.

Iona poderwała się natychmiast, po raz pierwszy zaniepokojona wydanym przeze mnie odgłosem, i zawołała:

– Co się stało? Co się stało?

– To te skrzypki, te skrzypki! – odkrzyknęła Ailsa, zamykając pośpiesznie okna. Potem z rozmachem otworzyła drzwi do salonu. – Jill. Jill. To coś okropnego. No coś okropnego. Nie słyszysz, że twoje dziecko płacze?

Spod okna w salonie musiała wyszarpnąć moskitierę, żeby dało się je zamknąć. Malując paznokcie, miała narzucone na siebie kimono, a teraz przejeżdżający na rowerze chłopak spojrzał w okno i zobaczył, jak kimono się rozchyliło i ukazała się spod niego halka.

– Chryste – jęknęła Ailsa. Prawie nigdy nie traciła panowania nad sobą do tego stopnia. – Odłóż to natychmiast.

Jill odłożyła skrzypce.

Ailsa wybiegła z salonu i krzyknęła do Iony na górze:

– Jest niedziela. Nie możesz tego uciszyć?

Jill bez słowa wolnym krokiem przeszła do kuchni, gdzie stała pani Kirkham, boso, przytrzymując się blatu.

– Czemu Ailsa się tak denerwuje? – zapytała. – Co Iona takiego zrobiła?

Jill wyszła na zewnątrz i usiadła na schodach od strony ogrodu. Popatrzyła na ścianę domu Shantzów, oślepiająco białą od słońca. Zewsząd otaczały ją inne mocno nagrzane ogrody i mocno nagrzane mury innych domów. A w nich byli ludzie, którzy się znali z widzenia, z imienia i z historii. A gdyby przejść stąd trzy przecznice na wschód lub pięć na zachód, sześć na południe czy dziesięć na północ, dotarłoby się do tegorocznych upraw, wyrosłych już wysoko nad ziemię, do pól zboża i kukurydzy. Płodność tej ziemi. Nie da się oddychać przez odór roślin przebijających glebę, smród stodół i przeżuwających zwierząt stłoczonych w stada. Kępy lasów w oddali wabią jak oazy cienistego schronienia, chłodu i spokoju, ale w rzeczywistości aż buzuje w nich od owadów.

Jak opisać to, czym jest dla Jill muzyka? Na pewno nie krajobrazem, wizją czy dialogiem. Raczej, powiedziałabym, zadaniem, które należy wypełnić dokładnie i z odwagą, skoro się go podjęło, uczyniło z niego swój życiowy obowiązek. Przypuśćmy więc, że odbiera się jej narzędzia potrzebne do wykonywania tego zadania. Zadanie wcale przez to nie znika, wciąż jest równie doniosłe i inni ludzie nad nim pracują, tylko ona została od niego odsunięta. Zostały jej siedzenie na schodach, oślepiająco biała ściana i mój płacz. Mój płacz to nóż, który wytnie z jej życia wszystko, co nieużyteczne. Nieużyteczne dla mnie.

– Chodź do domu – mówi Ailsa przez drzwi z siatką. – No chodź. Nie powinnam była podnosić na ciebie głosu. No chodź, bo ludzie zobaczą.

Już wieczorem cały epizod można było traktować lekko.

– Słyszeliście na pewno, co tu dziś było za wycie – powiedziała Ailsa do państwa Shantzów. Zaprosili ją, żeby posiedziała z nimi na patio. Iona w tym czasie kładła mnie spać. – Widać mała nie przepada za skrzypkami. Nie ma tego po mamusi.

Nawet pani Shantz się roześmiała.

– Coś takiego trzeba się nauczyć lubić.

Jill to słyszała. A w każdym razie słyszała śmiech i domyśliła się, co go wzbudziło. Leżała na łóżku i czytała *Most San Luis Rey*. Wzięła sobie książkę z półki bez pytania, nie wiedząc, że należało zapytać Ailsę o zgodę. Co jakiś czas przestawała rozumieć, co czyta, słyszała rozbawione głosy dochodzące sprzed domu Shantzów, a zza ściany pełne uwielbienia trajkotanie

Iony – i uderzały na nią poty posępnej urazy. Gdyby to była baśń, wstałaby z łóżka i z siłą młodej olbrzymki przeszła przez dom, łamiąc meble i skręcając karki.

Kiedy miałam prawie sześć tygodni, Ailsa i Iona miały wybrać się z matką na doroczną wizytę u kuzynostwa w Guelph. Iona chciała, żebym pojechała z nimi. Ale Ailsa poprosiła doktora Shantza, żeby jej wytłumaczył, że to nie jest dobry pomysł, brać małe dziecko w drogę samochodem w taki upał. W takim razie Iona chciała zostać w domu.

– Przecież ja nie mogę równocześnie prowadzić i zajmować się mamą – powiedziała Ailsa.

Zawyrokowała, że Iona za bardzo się zaangażowała w opiekę nade mną i że zajęcie się własnym dzieckiem przez półtora dnia nie przerasta możliwości Jill.

– Prawda, Jill?

Jill powiedziała, że nie.

Iona próbowała udawać, że nie chodzi jej o to, żeby zostać ze mną. Mówiła, że od jazdy samochodem w upał robi jej się niedobrze.

– Od jazdy będę ja, ty masz tylko siedzieć – powiedziała Ailsa. – Co ty myślisz, że ja mam ochotę tam jechać? Robię to tylko dlatego, że nas oczekują.

Iona musiała siedzieć z tyłu, gdzie, jak mówiła, zawsze robi jej się bardziej niedobrze. Ailsa uznała, że nie wypada posadzić z tyłu matki, bo jak to będzie wyglądało. Pani Kirkham powiedziała, że jej jest wszystko jedno. Ailsa jednak nie chciała słyszeć ani słowa sprzeciwu. Kiedy włączała silnik, Iona opuściła szybę. Wpatrzyła się w okno pokoju na piętrze, w którym położyła mnie spać po porannej kąpieli i butli. Ailsa pomachała do Jill, która stała w drzwiach.

– Do widzenia, młoda mamo – zawołała wesołym, wyzywającym głosem, który skojarzył się Jill z George'em. Wyglądało na to, że perspektywa oddalenia się od domu i od groźby zburzenia porządku, która od niedawna się w nim czaiła, poprawiła Ailsie humor. Może też poczuła się ona lepiej – pewniej – dzięki temu, że przypomniała Ionie, gdzie jest jej miejsce.

Kiedy wyjeżdżały, było około dziesiątej rano, a dzień, który się zaczął, miał być najdłuższym i najgorszym w życiu Jill. Nie mógł się z nim równać nawet ten dzień, kiedy się urodziłam, absolutny koszmar połogu. Obudziłam się chyba zanim jeszcze samochód dotarł do najbliższej miejscowości, niespokojna, jakbym czuła, że zabrano mi Ionę. Iona nakarmiła mnie niewiele wcześniej, tak że Jill pomyślała, że to raczej niemożliwe, żebym była głodna. Ale odkryła, że miałam mokro i choć czytała, że niemowlęcia nie trzeba przewijać za każdym razem, kiedy okaże się, że ma mokrą pieluchę, i że zazwyczaj nie to jest powodem płaczu, postanowiła mnie przewinąć. Nie robiła tego pierwszy raz, ale nigdy nie szło jej to gładko i najczęściej Iona ją wyręczała. Utrudniałam Jill zadanie, jak tylko mogłam – machałam rękami, kopałam, wyginałam się w łuk, starałam się obrócić na brzuch, no i oczywiście nie odpuszczałam płaczu. Jill trzęsły się ręce, ledwo udało jej się zapiąć agrafki. Udawała, że jest spokojna, próbowała mnie zagadywać, naśladując pieszczotliwy słowotok Iony i jej czułe zachęty, ale nie zdało się to na nic, taka nieporadna nieszczerość tylko jeszcze bardziej mnie rozwścieczyła. Kiedy pieluchę miałam już odpowiednio zamocowaną, Jill wzięła mnie na ręce i usiłowała dopasować do swojej piersi i ramienia, ale ja wyprężyłam się sztywno, tak jakby jej ciało składało się z rozżarzonych igieł. Usiadła w fotelu i huśtała mnie na kolanach. Potem wstała i kołysała mnie w ramionach. Śpiewała mi słodką kołysankę, a jej głos aż drżał z przepełniających ją rozdrażnienia, złości i czegoś, co bez przesady można by zdefiniować jako nienawiść.

Byłyśmy dla siebie nawzajem potworami, Jill i ja.

Wreszcie odłożyła mnie do łóżeczka, delikatniej, niż miałaby ochotę, i wtedy się uspokoiłam, chyba z ulgi, że nie jestem już tak blisko niej. Na palcach wyszła z pokoju. Ale ja wkrótce zaczęłam od nowa.

I tak to się ciągnęło. Nie płakałam cały czas. Robiłam sobie przerwy – dwu-, pięcio-, dziesięcio-, nawet dwudziestominutowe. Kiedy przyszła pora karmienia, przyjęłam od Jill butelkę, leżałam sztywno na jej ręku i sapałam ostrzegawczo. Po wypiciu połowy mleka znów przypuściłam atak. Później dokończyłam pić, niemal od niechcenia, ssąc między jednym wybuchem płaczu a drugim. Zasnęłam i Jill położyła mnie do łóżeczka. Ostrożnie zeszła po schodach; stała w przedpokoju na dole, jakby zastanawiając się, jaki kolejny krok będzie bezpieczny. Była spocona od przebytej męczarni i od upału. W cennej, kruchej ciszy poszła do kuchni i odważyła się postawić kawę.

Zanim kawa była gotowa, wrzaskiem łupnęłam Jill w głowę jak tasakiem.

Zorientowała się, że o czymś zapomniała. Nie odbiła mnie po karmieniu. Zdecydowanym krokiem weszła na górę, wzięła mnie na ręce i chodziła ze mną po pokoju, poklepując i masując moje rozzłoszczone plecy i niedługo mi się odbiło, ale nie przestałam płakać i wtedy się poddała – położyła mnie z powrotem do łóżeczka.

Co takiego jest w płaczu niemowlęcia, jak wielką ma moc, że potrafi zburzyć porządek, na którym człowiek polega i w samym sobie, i na zewnątrz? Jest niczym burza: nieustępliwy, teatralny, ale i w pewien sposób czysty i naturalny. Wyraża raczej wyrzut niż błaganie – bierze się z wściekłości, z którą nie można sobie poradzić, z wściekłości przysługującej z urodzenia, nieznającej miłości i litości, gotowej zniszczyć mózg zamknięty w czaszce.

Jill nie może się na niczym skupić. Chodzi tylko tam i z powrotem po dywanie w salonie, wokół stołu w jadalni, do kuchni, gdzie zegar pokazuje jej, jak bardzo, bardzo powoli mija czas. Nie może przystanąć nawet na tyle, żeby upić więcej niż łyk kawy. Kiedy głodnieje, nie potrafi przestać chodzić, żeby zrobić sobie kanapkę, tylko je płatki kukurydziane z ręki, zostawiając za sobą ślady w całym domu. Jedzenie, picie, każda najzwyklejsza czynność wydają się tak ryzykowne, jakby trzeba było wykonywać je w maleńkiej łódce na morzu podczas sztormu czy w domu, którego belki trzeszczą pod naporem strasznej wichury. Nie można odwrócić uwagi od sztormu ani na chwilę, bo wtedy rozniesie ostatni bastion obrony.

Żeby nie zwariować, człowiek próbuje skoncentrować się na jakimś spokojnym szczególe otoczenia, ale wycie wichury – moje wycie – potrafi wedrzeć się nawet w ozdobną poduszkę, wzór na dywanie czy maleńki wir w szkle szyby okiennej. Nie ma ode mnie ucieczki.

Dom jest zamknięty jak skrzynia. Jill częściowo przejęła od Ailsy poczucie wstydu, chociaż kto wie, może zrodziło się w niej samo. Matka, która nie umie uspokoić własnego dziecka – czy może być większy powód do zawstydzenia? Nie otwiera drzwi ani okien. Nie włącza też przenośnego wentylatora, który stoi na podłodze, bo o nim zapomniała. Nie myśli już w kategoriach praktycznego przyniesienia nam obu ulgi. Nie myśli o tym, że ta niedziela to jeden z najbardziej upalnych dni tego lata i że może to jest przyczyna mojego zachowania. Matka doświadczona albo obdarzona instynktem przeszłaby się ze mną na spacer zamiast przypisywać mi demoniczne moce. Takiej matce jako powód płaczu przyszłyby na myśl swędzące potówki, nie bezdenna rozpacz.

Po południu Jill nagle podejmuje głupią, a może tylko desperacką decyzję. Nie wychodzi z domu, nie zostawia mnie samej. Zamknięta przeze mnie w więzieniu, wpada na pomysł ucieczki do wewnątrz, stworzenia sobie własnej przestrzeni. Wyjmuje skrzypce, których nie tykała od dnia, kiedy chciała poćwiczyć gamy, od próby, z której Ailsa i Iona zrobiły rodzinny żart. Skoro nie śpię, jej gra mnie nie zbudzi, a jakim cudem mogłaby rozzłościć mnie bardziej, niż się złościłam?

W pewnym sensie odbieram to jako wyraz szacunku. Koniec z fałszywym kojącym gruchaniem, koniec z kołysankami śpiewanymi na siłę i zatroskanymi pytaniami „czy boli cię brzuszek", koniec z maleństwo-blebleństwo-cocikochaniedolega. Zagra *Koncert skrzypcowy* Mendelssohna, utwór, który grała na recitalu i który musi zagrać na egzaminie końcowym, żeby otrzymać dyplom.

Sama wybrała Mendelssohna – zamiast *Koncertu skrzypcowego* Beethovena, który ceni wyżej – bo sądzi, że za Mendelssohna dostanie lepszą ocenę. Uważa, że potrafi go opanować – opanowała go – znacznie lepiej; jest pewna, że da dobry koncert i zrobi wrażenie na egzaminatorach, bez najmniejszej obawy, że wydarzy się jakaś katastrofa. Postanowiła, że nie wybierze dzieła, które prześladowałoby ją do końca życia; z którym by się zmagała i wiecznie próbowała udowodnić, że już potrafi oddać mu sprawiedliwość.

Po prostu zagra.

Stroi skrzypce, gra kilka gam, usiłuje wyrzucić mnie ze świadomości. Wie, że ma sztywne palce, ale tym razem jest na to przygotowana. Myśli, że jak się rozegra, sztywność będzie stanowiła coraz mniejszy kłopot.

Zaczyna grać koncert, gra dalej, gra całość, do samego końca. Idzie jej okropnie. To męka. Nie poddaje się, myśli, że to się musi zmienić, że da radę to zmienić, ale nic z tego. Wszystko wychodzi źle, Jill gra tak źle, jak Jack Benny w jednej ze swoich zadziornych parodii. Skrzypce są jak przeklęte, nienawidzą jej. Uporczywie wykoślawiają każdy jej zamiar. Nie można sobie wyobrazić nic gorszego – to jest gorsze, niż gdyby spojrzała w lustro i zobaczyła, że jej własna, dobrze znajoma twarz zapadła się, wygląda trupio, a oczy łypią nienawistnie. Nie uwierzyłaby w ten złośliwy kawał i starałaby się dowieść, że nie zaszła żadna zmiana, odwracając wzrok od lustra i zaglądając w nie znowu, odwracając wzrok i zaglądając znowu, w kółko. Na tej samej zasadzie nie przestaje grać, chce udowodnić, że można odwrócić konsekwencje tego głupiego kawału. Ale się nie udaje. Jeżeli to w ogóle możliwe, gra coraz gorzej; pot ścieka jej po twarzy, po rękach i po bokach, palce się ślizgają – kiepskość jej gry nie ma dna.

Skończyła. To koniec. W starciu z utworem, który opanowała wiele miesięcy temu i od tamtego czasu doskonaliła, tak że nie pozostał żaden fragment, który byłby dla niej trudny czy choćby lekko podchwytliwy, poległa z kretesem. Kiedy skończyła grać, ujrzała siebie jako kogoś ogołoconego, wypatroszonego. Obrabowanego podczas snu.

Nie poddaje się. Podejmuje najgorszą z możliwych decyzji. W tym stanie desperacji zaczyna jeszcze raz; próbuje zagrać Beethovena. I oczywiście nic z tego nie wychodzi, gra coraz gorzej i gorzej, a w środku miota się i wyje z bezsilności. Odkłada smyczek i skrzypce na sofę w salonie, po czym podnosi i wsuwa pod sofę, żeby zniknęły jej z oczu, bo wyobraża sobie, jak je niszczy, waląc nimi bez opamiętania o oparcie krzesła, w dramatycznej scenie, od której można dostać mdłości.

A ja przez cały ten czas nie daję za wygraną. Nic dziwnego przy takiej konkurencji.

Jill kładzie się na sofie – twardej, obitej błękitnym wzorzystym materiałem, na której nikt się nigdy nie kładzie ani nawet nie siada, chyba że są goście – i zasypia. Budzi się po nie wiadomo jak długim czasie, rozgrzaną twarz ma wciśniętą w obicie, na policzku odciśnięty jego wzór, na błękitnym materiale pojawiła się plama od śliny. Mój wrzask wciąż – albo znów – to słabnie, to przybiera na sile, jak łupiący ból głowy. Jill zresztą budzi się z bolącą głową. Wstaje i przedziera się – takie to jest uczucie – przez gorące powietrze do kuchni, gdzie w jednej z szafek Ailsa trzyma tabletki 222. Gęste powietrze budzi w niej skojarzenie ze ściekami. Chyba słusznie. Kiedy spała, zabrudziłam pieluchę, a intensywny zapach miał czas roznieść się po całym domu.

Łyknąć parę 222. Podgrzać butelkę. Wejść na górę. Przewija mnie, nie wyjmując z łóżeczka. Nie tylko pielucha jest brudna, pościel też. 222 jeszcze nie działają, a przy pochylaniu ból głowy się wzmaga. Wyciągnąć spode mnie brudy, umyć odparzone części ciała, założyć świeżą pieluchę, brudną pieluchę i pościel zanieść do łazienki, zawartość wyrzucić do klozetu. Brudy włożyć do wiadra ze środkiem odkażającym, już pełnego po brzegi, bo nie odbyło się codzienne pranie dziecięcych rzeczy. Wrócić do mnie z butelką. Znów uspokajam się na tyle, żeby ssać. Cud, że mam jeszcze na to energię, ale to fakt, mam. Karmienie jest spóźnione o ponad godzinę, więc do bogatych zasobów pretensji dodałam prawdziwy głód. Wypijam całą butlę, po czym, umęczona, zasypiam i tym razem rzeczywiście śpię.

Ból głowy Jill nieco ustępuje. Półprzytomna pierze moje pieluchy, koszulki, śpiochy i pościel. Trze je mocno w rękach, płucze, a pieluchy nawet gotuje, żebym nie dostała wysypki, do której mam skłonność. Całe pranie wyżyma ręcznie. Rozwiesza je w domu, bo nazajutrz jest niedziela, a jak wróci

Ailsa, nie będzie chciała, żeby w niedzielę coś się suszyło przed domem. Zresztą nie ma ochoty wychodzić na zewnątrz, szczególnie teraz, kiedy gęstniał wieczór i ludzie wychodzili przed domy, korzystając z tego, że trochę się ochłodziło. Boi się pokazać na oczy sąsiadom – nawet powiedzieć „dzień dobry" państwu Shantzom, którzy są bardzo mili – po tym, czego musieli się dzisiaj nasłuchać.

Ten dzień nie może się skończyć. Nie można się doczekać, żeby słońce i długie cienie nareszcie się schowały, a monumentalny upał nieco zelżał i dopuścił odrobinę cudownego chłodu. A potem nagle pojawiają się całymi rojami gwiazdy, drzewa ogromnieją jak chmury i strząsają na ziemię spokój. Ale nie na długo i nie dla Jill. Sporo przed północą słychać słaby płacz – nie można nazwać go niepewnym, ale może właśnie słabym, eksperymentalnym, tak jakbym mimo całodziennej praktyki wyszła z wprawy. Albo jakbym się wahała, czy gra jest warta świeczki. Potem krótki odpoczynek, dający fałszywą nadzieję wytchnienia albo złudne wrażenie, że porzuciłam swoje zamiary. A potem pełnowartościowy, udręczony, nieznający litości ciąg dalszy. Akurat w chwili, kiedy Jill zaczęła parzyć świeżą kawę na resztki bólu głowy. Licząc, że tym razem może uda jej się wypić ją przy stole.

Gasi gaz.

To już prawie pora na ostatnie karmienie. Gdyby poprzednie się nie spóźniło, byłabym już gotowa. A może jestem gotowa? Podgrzewając butlę, Jill myśli, że powinna zażyć jeszcze kilka 222. Ale zaraz potem przychodzi myśl, że może to nie wystarczy; potrzeba jej czegoś o silniejszym działaniu. W szafce w łazience znajduje tylko pepto-bismol, środki przeczysz-czające, talk do stóp i leki na receptę, których nie tknie. Ale wie, że Ailsa bierze coś silnego na bóle menstruacyjne, idzie więc do jej pokoju i otwiera kolejne szuflady biurka, aż znaj-duje buteleczkę tabletek, to logiczne, na stosiku podpasek. Te tabletki też są na receptę, ale na etykiecie jest wyraźnie napisane, jakie mają przeznaczenie. Jill wyjmuje dwie i wraca do kuchni, gdzie woda w garnku z butelką wrze; mleko jest za gorące.

Jill wkłada butelkę pod kran, żeby ją przestudzić – mój płacz spada na nią cały czas jak skrzek drapieżnych ptaków nad bulgocącą rzeką – patrzy na tabletki leżące na blacie i myśli: tak. Wyjmuje nóż, skrawa z jednej tabletki odrobinę proszku, zdejmuje z butelki smoczek, zbiera palcem proszek z ostrza noża i posypuje nim mleko – odrobinką białego pyłu. Potem łyka jedną i siedem ósmych czy jedną i jedenaście dwuna-stych, czy nawet jedną i piętnaście szesnastych tabletki i idzie z butelką na górę. Podnosi moje błyskawicznie zesztywniałe ciało i wkłada mi smoczek do oskarżycielskich ust. Mleko jest dla mnie wciąż za ciepłe i najpierw wypluwam je na nią. Za ja-kiś czas uznaję, że już może być, i wypijam wszystko, do dna.

Iona krzyczy na całe gardło. Jill budzi się w domu pełnym bolesnego ostrego słońca i krzyku Iony.

Pierwotny plan był taki, że Ailsa i Iona z matką posiedzą u krewnych w Guelph do późnego popołudnia, żeby uniknąć jazdy w najgorętszej porze dnia. Ale po śniadaniu Iona zaczęła marudzić. Mówiła, że chce wracać do domu, do dziecka, że przez całą noc prawie nie spała ze zmartwienia. Ailsa wstydziła się kłócić z nią w obecności krewnych, więc dała za wygraną. Późnym przedpołudniem były z powrotem na miejscu i otworzyły drzwi domu pogrążonego w ciszy.

– Fuj – skrzywiła się Ailsa. – Czy tu zawsze tak pachnie, tylko tak jesteśmy do tego przyzwyczajone, że nic nie czujemy?

Iona wyminęła ją i wbiegła po schodach na górę.

Teraz krzyczy.

– Nie żyje! Nie żyje! Morderczyni!

Przecież nie wie o tabletkach. To dlaczego krzyczy „morderczyni"? Przez kocyk. Widzi, że na głowę mam naciągnięty kocyk. Nie otrucie. Uduszenie. Ani chwili, ani pół sekundy nie zajęło jej przejście od „nie żyje" do „morderczyni". Wnioskowanie przebiegło w mig. Wyjmuje mnie gwałtownie z łóżeczka, zawiniętą w zabójczy koc, i przyciskając zawiniątko do piersi, biegnie z krzykiem do pokoju Jill.

Jill wstaje z trudem, jak zaczadzona, po dwunastu czy trzynastu godzinach snu.

– Zabiłaś moje dziecko – krzyczy Iona.

Jill jej nie poprawia – nie mówi: moje. Iona wyciąga ręce i oskarżycielsko pokazuje mnie Jill, ale zanim Jill w ogóle zdąży na mnie spojrzeć, Iona znów tuli mnie do siebie. Jęczy i zgina się wpół, jakby została postrzelona w brzuch. Wciąż trzymając mnie w uścisku, na oślep schodzi na dół i zderza się na schodach z Ailsą, która idzie do góry. Ailsa omal nie traci równowagi – musi złapać się poręczy, ale jej siostra nie zwraca na nią uwagi; wygląda tak, jakby próbowała zawiniątko ze mną wcisnąć na siłę do nowej, przerażającej dziury w środku swojego ciała. Między kolejnymi jękami w reakcji na to, co się stało, wydobywają się z niej słowa.

– Maleństwo. Kochane moje. Kruszynka. Aaaa. Aaaaaaa. Wezwijcie. Udusiła. Kocyk. Policję.

Jill spała niczym nieprzykryta i w ubraniu. Wciąż ma na sobie wczorajsze szorty i bluzkę wiązaną na szyi i nie jest pewna, czy budzi się po całonocnym śnie czy po drzemce. Nie jest pewna, gdzie się znajduje ani jaki jest dzień. I co takiego powiedziała Iona? Wydostając się po omacku z kokonu ciepłej waty, Jill bardziej widzi niż słyszy krzyki Iony i odbiera je jako czerwone błyski, rozżarzone żyłki wewnątrz własnych powiek. Trzyma się kurczowo luksusu nierozumienia, o co chodzi, ale nagle dociera do niej, że rozumie. Wie, że chodzi o mnie.

Ale uważa, że Iona się pomyliła. Weszła nie do tej co trzeba części snu. Ta część już się skończyła.

Małej nic nie jest. Jill się nią zaopiekowała. Wyszła, znalazła ją i przykryła. Wszystko jest dobrze.

W przedpokoju na dole Iona zdobywa się na wysiłek i wykrzykuje kilkanaście słów nieprzedzielonych jękami:

– Nakryła jej główkę kocem, udusiła ją!

Ailsa schodzi na dół, przytrzymując się poręczy.

– Odłóż ją – mówi. – Odłóż.

Iona ściska mnie i jęczy. Potem wyciąga ręce i pokazuje mnie Ailsie.

– Patrz. Patrz.

Ailsa spazmatycznie odwraca głowę.

– Nie. Nie chcę.

Iona podchodzi bliżej, żeby podetknąć mnie jej pod oczy – wciąż jestem owinięta kocem, ale Ailsa tego nie wie, a Iona nie zauważa albo jej to nie obchodzi.

Teraz z kolei Ailsa krzyczy. Ucieka do jadalni i chowa się za stół.

– Odłóż ją! Odłóż ją! – woła. – Nie będę patrzeć na trupa.

Z kuchni wchodzi pani Kirkham, kręcąc głową.

– Oj, dziewczęta, dziewczęta. O co znowu te kłótnie? Nie podoba mi się to, wcale mi się nie podoba.

– Patrz – mówi Iona, która zapomniała o Ailsie i obchodzi teraz stół, żeby pokazać mnie swojej matce.

Ailsa podchodzi do telefonu w przedpokoju i podaje telefonistce numer doktora Shantza.

– O, dziecko – mówi pani Kirkham, odsuwając róg kocyka.

– Udusiła je – tłumaczy Iona.

– O nie – wzdycha pani Kirkham.

Ailsa rozmawia przez telefon z doktorem Shantzem. Drżącym głosem prosi, żeby natychmiast przyszedł. Odwraca się od telefonu, patrzy na Ionę, przełyka ślinę, żeby się opanować i rozkazuje:

– Uspokój się. I to już.

Iona wydaje z siebie skowyt protestu i ucieka przez przedpokój do salonu. Cały czas nie wypuszcza mnie z objęć.

Na schodach pokazuje się Jill. Ailsa ją zauważa.

– Zejdź na dół – mówi. Nie ma pojęcia, co jej zrobi, co powie, kiedy już zejdzie. Wygląda tak, jakby ją chciała uderzyć.

– Histeryzowanie nic teraz nie da.

Bluzka Jill częściowo się przekręciła, tak że jedna pierś jest prawie całkiem na wierzchu.

– Ogarnij się – rozkazuje Ailsa. – Spałaś w ubraniu? Wyglądasz, jakbyś była pijana.

Jill ma wrażenie, że wciąż porusza się w śnieżnym świetle swojego snu. Z tym że wdarły się do niego te oszalałe z nerwów osoby.

Ailsa może wreszcie zebrać myśli i zdecydować, co należy zrobić. Niezależnie od tego, co się stało, nie może dopuścić do podejrzenia o coś takiego jak morderstwo. Niemowlęta czasem umierają we śnie, nie wiadomo dlaczego. Słyszała o tym. Nie może być mowy o policji. Żadnej autopsji – smutny, cichy i skromny pogrzeb. Przeszkodą jest Iona. Doktor Shantz może dać jej zastrzyk, jak przyjdzie; po zastrzyku Iona uśnie. Ale przecież nie będzie robił jej zastrzyków codziennie.

Trzeba umieścić Ionę w Morrisville. To szpital dla psychicznie chorych, kiedyś nazywany zakładem dla obłąkanych, który w przyszłości będzie się nazywać szpitalem psychiatrycznym, a później centrum zdrowia psychicznego. Ale większość ludzi mówi o nim po prostu Morrisville, od nazwy najbliższej wioski.

Jest na najlepszej drodze do Morrisville, mówi się na przykład. Zabrali ją do Morrisville. Tylko tak dalej, a skończysz w Morrisville.

Iona już kiedyś tam była i może wrócić. Doktor Shantz może załatwić przyjęcie i zatrzymanie jej tam, dopóki się nie uzna, że jest gotowa wyjść. Silny wstrząs spowodowany śmiercią dziecka. Omamy. Kiedy ta wersja się utrwali, Iona nie będzie już stanowić zagrożenia. Ludzie przestaną zwracać uwagę na to, co mówi. Przeszła załamanie. Zresztą nawet wygląda na to, jakby to mogła być prawda – wygląda, jakby załamanie nadchodziło, wystarczy wspomnieć to skowyczenie, to bieganie po całym domu. Może jej to zostanie na zawsze. Ale raczej nie. Tyle jest dzisiaj metod leczenia. Lekarstwa na uspokojenie, elektrowstrząsy, jeśli dobrze by było zatrzeć niektóre wspomnienia, wreszcie operacja, którą przeprowadza się, jeśli trzeba, na ludziach uporczywie nieodzyskujących kontaktu z rzeczywistością i niepotrzebnie tkwiących w nieszczęściu. W Morrisville ich nie wykonują, muszą wysyłać pacjentów do miasta.

Żeby zrealizować ten zamiar – który przybrał w jej umyśle kształt w jednej chwili – Ailsa będzie musiała liczyć na pomoc doktora Shantza. Będzie musiała liczyć na dogodny brak dociekliwości i gotowość, żeby przyjąć jej punkt widzenia. Ale dla kogoś, kto wie, przez co ona przeszła, to nie powinno być trudne. Tyle energii, ile ona włożyła w zapewnienie tej rodzinie szacowności, i tyle ciosów, które musiała znieść: od nędznego zajęcia ojca i pomylenia matki po załamanie Iony w szkole pielęgniarskiej i wyjazd George'a, równoznaczny z proszeniem się o śmierć. Czy zasłużyła sobie na to, żeby do tego wszystkiego doszedł skandal – artykuły w gazetach, proces, może nawet uwięzienie bratowej?

Doktor Shantz przyznałby, że nie zasłużyła. I nie tylko dlatego, że mógłby po namyśle wymienić wszystkie te powody na podstawie obserwacji, które poczynił jako życzliwy sąsiad. Nie tylko dlatego, że doskonale rozumie, że ludzie, którzy nie dbają o szacunek otoczenia, wcześniej czy później muszą odczuć tego konsekwencje.

Powody, dla których pomógłby Ailsie, zdradza głos, którym woła jej imię, wpadając przez tylne drzwi i biegnąc przez kuchnię.

Jill, która stoi przy schodach, powiedziała właśnie:

– Dziecku nic nie jest.

– Nie odzywaj się, póki ci nie powiem, co masz mówić – odparowuje Ailsa.

Pani Kirkham stoi w przejściu między kuchnią a przedpokojem, blokując drogę doktorowi.

– O, jak się cieszę, że pan przyszedł – mówi. – Ailsa i Iona tak się na siebie denerwują. Iona znalazła pod drzwiami dziecko, a teraz mówi, że ono nie żyje.

Doktor Shantz unosi panią Kirkham i przestawia ją na bok. Znów woła: – Ailsa? – i wyciąga ręce, ale ostatecznie tylko kładzie jej ciężko dłonie na ramionach.

Iona wychodzi z salonu z pustymi rękami.

– Co zrobiłaś z dzieckiem? – pyta Jill.

– Ukryłam – odpowiada Iona zuchwale i wykrzywia się do niej, robi taką minę, jaką mógłby zrobić człowiek wiecznie wystraszony, udający nikczemnika.

– Doktor Shantz zrobi ci zastrzyk – mówi Ailsa. – Przestaniesz wariować.

Następuje absurdalna scena, w której Iona ucieka, chce się rzucić z całej siły na drzwi wejściowe – Ailsa zabiega jej drogę – przy schodach łapie ją doktor Shantz, przewraca, siada na niej okrakiem i unieruchamia jej ręce.

– Już dobrze, już dobrze – mówi. – Spokojnie. Za chwilkę poczujesz się lepiej.

Iona wydaje z siebie kilka krzyków, potem kilka jęków i wreszcie ustępuje. Te odgłosy, szamotanie się, próby ucieczki wydają się grą. Tak jakby – mimo że całkiem dosłownie odchodzi od zmysłów – wysiłek przeciwstawienia się Ailsie i doktorowi Shantzowi Iona uważała za coś tak prawie niemożliwego, że mogłaby podjąć go tylko w postaci tego rodzaju parodii. To zaś jasno pokazuje – i może to jest jej prawdziwa intencja – że wcale im się nie przeciwstawia, tylko rzeczywiście przechodzi załamanie. Traci nad sobą kontrolę w najbardziej zawstydzający i niezręczny sposób, jaki można sobie wyobrazić.

– Powinnaś się sobą brzydzić – krzyczy Ailsa.

Robiąc zastrzyk, doktor Shantz mówi:

– Grzeczna Iona. No, już dobrze. – Odwraca nieco głowę. – Zajmij się matką – zwraca się do Ailsy. – Każ jej usiąść.

Pani Kirkham ociera palcami łzy.

– Mnie nic nie jest, skarbie – mówi do Ailsy. – Tylko tak bym chciała, żebyście wy się, dziewczynki, nie kłóciły. Mogłaś mi powiedzieć, że Iona urodziła dziecko. Mogłaś jej pozwolić je zatrzymać.

Drzwiami od ogrodu wchodzi pani Shantz, w japońskim kimonie narzuconym na letnią piżamę.

– Czy wszystko w porządku? – woła.

Widzi nóż leżący na blacie w kuchni i rozsądek każe jej go stamtąd zabrać i odłożyć do szuflady. Kiedy ludzie urządzają sceny, nóż na podorędziu to najmniej pożądana rzecz.

W środku tej całej awantury Jill wydaje się, że słyszy cichy płacz. Przełazi niezdarnie przez poręcz, żeby ominąć Ionę i doktora Shantza – wbiegła kawałek po schodach na górę, kiedy Iona pędziła w tym kierunku – i zeskakuje na podłogę. Otwiera dwuskrzydłowe drzwi i wchodzi do salonu. Początkowo nie zauważa żadnej oznaki mojej obecności, ale słaby płacz rozlega się znów i Jill orientuje się, że dźwięk dochodzi spod sofy.

Tam właśnie leżę, obok skrzypiec.

Podczas krótkiej drogi z przedpokoju do salonu Jill wszystko sobie przypomniała i teraz czuje, jak ustaje jej oddech, a w ustach wzbiera krzyk zgrozy, lecz nagle jej życie rusza znowu, zapalone błyskiem radości, kiedy, dokładnie tak jak we śnie, znajduje żywe dziecko, a nie wysuszonego trupka z główką jak gałka muszkatołowa. Bierze mnie na ręce. Nie usztywniam się, nie kopię ani nie wyginam się w łuk. Wciąż jestem dość senna od środka uspokajającego w mleku, który powalił mnie na całą noc i pół dnia i który w większej ilości – może nawet, jak tak się zastanowić, wcale niedużo większej – naprawdę by mnie zabił.

Powodem nie był koc. Każdy, kto by mu się dokładniej przyjrzał, zobaczyłby, że jest tak cienki i ma tak luźny splot, że nie mógł nawet ograniczyć mi dopływu powietrza. Można było przez niego oddychać równie łatwo jak przez ażurową plecionkę.

Pewną rolę mogło odegrać wyczerpanie, mógł mnie wymęczyć wściekły maraton autoekspresji. To w połączeniu z białym proszkiem rozpuszczonym w mleku wtrąciło mnie w głęboki, równy sen, podczas którego miałam oddech tak płytki, że Iona go nie dostrzegła. Można by pomyśleć, że powinna zauważyć, że nie jestem zimna, można by też pomyśleć, że te jęki, krzyki i bieganina powinny mnie szybko zbudzić. Nie wiem, dlaczego tak się nie stało. Myślę, że Jill nie zadała sobie tego pytania ze względu na panikę i stan, w jakim była, zanim mnie znalazła, ale naprawdę trudno wyjaśnić, dlaczego nie zapłakałam wcześniej. A może zapłakałam, tylko w tym całym zamieszaniu nikt mnie nie usłyszał. A może Iona usłyszała, popatrzyła na mnie i wcisnęła mnie pod sofę, bo w tym momencie wszystko już było przegrane.

Ale potem usłyszała mnie Jill. Nie kto inny, a właśnie Jill.

Ionę przeniesiono na sofę. Ailsa zsunęła jej buty ze stóp, żeby nie pobrudzić brokatu, a pani Shantz poszła na piętro po lekką kołdrę, którą można by ją nakryć.

– Wiem, że bez kołdry nie zmarznie – wyjaśniła. – Ale myślę, że kiedy się obudzi, będzie się lepiej czuła przykryta.

Przedtem oczywiście wszyscy zgromadzili się wokół Jill, żeby się przekonać, że żyję. Ailsa winiła się za to, że nie zauważyła tego od razu. Wbrew sobie musiała przyznać się do tego, że bała się popatrzeć na martwe niemowlę.

– Chyba zaraziłam się tymi nerwami od Iony – powiedziała. – Oczywiście powinnam zauważyć, że dziecko żyje.

Popatrzyła na Jill tak, jakby chciała jej polecić, żeby narzuciła koszulę na skąpą bluzkę. Ale przypomniała sobie, jak szorstko się do niej zwracała i to, jak się okazało, bezpodstawnie, więc ostatecznie nic nie powiedziała. Nie próbowała nawet wyjaśniać matce, że Iona nie urodziła dziecka, choć rzuciła półgłosem do pani Shantz:

– A, to by mogło zapoczątkować plotkę stulecia.

– Tak się cieszę, że nic strasznego się nie stało – powiedziała pani Kirkham. – Przez moment myślałam, że Iona to maleństwo zabiła. Ailso, postaraj się nie obwiniać siostry.

– Dobrze, mamo – odparła Ailsa. – Chodźmy, usiądziemy w kuchni.

Czekała tam gotowa butelka z mlekiem, o którą planowo miałam się upomnieć i wypić rano. Jill wstawiła ją do wody, żeby się podgrzała, cały czas trzymając mnie przy tym na ręku.

Kiedy tylko weszła do kuchni, poszukała wzrokiem noża i ze zdziwieniem odkryła, że nie ma go tam, gdzie go zostawiła. Ale na blacie dostrzegła ślad drobniutkiego proszku – albo tak jej się zdawało. Starła go wolną ręką, zanim odkręciła kran, żeby nalać wody do garnka, w którym miało podgrzać się mleko dla mnie.

Pani Shantz zajęła się parzeniem kawy. Potem postawiła na kuchence sterylizator i wymyła butelki z poprzedniego dnia. Była taktowna i pomocna, choć z trudem udawało jej się ukryć, że w całej tej awanturze i uczuciowym zamęcie widzi coś, co poprawia jej nastrój.

– Iona chyba rzeczywiście miała obsesję na punkcie tego dziecka – powiedziała. – Prędzej czy później musiało dojść do czegoś takiego.

Odwracając się od pieca, żeby skierować te słowa do swojego męża i Ailsy, zobaczyła, że Ailsa trzyma się za głowę, a doktor Shantz łagodnie próbuje oderwać jej dłonie od skroni. Cofnął ręce zbyt szybko i z nazbyt oczywistym poczuciem winy. Gdyby tego nie zrobił, wyglądałoby na to, że najzwyczajniej ją pociesza. Do czego, jako lekarz, niewątpliwie miał prawo.

– Wiesz, Ailso, myślę, że wasza matka też powinna się położyć – powiedziała pani Shantz zatroskanym tonem, bez najmniejszej pauzy. – Chyba spróbuję ją do tego przekonać. Jeśli uda jej się zasnąć, może to wszystko wyleci jej z głowy. Tak jak i Ionie, jak dobrze pójdzie.

Pani Kirkham wyszła z kuchni prawie zaraz po tym, jak do niej weszła. Pani Shantz zastała ją w salonie – przyglądała się córce i poprawiała kołdrę, żeby na pewno przykrywała ją całą. Tak naprawdę nie miała ochoty się położyć. Chciała, żeby jej wszystko wyjaśnić – wiedziała, że jej wytłumaczenia są jakoś nietrafne. Chciała też, żeby rozmawiano z nią tak jak kiedyś, a nie w ten dziwnie uprzejmy sposób jak ostatnio. Ale ze zwyczajowej grzeczności, świadoma tego, że ma w tym domu znikomą władzę, pozwoliła pani Shantz zaprowadzić się na piętro.

Jill czytała instrukcję przyrządzania mieszanki z mleka w proszku, wydrukowaną na boku puszki syropu kukurydzianego. Gdy usłyszała kroki zmierzające na górę, pomyślała, że nadarza się okazja, więc musi coś zrobić. Poszła ze mną do salonu i położyła mnie na fotelu.

– Mam prośbę – szepnęła porozumiewawczo. – Poleż chwilkę spokojnie.

Przyklękła, pomacała pod sofą i ostrożnie wyciągnęła skrzypce z kryjówki. Znalazła też pokrowiec i futerał, zapakowała instrument i odłożyła na jego stałe miejsce. Ja w tym czasie leżałam spokojnie – nie umiałam jeszcze przekręcać się na brzuch – i nie wydałam z siebie żadnego dźwięku.

Doktor Shantz i Ailsa, pozostawszy w kuchni tylko we dwoje, prawdopodobnie nie skorzystali z okazji, żeby paść sobie w objęcia, tylko patrzyli sobie w oczy. Z całą wiedzą, bez obietnic czy rozpaczy.

Iona przyznała, że nie sprawdziła mi pulsu. I wcale nie twierdziła, że byłam zimna. Sztywna, tak. Potem poprawiła się: nie sztywna, tylko ciężka. Taka ciężka, że natychmiast pomyślała, że jestem trupem. Niepotrzebnym ciężarem, balastem.

Myślę, że coś w tym jest. Nie uważam, że byłam martwa czy wróciłam z krainy zmarłych, ale myślę, że znalazłam się w takim miejscu, z którego mogłam wrócić albo nie wrócić. Myślę, że nie było pewne, co zwycięży i że przesądziła o tym wola. To znaczy, że ode mnie zależało, czy pójdę w tę stronę czy w tamtą.

Miłość Iony, niewątpliwie najgorętsza miłość, jaką mnie ktoś kiedykolwiek obdarzył, nie przesądziła o moim wyborze. Jej krzyki i wciskanie mnie w ciało nie zadziałały, nie okazały się decydujące. Bo nie na Ionę musiałam się zdecydować. (Czy mogłam wtedy to wiedzieć – czy mogłam wiedzieć, że ostatecznie nie Iona będzie dla mnie największym dobrem?) Chodziło o Jill. Musiałam się zdecydować na Jill i na to, co mogłam dostać od niej, nawet jeśli wyglądało to jak marne pół porcji.

Wydaje mi się, że dopiero wtedy stałam się kobietą. Wiem, że moja płeć została przesądzona na długo przed tym, jak się urodziłam, i była oczywista dla wszystkich od samego początku mojego życia, ale uważam, że dopiero wtedy, kiedy postanowiłam wrócić, kiedy zrezygnowałam z walki z matką (zapewne o coś w rodzaju jej zupełnej kapitulacji) i kiedy wybrałam przeżycie, a nie zwycięstwo (zwycięstwem byłaby śmierć), zaakceptowałam swoją kobiecą naturę.

Tak jak Jill do pewnego stopnia zaakceptowała swoją. Otrzeźwiona i wdzięczna, nie mogła zaryzykować nawet myśli o tym, czego ledwo uniknęła; zaczęła mnie kochać, bo alternatywą dla miłości była katastrofa.

Doktor Shantz coś podejrzewał, ale postanowił nie drążyć. Zapytał Jill, jak się zachowywałam poprzedniego dnia. Byłam grymaśna? Powiedziała, że tak, bardzo. Pouczył ją, że wcześniaki, nawet takie, które urodziły się kilka dni przed terminem, są podatne na wstrząsy i że trzeba z nimi bardzo uważać. Zalecił, żebym zawsze zasypiała na plecach.

Iona nie musiała poddawać się kuracji elektrowstrząsami. Doktor Shantz przepisał jej tabletki. Powiedział, że opiekując się mną, przeciążyła organizm. Kobieta, która zastąpiła ją w piekarni, chciała zrezygnować; nie odpowiadało jej przychodzenie na nocną zmianę. Iona wróciła więc do pracy.

*

Z letnich wyjazdów do ciotek, kiedy miałam sześć czy siedem lat, najlepiej pamiętam, jak chodziłam do piekarni o dziwnej, zwykle niedozwolonej mi godzinie dwunastej w nocy i patrzyłam, jak Iona wkłada białą czapkę i fartuch, jak zagniata wielką białą masę ciasta, które rozdymało się i wzdychało jak żywe stworzenie. Potem wykrawałam ciastka i łasowałam resztki, a przy szczególnych okazjach asystowałam przy rzeźbieniu tortu weselnego. Pamiętam, jak jasna i biała była ta wielka kuchnia, kiedy każde okno wypełniała noc. Wyskrobywałam z miski resztki weselnego lukru – rozpuszczającej się w ustach, kłującej, nieodparcie przyjemnej słodyczy.

Ailsa uważała, że nie powinnam nie spać o tak późnej porze ani jeść tyle słodkiego. Ale nic w związku z tym nie zrobiła. Mówiła tylko, że jest ciekawa, co by na to powiedziała moja mama – tak jakby Jill miała decydujący głos, a nie ona. U Ailsy obowiązywały pewne zasady, których nie musiałam przestrzegać w domu („powieś kurtkę na wieszaku", „opłucz szklankę, zanim ją wytrzesz, bo inaczej będzie widać plamki"), ale nigdy nie poznałam tej szorstkiej, zaszczuwającej osoby, którą pamiętała Jill.

O muzyce Jill nie mówiono już lekceważąco. W końcu utrzymywała z niej siebie i mnie. Ostatecznie poradziła sobie z tym Mendelssohnem. Uzyskała dyplom, ukończyła konserwatorium. Ścięła włosy i schudła. Dostawała rentę wdowy wojennej, było ją stać nawet na wynajęcie dwupoziomowego mieszkania koło High Park w Toronto i na opiekunkę, która przychodziła do mnie na kilka godzin dziennie. Później Jill znalazła pracę w orkiestrze radiowej. Była dumna z tego, że przez całe swoje zawodowe życie grała, nie musiała ratować się uczeniem muzyki. Mówiła, że zdaje sobie sprawę, że nie jest wielką skrzypaczką, że nie ma cudownego talentu ani błyskotliwej kariery przed sobą, ale przynajmniej zarabia na życie tym, co zawsze chciała robić. Nawet kiedy wyszła za mojego ojczyma i przeprowadziłyśmy się do niego do Edmonton (był geologiem), grała w tamtejszej orkiestrze symfonicznej. Grała do ostatniego tygodnia przed narodzinami mojej pierwszej i drugiej przyrodniej siostry. Jak mówiła, miała szczęście: jej mąż nie zgłaszał obiekcji.

Ionie zdarzyło się jeszcze parę nawrotów; najpoważniejszy nastąpił, kiedy miałam chyba dwanaście lat. Spędziła wtedy w Morrisville kilka tygodni. Myślę, że podawali jej tam insulinę – wróciła gruba i gadatliwa. Przyjechałam z wizytą, kiedy jej nie było, a razem ze mną Jill, która przywiozła moją małą siostrzyczkę, urodzoną niewiele wcześniej. Z rozmów Jill z Ailsą wywnioskowałam, że przyjazd z niemowlęciem, kiedy Iona byłaby w domu, był niewskazany; mógłby „wywołać najgorsze". Nie wiem, czy epizod, przez który trafiła do Morrisville, miał cokolwiek wspólnego z dziećmi.

Podczas tej wizyty czułam się pomijana. Jill i Ailsa zaczęły palić i przesiadywały do późna w nocy przy kuchennym stole, przy kawie i papierosach, czekając na porę karmienia mojej siostry, przypadającą o pierwszej. (Mama dawała jej mleko ze swoich piersi – byłam zadowolona, kiedy się dowiedziałam, że mnie nie karmiono w tak intymny sposób, posiłkami podgrzanymi temperaturą ciała.) Pamiętam, jak schodziłam na dół, naburmuszona, bo nie mogłam zasnąć, a potem zaczynałam gadać jak nakręcona, z gorączkową brawurą, usiłując przerwać ich rozmowę. Rozumiałam, że poruszały tematy, o których ja nie miałam słyszeć. Trudno to wyjaśnić, ale bardzo się zaprzyjaźniły.

Raz wyciągnęłam papierosa z paczki, na co moja mama powiedziała: „Odłóż go, proszę. Daj nam porozmawiać". Ailsa zaproponowała, żebym wzięła sobie z lodówki coś do picia, colę albo piwo imbirowe. Tak też zrobiłam, ale zamiast wrócić na górę, wyszłam na zewnątrz.

Usiadłam na schodach, ale głosy mamy i ciotki natychmiast stały się ledwo słyszalne, tak że niczego nie mogłam zrozumieć z ich cichego żalenia się czy pocieszania. Ruszyłam więc na obchód ogrodu, poza prostokąt światła rzucanego przez drzwi.

W długim białym domu o zaokrąglonych rogach ozdobionych luksferami mieszkali nowi sąsiedzi. Państwo Shantzowie się wyprowadzili, mieszkali teraz na Florydzie przez okrągły rok. Przysyłali mojej ciotce pomarańcze, po których spróbowaniu, jak mówiła, człowiek do końca życia musiał z obrzydzeniem patrzeć na pomarańcze dostępne w Kanadzie. Nowi sąsiedzi zainstalowali w ogrodzie basen. Korzystały z niego głównie ich dwie ładne nastoletnie córki – dziewczyny, które traktowały mnie jak powietrze, kiedy spotykałyśmy się na ulicy – a także ich chłopcy. Między ogródkiem ciotki a ich ogrodem wyrosły dość wysokie krzewy, ale mimo to widziałam, jak dziewczyny ganiają się z chłopakami dokoła basenu i wpychają nawzajem do wody, robiąc przy tym dużo hałasu. Gardziłam ich wygłupami, ponieważ podchodziłam do życia poważnie i miałam znacznie bardziej wzniosłe i romantyczne wyobrażenia o miłości. Mimo to chciałam, żeby mnie zauważyli. Chciałam, żeby któreś z nich zobaczyło moją jasną piżamę poruszającą się w ciemności i krzyknęło z prawdziwym strachem, wziąwszy mnie za ducha.